Buch

Wie jedes Jahr vor dem Weihnachtsfest macht sich die alleinstehende Anwältin Eva auf den Weg zu ihrer Großmutter Anna. Das stattliche Familienanwesen, umringt von einem Garten mit einem Wald aus Tannenbäumen, ruft viele Erinnerungen hervor. Hier wuchs Eva auf, nachdem ihre Eltern bei einem Unfall ums Leben kamen. Inzwischen möchte eine Investorengruppe die hoch verschuldete Immobilie übernehmen, was Eva mit allen Mitteln verhindern will.

Nach ihrer Ankunft trifft Eva nicht nur auf ihren Jugendfreund Philipp, sondern auch auf das Waisenmädchen Antonie, das von ihrer Oma eingeladen wurde. Während draußen ein Schneesturm tobt, verschwindet das Kind plötzlich spurlos. Auf der waghalsigen Suche nach Antonie landen Eva und Philipp in der Vergangenheit und müssen vor der Familie ihrer längst verstorbenen Urgroßeltern verbergen, woher sie kommen.

Autorin

Die bayerische Autorin Angelika Schwarzhuber lebt mit ihrer Familie und einem äußerst willensstarken Kater, der in Eigenregie die Schlafzeiten der Autorin bestimmt, in einer kleinen Stadt an der Donau. Sie arbeitet auch als Drehbuchautorin für Kino und TV. Wenn sie nicht am Computer Texte dichtet, verzieht sie sich gerne mit Freunden in kleine Berghütten zum Schafkopfspielen.

Von Angelika Schwarzhuber ebenfalls bei Blanvalet erschienen:

Liebesschmarrn und Erdbeerblues ·
Hochzeitsstrudel und Zwetschgenglück ·
Servus heißt vergiss mich nicht

Angelika Schwarzhuber

Der Weihnachtswald

Ein Wintermärchen

blanvalet

MIX
Papier aus verantwortungsvollen Quellen
FSC® C014496

Verlagsgruppe Random House FSC® N001967

1. Auflage

Dieses Werk wurde vermittelt durch die Literarische Agentur
Thomas Schlück GmbH, 30827 Garbsen.
Redaktion: Alexandra Baisch
Umschlaggestaltung und -motiv: © Johannes Wiebel | punchdesign,
unter Verwendung von Motiven von Shutterstock.com
LH · Herstellung: kw
Satz: Uhl + Massopust, Aalen
Druck und Bindung: GGP Media GmbH, Pößneck
Printed in Germany
ISBN: 978-3-7341-0136-6

www.blanvalet.de

Für meine geliebten Großeltern Anna und Maximilian.
Und für Opas vierzehn Geschwister.
Insbesondere für die kleine Antonie.

Kapitel 1

»Kommt Kinder, beeilt euch. Gleich bekommen wir Besuch! Auf geht's!«, trieb die junge Erzieherin Christel die zehn Kinder an, die mit leuchtenden Augen den weihnachtlich dekorierten Aufenthaltsraum betraten. Sie waren alle zwischen fünf und acht Jahre alt und trugen zur Feier des Tages ihre schönsten Kleider. Die Kleinen plapperten aufgeregt und setzten sich rasch um den großen gedeckten Tisch, der mit Tannenzweigen, kleinen Figürchen und roten Kerzen liebevoll geschmückt war. Aus einem CD-Player lief das Weihnachtslied *Leise rieselt der Schnee,* und der Duft von brennenden Kerzen und frischem Tannengrün lag in der Luft.

Nur ein Kind ließ sich Zeit. Ein zierliches Mädchen, das so hübsch war, dass man kaum von ihm wegsehen wollte. Es war das älteste Kind in der Gruppe und hieß Antonie. Sie hatte goldbraune Locken, und ihre von seidigen Wimpern umrahmten Augen waren so blau wie der Himmel an einem strahlenden Sonnentag im Winter. Doch ihr Blick war gleichgültig, fast leer. Still setzte sie sich zu den anderen an den Tisch und senkte den Kopf. Antonie war vor neun Monaten aus einem Waisenhaus auf dem Land, das geschlossen werden musste, in dieser Einrichtung in München untergebracht worden. In ihrem kurzen Leben waren

Waisenhäuser das einzige Zuhause, das sie kannte. An ihr früheres Daheim, aus dem eine Frau vom Jugendamt sie kurz vor ihrem dritten Geburtstag geholt hatte, konnte sie sich nicht mehr erinnern.

Irgendwann hatte ihr eine der vielen Erzieherinnen, die sich im Laufe der Jahre die Klinke in die Hand gegeben hatten, einfühlsam erzählt, dass ihre Mami jetzt im Himmel sei, bei ihrem Papi. Und dass die beiden als Engel von dort oben auf sie aufpassen würden.

»Vielleicht klappt es heute, Antonie«, sagte Christel und streichelte sanft über den Kopf des Kindes. Wie gern hätte sie das liebenswerte Mädchen selbst über die Weihnachtsfeiertage mit nach Hause genommen. Doch das war den Mitarbeitern nicht erlaubt, damit sich die Kinder emotional nicht zu sehr an sie gewöhnten.

Antonie hob den Blick und versuchte zu lächeln – was ihr jedoch gründlich misslang.

»Und wenn nicht, dann bleib ich morgen ein wenig länger hier und lese dir eine ganz besonders schöne Geschichte vor. Großes Ehrenwort!«, flüsterte die warmherzige Frau ihr leise ins Ohr und stupste Antonie liebevoll auf die Nase.

In diesem Moment öffnete sich die Tür zum Flur, und langsam, fast zögerlich, betraten einige Erwachsene den Raum. Es waren Ehepaare, die vorhatten, ein Waisenkind über die Feiertage zu sich zu nehmen und es vielleicht sogar zur Pflege aufzunehmen. Sie nickten den Kindern zu, einige lachten sogar, was ein klein wenig übertrieben wirkte. Doch wahrscheinlich waren die Erwachsenen heute sogar noch nervöser als die Kinder, von denen die meisten diese Prozedur nicht zum ersten Mal erlebten.

Christel drückte noch einmal aufmunternd Antonies Hand, dann ging sie den Besuchern entgegen.

»Herzlich willkommen«, sagte sie freundlich und forderte die Gäste auf, näher zu kommen und sich mit den Kindern zu unterhalten.

Antonies kleines Herz hüpfte plötzlich aufgeregt, als ein sehr sympathisch aussehendes Paar langsam auf sie zukam.

»Meine Güte, ist die süß, die Kleine. Peter, schau doch. Wie süß«, flüsterte die Frau ihrem Mann zu und hielt sich an seinem Arm fest.

»Aber wollten wir nicht ein jüngeres Kind? Und einen Jungen?«, fragte er, konnte den Blick jedoch selbst nicht von dem Mädchen wenden.

»Das ist doch egal. Bitte Peter, schau sie dir doch an.«

»Ja. Die ist wirklich besonders herzig«, gab er ihr schließlich recht.

Jetzt standen die beiden vor Antonie. Christel zwinkerte dem Mädchen aufmunternd zu und drückte hinter dem Rücken des Paares verstohlen beide Daumen.

Obwohl sie es eigentlich besser wissen müsste, entzündete sich in Antonie ein kleiner Funken der Hoffnung. Was, wenn es heute doch klappen würde? Es war schließlich Weihnachten! Und an Weihnachten passierten doch oft Wunder, hatte Christel ihnen erzählt. Dieses Paar sah so nett aus. Es wäre bestimmt schön, solche Eltern zu haben und für immer bei ihnen zu leben. Vielleicht hätte sie dort sogar ein eigenes Zimmer, das sie nicht wie hier mit drei weiteren Mädchen teilen müsste. Ach, sie wünschte es sich so sehr, in einer echten Familie zu leben. Sie musste sich jetzt nur zusammenreißen, damit sie es nicht wieder vermasselte.

»Hallo Kleine. Ich bin Peter, und das ist meine Frau Martina. Wie heißt du denn?«

Antonies Herz klopfte wild, und sie atmete schneller.

»Na? Magst du uns deinen Namen nicht verraten?«, fragte die Frau mit schmeichelnder Stimme.

Antonie nickte. Die beiden waren wirklich sehr nett. Es musste einfach klappen. Bei den anderen Kindern funktionierte es doch auch. Sogar bei den ganz kleinen. Sie holte tief Luft.

»Mmm-mmm-mm-mei …«, begann sie, und ihr Gesicht verzog sich dabei vor Anstrengung. Oh nein! Es passierte schon wieder.

»Trau dich ruhig!«, munterte Peter sie auf.

Panik stieg in ihr hoch. Doch noch schaute das Paar sie erwartungsvoll an.

»Mmm-mmmein-mmein N-Nnnn-Nnam-Nnnaaam-Nnname i-ii-iiist …«

Während sie stotternd versuchte, ihren Namen auszusprechen, verschwand das Lächeln aus den Gesichtern des Paares und machte einem betretenen Ausdruck Platz.

»Aaa-aann-nn-Antoonie!«, kam es endlich aus ihr hervor. Sie hatte es geschafft. Aber nicht so, wie sie es sich gewünscht hätte.

»Antonie … Das ist aber ein schöner Name«, sagte der Mann höflich. Dann wandte er sich leise an seine Frau. »Wie wäre es, wenn wir doch einen kleinen Jungen …?«

Sie nickte rasch.

»Ja. Das wollten wir ja eigentlich. Nicht wahr?« Sie schaute wieder zu Antonie und lächelte so übertrieben, dass ihre strahlend weißen Zähne nur so blitzten. »Wir wünschen dir noch schöne Weihnachten, Antonie.«

Dann wandten sie sich an den kleinen Rotschopf Sandro, der erst seit einigen Wochen im Heim war.

In Antonies Ohren rauschte es, und Tränen brannten in ihren Augen. Sie hatte es gewusst. Es war jedes Mal so. Niemand wollte sie haben. Zuerst waren sie immer von ihrem Anblick begeistert. Doch sobald sie versuchte, etwas zu sagen, wandten sie sich von ihr ab.

Antonie bemerkte nicht den mitfühlenden Blick der Erzieherin, die das Mädchen am liebsten in die Arme genommen und getröstet hätte. Sie schloss die Augen und hoffte, dass die Erwachsenen bald verschwinden würden, damit sie auf ihr Zimmer gehen konnte. Und dort würde sie endlich weinen können.

Doch ausgerechnet jetzt betrat ein Mann den Raum, der einen Rollstuhl schob. Darin saß eine betagte Dame in einem geschmackvollen dunkelblauen Kostüm. Ihre silbergrauen Haare waren hübsch frisiert, und sie hatte eine gewisse Ähnlichkeit mit der englischen Königin Elisabeth II. Das hohe Alter von fünfundneunzig Jahren sah man ihr nicht an.

Als Christel sie erblickte, ging sie sofort auf sie zu und begrüßte sie herzlich.

»Guten Tag, Frau Koffler. Wie schön, dass Sie hier sind.«

Anna Koffler war bekannt dafür, dass sie die Waisenhäuser in München und Umgebung schon seit vielen Jahren mit großzügigen Spenden unterstützte. Und jedes Jahr an Weihnachten kam sie persönlich hierher und brachte Geschenke für die Kinder mit.

»Ich freue mich auch, Frau …?«

»Nennen Sie mich doch bitte einfach Christel!« Sie

nahm es nicht übel, dass die alte Dame ihren Namen seit dem letzten Jahr vergessen hatte.

»Ach stimmt«, schien Anna Koffler sich nun doch zu erinnern. »Christel ... Das ist Philipp, der Sohn einer lieben Freundin.«

Der dunkelhaarige Mann, der sie begleitete, trug einen großen Sack und nickte der Erzieherin freundlich zu.

»Freut mich!«, sagte Christel.

»Schiebst du mich bitte näher zu den Kindern?«, bat Anna Philipp.

»Klar.«

Inzwischen hatten sich die Paare mit einigen der Kinder in einen Nebenraum zurückgezogen, um sich bei einem ersten Gespräch ein wenig kennenzulernen. Die übrig gebliebenen Kinder saßen mit mehr oder weniger enttäuschten Gesichtern am Tisch. Die Chance, von einem liebevollen Paar zur Pflege genommen oder wenigstens über die Feiertage eingeladen zu werden, war für heute vorüber.

Antonie ließ den Kopf hängen und zupfte unter dem Tisch am Saum ihres hellblauen Kleidchens.

»Guten Tag Kinder. Mein Name ist Anna. Anna Koffler.«

»Guten Tag«, grüßten die Kleinen im Chor und schauten die alte Dame im Rollstuhl neugierig an. Nur Antonie nicht. Sie hielt den Kopf weiterhin gesenkt.

»Das Christkind hat Geschenke bei mir abgeladen und mir aufgetragen, sie zu euch zu bringen. Aber auspacken dürft ihr sie natürlich erst morgen, am Heiligen Abend«, erklärte sie. Die Augen der Kinder funkelten vor Vorfreude, als Philipp den großen Sack auf den Tisch stellte und die liebevoll verpackten Überraschungen herausholte.

»Schau doch, Antonie. Es gibt Geschenke«, sagte Christel, um die Kleine ein wenig aufzumuntern.

Als Anna diesen Namen hörte, schien sie für einen Moment zu erstarren. Dann wandte sie sich an das Kind, räusperte sich und sprach es mit einem leichten Zittern in der Stimme an.

»Du bist Antonie?«

Das Mädchen nickte kaum wahrnehmbar.

»Magst du mich bitte anschauen?«

Zögerlich hob das Kind den Kopf. Als Anna die himmelblauen Augen des Mädchens sah, wurde sie blass im Gesicht.

»Geht es dir nicht gut, Anna?«, fragte Philipp besorgt.

»Doch. Es geht mir wunderbar. Alles ist bestens, Philipp«, sagte sie, und ihr Gesicht strahlte plötzlich. Dann wandte sie sich wieder an das Mädchen.

»Ich habe ein Haus mit einem großen Garten, und es wird morgen ein feines Essen geben. Antonie, ich möchte dich gerne einladen, das Weihnachtsfest bei uns zu feiern. Möchtest du das?«

Antonie schaute sie unglücklich an. Das sagte diese alte Frau doch nur, weil sie noch nicht wusste, dass sie nicht richtig sprechen konnte. Sobald sie zu stottern anfing, würde sie es sich bestimmt wieder anders überlegen und Sabrina oder Michi einladen.

Eine plötzliche Wut stieg in ihr hoch. Auf alle Erwachsenen, aber vor allem auf sich selbst, weil sie es nicht schaffte, normal zu sprechen, auch wenn sie es noch so sehr versuchte. Sie sah Anna trotzig an, verschränkte die Arme und schüttelte heftig den Kopf.

»Antonie«, mahnte Christel sie vorsichtig, »Frau

Koffler hat dich gerade eingeladen. Freust du dich denn nicht?«

Sie schüttelte wieder den Kopf.

»Du würdest mich sehr glücklich machen, Antonie, wenn du morgen zu uns kommen würdest«, ließ Anna nicht locker.

Von wegen. Gleich würde die alte Dame es bereuen, dass sie gefragt hatte, dachte Antonie unglücklich.

»Iii-iiicchh kkk ... «, begann sie mit verzweifeltem Trotz. Besser, sie brachte es gleich hinter sich, damit die Leute endlich gingen und sie sich keine weiteren Hoffnungen mehr machte und es ihr jedes Mal noch mehr wehtat, wenn sie sich wieder einmal nicht erfüllten. »Iii-ich kkk-kommm-me nni-nnicht.« So! Jetzt konnte die Frau sich ein anderes Kind suchen.

Doch Annas Lächeln wurde nur noch wärmer. Sie nahm die kleine Hand des Mädchens.

»Es fällt dir schwer zu sprechen. Ich weiß. Aber das macht nichts, Antonie. Wirklich nicht. Es reicht mir völlig, wenn du mit dem Kopf nickst, damit ich weiß, dass du kommen möchtest.«

Antonies Gesichtchen verzog sich zu einem ungläubigen Staunen. Wie? Hatte sie das eben richtig gehört? Diese Frau wollte sie trotzdem mitnehmen?

»Antonie ist ein ganz besonders liebes Mädchen, Frau Koffler«, sagte Christel, dankbar für das Feingefühl der liebenswürdigen Wohltäterin.

»Ja. Das glaube ich gerne«, antwortete Anna. »Es würde eine Freude sein, sie bei uns zu haben.«

»Und ich könnte morgen gut Hilfe gebrauchen, um den großen Weihnachtsbaum zu schmücken«, sagte Philipp und zwinkerte Antonie zu. »Hättest du denn Lust, mir zu helfen?«

Das Herz des Kindes machte einen freudigen Sprung. Die meinten es tatsächlich so!

»Nun. Was ist? Möchtest du?«, fragte Anna, die immer noch die Hand des Kindes hielt.

»Jjj-jjjj-jaaa!«, stotterte Antonie und nickte aufgeregt.

Kapitel 2

Etwa zur selben Zeit überholte Eva Lankers mit ihrem schnittigen Luxusgefährt eine Kolonne Lastwagen auf der Autobahn in Richtung München. Nebenbei diktierte sie ihrer Sekretärin Sandra einige Geschäftsbriefe und Memos, welche die Fünfundzwanzigjährige in das MacBook tippte, das sie auf dem Schoß hatte.

Eva war auf dem Weg zu ihrer Großmutter Anna Koffler, um mit ihr die Weihnachtsfeiertage zu verbringen. Anna war Evas letzte noch lebende Verwandte. Da ihre Eltern bei einem Autounfall ums Leben gekommen waren, als Eva gerade mal fünf Jahre alt war, hatte die Großmutter ihr einziges Enkelkind zu sich genommen und großgezogen.

»Sind die Weihnachtsmails alle draußen?«, fragte Eva. Eine Strähne ihres dunklen Haares hatte sich aus dem strengen Pferdeschwanz gelöst. Sie strich sie hinters Ohr. »Und die Weine verschickt?«

»Ja, natürlich. Alles erledigt, Frau Lankers. Und die Geschenke für Ihre Großmutter und die Haushälterin sind hübsch verpackt in meinem Koffer.«

»Sehr gut. Ich hoffe, Sie haben was Passendes besorgt?«

Eva war froh, dass sie eine Sekretärin hatte, die sich um so lästige Dinge wie den Einkauf der Geschenke kümmerte. Ein schlechtes Gewissen hatte sie deswegen nicht. Weder ihre Oma noch deren Haushälterin Margret würden jemals erfahren, dass sie die Sachen nicht selbst ausgesucht hatte. Und falls sie es doch herausfinden sollten, wäre es auch kein Beinbruch. Schließlich war sie eine schwer beschäftigte Anwältin und musste den Kopf für wichtigere Dinge freihalten, als sich um die ihrer Ansicht nach völlig überflüssigen Weihnachtsgeschenke zu kümmern.

»Ich denke schon. Für die Haushälterin Ihrer Großmutter habe ich feinste Champagner-Trüffel-Pralinen in einer edlen Geschenkdose aus Bleikristall.«

»Gut erraten! Margret nascht für ihr Leben gerne. Was man ihr auch deutlich ansieht ... Und was haben Sie für meine Oma?«

»Nachdem Sie mal erwähnt haben, dass Ihre Großmutter oft Musik von Elvis Presley hört, habe ich für sie ganz besondere Aufnahmen besorgt.«

Eva warf ihr kurz einen überraschten Blick zu. Hatte sie das tatsächlich mal erwähnt? Anscheinend. Sie konnte sich jedenfalls nicht mehr daran erinnern.

»Musik-CDs? Ich weiß noch nicht mal, ob Oma ein Abspielgerät hat! Ich hoffe, Sie haben einen Player dazu besorgt!«

»Es sind Schallplatten«, beeilte sich Sandra zu sagen. »Echte Sammlerstücke.«

»Okay. Einen Plattenspieler hat sie jedenfalls.«

Evas Oma war in der Tat ein großer Fan von Elvis und hatte den Künstler 1972 sogar einmal live bei einem Konzert im Madison Square Garden gesehen. Für Anna war das ein unvergessliches Erlebnis gewesen, von dem sie bis heute noch immer mit einem Leuchten in den Augen erzählte.

»Elvis-Schallplatten ... Gar keine schlechte Idee, Sandra.«

Diese Worte kamen einem Lob so nahe, dass eine freudige Röte das Gesicht der jungen Sekretärin überzog. Die netten Worte ihrer Chefin versöhnten Sandra sogar ein wenig damit, dass sie Weihnachten fernab von ihrer Familie verbringen musste. Seit sie für Eva Lankers arbeitete, gab es für sie keine regelmäßigen Arbeitszeiten mehr, und Sandra war inzwischen einiges gewohnt. Dafür zahlte ihre Arbeitgeberin gut. Mehr als eine Sekretärin üblicherweise bekam, und deswegen hatte Sandra sich nach einer längeren Arbeitslosigkeit vor einem halben Jahr auf diesen Job eingelassen.

Wenn man es nicht persönlich nahm, dass die taffe Singlefrau Eva Lankers für so etwas wie Freundlichkeit, Geduld oder gar Mitgefühl keinen Sinn zu haben schien, dann konnte man eigentlich gut mit der erfolgreichen Wirtschaftsanwältin auskommen, die aus eigener Kraft eine inzwischen große Kanzlei mit zahlreichen Angestellten aufgebaut hatte.

Eva war mit ihren Gedanken bereits wieder weit weg von Elvis-Schallplatten und Trüffelpralinen. Sie dachte über das Angebot eines kanadischen Großkonzernes nach, der über einen Anwalt vor einer Woche an sie herangetreten war. Das Unternehmen wollte das Anwesen ihrer Großmutter im Herzen von München für viel Geld erstehen, um an dieser Stelle einen Einkaufstempel zu errichten. Die alte Dame hatte bisher jedes Angebot ausgeschlagen und sich rigoros gegen einen Verkauf ausgesprochen. Deswegen hatte man versucht, die Gespräche über ihre Enkelin laufen zu lassen. Doch Eva hatte dem Mann deutlich zu verstehen gegeben, dass sie nichts machen konnte, auch wenn sie selbst das

Haus zu diesem Preis verkauft hätte, ohne mit der Wimper zu zucken. Doch sie hatte in dieser Angelegenheit nichts zu sagen, denn Anna Koffler war die alleinige Besitzerin des Anwesens und würde es, solange sie lebte, unter keinen Umständen aufgeben.

Enttäuscht war der Anwalt abgezogen, jedoch nicht ohne darauf zu verweisen, dass er nicht lockerlassen würde. Eva musste beim Gedanken an ihre Großmutter fast schmunzeln. Stur wie sie war, würde der kanadische Konzern sich die Zähne an ihr ausbeißen.

Eva klappte die Blende herunter, um ihre Augen vor der gleißenden Sonne zu schützen, die an diesem ungewöhnlich warmen Dezembertag so strahlend vom Himmel schien, als stünde der Frühling vor der Tür.

»Geben Sie mir bitte meine Sonnenbrille, die ist im Handschuhfach«, bat Eva.

Die Sekretärin holte die Brille heraus und reichte sie ihrer Chefin.

»Schade, dass es in diesem Jahr schon wieder kein weißes Weihnachten gibt«, bemerkte sie etwas wehmütig und klappte dann ebenfalls die Blende nach unten. Für Sandra war Weihnachten die schönste Zeit des Jahres. Meist konnte sie es kaum erwarten, bis es endlich Advent wurde und sie mit dem Schmücken ihrer Wohnung beginnen konnte, in der inzwischen jeder freie Zentimeter von einem Sammelsurium aus kleinen Engeln und Weihnachtsmännern, Wichteln, Strohsternen und Kerzenleuchtern besetzt war.

»Quatsch. Wer braucht schon Schnee außer den Skifahrern in den Bergen? Und sogar das halte ich für eine gefährliche Freizeitgestaltung, die die Krankenkassen jährlich mehrere Millionen kostet«, warf Eva trocken ein. »Wenn es nicht schneit, sparen die Kommunen Unsummen an Geld für Streusalz und Personal. Und das kommt uns allen zugute. Außerdem bedeutet Schnee auf der Fahrbahn, dass man langsamer fahren muss«, fügte Eva hinzu und drückte lächelnd das Gaspedal durch.

Es war später Nachmittag geworden, als sie in München ankamen. Mit einer Fernbedienung öffnete Eva das große Tor und fuhr die lange Auffahrt durch den parkähnlichen Garten entlang bis zum imposanten Eingang des Hauses, das wie ein kleines verwunschenes Schlösschen zwischen uralten Bäumen stand. Das stattliche Anwesen war seit drei Generationen im Besitz der Familie Koffler. Die vielen Bäume und Sträucher verbargen die modernen Geschäfts- und Wohnhäuser ringsherum völlig, und man konnte fast vergessen, dass man sich im Herzen einer Großstadt befand. Eva parkte den Wagen neben der Treppe zum Eingang. Nirgends waren künstliche Lämpchen, blinkende Rentiere oder aus dem Fenster hängende Weihnachtsmänner zu sehen. Am Rand der Treppenstufen und vor der Haustür standen zwischen kleinen Buchs- und Tannenbäumchen in Tontöpfen verschiedene Laternen und Weckgläser mit dicken weißen und roten Stumpenkerzen, die die Gäste mit ihrem warmen Licht willkommen hießen. Alles war ganz einfach und gerade dadurch umso stimmungsvoller geschmückt.

»Wow!«, sagte Sandra beeindruckt, nachdem sie ausgestiegen waren. »Das ist ja wie im Märchen hier.«

Eva sparte sich eine Antwort darauf. Als sie den imposanten weihnachtlichen Kranz an der Haustür hängen sah, zog sich ihr Magen zusammen. Anscheinend war ihre Großmutter noch immer nicht zu alt, um diesen Weihnachtsschnickschnack endlich aufzugeben.

Sie seufzte. Zwei Tage würde sie es aushalten müssen, bevor sie wieder zurück nach Frankfurt fuhren. In ihrer modernen Penthouse-Wohnung, die völlig frei von kitschigem Weihnachtskram oder gar einem Weihnachtsbaum war, würde sie sich dann endlich ein wenig erholen können. Oder besser gesagt in Ruhe einen Stapel Unterlagen aufarbeiten, die zu Hause auf sie warteten. Darauf freute sie sich jetzt schon.

Als sie gerade aufsperren wollte, öffnete sich die große Eichenholztür, und Margret Zierl blickte ihnen strahlend entgegen.

»Eva! Wie schön, dass du endlich da bist!«, rief sie und wollte Annas Enkelin in einem ersten Reflex umarmen. Doch Eva streckte ihr rasch die Hand entgegen, und Margret trat wieder einen kleinen Schritt zurück.

»Guten Tag, Margret«, begrüßte Eva die langjährige Haushälterin und Freundin ihrer Großmutter freundlich, aber nicht sonderlich überschwänglich. Sie schüttelten sich die Hände.

»Hallo Frau Zierl …«, begann Sandra.

»Margret. Ich bin einfach nur Margret. Herzlich willkommen in München! Sie müssen die Sekretärin sein.«

Sandra fühlte sich in Gegenwart der sympathischen, etwas rundlichen Frau sofort wohl, die sie mit ihren graublauen Augen freudig anstrahlte.

»Ich heiße Sandra.«

»Sandra … Kommt doch bitte rein. Ich habe eine kleine Stärkung für euch vorbereitet.«

»Ich muss nur noch das Gepäck aus dem Wagen holen«, erklärte Sandra, während Eva bereits die große Diele betrat, die ebenfalls von zahlreichen Kerzen beleuchtet wurde und weihnachtlich dekoriert war.

»Anna hat sich ein wenig hingelegt. Deswegen trinken wir jetzt erst mal ein Tässchen Tee. Das Gepäck holen wir später«, sagte Margret bestimmt.

»Na gut«, sagte Sandra mit einem vorsichtigen Blick auf Eva, die jedoch nichts dagegen einzuwenden hatte.

»Es ist wunderschön hier!«, schwärmte die Sekretärin aufrichtig und sah sich neugierig um. Nachdem ihre Chefin so ein ausgesprochener Weihnachtsmuffel war, hätte sie nie und nimmer damit gerechnet, in ein weihnachtliches Paradies zu kommen. Alles war geschmackvoll dekoriert, und neben der großen Treppe war eine Weihnachtskrippe aufgebaut, von der Sandra vermutete, dass sie schon mehrere Jahrzehnte zum Weihnachtsfest hier ihren Platz hatte.

Eva verdrehte die Augen und schnaubte. Margret bemerkte das, lächelte aber nur milde. Sie kannte Eva schon, seit sie auf der Welt war, da sie mit ihren verunglückten Eltern befreundet gewesen war. Deswegen sah die Haushälterin meistens über ihre ruppige Art hinweg.

Nach dem Tee, zu dem es Gewürzkuchen gab, machten sich Sandra und Margret daran, das Gepäck ins Haus zu bringen.

Eva ging inzwischen in den ersten Stock und öffnete leise die Tür zum Zimmer ihrer Großmutter. Langsam betrat sie den Raum, der nicht nur als Schafzimmer diente, sondern auch eine Art kleines Wohnzimmer war. Mit einem bequemen großen Sofa, auf dem Anna nun schlafend mit leicht geöffnetem Mund lag, zugedeckt mit einer handgearbeiteten Wolldecke.

Als Eva näher trat und ihre Großmutter sah, erschrak sie. Seit dem vergangenen Jahr war Anna sichtlich gealtert, auch wenn sie im Vergleich zu anderen Senioren immer noch deutlich jünger aussah, als sie tatsächlich war. Doch letztlich hatte der Zahn der Zeit auch an ihr zu nagen begonnen.

Schon Wochen vorher war Eva die Vorstellung unangenehm, an Weihnachten nach München zu fahren, und am liebsten hätte sie diese Besuche gestrichen. Auch dieses Mal war es nicht anders gewesen. Doch immer wenn sie ihre Großmutter dann sah, war sie froh, hier zu sein, und es überkam sie eine Art innerer Frieden. Zumindest für einige Stunden. Bis dann wieder unweigerlich irgendetwas passierte, das sie auf die Palme brachte. Doch in diesem Moment überwog noch das schöne Gefühl.

Vorsichtig, sodass sie ihre Großmutter nicht berührte, ihr jedoch ganz nah war, setzte sie sich an den Rand des Sofas.

Sie wird bald sterben, ging es ihr plötzlich durch den Kopf, und bei diesem Gedanken gab es ihr einen Stich ins Herz. Nach dem Tod ihrer Eltern war die verwitwete Großmutter der einzige Mensch gewesen, den sie gehabt hatte. Mit einem ängstlichen Blick in die Zukunft hatte sie sich als Kind und Jugendliche oft gefragt, wie lange die Oma wohl leben würde. Damals hätte sie nie zu hoffen gewagt, dass Anna einmal so alt werden könnte.

»Eva! Mein Liebes …« Anna hatte die Augen geöffnet und schaute ihre Enkelin sanft lächelnd an.

»Hallo Oma.« Eva lächelte ebenfalls. »Bleib ruhig noch liegen.«

Anna griff nach ihrer Hand und nahm sie zwischen ihre faltigen Finger.

»Danke, dass du gekommen bist.«

»Tu ich das nicht jedes Jahr?«

»Doch. Aber ... « Sie sprach nicht weiter.

»Wie fühlst du dich?«, fragte Eva und genoss die Wärme der Hände ihrer Großmutter.

»Ich fühle mich großartig, Eva. Ganz großartig. Wir werden ein wunderschönes Weihnachtsfest verbringen.«

Sie schauten sich in die Augen, und jede der beiden ahnte tief in ihrem Inneren, dass es womöglich das letzte gemeinsame Weihnachtsfest sein könnte.

Anna konnte sich kaum sattsehen an ihrer geliebten Enkeltochter. Eva hatte genau die gleichen bernsteinfarbenen Augen wie ihr Vater Albert. Der frühe Tod des einzigen Sohnes und seiner Frau Charlotte hatte Anna damals fast das Herz aus dem Leibe gerissen. Doch sie hatte für ihre Enkeltochter stark sein müssen. Und tatsächlich hatte ihr das kleine Mädchen schneller wieder neuen Lebensmut geschenkt, als sie es sich hätte vorstellen können.

»Ja, das werden wir. Es wird ein wunderschönes Weihnachtsfest sein«, sagte Eva und versuchte, sich ihre Besorgnis nicht anmerken zu lassen. »Und damit wir deine unausweichlich kommende Frage gleich am Anfang hinter uns gebracht haben: Nein. Es gibt keinen Mann in meinem Leben, Oma«, sagte Eva in unmissverständlichem Tonfall. Eine Frage, die Anna jedes Mal stellte, wenn sie telefonierten. Ihre Großmutter konnte es offenbar nicht glauben, dass Eva nach einer gescheiterten Ehe mit einem Orthopäden, die noch nicht einmal alle vier Jahreszeiten überdauert hatte, keinen neuen Mann in ihr Leben ließ.

Anna schien jedoch nicht enttäuscht darüber zu sein. In Wahrheit verkniff sie sich ein Lächeln.

»Das wird sich bald ändern«, sagte sie.

Eva sparte sich eine Antwort.

In diesem Moment klopfte es an der Zimmertür.

»Ja bitte!«, rief Anna mit einer für ihr Alter immer noch sehr kräftigen Stimme.

Margret kam herein. Ihr Blick war besorgt.

»Ich wollte euch nicht stören, aber ein Herr Simon Urbaneck ist hier und möchte dringend mit dir sprechen, Anna.«

»Urbaneck? Kenn ich nicht.« Ihre Großmutter schaute verwundert drein.

»Er kommt von der Bank.«

»Ach, von der Bank ...« Anna wurde blass.

Eva versuchte, sich ihre Überraschung nicht anmerken zu lassen. Was machte denn ein Bankangestellter um diese Zeit einen Tag vor dem Heiligen Abend hier?

»Vielleicht bringt er ja ein Geschenk vorbei?«, spekulierte sie.

Anna bemühte sich um einen erfreuten Blick, auch wenn sie ahnte, dass das bestimmt nicht der Fall sein würde.

»Natürlich. Das wird es sein!«

»Weißt du was Oma? Ich kümmere mich darum.«

Eva stand auf und ging zur Tür.

»Das musst du nicht, Eva. Margret, sag ihm bitte, dass ich unpässlich bin und er ein anderes Mal ...«

»Ach was, ich kläre das«, unterbrach Eva sie. »Mach dir keine Gedanken.«

»Nein bitte ...«, versuchte Anna sie zurückzuhalten, doch Eva war bereits hinausgegangen.

Kapitel 3

Im Büro im Erdgeschoss ging Simon Urbaneck ungeduldig auf und ab und sah immer wieder auf seine Armbanduhr. Er trug einen dunkelgrünen Anzug über einem beigen Hemd mit einer hellgrünen Krawatte und hielt eine farblich dazu passende Aktentasche in der Hand. Seine spärlich vorhandenen aschblonden Haare waren seitlich kurz geschnitten und zur Mitte hin modisch nach oben geföhnt, was ihm eine gewisse Ähnlichkeit mit einem Kakadu verlieh.

Eva betrat den Raum.

»Herr Urbaneck?«

Er ging auf sie zu und streckte ihr die Hand entgegen, die sich verschwitzt anfühlte. Eva unterdrückte den Impuls, sich die Hand an ihrer schwarzen Hose abzuwischen.

»Der bin ich. Und mit wem habe ich das Vergnügen?«, fragte er in einem übertrieben freundlichen Singsang.

»Eva Lankers. Ich bin die Enkeltochter. Meine Großmutter lässt sich entschuldigen, es geht ihr leider momentan nicht so gut.« Eva bemühte sich, höflich zu sein, obwohl der Mann ihr unsympathisch war.

»Oh, das tut mir leid. Ausgerechnet so kurz vor Weihnachten«, sagte er übertrieben bedauernd.

Sie ging nicht darauf ein.

»Nehmen Sie doch bitte Platz.« Eva setzte sich an den großen imposanten Schreibtisch, der schon zu Zeiten ihres Ururgroßvaters hier gestanden hatte, und deutete auf den Ledersessel gegenüber.

Urbaneck setzte sich und legte die Aktentasche auf seinen Schoß.

»Nun, was führt sie zu so später Stunde noch hierher?«, fragte sie ihn ganz direkt. Ihr war vom ersten Moment an klar gewesen, dass er nicht gekommen war, um ein Geschenk abzugeben.

»Ich weiß nicht, ob ich mit Ihnen über die Angelegenheit reden darf.«

»Herr Urbaneck. Meine Großmutter hat mich gebeten, die Angelegenheit mit Ihnen zu besprechen. Außerdem bin ich Anwältin und vertrete Frau Koffler in allen Belangen.« Das entsprach zwar nicht so ganz der Wahrheit, aber Eva wollte herausfinden, was los war, denn sie hatte kein gutes Gefühl. »Also, bitte. Worum geht es?«

Urbaneck zögerte kurz, öffnete dann aber doch seine Aktentasche und holte ein Dokument heraus, das er Eva reichte.

»Ihre Großmutter ist seit zwei Monaten mit der Zahlung der Kreditzinsen im Rückstand.«

Rasch überflog Eva die Seiten und versuchte, sich nicht anmerken zu lassen, wie betroffen sie war. Das Haus war mit einem hohen Kreditbetrag belastet. Dabei war sie immer davon ausgegangen, dass ihre Großmutter über genügend finanzielle Rücklagen verfügte, um das Haus zu unterhalten. Sie blätterte zur letzten Seite, und weder sie noch der Bankangestellte bemerkten, dass die Tür einen Spaltbreit geöffnet wurde. Margret stand draußen, um das Gespräch zu belauschen, wie Anna es ihr aufgetragen hatte.

Nachdem Eva die wichtigsten Daten nun kannte, hob sie den Kopf und schaute Urbaneck an.

»Na ja. Zwei Monate Rückstand sind sicher kein Beinbruch. Soweit ich sehe, wurden Zinsen und Tilgung bisher stets pünktlich bezahlt. Und das Anwesen ist ja wohl Sicherheit genug.«

Urbaneck wiegte mit dem Kopf hin und her.

»Bisher war das so. Das mag schon sein. Aber unsere Bank ist selbstverständlich allen Kunden verpflichtet. Wir können nicht riskieren, dass Frau Koffler womöglich zukünftig noch öfter mit der Zahlung in Verzug kommt.«

In Eva schrillten alle Alarmglocken. Durch ihre Arbeit wusste sie nur zu gut, was das bedeutete. Und als Urbaneck weitersprach, bestätigten sich ihre Befürchtungen.

»Frau Lankers, es tut mir leid. Aber wenn die komplette Kreditsumme in Höhe von fünfhundertzwanzigtausend Euro bis zum Ende dieses Jahres nicht zurückgezahlt ist, dann müssen wir den Vertrag kündigen.«

Eva ballte die Fäuste unter dem Tisch, denn ihr war klar, was das bedeutete. Sie würde den Vertrag mit der Bank genau prüfen müssen, aber sie befürchtete, dass eine bestimmte Klausel eingebaut war, welche Bankkunden bei Vertragsabschluss meist ignorierten, weil sie nicht davon ausgingen, jemals so hoch verschuldet zu sein. Wenn ihre Großmutter die Kreditsumme nicht bezahlte, die trotz der Höhe natürlich weit unter dem Wert des Hauses lag, würde das Anwesen in den Besitz der Bank übergehen, die es dann um ein Vielfaches mehr verkaufen würde. Und Eva ahnte auch schon, an wen. Es war Praxis einiger wenig seriöser Banken, die damit finanziell angeschlagenen Kunden das Messer an die Brust setzten, wenn die Immobilie interessant genug war. Und meistens leider mit Erfolg. Denn wer konnte schon innerhalb weniger Tage so eine hohe Summe aufbringen, wenn er ohnehin schon mit der Zahlung in Verzug war? Offenbar hatte Anna all die Jahre viel mehr Geld in die Instandhaltung und Renovierung des im zu Ende gehenden 19. Jahrhundert erbauten Hauses stecken müssen, als Eva gedacht hatte. Warum nur hatte ihre Großmutter nichts von ihren Geldproblemen gesagt? Niemals hätte sie ihr erlaubt, einen solchen Vertrag zu unterschreiben.

Eva suchte fieberhaft nach einer raschen Lösung. Wenn ihr mehr Zeit geblieben wäre, hätte sie selbst versucht, das Geld aufzubringen, um den Kreditbetrag abzulösen. Aber diese Summe war sogar für sie auf die Schnelle unmöglich aufzutreiben. Vor allem nicht jetzt, da sie vorhatte, demnächst in eine Expansion ihrer Kanzlei zu investieren, und damit keinen Spielraum hatte, ihre private Immobilie als Sicherheit für einen Kredit zu belasten.

Am liebsten wäre sie dem Mann ins schlecht rasierte Gesicht gesprungen. Aber sie musste jetzt einen kühlen Kopf bewahren. Und genau das war ja eigentlich auch ihre Spezialität. Sie setzte eine undurchdringliche Miene auf, mit der sie ihren Gegnern schon in vielen Verhandlungen Respekt eingeflößt hatte.

»Herr Urbaneck. Könnte es sein, dass Ihre Bank von einem gewissen Unternehmen aus Kanada ein Angebot für das Anwesen bekommen hat?«

Urbaneck fasste sich kurz an die Krawatte, und sein Gesichtsausdruck bewies, dass Eva mit ihrer Vermutung ins

Schwarze getroffen hatte. Nach der Absage, die sie dem Anwalt des kanadischen Großkonzerns erteilt hatte, versuchten sie es nun auf diesem Weg. Wie sie an die Informationen über den Kredit gekommen waren, war Eva schleierhaft. Aber sie wunderte sich nicht weiter darüber. Hier ging es um eine Menge Geld, und da war einigen Menschen jedes Mittel recht. Trotzdem war es eine gute Nachricht. Denn jetzt hatte sie ein Mittel, um den Banker unter Druck zu setzen.

»Frau Lankers, es geht einzig und allein darum, dass wir Sorge haben, Ihrer Großmutter könnte die finanzielle Belastung über den Kopf wachsen«, säuselte er scheinheilig. »Um die Aufwendungen für den Unterhalt und die umfangreichen Renovierungen zu decken, mussten in den letzten Jahren immer wieder neue Gelder aufgenommen werden. Das hat natürlich auch automatisch die laufenden Kosten noch mehr erhöht.«

Eva holte die Visitenkarte, die sie vor ein paar Tagen von dem kanadischen Firmenanwalt bekommen hatte, aus ihrer Tasche und hielt sie Urbaneck unter die Nase.

»Jetzt hören Sie mir mal zu, lieber Herr Urbaneck«, sagte sie kühl und schaute ihm eindringlich in die Augen.

»Wir beide wissen genau, was dieses Haus und vor allem das Grundstück in dieser Lage wert sind. Es wäre mir ein Leichtes, meine Großmutter zu überreden, das Anwesen selbst an die Kanadier oder einen anderen Interessenten zu verkaufen. Damit könnte sie Ihnen auf einen Schlag den Kredit zurückzahlen und hätte noch genügend Geld übrig, um sich ein schönes Häuschen auf dem Land zu kaufen, und könnte vom restlichen Geld noch weitere fünfzig Jahre gut leben.«

»Aber es bleibt Ihnen nur noch eine Woche Zeit. Und ich bezweifle …«, begann Urbaneck, der vom selbstsicheren Auftritt seines Gegenübers inzwischen etwas verunsichert war. Als er hierhergekommen war, hatte er nur mit einer alten Dame gerechnet, die er leicht hätte einschüchtern können. »Ich bezweifle, dass Sie und Ihre Großmutter diese Summe so kurzfristig aufbringen können.«

»Glauben Sie mir, das ist das kleinste Problem. Die kanadischen Investoren würden die Verträge sicherlich sogar noch am Heiligen Abend mit uns aushandeln. Denn dafür spart sich der Konzern eine Menge Geld, das er ansonsten an Sie bezahlen müsste. Ich gehe davon aus, dass Ihre Bank deutlich mehr für das Anwesen verlangen würde als meine Großmutter.«

Unruhig rutschte Urbaneck auf dem Stuhl hin und her. Er hatte einen ganz klaren Auftrag von seinem Arbeitgeber bekommen. Wenn er dieses Millionengeschäft vermasselte, wäre das für seine Karriere nicht sonderlich hilfreich.

»Hören Sie, Frau Lankers …«

»Nein!«, unterbrach sie ihn. »Jetzt hören Sie mir zu. Meine Großmutter möchte nicht verkaufen, weil ihr viel an diesem Haus liegt. Doch ich würde nicht zögern, ihr dazu zu raten, sollte es zum Äußersten kommen. Das möchte ich jedoch vermeiden. Ich werde noch heute anweisen, dass die ausstehenden Rückzahlungsbeträge samt einer Vorauszahlung für die nächsten sechs Monate an Ihre Bank gehen.«

So viel Geld konnte sie auf die Schnelle problemlos überweisen.

Als Margret draußen im Flur diese Worte hörte, seufzte sie vor Erleichterung auf. Eva war ein gutes Kind und würde es nicht zulassen, dass das Anwesen unter den Hammer kam.

»Aber ...«, begann Urbaneck.

Doch Eva ließ ihn nicht zu Wort kommen.

»Meine Großmutter ist in einem Alter, in dem man damit rechnen muss, dass sie nicht mehr lange leben wird. Sie ist gesundheitlich sehr angeschlagen.«

Eva versuchte, das so kühl wie möglich zu sagen, um Urbaneck auf ihre Seite zu ziehen.

»Ich bin ihre alleinige Erbin. Und ich habe kein Interesse an diesem alten Gemäuer. Sobald es mir gehört, werde ich es verkaufen, weil es dann für mich keinen Grund mehr gibt, nach München zu kommen. Und was der neue Besitzer damit macht, ist mir egal. Womöglich mag Ihrer Bank jetzt ein fetter Gewinn entgehen, aber das würde nicht ausschließen, dass ich ihr ein Vorkaufsrecht einräume, sobald ich die Besitzerin bin. Und Sie, lieber Herr Urbaneck, könnten in einem absehbaren Zeitraum auch persönlich davon profitieren, wenn Sie das Ihren Vorgesetzten schmackhaft machen würden. Denn für Ihr Verständnis für diese Lage würde ich mich natürlich auf großzügige Weise erkenntlich zeigen.«

Eindringlich schaute sie ihn an. Und natürlich kapierte der Bankangestellte sofort, worum es ging. Eva war es zutiefst zuwider, diesem Mann auch nur einen Cent anzubieten, aber sie sah im Moment keine andere Möglichkeit.

»Das wäre ... nun, das wäre eine Option.« Urbanecks Augen funkelten. Eva hatte ihn mit der Aussicht auf Geld um den Finger gewickelt.

»Selbstverständlich muss niemand davon erfahren. Wenn Sie verstehen, was ich meine.«

»So sehe ich das auch.« Er nickte. »Natürlich werden Sie für dieses ähm … besondere Arrangement eine Vereinbarung unterzeichnen. Die im besten Fall außer uns beiden niemand zu sehen bekommen wird.«

Urbaneck war vielleicht etwas einfältig, aber er war nicht dumm. Und sie durfte ihn nicht unterschätzen.

»Selbstverständlich.« Sie nickte entschlossen. »Sie werden nun Ihrer Bank erklären, dass das einzige Geschäft, das sie vorläufig mit uns machen wird, in der Bezahlung der Kreditzinsen und Darlehensraten liegt. Sollten Ihre Vorgesetzten trotzdem auf die Rückzahlung in diesem Jahr drängen, verkaufen wir noch morgen an die Kanadier. Wenn ich bis morgen Mittag keine Bestätigung über die Verlängerung des Kreditvertrages von Ihrer Bank habe, werde ich mich mit Kanada in Verbindung setzen. Aber ich denke, so weit wird es nicht kommen, nicht wahr, Herr Urbaneck?«

Er schüttelte den Kopf.

»Nein, so weit wird es nicht kommen, Frau Lankers.«

»Schön. Sobald ich alles schriftlich habe, werde ich auch das andere Dokument unterzeichnen.«

Nun ging es darum, ob er ihr so weit vertraute. Urbaneck schüttelte grinsend den Kopf. Er tat es nicht.

»Tut mir leid. Aber das sollten wir doch besser sofort erledigen.«

Eva seufzte. Dieses kleine Scharmützel hatte sie verloren, aber die große Schlacht würde sie gewinnen! Und das war das Entscheidende. Denn sie würde einen Teufel tun und ihm irgendwann auch nur einen Cent geben. Urbaneck hatte nicht bemerkt, dass sie das Gespräch von Anfang an mit ihrem Handy aufgezeichnet hatte. Sobald ihr die schriftliche Bestätigung der Bank vorlag, dass wieder alles in Ordnung war, würde sie ihn über die Tonaufnahme informieren. Und wenn er nicht Gefahr laufen wollte, seinen Job zu verlieren, würde sich die ganze Angelegenheit wieder in Wohlgefallen auflösen. Eva hatte deswegen auch nicht den Funken eines schlechten Gewissens. Die Bank hatte ihre Oma ohne Not unter Druck gesetzt, um ein äußerst lukratives Geschäft zu machen, und Urbaneck – nun, Simon Urbaneck war genau so, wie sie ihn von der ersten Sekunde an eingeschätzt hatte: ein auf seinen Vorteil bedachter korrupter Handlanger, dem sie eine Lektion erteilen würde.

Eva holte ein Blatt Papier aus der Schublade und notierte, dass sie Herrn Urbaneck beim Verkauf des Anwesens mit einer Summe im fünfstelligen Bereich bedenken würde. Schwungvoll setzte sie ihre Unterschrift darunter und schob das Blatt dann über den Schreibtisch. Er überflog es.

»Aber da steht kein genauer Betrag drin.«

»Stimmt. Doch in diesem Fall werden Sie mir vertrauen müssen. Falls nicht, werde ich diese Vereinbarung sofort zerreißen und die Kanadier anrufen.«

Ihre Miene war ernst, und er gab schließlich klein bei. Ohne ein weiteres Wort faltete er das Blatt zusammen und steckte es ein.

»Gut. Dann will ich Sie nicht mehr länger aufhalten. Sie finden bestimmt selbst hinaus.«

Margret war bleich geworden, als sie mit anhören musste, was Eva vorhatte. Sie hatte immer gedacht, dass die Enkelin ihrer Freundin trotz ihrer barschen Art ein gutes Herz hatte. Doch nun musste sie sich eingestehen, dass sie sich bitter getäuscht hatte. Eva war es egal, was nach dem Tod von Anna aus diesem Haus wurde, das schon seit Generationen Heimat der Familie Koffler war. Offenbar hatte sie keinen Bezug dazu, sondern wollte nur das Geld einheimsen, das es bei einem Verkauf einbrachte. Wenigstens würde Anna das nicht miterleben, und Margret würde es ihr auch bestimmt nicht sagen, denn damit bräche sie ihrer alten Freundin das Herz. Rasch, damit Urbaneck sie nicht entdeckte, verschwand sie in die Küche. Unschlüssig, was sie tun sollte, rief sie ihren Sohn Philipp an. Gemeinsam mit ihm musste sie einen Weg finden, Eva von ihrem Vorhaben abzuhalten. Denn es betraf auch ihn.

Eva hatte sich inzwischen die Ordner mit den Kontoauszügen geholt, um sich ein exaktes Bild vom tatsächlichen Stand der Dinge zu machen. Nachdem sie eine Weile darin geblättert hatte, schüttelte sie fassungslos den Kopf.

»Das kann doch nicht sein«, murmelte sie ungläubig.

Kein Wunder, dass ihre Großmutter so tief in der Kreide stand. Neben den nicht gerade geringen Unterhalts- und Instandhaltungskosten für das Anwesen und den Krediten, die sie für die Renovierungen aufgenommen hatte, entdeckte Eva in regelmäßigen Abständen größere Überweisungen, die vor allem als Spenden an Kinderheime gegangen waren. Im Laufe der Jahre war hier eine stolze Summe zusammengekommen, die mit zum derzeitigen großen Minus auf dem Konto beigetragen hatte. Eva wusste, dass es ihrer Oma schon immer besonders wichtig gewesen war, Waisenhäuser und Waisenkinder zu unterstützen, aber dass sie dafür auch Geld ausgab, das sie inzwischen längst nicht mehr hatte, grenzte an Verantwortungslosigkeit. Sie musste unbedingt mit Anna reden. Da sie wusste, dass dieses Gespräch sicher nicht einfach werden würde, wollte sie Anna erst nach dem Heiligen Abend darauf ansprechen. Bis dahin wäre ja auch mit der Bank geklärt, wie es weitergehen würde.

Kapitel 4

Nachdem Eva ihre Sekretärin angewiesen hatte, das Geld an die Bank sofort zu überweisen, saßen sie nun am großen Eichentisch im Esszimmer und ließen sich ein leichtes Abendessen schmecken. Es gab gebratenen Fisch mit Gemüse und Rote-Bete-Salat mit Walnüssen. Anna hatte auf dem Zimmer gegessen und sich bereits schlafen gelegt, um für den kommenden Tag ausgeruht zu sein.

»Warum isst du denn nicht mit uns, Margret?«, fragte Eva, als diese ihnen Wasser nachschenkte.

»Ich habe schon gegessen, danke«, antwortete die Haushälterin so unbeteiligt wie möglich. In Wahrheit hatte es ihr vor lauter Kummer und Ärger den Appetit verschlagen, und sie musste sich zusammenreißen, um sich vor Eva nichts anmerken zu lassen.

»Es schmeckt übrigens ausgezeichnet«, schwärmte Sandra.

»Das freut mich«, sagte Margret und nickte der Sekretärin zu.

Die junge Frau war wirklich eine äußerst nette Person, und unter anderen Umständen hätte Margret sich nur zu gern zum Plaudern zu ihr an den Tisch gesetzt. Doch sie hätte es im Moment nicht geschafft zu verbergen, wie enttäuscht sie von Eva war.

Nach dem Essen zog Sandra sich gleich in ihr Zimmer zurück, um mit ihrer Familie zu telefonieren, und Margret räumte den Tisch ab. Eva überflog auf ihrem Smartphone die eingegangenen E-Mails.

Plötzlich waren von draußen Männerstimmen zu hören.

»Das ist Philipp mit dem Weihnachtsbaum«, sagte Margret. Sie ließ das Tablett stehen und ging hinaus in die Diele.

Eva versuchte, ruhig zu bleiben, aber sie spürte, dass ihr Puls anstieg. Sie kannte Philipp, der nur wenig älter war als sie, seit ihrer Kindheit. Schon seit vielen Jahren lebte und arbeitete er als Landschaftsgärtner in Salzburg. Doch jedes Jahr an Weihnachten trafen die beiden hier aufeinander, wenn er seine Mutter und sie ihre Großmutter besuchte. Und wie jedes Jahr kümmerte er sich darum, dass im Wohnzimmer ein Weihnachtsbaum stand. Eva verdrehte innerlich die Augen über diesen ihrer Ansicht nach völlig veralteten Weihnachtsbrauch. Sie überlegte kurz, ob sie ihm aus dem Weg gehen sollte, doch dann legte sie das Smartphone zur Seite und ging ebenfalls hinaus, um ihn zu begrüßen.

Im Wohnzimmer schleppten Philipp und zwei stämmige Männer einen riesigen Tannenbaum im Topf genau an dieselbe Stelle vor dem großen Fenster neben dem Sofa, an der er jedes Jahr stand. Margret hatte bereits eine weiße Tischdecke auf dem Boden ausgebreitet, auf welcher der Baum abgestellt wurde. Nach den Feiertagen, oder genauer gesagt, einen Tag nach dem Fest der Heiligen Drei Könige, würde der Baum abgeschmückt und mitsamt Topf auf die Terrasse gestellt werden. Sobald der Boden nicht mehr zugefroren war, würde er dann im hinteren Teil des großen

Gartens eingepflanzt. Das war seit vielen Jahrzehnten Tradition im Hause Koffler. Im Laufe der Jahre war dadurch ein richtiger kleiner Tannenwald aus lauter ehemaligen Weihnachtsbäumen entstanden. Für die kleine Eva war dieser damals noch kleinere Wald ein magischer Ort gewesen, und sie hatte dort viele Stunden mit ihren Puppen gespielt.

Philipp bedankte sich bei den Männern für die Hilfe.

»Bitte kommt noch mit mir in die Küche, ich gebe euch ein paar Plätzchen mit«, sagte Margret, die bisher geschwiegen hatte, und die Männer folgten ihr hinaus.

Nun waren Eva und Philipp allein.

»Wow! Diesmal hast du dich aber selbst übertroffen. Der Baum ist ja ... gewaltig!«, rutschte es ihr heraus. Und es stimmte. Es war der größte Baum, den es in diesem Haus gegeben hatte, seit sie sich erinnern konnte.

Philipp drehte sich zu ihr um und schaute sie an, ohne eine Miene zu verziehen.

»Extra für dich. Ich weiß doch, wie gern du Weihnachten magst, Eva.«

»Genauso gern wie Windpocken.«

Und nun musste er doch lächeln, als er daran dachte, wie sie beide als Jugendliche ausgerechnet in den Sommerferien gleichzeitig an den Windpocken erkrankt waren. Während Philipp nur ein paar kleine Pusteln bekommen hatte, war Evas Körper so übersät damit gewesen, dass sie ausgesehen hatte wie ein Streuselkuchen. Um sie aufzumuntern, hatte Philipp Eva in ihrem Zimmer auch dann noch Gesellschaft geleistet, als es ihm längst wieder besser ging. Sie hatten stundenlang Karten gespielt, Musik gehört, und er hatte sie abgelenkt, wenn sie sich wie wild kratzen wollte.

Philipp erinnerte sich gern an diese Zeit zurück, in der

die beiden noch die besten Freunde gewesen waren. Und für kurze Zeit waren sie sogar mehr als das gewesen.

»Ich freue mich schon aufs Schmücken morgen früh mit dir«, flötete er mit einem boshaften Grinsen.

Sie schnaubte.

»Das kannst du schön alleine machen. Wahrscheinlich schlafe ich ohnehin bis Mittag.«

»Eine Eva Lankers, die bis Mittag schläft? Niemals! Aber falls doch, werde ich dich höchstpersönlich aus dem Bett werfen!«

Eva zuckte mit den Schultern.

»Das kannst du ja versuchen.«

»Lass es besser nicht darauf ankommen.« Seine Stimme klang nur wenig scherzhaft. Er zupfte ein vertrocknetes Blatt zwischen den Zweigen des Baumes hervor.

»Und, wie läuft es in Salzburg?«, fragte sie nach einer Weile, nachdem er keine Anstalten machte, das Gespräch wieder aufzunehmen.

»Keine Ahnung. Ich bin schon seit einem Dreivierteljahr nicht mehr dort gewesen.«

»Was?« Eva war überrascht. »Wo bist du denn jetzt?«

»Hier. In München.«

Sie schüttelte ungläubig den Kopf.

»Aber hat deine Dauerverlobte sich nicht immer geweigert, hierher zu ziehen?«

»Zwischen Paula und mir ist es aus. Deswegen hat mich auch nichts mehr in Österreich gehalten«, sagte er schlicht und drehte sich dann um, um hinauszugehen.

»Hey, warte.« Sie folgte ihm und hielt ihn am Arm fest. Philipp blieb stehen.

»Was denn?«, fragte er.

»Das mit Paula tut mir leid.«

»Muss es nicht.«

Sie grinste schief.

»Eigentlich tut es mir auch gar nicht leid.«

»Hab ich mir schon gedacht.«

»Ich konnte sie nie leiden.«

»Du hast auch niemals versucht, das zu verbergen.«

Sie zuckte mit den Schultern.

»Und wo arbeitest du in München?«, wollte sie wissen.

»Hier.«

»Wie hier?«

»Hier.«

Sie schaute ihn verdutzt an.

»Was bitte meinst du mit hier?«

»Ich meine mit hier: hier.«

»Hat Oma dich als Gärtner angestellt?«, fragte Eva verwundert. Das Grundstück war zwar groß, aber für einen eigenen Gärtner auch wieder zu klein.

»Anna hat mich nicht eingestellt. Ich habe einen Teil des Gartens gepachtet und baue mir hier gerade meine eigene Gärtnerei auf.«

Mit so einer Antwort hatte Eva nicht gerechnet.

»Was?«, fragte sie nur und schüttelte ungläubig den Kopf.

Er schaute sie mit kühlem Blick an.

»Ich weiß, dass dir das nicht ins Konzept passt. Aber sowohl für deine Großmutter als auch für mich schien das eine gute Lösung für unsere Probleme zu sein. So, und jetzt hab ich zu tun.«

Mehr wollte er im Moment nicht dazu sagen, sonst hätte er womöglich für nichts mehr garantieren können. Seitdem ihn seine Mutter angerufen und von Evas Plänen erzählt hatte, kochte er innerlich vor Wut, und er musste sich zusammenreißen, damit man ihm nichts anmerkte. Es fiel ihm schwer, sie nicht auf ihren Deal mit dem Banker anzusprechen. Aber er und Margret hielten es für klüger, wenn Eva vorerst nicht wusste, dass sie ihre Pläne kannten. Sie mussten einen Verkauf des Hauses unbedingt verhindern. Nicht nur, damit er seine berufliche Grundlage nicht verlieren würde und wieder von vorn beginnen müsste, weil er sein ganzes Geld in diese Gärtnerei gesteckt hatte. Philipp war auch überzeugt davon, dass Eva es später bedauern würde, sollte sie das Familienanwesen verkaufen.

Eva schaute Philipp hinterher, als er ohne ein weiteres Wort das Zimmer verließ. Sie wusste nicht so recht, ob sie ihm wirklich glauben sollte. Er hatte schon immer die Angewohnheit gehabt, sie bei jeder Gelegenheit aufzuziehen. Doch das konnte sie ja leicht überprüfen. Sie zögerte kurz, ging dann in die Diele und holte aus der Schublade einer alten Kommode eine Taschenlampe, die dort mit einem Satz Reservebatterien für Notfälle bereitlag. Dann ging sie ins Wohnzimmer und verließ das Haus durch die Terrassentür. Nach dem frühlingshaften Tag war es inzwischen empfindlich kalt geworden. Doch die frische Luft tat ihr gut, und sie würde ohnehin nicht lange draußen sein, deswegen verzichtete sie darauf, einen Mantel anzuziehen.

Der Vollmond erleuchtete den Garten so hell, dass sie die Taschenlampe gar nicht brauchte. Wie durch Watte hindurch hörte sie leise den Verkehrslärm der umgebenden Straßen. Ansonsten war es still. Nachdem sie über den Rasen zu einer dichten, mannshohen Ligusterhecke gelaufen und durch ein kleines Gartentor geschlüpft war, entdeckte sie auf der anderen Seite tatsächlich ein neu gebautes Gewächshaus. Der große Gartenteich war verschwunden, und an seiner Stelle waren Reihen von Sträuchern und jungen Bäumen gepflanzt. An der Außenseite eines hölzernen Schuppens lehnten einige gefällte Weihnachtsbäume in verschiedenen Größen, die wohl noch an diejenigen, die auf den allerletzten Drücker vor dem Fest einen Baum brauchten, verkauft werden sollten. Ein mit Kies aufgefüllter Weg führte zum anderen Ende des Gartens, wo jetzt ein zusätzliches Tor war, durch das die Kunden zu den Geschäftszeiten von der Straße her auf das Gelände fahren konnten. Der private Teil mit dem Haus auf der anderen Seite war jedoch durch die dichte Hecke und den kleinen Tannenwald aus Weihnachtsbäumen der vergangenen Jahrzehnte abgetrennt.

Eva überlegte, wie sie mit der neuen Situation umgehen sollte. Insgeheim war sie sauer auf ihre Großmutter, weil sie nicht mit ihr darüber gesprochen hatte. Wenn Philipp schon Geld in eine eigene Gärtnerei investierte, war das sicher langfristig gedacht. Doch wie sollte das laufen, wenn das Anwesen einmal Eva gehörte? Sie hatte ihr eigenes Leben in Frankfurt und keine Lust, das Haus zu behalten, geschweige denn selbst hier zu wohnen. Ganz abgesehen davon, war es für eine Person viel zu groß. Und eine Vermietung würde bei Weitem nicht genug einbringen, um den Kredit damit zurückzuzahlen, und schon gar nicht, um auch noch die Unkosten für die Instandhaltung zu decken.

Doch warum machte sie sich darüber überhaupt Gedanken? Philipp war selbst schuld, wenn er sich darauf eingelassen hatte, seine Gärtnerei hier anzusiedeln. Gerade er müsste eigentlich wissen, dass sie kein Interesse daran hatte, das Haus ihrer Großmutter später zu behalten. Sie erschrak, als sie merkte, wie sehr sie davon ausging, dass ihre Oma nicht mehr lange leben würde. Und doch hoffte sie, sich zu irren. Auch wenn sie sich nur ein- oder zweimal im Jahr sahen, so telefonierten sie doch oft miteinander, und Eva konnte sich ein Leben ohne Anna kaum vorstellen. Trotzdem musste sie realistisch bleiben.

Plötzlich spürte sie deutlich die eisige Kälte, die unter ihre Kleider kroch, und sie beeilte sich, zurück ins Haus zu kommen.

Jetzt lag sie schlaflos im Bett und versuchte, ihre kalten Füße aufzuwärmen, indem sie sie aneinanderrieb. Doch es half nichts. Sie blieben kalt wie zwei Eisklötze. So konnte sie nicht einschlafen. Schließlich stand sie auf und ging in die Küche. In der großen Abstellkammer suchte sie nach einer leeren Flasche und füllte sie mit heißem Wasser aus dem Hahn. Ein praktischer Ersatz, wenn man gerade keine Wärmflasche zur Hand hatte.

Dann nahm sie eine angefangene Packung Milch aus dem Kühlschrank, goss sie in einen kleinen Topf und erwärmte sie auf dem Herd. Eine Mikrowelle gab es nicht. Margret weigerte sich standhaft, ein Gerät, das Lebensmittel mit Hilfe von unsichtbaren Wellen erwärmte, im Haus zu haben. Das war ihr suspekt.

Mit einer großen Tasse heißer Milch und der Ersatzwärmflasche war Eva schon auf dem Weg aus der Küche, da blieb sie plötzlich stehen. Auch wenn sie für Weihnachten nichts übrig hatte, so gab es doch etwas, das sie an dieser Jahreszeit mochte: Plätzchen. In Frankfurt konnte sie gut darauf verzichten, denn das Gebäck, das es in den Geschäften zu kaufen gab, reizte sie nicht. Doch die liebevoll selbst gemachten Plätzchen von Margret waren etwas ganz anderes, und Eva konnte der Versuchung plötzlich nicht mehr widerstehen. Sie wusste genau, in welchem Schrank Margret die Blech- und Keramikdosen mit dem Weihnachtsgebäck immer aufbewahrte.

Ein paar Minuten später saß sie im Bett, nippte an der Milch und blickte dann voller Vorfreude in die Schale auf ihrem Schoß. Zimtsterne, Haselnuss-Spritzgebäck, mit Schokolade überzogene Mandelstangen, Hirschknöpf, Glühweinplätzchen, Spekulatius, Spitzbuben, Kokosmakronen – und ihre heiß geliebten Vanillekipferl! Eva lief das Wasser im Mund zusammen, und sie griff nach ihrem Lieblingsgebäck. Als das zarte Kipferl buchstäblich auf ihrer Zunge zerging, schloss sie für einen Moment glücklich die Augen. Mhmmm. Nichts war zu vergleichen mit dem wunderbaren Geschmack von selbst gemachten Weihnachtsplätzchen. Rasch griff sie ein weiteres Mal in die Schale.

Ihre Füße waren inzwischen warm geworden, und die Milch hatte sie schläfrig gemacht. Zufrieden wie lange nicht mehr, stellte sie die Schale zur Seite, in der nur noch ein kleiner Rest übrig war, und schaltete das Licht aus. Das schlechte Gewissen, weil sie sich die Zähne nicht mehr geputzt hatte, verdrängte sie einfach. Und kaum lag ihr Kopf auf dem Kissen, war sie auch schon eingeschlafen.

Kapitel 5

Anna war schon sehr früh aufgewacht und saß in ihrem dunkelgrünen Lieblingskleid auf dem Sofa in ihrem Zimmer. Sie fühlte sich ausgeruht und kräftiger als in den letzten Tagen und Wochen. Versonnen blickte sie durch das Fenster hinaus in den Garten. Die Dunkelheit der Nacht machte gerade dem Licht des Morgens Platz, und sie nahm die Schönheit, die diesem Wechsel der Tageszeiten innewohnte, ganz bewusst wahr.

Es schien sich wieder ein sonniger Tag anzukündigen, der eigentlich gar nicht zu der Jahreszeit passte und vor allem nicht zu dem Tag heute: dem Heiligen Abend. Der Tag, der seit ihrer Kindheit eine ganz besondere Bedeutung für sie hatte. Nicht wegen des Weihnachtsschmucks und der Geschenke. Nein. Das alles war für sie nur nebensächlich. Es ging um etwas anderes. Etwas, von dem außer ihr niemand mehr wusste. Denn alle, die damals dabei gewesen waren, waren inzwischen schon längst tot – oder wussten nicht, dass sie dabei gewesen waren.

Als zehnjähriges Kind wäre Anna in der Weihnachtszeit fast gestorben. Doch sie hatte eine wunderbare Chance bekommen und konnte sozusagen an Weihnachten zum zweiten Mal Geburtstag feiern. Die vielen Jahre, die sie bis heute erleben durfte, waren ihr geschenkt worden. Das war Annas ganz persönliches Weihnachtswunder. Sie ahnte, nein, eigentlich wusste sie, dass dies ihr letzter Heiliger Abend sein würde und es bald an der Zeit war zu gehen. Aber Angst vor dem Tod hatte sie nicht. Sie war bereit dafür. Nun ja, fast bereit.

Anna stand langsam auf und ging zur Kommode, die neben dem Sofa stand. Sie zog eine breite Schublade auf, in der einige Fotoalben lagen. Diese holte sie heraus und legte sie achtlos zur Seite. Ganz hinten in der Schublade war ein flaches Päckchen, in Weihnachtspapier eingewickelt. Vorsichtig nahm sie es heraus und wischte den Staub, der sich darauf angesammelt hatte, mit den Fingern ab.

»Anna?« Ertappt drehte die alte Dame sich um. Margret stand in der Tür und blickte sie besorgt an.

»Entschuldige, ich wollte dich nicht erschrecken.«

Anna lächelte und legte das Päckchen wieder in die Schublade zurück. Sie würde es später unter den Weihnachtsbaum legen, zusammen mit einem weiteren, etwas größeren Päckchen für das Waisenkind.

»Alles gut, Margret. Komm doch rein und setz dich ein wenig zu mir.«

Margret schloss die Tür hinter sich und betrat das Zimmer.

»Du machst so ein besorgtes Gesicht. Ist es wegen des Mädchens aus dem Waisenhaus?«, fragte Anna und setzte sich wieder auf das Sofa. Margret nahm neben ihr Platz. Sie wollte Anna wegen Eva und der Sache mit dem Haus auf keinen Fall beunruhigen, deswegen nahm sie dankbar den Faden auf und lächelte.

»Eva wird sich schrecklich aufregen, dass du das Kind eingeladen hast.«

Anna nickte.

»Das wird sie.«

Margret war erleichtert, als sie die moosgrünen Augen von Anna schelmisch aufblitzen sah. Sie hatte sich in letzter Zeit große Sorgen um ihre Gesundheit gemacht, doch jetzt schien die alte Dame überraschend aufzublühen.

»Es ist nicht nett, was du da vorhast, Anna«, bemerkte Margret und schüttelte vorwurfsvoll den Kopf, obwohl sie sich insgeheim eine gewisse Schadenfreude nicht verkneifen konnte. Eva würde sich tatsächlich aufregen. Und das hatte sie auch ein klein wenig verdient, so wie sie sich benahm.

»Nein. Es ist nicht nett von mir, das gebe ich zu. Aber ein wenig Aufregung bringt ihren Kreislauf in Schwung.«

Die beiden Frauen sahen sich an und prusteten plötzlich los.

Als sie sich wieder beruhigt hatten, griff Anna nach der Hand ihrer langjährigen Freundin.

»Bitte achte nur darauf, dass sie vor dem Kind nicht wild herumpoltert. Antonie ist ein schüchternes Mädchen, das schon viel mitgemacht hat in seinem kurzen Leben.«

»Ich werde aufpassen, Anna«, versprach Margret. Wenigstens das konnte sie tun. Ansonsten hatte sie immer noch keine Idee, wie sie Eva daran hindern sollte, das Anwesen nach dem Tod von Anna, der hoffentlich noch eine Weile auf sich warten ließ, an den Höchstbietenden zu verscherbeln.

»Ist noch irgendwas?«, fragte Anna und streichelte über Margrets Hände, die rau von der Hausarbeit waren.

»Aber nein. Ich bin nur ein wenig angespannt wegen des Besuchs und wie Eva darauf reagieren wird«, log Margret.

Sie hoffte inständig, dass Anna ihr das abnehmen würde. Die alte Dame sah sie mit einem liebevollen Blick an.

»Du brauchst dir keine Sorgen zu machen. Auch wenn sie sich ärgern wird – es wird alles gut werden.«

»Wenn du das sagst …«

»Ja … Ach meine liebe Margret, wenn ich dich nicht hätte. Ich danke dir für alles, was du in all den Jahren für mich getan hast und immer noch tust.«

Margret schaute ihre Freundin gerührt an.

»Und ich danke dir, liebe Anna. Ich weiß nicht, was ich ohne dich gemacht hätte.«

Die beiden Frauen hatten sich stets gegenseitig geholfen. Nach dem Tod von Evas Eltern, die Margrets beste Freunde gewesen waren, hatten sie einander zu trösten versucht, und Margret hatte Anna nach Kräften unterstützt, mit dieser Katastrophe fertigzuwerden.

»Ich habe eine Bitte an dich, Margret.«

»Ja?«

»Sag Eva, dass ich noch schlafe, falls sie zu mir möchte. Ich muss noch ein wenig Energie sammeln, damit ich später genug Kraft für den Ärger mit ihr haben werde.«

Eva war schlecht gelaunt. Mitten in der Nacht war sie aufgewacht, weil ihr die vielen Plätzchen, die sie verputzt hatte, schwer im Magen lagen. Stundenlang hatte sie mit Sodbrennen und Bauchschmerzen gekämpft, und als sie in den frühen Morgenstunden schließlich doch eingeschlafen war, hatte es wenige Minuten später an der Tür geklopft. Jedenfalls war es ihr so vorgekommen. Tatsächlich hatte sie aber noch drei Stunden geschlafen, wie ihr ein Blick auf die Uhr verriet. Ihrem Magen ging es inzwischen etwas besser, dafür pochten ihre Schläfen, und sie hatte ein unangenehmes Kratzen in ihrem Hals, das auch dann nicht wegging, wenn sie sich räusperte. Ob sie sich letzte Nacht erkältet hatte, als sie ohne Mantel aus dem Haus gegangen war?

Müde kämpfte sie sich aus dem Bett und öffnete die Tür. Sandra stand mit einer dicken Mappe in der Hand da.

»Entschuldigen Sie Frau Lankers, Sie wollten noch Verschiedenes mit mir durchgehen«, sagte sie.

Eva strich sich fahrig die Haare aus dem Gesicht. Dass sie so dumm gewesen war, noch in der Nacht so viel zu naschen, durfte sich nicht auf ihre Arbeit auswirken. Sie räusperte sich.

»In zehn Minuten unten im Büro. Idealerweise steht dann schon ein doppelter Espresso auf dem Schreibtisch.«

Noch während sie es sagte, fiel ihr ein, dass es so etwas wie eine Espressomaschine im Hause Koffler natürlich nicht gab.

»Oder eine große Tasse extrastarker Kaffee«, verbesserte sie sich.

»Geht klar. Soll ich auch ein Frühstück …«

Eva winkte ab und legte eine Hand reflexartig auf ihren Bauch.

»Nur Kaffee!«

»So. Das war alles«, sagte Sandra und schlug den Ordner zu.

Die Büroarbeiten hatten weniger Zeit in Anspruch genommen, als Eva gedacht hatte, da Sandra wieder einmal bestens vorbereitet war. Die junge Sekretärin war wirklich ein guter Fang gewesen. Auch wenn sie für Evas Geschmack manchmal ein wenig zu emotional war. Vor allem jetzt in der Weihnachtszeit. Eva warf einen Blick auf die Uhr. Es war halb zehn. Die Bestätigung der Bank über die Kreditverlängerung war noch nicht da. Weder per E-Mail noch per Bote. Sie hatte Urbaneck bis Mittag Zeit gegeben.

»Sie können jetzt Pause machen, Sandra.«

Die Sekretärin lächelte erfreut.

»Danke. Dann kann ich ja noch ein wenig in die Stadt gehen und ein paar Besorgungen machen.«

»Gut. Aber um zwölf Uhr müssen Sie spätestens hier sein. Womöglich haben wir noch einiges zu tun.« Insgeheim hoffte Eva jedoch, dass das nicht der Fall sein würde.

»Natürlich. Brauchen Sie noch etwas?«, fragte Sandra zuvorkommend.

»Nein. Oder doch. Bringen Sie mir aus der Apotheke etwas gegen Magenbeschwerden mit – und vielleicht noch Tabletten gegen Erkältung. Aber kein Aspirin, das vertrage ich nicht.« Das Hämmern in ihrem Kopf war immer noch nicht besser geworden, außerdem fröstelte sie.

»Mache ich.«

Sandra verkniff sich eine Frage nach dem Gesundheitszustand ihrer Chefin, denn es war ganz offensichtlich, dass sie nicht ganz auf der Höhe war. Und sie wusste, dass Eva es hasste, über Unpässlichkeiten und Krankheiten zu sprechen.

So schnappte sich Sandra ihre Jacke und verließ das Haus, froh, gleich ein wenig von München sehen zu können. Es war ihr erster Besuch in der bayerischen Landeshauptstadt. Wenn sie sich beeilte, konnte sie vielleicht noch einen kleinen Rundgang auf dem berühmten Weihnachtsmarkt am Marienplatz machen, von dem sie gelesen hatte, und kleine Mitbringsel für ihre Familie besorgen, die ihr gerade an diesem Tag besonders fehlte.

Nachdem Sandra weg war, ging Eva in die Küche, um sich eine weitere Tasse Kaffee zu holen. Im Haus war es völlig still. Ihre Großmutter ruhte sich noch aus und wollte nicht gestört werden, wie Margret ihr mitgeteilt hatte. Die Haushälterin war inzwischen auch unterwegs, um letzte Besorgungen zu machen. Eva setzte sich in einen Sessel und trank den heißen Kaffee in langsamen Schlucken. Er beruhigte ihren Magen ein wenig. Und auch das Kopfweh wurde leichter.

Eva schaute noch mal auf ihr Smartphone, doch noch immer war keine Nachricht von der Bank eingetroffen. Als sie bemerkte, dass der Akku bald leer sein würde, holte sie das Ladekabel aus ihrem Zimmer. Im Büro steckte sie das Handy ans Netz und überflog dann Nachrichten mit Weihnachtsgrüßen von Geschäftspartnern, die auf den letzten Drücker bei ihr eingegangen waren.

Sie überlegte gerade, sich noch eine dritte Tasse Kaffee einzuschenken, da hörte sie Schritte in der Diele.

»Eva!?«

Philipp war gekommen.

»Hier!«, antwortete sie.

Gleich darauf steckte er den Kopf herein.

»Komm. Wir müssen den Weihnachtsschmuck vom Speicher holen.«

»Kannst du das nicht alleine machen?«

»Kann ich schon, tu ich aber nicht. Ich bin nur Gast in diesem Haus, schon vergessen?«

Eva seufzte. Sie wusste, dass Philipp keine Ruhe geben

würde. Das war jedes Jahr so. Er würde den Baum nicht schmücken, wenn sie ihm nicht half. Und das würde ihre Oma schwer enttäuschen. So sehr Eva dieser Weihnachtsschnickschnack auf die Nerven ging, so wenig wollte sie, dass ihre Großmutter womöglich traurig war. Dabei hasste sie diese Art von moralischer Erpressung, die bei ihr leider immer noch funktionierte. Am besten brachte sie es gleich hinter sich.

Sie stand auf und sah eben noch sein selbstgefälliges Grinsen, bevor er sich umdrehte.

»Na dann los!«

»Ich komm ja schon.«

»Willst du so auf den Speicher?«, fragte er mit einem kritischen Blick auf ihren dunkelgrauen Rock über der Feinstrumpfhose und die eng anliegende helle Seidenbluse, als sie die Treppen hochgingen. Er selbst trug eine ausgewaschene Jeans und einen schwarzen Pullover, der aussah, als wäre er handgestrickt. Was er vermutlich auch war.

»Natürlich nicht!«, sagte sie und ging in ihr Zimmer im zweiten Stock, um sich umzuziehen. Doch die wenigen Kleidungsstücke, die sie dabeihatte, waren allesamt zu fein für das, was sie vorhatten. Sie öffnete den Kleiderschrank, in dem noch einige Sachen waren, die sie bei früheren Besuchen hiergelassen hatte. Zuerst griff sie nach einer Jeans, doch dann entdeckte sie ganz hinten ein Kleid. Es war kobaltblau mit neongrünen Streifen. Sie hatte es sich in einer Stunde der Schwäche vor ein paar Jahren von einer Verkäuferin aufschwatzen lassen, die ihr versichert hatte, dass dies der letzte Schrei sei. Eva konnte sich immer noch nicht erklären, wie ihr das gelungen war. Getragen hatte sie dieses scheußliche Ding nie. Es war natürlich alles andere als dafür geeignet, staubige Schachteln vom Speicher zu holen. Andererseits war es wirklich nicht schade darum. Sie grinste plötzlich.

»Na endlich. Wo warst du so …« Philipps Kinnlade fiel herunter, als er sie sah, und Eva bemühte sich, bei seiner verdutzten Miene nicht zu lachen. Genau diese Reaktion hatte sie sich vorgestellt. Nachdem der Tag für sie so bedrückend begonnen hatte, tat es ihr jetzt gut, Philipp ein wenig aufzuziehen. Dabei wunderte sie sich über sich selbst. Denn normalerweise neigte sie nicht dazu, solche Späße zu machen.

»Ähm, sollte das mal ein Luftballon werden?«, fragte er und schüttelte ungläubig über ihre Kleiderwahl den Kopf.

»Komplimente bitte schriftlich an meine Sekretärin«, gab sie trocken zurück.

Darauf sagte er nichts mehr. Offenbar hatte er heute keinen Sinn für Humor. Er ging zu den Weihnachtskartons, die in einer Ecke standen.

Der Speicher war vollgestellt mit alten Möbeln, Bilderrahmen, Truhen und Kisten, die Generationen von Bewohnern in den vergangenen Jahrzehnten hier verstaut hatten. Als Kind war Eva oft hier oben gewesen, wenn sie allein sein wollte, und hatte mit ihrem Teddybären Freddy Bücher angeschaut oder in den alten Sachen herumgestöbert. Wo war Freddy eigentlich?, fragte sie sich. Sicherlich in einer der Kisten. Oder Großmutter hatte ihn mit anderen Spielsachen an eines der Waisenhäuser verschenkt.

Obwohl sie es eigentlich vermeiden wollte, fiel ihr Blick auf einen der hölzernen Querbalken. Eng nebeneinander waren die Buchstaben *P* und *E* eingeritzt, umrahmt von einem Kreis anstatt eines Herzens, das sie als Teenager zu kitschig fand. Ein Überbleibsel aus einer Zeit, in der Eva und Philipp es sich nicht hatten vorstellen können, auch nur einen Tag voneinander getrennt zu sein. Wie naiv sie doch damals noch gewesen waren! Eva drehte sich zu Philipp, der gerade einen Karton vom Stapel hob. Er schenkte dem Balken mit den Initialen keinen Blick. Vermutlich weiß er gar nicht mehr, dass es sie gibt, dachte Eva.

»Welchen Farbwunsch hat Oma denn für dieses Jahr«, fragte sie. Seit sie denken konnte, war der Christbaum an Weihnachten immer nur mit einfarbigen Kugeln und dazu passenden Anhängern geschmückt worden. Für jede Farbe gab es einen eigenen großen Karton, der außen sorgfältig beschriftet war. Im letzten Jahr war der Baum silbern gewesen.

»Sie will ihn bunt haben«, antwortete Philipp.

»Was?« Eva drehte sich überrascht zu ihm um. Schlagartig bekam sie eine Gänsehaut. »Bunt? Aber das gab es ja noch nie.«

Philipp nickte. Auch ihn hatte die Anweisung verwundert.

»Ich weiß auch nicht warum. Wir bringen jetzt mal alle Schachteln nach unten und suchen die schönsten Kugeln und Anhänger heraus.«

»Das ist jetzt nicht dein Ernst, oder?«

»Und ob!«

Kapitel 6

Anna ruhte noch in ihrem Zimmer, und Margret war inzwischen vom Einkaufen zurückgekommen. Sie bereitete in der Küche das Essen zu und lauschte dabei dem Weihnachtsprogramm, das im Radio lief. Traditionell gab es an Heiligabend mittags immer Bratwürstchen mit Sauerkraut und abends nach der Bescherung Entenbrust in Rotweinsoße mit Blaukraut und dazu Kartoffelknödel. Als krönenden Abschluss servierte Margret jedes Jahr eine süße Überraschung, die sie schon Wochen vorher zu planen begann. Im letzten Jahr hatte sie selbst gegossene Schokoschälchen zur Hälfte mit einer eiskalten Vanillesoße aufgefüllt, in die sie kurz vor dem Servieren kleine lauwarme Dampfnudeln gesetzt hatte. Und auch für dieses Jahr hatte sie sich bereits wieder etwas Besonderes überlegt. Sie würde aus einem dunklen Biskuitteig eine Rolle formen, die sie mit Haselnuss-Zimt-Sahne füllen und in feine Scheiben geschnitten mit selbst gemachtem Vanilleeis und einem Schälchen Orangenkompott servieren würde. Alle freuten sich immer ganz besonders auf Margrets wunderbare Nachspeisen. Auf jeden Fall hatte die Haushälterin noch eine Menge Arbeit vor sich.

Nachdem sie alle Schachteln mit Weihnachtsschmuck nach unten getragen hatten, und bevor sie mit dem Schmücken des Baumes begannen, holte Eva ihr Smartphone aus dem Büro und steckte es im Wohnzimmer wieder an die Steckdose, damit ihr ja keine Nachricht entging.

Immer noch keine Bestätigung von der Bank! Eva ahnte, dass Urbaneck sie absichtlich zappeln ließ. Aber das würde er noch bedauern, denn sie würde ihn später auf ihre Weise spüren lassen, wie wenig sie es leiden konnte, wenn man so mit ihr umging.

»Kannst du nicht mal fünf Minuten ohne Handy sein?«, fragte Philipp genervt.

»Hast du ein Problem damit?«

»Vielleicht ja, weil es unhöflich ist?«

»Unhöflich? Sagt ausgerechnet derjenige, der so unterhaltsam ist wie stilles Mineralwasser.«

Philipp schnaubte kurz, dann schwiegen sie beide.

Eva holte eine goldene Kugel aus der Schachtel und reichte sie Philipp, der auf einer kleinen Tretleiter stand.

»Nicht schon wieder eine goldene. Ich brauche eine andere Farbe«, sagte Philipp und unterbrach damit das inzwischen schon länger anhaltende Schweigen.

»Musst du das so genau nehmen?«, fragte Eva genervt. Er nickte nur. Philipp war tatsächlich ungefähr so unterhaltsam wie eine Miesmuschel, und das Weihnachtsgedudel aus der Küche verursachte ihr wieder Kopfschmerzen. Sie seufzte, legte die Kugel zur Seite und holte eine blaue aus einer anderen Schachtel.

Da klingelte es an der Haustür. Vielleicht kam endlich der Bote mit den Unterlagen?

»Ich geh schon!«, rief Margret aus dem Flur.

»Blau auch nicht – ich brauch entweder rot oder grün«, wies Philipp Eva an. Er hatte offenbar sein ganz spezielles System beim Schmücken. Eva verdrehte die Augen und legte die blaue Kugel wieder zurück. Dann öffnete sie eine neue Schachtel und holte eine mattrote Kugel heraus. Die Oberfläche war etwas angekratzt, und an einer Stelle war ein weißer Wachstropfen mit einer kleinen Kerbe am Rand, die vermutlich von einem Fingernagel stammte, der sich ins weiche Wachs gedrückt hatte.

Als sie ihm die Kugel reichte, blickte er sie mit einem warmen Lächeln an. Eva war für einen Moment irritiert und holte, fast etwas verlegen, eine weitere Kugel aus der Schachtel. Da bemerkte sie, dass das Lächeln gar nicht ihr galt.

»Da bist du ja, Antonie!«, rief er erfreut und stieg von der Tretleiter. Mit einem unguten Gefühl der Vorahnung drehte Eva sich um. Neben Margret stand ein kleines Mädchen und lächelte schüchtern.

»Wir haben einen Gast, die kleine Antonie«, sagte Margret ruhig, schaute Eva dabei jedoch mit einem mahnenden Blick an.

Eva schüttelte reflexartig den Kopf. Nein! Oma hatte es wieder getan! Das konnte doch nicht wahr sein! Ihre Kehle wurde eng, und sie begann zu zittern. Die Kugel fiel ihr aus der Hand und zerbrach klirrend auf dem Fußboden.

»Oo-ohh ddd-dd-die sch-sch-schö-öne Kkkkk-Kuuuggel«, stotterte Antonie, und Eva wurde schlagartig bleich! Es reichte wohl nicht, dass ihre Großmutter ein Kind ins Haus geholt hatte. Dieses Kind versuchte auch noch, sie zu verspotten!

Eva atmete ein paarmal tief ein und aus und versuchte dabei, ruhig zu bleiben und sich zu konzentrieren. Doch es half nichts.

»Verdammt noch mal!«, schimpfte sie böse. Antonie zuckte erschrocken zurück.

»Eva! Sag mal, geht's noch?!«, fuhr Philipp sie an. Doch sie schaute ihn nur wütend an, drehte sich um und rauschte ohne ein weiteres Wort aus dem Zimmer. Krachend fiel die Tür ins Schloss.

Margret und Philipp warfen sich besorgte Blicke zu. Beide hatten zwar geahnt, dass Eva sich ärgern würde, aber mit einer solch heftigen Reaktion hätten sie nicht gerechnet.

Antonie begann leise zu weinen. Sie hatte die Frau mit ihrem Stottern ärgerlich gemacht. Wie hatte sie nur denken können, dass es dieses Mal anders sein würde? Dabei hatte sie sich so gefreut.

Philipp legte beruhigend einen Arm um Antonie und zog den zierlichen Körper des Mädchens tröstend an sich. Doch Antonie drückte sich sofort von ihm weg. Was er verstehen konnte. Schließlich war er ein Fremder für sie.

»Nicht weinen, Antonie. Die Frau in dem lustigen Kleid ist nur erschrocken, weil sie eine Kugel kaputt gemacht hat. Sie ist nicht besonders geschickt. Hilfst du mir vielleicht beim Schmücken?«, fragte er sanft. »Du kannst es bestimmt viel besser.«

Antonie schniefte unglücklich. Lieber nicht, am Ende machte sie noch was kaputt, und dann würde sie deswegen auch Ärger bekommen. Aber das sagte sie nicht. Sie schüttelte nur den Kopf.

»Ach komm«, schmeichelte Margret, »wir brauchen

dich doch. Sonst kann am Abend das Christkind nicht kommen. Schau doch nur, diese süßen kleinen Figuren.«

Sie hatte einen kleinen handgeschnitzten und bemalten Weihnachtsengel aus der Schachtel geholt.

»Der Engel ist fast so hübsch wie du!«

Die freundliche Stimme der Frau und das Lächeln des netten Mannes überzeugten das Mädchen schließlich doch. Antonie wischte sich die Tränen aus dem Gesicht und griff vorsichtig nach dem kleinen Engel, der ihr tatsächlich ein wenig ähnlich sah.

Eva hielt sich nicht lange mit Klopfen auf, sondern stürzte in das Zimmer ihrer Großmutter. Diese saß ruhig auf ihrem Sofa, die Hände auf dem Schoß ineinander verschränkt. Tatsächlich hatte sie schon auf Eva gewartet.

»Warum hast du es schon wieder getan?«, fauchte Eva erbost.

»Bitte Eva …«

»Du hast mir versprochen, dass du an Weihnachten keine Kinder mehr einladen wirst. Wenn ich gewusst hätte, dass du es trotzdem tust, wäre ich nicht gekommen.«

»Deswegen habe ich es dir auch nicht gesagt«, sagte Anna ganz ruhig. »Ich wollte unbedingt, dass du bei mir bist.«

Eva schloss die Augen und atmete tief ein und aus. Auch wenn sie unendlich sauer auf ihre Großmutter war, durfte sie diese trotzdem nicht so anschreien.

Als sie die Augen wieder öffnete, war es im Zimmer schlagartig dunkler geworden. Eva warf einen Blick zum Fenster. Dicke Schneeflocken peitschten gegen die Scheiben. Der Wind heulte. Es sah nach einem Schneesturm aus, dabei hatte vor wenigen Minuten noch die Sonne geschienen. In dem schwachen Licht im Zimmer wirkte das Gesicht ihrer Großmutter plötzlich unnatürlich bleich.

»Eva … ich will dich nicht verletzen.«

»Warum tust du es dann?«

»Bitte setz dich zu mir, dann versuche ich, es dir zu erklären.«

Doch Eva schüttelte den Kopf.

»Du brauchst mir nichts zu erklären. Ich werde jetzt in mein Zimmer gehen und packen. Und dann fahre ich zurück nach Frankfurt. Du kannst mit diesem Kind den Heiligen Abend feiern, wie du es dir vorgestellt hast. Margret und Philipp sind auch da, also hast du genug Gesellschaft.« Eva sprach ganz ruhig, auch wenn ihr das schwerfiel, so aufgewühlt wie sie innerlich war.

Anna fühlte sich plötzlich zittrig, als ob sie jegliche Kraft verlassen hätte. Dass es schwierig werden würde, hatte sie gewusst. Aber dass Eva sie vor dem Weihnachtsfest verlassen könnte, damit hatte sie nicht gerechnet. Das durfte auf keinen Fall geschehen!

»Aber Eva, du kannst doch deswegen nicht gehen.«

»Doch. Das kann ich. Und glaub mir, das ist das Beste für uns alle. Vor allem für dieses Kind.«

Eva drehte sich um und ging aus dem Zimmer.

Anna schaute ihr hinterher, und das Herz tat ihr weh. Sie musste Margret um Hilfe bitten. Eva musste unbedingt hierbleiben!

Antonie befestigte gerade einen glitzernden silbernen Stern am Baum, da hörte man oben laut eine Tür knallen. Sie zuckte erschrocken zusammen und hielt sich die Ohren zu.

Jetzt reicht es aber! Ich muss unbedingt ein ernstes Wörtchen mit ihr reden, dachte Philipp. »Ich bin gleich wieder da, Antonie«, sagte er und ging nach oben.

Margret machte sich indes Sorgen um Anna. Hoffentlich hatte sie sich nicht zu sehr aufgeregt. Sie wollte nur schnell nach ihr sehen.

»Antonie, Schätzchen, machst du bitte kurz alleine weiter? Ich bin gleich wieder zurück.« Margret reichte ihr einen weiteren kleinen Weihnachtsengel.

Das Mädchen nickte artig.

»Du kannst inzwischen auch gerne ein paar Plätzchen naschen.« Margret deutete auf die Schale mit dem Weihnachtsgebäck.

Antonie nickte wieder.

Kaum war sie jedoch allein, nahm sie ihren kleinen Rucksack, steckte den hübschen kleinen Engel und, weil sie ein wenig Hunger hatte und Plätzchen für ihr Leben gern aß, eine Handvoll Gebäck ein und rannte aus dem Wohnzimmer in den Flur. Sie musste auf das Schuhkästchen steigen, um an ihren Anorak zu kommen. Rasch schlüpfte sie hinein und setzte ihre rote Strickmütze auf. Hier in diesem Haus würde sie nicht eine Minute länger bleiben. Auch wenn die ältere Dame und der Mann sehr freundlich zu ihr waren. Aber diese andere Frau in dem bunten Kleid machte ihr Angst. Antonie hatte ihr sofort angesehen, dass sie sie nicht leiden konnte, weil sie stotterte. Und der nette Mann war ärgerlich geworden. Sicher würden sie jetzt ihretwegen streiten. Und genau das wollte Antonie nicht. Sie würde ins Kinderheim zurückgehen. Christel war noch den ganzen Nachmittag da, und am Abend würde sie von einer anderen Kollegin abgelöst. Christel war lieb und mochte sie. Und

Antonie wollte an Weihnachten bei dem einzigen Menschen sein, den sie auch mochte.

Mühsam öffnete sie die schwere Haustür, die ihr der Wind fast aus den Händen riss. Sie trat hinaus und musste sich anstrengen, die Tür hinter sich wieder zuzuziehen. Schneeflocken peitschten ihr beißend ins Gesicht. Seit ihrer Ankunft waren bereits mehrere Zentimeter Schnee gefallen, und ringsherum war alles weiß. Das Schneetreiben war so dicht, dass Antonie kaum etwas sehen konnte. Doch sie hatte viel weniger Angst vor dem Schnee als vor dieser schrecklichen Frau. Suchend drehte sie sich um. In welche Richtung musste sie gehen?

Philipp stürzte in Evas Zimmer.

»Sag mal, spinnst du?«, polterte er sofort los.

Eva erschrak. Sie war eben dabei gewesen, den Reißverschluss des Kleides zu öffnen, um sich umzuziehen. Rasch zog sie ihn wieder nach oben.

»Kannst du dich nicht ein klein wenig zusammenreißen?«

Sie drehte sich zu Philipp und schaute ihn erbost an.

»Lass mich einfach in Ruhe!«

»Das Kind hat Angst vor dir!«

Für einen Moment sah Philipp in ihren Augen so etwas wie Schuldbewusstsein. Doch der Moment war schnell vorüber.

»Dann hätte Oma es nicht herholen dürfen!«

»Antonie hat niemanden. Anna wollte ihr nur für ein paar Stunden eine Freude machen. Und ich kann absolut nicht nachvollziehen, dass du das dem Kind nicht gönnst!«

Eva drehte sich rasch von ihm weg. In ihr kochten in diesem Moment so viele Emotionen hoch und schnürten ihr buchstäblich die Kehle zu, dass sie Angst hatte zu ersticken.

Dieses Mädchen konnte nichts dafür. Doch Oma hätte es nicht einladen dürfen. Und außerdem müsste Philipp sie verstehen. Er wusste doch, was mit ihr los war.

Am besten war es, jetzt nichts zu sagen. Sie holte ihre Reisetasche aus dem Schrank und begann zu packen.

»Du willst doch nicht abreisen?«, fragte Philipp empört.

»Doch. Genau das will ich.«

»Aber du kannst Anna nicht alleine lassen. Nicht an Heiligabend. Wer weiß, ob sie ... «

»Sei still!«, schrie sie ihn an, und er zuckte erschrocken zurück. »Ich wär gern hiergeblieben. Weil ich selbst auch weiß, dass es womöglich das letzte Weihnachten sein könnte, an dem Oma ... «, sie konnte es nicht aussprechen. »Aber ich kann nicht!«

In ihren Augen brannten plötzlich Tränen.

»Ich bitte dich! Stell dich nicht so an.«

»Du verstehst das nicht!«

Er lachte bitter.

»Da hast du recht. Ich versteh dich nicht. Ich verstehe nicht, wie ein Mensch so kaltherzig sein kann wie du! Du stellst dein eigenes Wohlbefinden über das deiner Großmutter und sogar über das eines kleinen Mädchens, das dir überhaupt nichts getan hat. Fahr nur zurück in deine schicke, aber einsame Wohnung nach Frankfurt! Familie bedeutet dir ja sowieso nichts!«

Bei seinen Worten hatte Eva das Gefühl, als ob er ihr damit einen Eiszapfen ins Herz treiben würde. Sie musste weg, und vielleicht war es ja auch besser so. Sie wollte keine Schwäche mehr zeigen. Vor allem nicht vor Philipp.

»Du kannst von mir denken, was du willst«, sagte sie ruhig. »Und jetzt verschwinde aus meinem Zimmer.«

»Irgendwann wirst du das bereuen«, sagte er leise, »aber dann wird es zu spät sein.«

Philipp öffnete eben die Zimmertür, da stand Margret vor ihm.

»Antonie ist verschwunden, und draußen tobt ein schlimmer Schneesturm!«

»Was? Sie ist weg?«, fragte Eva erschrocken.

Philipp drehte sich zu ihr um und schaute sie mit einem verächtlichen Blick an.

»Das ist ganz allein deine Schuld!«

Eva folgte Philipp eilig die Treppe nach unten.

»Sie ist bestimmt noch irgendwo hier im Haus«, sagte Eva und versuchte, ruhig zu bleiben.

»Woher willst du das wissen?«, fauchte er sie an.

»Kein Kind geht bei so einem Unwetter freiwillig hinaus.«

»Womöglich hatte Antonie mehr Angst vor dir als vor dem Schneesturm!« Er schaute sie böse an.

»Ihre Jacke ist weg«, warf Margret ängstlich ein. »Oh Gott, und wenn wir sie nicht mehr finden? Wir haben doch die Verantwortung für das Kind!«

»Wir finden sie schon!«, sagte Eva. Doch auch sie war sehr besorgt. Sie wollte nicht, dass der Kleinen ihretwegen etwas zustieß.

Philipp nahm seinen Parka vom Kleiderständer und schlüpfte hinein. Auch Eva griff nach ihrem Mantel und stieg in die Stiefel. Da klingelte es an der Haustür.

»Das ist sie!« Margret riss die Tür auf. Doch es war Sandra, die zurückgekommen war und rasch ins Haus trat.

»Puh, das ist vielleicht ein Schnee…«, begann sie, doch Philipp unterbrach sie sofort.

»Haben Sie draußen ein kleines Mädchen gesehen?«

»Ein kleines Mädchen?«, fragte sie irritiert. »Nein. Aber man sieht kaum die Hand vor Augen. Gut, dass ich schon in der Nähe war, als es losging, sonst hätte ich sicher nicht alleine zurückgefunden.« Sie schüttelte den Schnee aus ihrer Jacke und reichte Eva eine kleine Tüte aus der Apotheke. »Ihre Medikamente.«

Eva nahm sie und steckte sie gedankenverloren in ihre Manteltasche.

»Danke.«

»Soll ich nicht doch besser die Polizei rufen?«, fragte Margret.

»Nein. Warte noch, Mutter. Weit kann sie ja noch nicht gekommen sein«, antwortete Philipp. Er setzte sich eine Mütze auf und ging hinaus.

»Helfen Sie Margret im Haus nach dem Mädchen zu suchen«, wies Eva ihre Sekretärin an. »Vielleicht hat sie sich ja doch irgendwo versteckt, nachdem sie gesehen hat, wie draußen der Sturm tobt.«

»Okay.«

»Und gehen Sie an mein Handy, wenn es klingelt.«

»Mache ich!«

»Oder nein«, überlegte sie es sich plötzlich anders. Vielleicht würden sie das Handy draußen brauchen. »Ich nehme es besser mit.« Rasch ging sie ins Wohnzimmer und steckte das inzwischen wieder aufgeladene Gerät in die andere Manteltasche.

»Wo willst du hin?«, fragte Margret.

»Ich suche draußen mit Philipp!«, sagte Eva und eilte hinaus.

Kaum war sie draußen, erfasste sie eine eisige Bö. Sie wurde von oben bis unten mit Schnee eingestaubt, der so fein war wie Puderzucker. Erschrocken schnappte sie nach Luft und wischte sich über das Gesicht, um wieder etwas sehen zu können. Der Wind tobte, und die Schneeflocken waren zwar kleiner geworden, allerdings schienen sie sich vertausendfacht zu haben. Man sah tatsächlich kaum die Hand vor Augen. Eva klappte den Kragen ihres Mantels hoch, um ihr Gesicht und die Ohren zu schützen.

Philipp stand in der verschneiten Einfahrt und sah sich um.

»Antonie! Antonie! Wo bist du?«, rief er.

»Vielleicht ist sie gar nicht auf die Straße gelaufen, sondern in den Garten!«, schrie Eva Philipp zu. Und tatsächlich meinte sie Spuren zu erkennen, die jedoch inzwischen vom Schnee fast schon wieder verdeckt waren.

»Was?« Philipp konnte sie nicht verstehen.

»Nicht dort!«, schrie sie und schüttelte den Kopf. Sie deutete zur Einfahrt, die zur Straße führte. Im Schnee waren nur schwach die Spuren eines Erwachsenen zu sehen. Sandras Spuren. Nein, hier war das Mädchen nicht langgegangen. Sie schüttelte wieder den Kopf und winkte ihm zu.

»Komm hierher!« Sie wusste nicht, ob er sie verstanden hatte. Doch sie wollte keine Zeit mehr verlieren und folgte den Spuren neben dem Haus, bevor sie gänzlich verschwunden sein würden. Und tatsächlich führten sie um das Haus herum in den Garten. Philipp ging ihr nach. Eva blieb kurz stehen und sah sich um, doch von dem Kind war nichts zu sehen, und die Spuren hatten sich neben einem Busch in Luft aufgelöst. Ihre Hände waren inzwischen eiskalt, und sie steckte sie in ihre Manteltasche, bevor sie weiterging.

»Wo bist du?! Kleine! Komm her!«, schrie sie laut gegen den Sturm, der ihre Worte sofort zu verschlucken schien.

»Schau! Dort!« Plötzlich packte Philipp sie am Arm und zog sie in Richtung des kleinen Waldes. Hatte er sich getäuscht, oder bewegte sich dort tatsächlich etwas Rotes zwischen den Bäumen?

»Komm!«, rief er und begann, schneller durch den Schnee zu stapfen, der ihm nun schon fast bis zu den Knien reichte. Und tatsächlich! Unter dem Schutz einer alten Tanne kauerte das Kind in einer kleinen Kuhle, die Hände schützend vor dem Gesicht. Ohne die auffallende Mütze hätte er es vermutlich übersehen.

»Hier ist sie!«

»Gott sein Dank!«, murmelte Eva, die ihm rasch gefolgt war. Ihr fiel ein riesiger Stein vom Herzen. Sie mochte sich gar nicht ausdenken, wie es ausgegangen wäre, wenn sie das Mädchen bei diesem Wetter nicht so schnell gefunden hätten.

Als Antonie die beiden bemerkte und Eva erkannte, erschrak sie und rappelte sich auf, um wegzulaufen. Doch Philipp war schneller und hielt sie fest.

»Schön hierbleiben, Antonie … Keine Angst, alles wird gut.«

Sie hörte auf, sich zu wehren. Offenbar überwog nun doch die Erleichterung, dass jemand gekommen war, um ihr zu helfen.

In diesem Moment schienen sich endgültig alle Schleusen des Himmels zu öffnen. Aus den Schneeflocken wurden kleine, nadelspitze Eiskörner, und der pfeifende Sturm wurde so stark, dass die Bäume gefährlich hin und her schwankten. Ein Blitz erhellte für Sekunden den Himmel, und gleich darauf war ein ohrenbetäubendes Donnergrollen zu hören. Antonie presste sich die Hände auf die Ohren und stieß einen erschrockenen Schrei aus.

»Keine Angst!«, rief Eva. Doch auch sie selbst fürchtete sich inzwischen. So ein Unwetter mitten im Winter hatte sie noch nie erlebt.

»Schnell! Wir müssen zum Haus zurück!«, schrie Philipp gegen den Sturm an. Er hob Antonie hoch und drückte ihren Kopf an seinen Hals, um sie zumindest ein wenig zu schützen. »Eva! Komm jetzt!«

Eva war ihm noch keine zwei Schritte gefolgt, da spürte sie von hinten einen Schlag auf Kopf und Schultern, der sie zu Boden riss.

»Antonie? Schätzchen! Wo bist du? Hast du dich irgendwo versteckt?«

Margret und Sandra hatten sicherheitshalber in allen Zimmern nachgesehen. Doch von dem kleinen Mädchen war nirgends eine Spur zu finden.

Nachdem Margret sogar auf dem Speicher vergeblich gesucht hatte, traf sie auf ihrem Weg nach unten auf Anna, die auf der Treppe stand und sich am Geländer festhielt.

»Anna! Willst du nicht lieber im Zimmer bleiben?«

Die alte Dame schüttelte den Kopf.

»Nein. Ich möchte unten sein, wenn sie zurückkommen.«

»Warte, ich helfe dir …« Margret nahm Annas Arm und wollte sie nach unten führen, da begannen die Lampen zu flackern. »Was ist denn jetzt los?«

Das Licht ging aus, und für einen Augenblick herrschte Dunkelheit im Treppenhaus.

»Halt dich an mir fest, Anna«, sagte Margret.

Ein mächtiger Donnerschlag ließ sie erschrocken zusammenzucken. Dann gingen die Lichter wieder an.

»Oh Gott, was für ein Unwetter! Und das am Heiligen Abend.« Margret führte Anna nach unten.

»Möchtest du in den Rollstuhl?«, fragte Margret. Anna nickte. Auch wenn sie durchaus noch allein gehen konnte, so war es gerade in den letzten Monaten doch einfacher für sie geworden, auf das Hilfsmittel zurückzugreifen.

»Ja, bitte.«

Margret half ihr in den Rollstuhl, der in einem kleinen Abstellraum unter der Treppe bereitstand. Dann schob sie Anna ins Wohnzimmer.

Sandra wartete bereits auf sie.

»Sie ist hier nirgends. Wahrscheinlich ist sie doch draußen.«

»Bestimmt hat die Kleine mächtig Angst«, murmelte Anna.

»Philipp wird sie finden, Anna«, sagte die Haushälterin sehr viel zuversichtlicher, als ihr zumute war. Margret machte sich nicht nur Sorgen um das Kind, sondern auch darum, dass der alten Dame die Aufregung zu viel werden könnte.

»Natürlich. Sie werden alle bald zurück sein«, stimmte Anna ihr zu. Angesichts der Umstände wirkte sie erstaunlich gelassen.

Unvermittelt wurde es etwas heller im Zimmer, und Sandra ging zu einem der Fenster.

»Das Gewitter lässt nach«, rief sie überrascht. Und tatsächlich. Mit einem weiteren Donnerschlag hatte sich der Sturm gelegt, und die dunklen Wolken verzogen sich.

»Das ging aber schnell«, bemerkte Anna.

»Ja, Gott sei Dank«, sagte Margret erleichtert und lächelte zu Anna.

»Wow. Alles ist zugeschneit, und das in so kurzer Zeit. Soll ich hinausgehen und beim Suchen helfen?«, fragte Sandra.

»Ja, das wäre vielleicht …«, begann Margret, doch Anna unterbrach sie.

»Das braucht es nicht. Die beiden machen das schon. Margret, sei doch bitte so nett und stell schon mal Teewasser auf«, bat Anna, »wenn sie zurückkommen, wollen sie sich bestimmt mit einem heißen Getränk aufwärmen. Und die kleine Antonie mag gewiss einen Kakao.«

»Das mache ich«, stimmte Margret ihr zu und verschwand in der Küche, froh, sich damit ablenken zu können, bis alle wieder heil zurückgekommen waren. Sie machte sich immer noch Sorgen. Hoffentlich fanden sie das Mädchen bald. Nicht auszudenken, wenn dem Kind etwas passiert wäre.

Anna lächelte ihr rätselhaft hinterher. Obwohl sie nicht wusste, woher sie die Sicherheit nahm, stand es für sie außer Frage, dass alle unbeschadet zurückkommen würden. Und sie konnte es kaum mehr erwarten, mit Eva zu sprechen, um herauszufinden, ob das eingetreten war, auf das sie insgeheim seit so vielen Jahren gewartet hatte.

»Soll ich vielleicht inzwischen den Weihnachtsbaum fertig schmücken?«, bot Sandra an.

»Das ist ein guter Vorschlag. Und wissen Sie was? Ich werde Ihnen helfen.«

»Ach, lassen Sie nur, Frau Koffler. Das schaffe ich schon alleine«, winkte Sandra ab. Trotzdem stand Anna erstaunlich behände auf und ging zu den Kartons.

»Das glaube ich Ihnen gerne, meine Liebe«, sagte sie. »Aber wer weiß, wie oft ich in meinem Alter noch Gelegenheit dazu bekommen werde.«

Als sie Sandras betretene Miene sah, lächelte sie.

»Machen Sie doch bitte nicht so ein Gesicht, junge Frau. Ich bin eben schon ein paar Tage länger auf dieser Welt als Sie, da muss man einfach realistisch sein«. Sie lachte leise. »Außerdem ist heute der Heilige Abend. Und das ist ganz bestimmt kein Tag, um Trübsal zu blasen.«

»Da haben Sie allerdings recht«, stimmte Sandra ihr zu und lächelte nun ebenfalls. Voller Freude griff sie in einen Karton und holte eine weitere kleine Schachtel mit mundgeblasenen Kugeln heraus. »Was für ein wunderschöner Weihnachtsschmuck. Der ist schon sehr alt, nicht wahr?«, vermutete sie staunend.

»Ja. Das stimmt.« Anna nickte. »Ein Teil davon stammt sogar noch aus der Kinderzeit meiner Eltern.«

»Das hätten Sie mir besser nicht sagen sollen, Frau Koffler. Jetzt habe ich Angst, dass ich was kaputt machen könnte«, sagte Sandra fast ehrfürchtig.

»Keine Sorge. Da passiert nichts«, sagte sie und griff beherzt nach einer altrosafarbenen Kugel. Doch dann hielt sie inne.

»Jetzt hab ich vergessen, etwas von oben aus dem Zimmer zu holen. Würden Sie mich bitte noch einmal hinaufbegleiten, Sandra?«

»Klar. Aber ich kann es Ihnen auch bringen, wenn Sie mir sagen, was es ist«, bot Sandra an.

»Danke, aber das muss ich selber machen«, sagte Anna und lächelte.

Kapitel 7

Als Philipp sich umdrehte, um zu sehen, ob Eva ihm folgte, entdeckte er erschrocken, dass sie auf dem Boden lag. Über ihr ein großer Ast, an dessen Zweigen der Wind zerrte.

»Eva!«, rief er und eilte mit der kleinen Antonie auf dem Arm zurück zu ihr. Er setzte das Mädchen ab und zog den Ast weg.

»Eva!« Philipp griff unter ihren Oberkörper und drehte sie um. Mit vor Kälte klammen Fingern fasste er an ihren Hals, um ihren Puls zu fühlen. Sie zuckte etwas zusammen. Gott sei Dank! Sie lebte. Allerdings war sie bewusstlos.

Antonie schrie plötzlich auf und deutete mit weit aufgerissenen Augen auf einen noch größeren Ast, der auf sie zugeflogen kam. Reflexartig zog Philipp das Kind an sich und drückte sich mit ihm so eng es ging über Eva. Er konnte die Spitzen der Zweige an seinem Kopf spüren, als der Ast haarscharf an ihnen vorbeiflog. Um Eva und das Kind vor weiteren gefährlichen Geschossen zu schützen, öffnete er rasch den Reißverschluss seines Parkas und hielt ihn mit ausgestreckten Armen wie ein kleines Zelt über die beiden.

»Hab keine Angst, Antonie. Bald ist der Sturm vorüber«, versuchte er das Mädchen zu beruhigen, das sich eng an ihn schmiegte. Und tatsächlich. Die Schneeflocken wurden weniger, und auch das Heulen des Windes ließ schlagartig nach. Er ließ den Parka los und schaute nach oben. »Sieh nur.« Sie hob den Kopf, und als sie realisierte, dass er die Wahrheit gesagt hatte, war ihr die Erleichterung anzusehen. Sie rappelte sich hoch und klopfte sich den Schnee von der Hose. Philipp hätte sie am liebsten sofort ins Haus geschickt, aber er traute ihr nicht. Womöglich würde sie noch einmal versuchen zu verschwinden. Das wollte er auf keinen Fall riskieren. Deswegen behielt er sie im Blick, während er versuchte, Eva zu wecken.

»Eva!«

Jemand rüttelte an ihr. Wieder und immer wieder. Dabei wollte sie doch nur schlafen.

»Eva. Wach bitte auf!«, hörte sie Philipps Stimme, als sie langsam wieder zu sich kam. Blinzelnd öffnete sie die Augen und schaute in den Himmel. Der Sturm hatte nachgelassen, und es tanzten nur noch vereinzelte Schneeflocken um sie herum.

Philipp kniete neben ihr und machte ein ziemlich besorgtes Gesicht. Antonie stand hinter ihm. Sie hatte es also doch nicht geträumt, dass sie das Mädchen gefunden hatten. Gott sei Dank! Aber was war danach passiert? Warum lag sie hier am Boden?

»Da bist du ja wieder!«, rief Philipp, und in seiner Stimme klang Erleichterung mit. »Weißt du, wer ich bin?«, fragte er und schaute sie prüfend an.

»Als ob ich das je vergessen könnte«, sagte sie genervt.

Er lächelte. Offenbar ging es ihr besser, als er befürchtet hatte.

In diesem Moment riss der Himmel auf, und die Sonne

kam hinter einer dicken Wolke hervor. So einen extremen Wetterumschwung hatte Philipp bisher noch nie erlebt.

Er musste Eva und Antonie ins Haus bringen, damit sie aus den nassen Sachen kamen und sich aufwärmen konnten. Und sicherheitshalber würde er einen Arzt rufen, der einen Blick auf Eva werfen sollte.

»Sag mal, war ich ohnmächtig?«, fragte sie verwundert.

»Ja. Aber nur ganz kurz … Kannst du aufstehen?«

Er streckte ihr die Hand entgegen, um ihr aufzuhelfen.

»Ich denke schon.«

Sie hielt sich an ihm fest und erhob sich mühsam. Ihre Glieder taten weh, vor allem ihr Kopf. Sie ertastete eine kleine Beule und sog vor Schmerz die Luft ein.

»Ist es schlimm?«

»Es geht schon«, winkte sie ab.

Philipp trat hinter sie und schob ihre nassen Haare auseinander. Vorsichtig untersuchte er ihren Kopf. »Es blutet nicht. Du hast echt Glück gehabt«, sagte er und hoffte, dass das wirklich der Fall war und sie keine Gehirnerschütterung hatte.

»Was ist eigentlich passiert?«, fragte sie, da sie nicht wusste, was sie so plötzlich umgeworfen hatte.

»Ein Ast ist vom Baum gebrochen und hat dich von hinten erwischt.«

»Ein Ast?« Sie schaute sich um. Nirgends war ein Ast zu sehen »Sag mal, wo sind wir eigentlich?«, fragte sie irritiert. Sie konnte sich noch daran erinnern, dass sie Antonie am Rand des kleinen Wäldchens gefunden hatten. Doch jetzt standen sie auf einer großen schneebedeckten Fläche. Etwa zehn Meter entfernt auf der rechten Seite trennte die Ligusterhecke etwa den Teil des Gartens ab, auf dem Philipp seine Gärtnerei angelegt hatte.

»Wo sollen wir schon sein? Im Garten natürlich«, antwortete Philipp.

»Aber … Wo ist dann … es sieht ganz anders aus.«

Philipp war vorher so auf Eva und ihren Gesundheitszustand konzentriert gewesen, dass er noch gar nicht bemerkt hatte, dass der kleine Wald verschwunden war und alles verändert aussah.

»Verdammt. Was ist denn hier los?«, fragte er völlig verblüfft. »Das gibt es doch gar nicht!«

»Hat das etwas mit dem Unwetter zu tun?«, fragte Eva.

»Ich … ich hab keine Ahnung«, murmelte er und schaute sich um. Ein Stück weiter links vor ihnen stand das Haus der Kofflers, also waren sie immer noch an derselben Stelle, an der sie Antonie gefunden hatten. Und doch sah es ganz anders aus. Irgendetwas Seltsames ging hier vor.

»Wo sind die ganzen Tannenbäume?«, fragte Philipp. Das kleine Wäldchen konnte doch nicht einfach so verschwunden sein!

Antonie schien das Ganze ebenfalls seltsam zu finden, denn sie drückte sich wieder ängstlich an Philipp. Er streichelte ihr über die Mütze, hatte aber im Moment keine Ahnung, was er ihr sagen konnte, um sie aufzumuntern. Er selbst war mehr als besorgt darüber, dass er sich nicht erklären konnte, was hier gerade passierte.

»Die Bäume können doch nicht alle davongeflogen sein«, murmelte Eva.

»Natürlich nicht! … Das ist wirklich sehr eigenartig.«

»Was zum Teufel geht hier vor?«, fragte Eva leise und

spürte, wie ihr eine Gänsehaut über den Rücken lief, die nichts mit der Kälte zu tun hatte.

Philipp schüttelte den Kopf.

»Das wüsste ich auch gern.«

Plötzlich schaute sie ihn misstrauisch an.

»Du erlaubst dir jetzt nicht gerade einen Scherz mit mir, oder Philipp?«

»Einen Scherz?«, fragte er und lachte kurz, aber humorlos auf.

»Ja. Immerhin warst du vorhin ziemlich sauer auf mich. Dir ist alles zuzutrauen.«

»Na vielen Dank«, brummte er verärgert. »Und wie, bitte schön, soll ich das gemacht haben? Bäume verschwinden lassen gehört normalerweise nicht zu meinem Repertoire, auch wenn ich Landschaftsgärtner bin.«

Sie stupste mit einem Finger gegen seine Brust.

»Was weiß denn ich, wie du das angestellt hast? Aber irgendwas musst du ja gemacht haben. Sonst wären die Bäume ja noch hier. Oder etwa nicht? Die können doch nicht einfach so vom Erdboden verschluckt worden sein.« Ihre Stimme war lauter geworden.

Antonie wich einen Schritt zurück.

»Mach dem Kind nicht schon wieder Angst, Eva … Ich weiß wirklich nicht, was hier gerade vor sich geht. Aber ich werde das herausfinden.«

In diesem Moment war vergnügtes Gelächter zu hören.

Eva und Philipp drehten sich gleichzeitig in die Richtung um, aus der die Stimmen kamen.

»Hörst du das auch?«, fragte sie.

Er nickte. »Ja. Hier müssen irgendwo Kinder sein.«

Kinder? Wieso waren noch weitere Kinder hier?

Eva verspürte ein vertrautes, sehr unangenehmes Kribbeln im Nacken. Hatte Oma vielleicht noch mehr Waisenkinder eingeladen? Inzwischen wunderte sie sich über gar nichts mehr, was ihre Großmutter betraf.

Bevor sie etwas sagen konnte, landete ein eiskaltes Geschoss an ihrem Hals. Schnee rutschte unter ihren hochgestellten Kragen, und sie schnappte erschrocken nach Luft. Reflexartig zog sie die Schultern nach oben und holte rasch den Schnee heraus. Als sie sich umdrehte, sah sie am Rand der Ligusterhecke zwei Jungen in dicken Mänteln und Kniestrümpfen hervorkommen, die lachend weiter Schneebälle in ihre Richtung ballerten und dann gleich wieder in Deckung gingen. Geschickt wich Eva einem weiteren Geschoss aus, das stattdessen Philipp an der Schulter traf.

»Hey! Ihr zwei! Was soll das?«, protestierte Philipp, aber da flitzten die Jungs auch schon weg. »Bleibt doch stehen!«

Philipp wollte ihnen hinterherlaufen. Doch Eva hielt ihn am Arm zurück.

»Warte Philipp …« Er blieb stehen, und sie schaute ihn ratlos an. »Sollen wir nicht lieber ins Haus zurückgehen?« Sie wollte es auf jeden Fall vermeiden, mit noch mehr Kindern zusammenzukommen. Außerdem wünschte sie sich jetzt nichts sehnlicher, als ein heißes Bad zu nehmen.

Er drehte sich zum Anwesen um, und erst jetzt, auf den zweiten Blick, bemerkte er, dass das Haus ein wenig verändert aussah.

»Ja. Aber erst, wenn du mir erklärst, warum das Haus plötzlich weiß statt hellgrau gestrichen ist und wohin die Fensterläden verschwunden sind.«

Eva schluckte, als sie bemerkte, dass er recht hatte. Es war zwar das Haus, in das sie gestern gekommen war. Und doch sah es anders aus. Ob sie immer noch bewusstlos war und das alles nur träumte? Es musste so sein, denn jede andere Erklärung, die ihr im Moment einfiel, konnte einfach nicht möglich sein. Oder war sie krank geworden und hatte einen Fiebertraum? Sie fasst sich an die Stirn, die sich jedoch nicht heiß anfühlte. Im Gegenteil.

»Ich verstehe nicht, was hier los ist«, murmelte sie ratlos.

»Ich auch nicht.«

»Aber, egal was hier passiert – wir müssen unbedingt trockene Sachen anziehen. Vor allem die Kleine, damit sie sich nicht erkältet«, sagte Eva und warf einen Blick zu dem Mädchen. Sie versuchte, sich ein aufmunterndes Lächeln abzuringen. Doch offenbar gelang ihr das nicht überzeugend genug, denn Antonie zog den Kopf ein. Davon bemerkte Philipp allerdings nichts, er war immer noch gefangen vom Anblick des Hauses.

»Okay. Geh du mit Antonie schon mal voran, ich versuche inzwischen herauszufinden, was das für Jungs sind, die sich auf dem Grundstück herumtreiben.«

»Ich? Mit ihr?« Eva deutete auf Antonie.

Philipp warf ihr einen warnenden Blick zu.

»Na gut. Dann soll sie eben mitkommen«, sagte Eva, doch die Kleine machte keinerlei Anstalten, sich in Bewegung zu setzen.

Eva verlor langsam ihre Geduld. Ihr war kalt, sie hatte Kopfschmerzen und wollte jetzt unbedingt herausfinden, was hier los war. Außerdem wartete sie dringend auf die Nachricht der Bank. Sie hatte keine Ahnung, wie lange sie schon hier draußen waren und wie spät es überhaupt war. Falls Urbaneck ihre Vereinbarung nicht einhalten würde, müsste sie bald Verbindung mit den Kanadiern aufnehmen. Ansonsten konnte es passieren, dass ihre Großmutter das Haus zu einem Spottpreis verlor. Eva holte ihr Handy heraus. Inzwischen war es halb zwölf Uhr, und Urbaneck hatte sich noch immer nicht gemeldet. Allerdings zeigte das Gerät im Moment kein Netz an, was irgendwie zu dieser seltsamen Situation passte. Ob ein Bote die Unterlagen schon gebracht hatte? Sie musste das dringend klären. Eilig steckte sie das Handy zurück in die Manteltasche.

»Philipp, was mach ich denn mit ihr? Sie will nicht mit mir gehen.«

»Wundert dich das?«, wollte Philipp wissen, ohne eine Antwort zu erwarten. »Dann geh alleine voran. Ich schau mit Antonie noch kurz auf die andere Seite, wir kommen gleich nach.« Er drehte sich zu dem Mädchen um und nahm sie an der Hand. »Nicht wahr, Antonie?«

Das Mädchen nickte zaghaft.

»Na gut! Dann bis gleich«, sagte Eva und machte sich mit einem mulmigen Gefühl auf den Weg in Richtung Haus.

Währenddessen ging Philipp mit Antonie bis zum Ende der Ligusterhecke. Die ganze Situation hier war ihm nicht geheuer, und er wollte unbedingt nachsehen, ob mit seiner Gärtnerei alles in Ordnung war. Doch was er sah, war alles andere als in Ordnung. Philipp traute seinen Augen kaum. Alle Bäume und Sträucher, die er im Herbst angepflanzt hatte, und die kleine Scheune, die er gebaut hatte und als Lager und für den Verkauf nutzte, waren verschwunden. Dafür war der große Gartenteich, den er in mühsamer Arbeit trockengelegt hatte, wieder da. Er war zugefroren, und einige Kinder schlitterten in Ufernähe vergnügt darauf herum. Daher war also das Lachen gekommen.

»Was geht hier vor?«, flüsterte Eva.

Philipp drehte sich zu ihr um.

»Ich dachte, du wolltest ins Haus?«

»Irgendwie halte ich es doch für vernünftiger, wenn wir zusammenbleiben«, sagte sie.

»Vielleicht hast du recht. Wir trennen uns lieber nicht.« Seine Stimme war ebenfalls leise geworden. »Ich weiß nicht, was das alles soll.«

»Und du hast wirklich nichts damit zu tun?«, hakte sie noch einmal nach, immer noch misstrauisch, obwohl ihr selbst inzwischen klar war, dass Philipp in der kurzen Zeit niemals für all diese Veränderungen verantwortlich sein konnte.

»Wenn du mich das noch einmal fragst, reib ich dich mit Schnee ein«, drohte er ihr, nur halb im Scherz. Er hatte selbst das Gefühl, im falschen Film gelandet zu sein. »Keine Ahnung, was hier los ist und wo diese Kinder herkommen.«

Bisher hatten die kleinen Eindringlinge ihre Anwesenheit noch nicht bemerkt, und die zwei Buben, die sie mit Schneebällen beworfen hatten, waren verschwunden.

»Okay. Aber wenn du das hier nicht inszeniert hast, kann es nur eine logische Erklärung geben.«

»Und welche?« Er sah sie neugierig an.

»Na ja, ganz einfach. Ich bin immer noch ohnmächtig oder krank und träume das alles.«

»Ja und ich? Träume ich das etwa auch?«

Sie zuckte mit den Schultern.

»Keine Ahnung. Dich gibt es ja nur in meinem Traum.«

»Ich weiß aber ziemlich genau, dass ich nicht träume. Deswegen muss es noch eine andere Erklärung geben.«

»Und welche? Denkst du, hier wird ein Kostümfilm gedreht?«

Tatsächlich waren die Kinder eigenartig gekleidet, wie auch vorhin schon die beiden Jungen.

»Was haben Sie auf meinem Grundstück zu suchen?«, polterte eine tiefe männliche Stimme hinter ihnen.

Philipp, Eva und Antonie drehten sich erschrocken um.

Von der anderen Seite kam ein Mann auf sie zu, dessen eindrucksvoller Schnurrbart aufgebracht zitterte. Er trug einen langen dunkelbraunen Mantel und einen Hut.

Eva machte sich nun langsam Sorgen um ihren Geisteszustand. Sie kannte den Mann. Allerdings nur von alten Fotos. Vor ihr stand ihr längst verstorbener Urgroßvater Maximilian Koffler. Und er blickte unübersehbar ungehalten drein. Eva schluckte. Das konnte doch alles nicht wahr sein!

»Kostümfilm ist vielleicht gar keine so dumme Erklärung«, flüsterte Philipp ihr zu, der ebenso verblüfft war wie sie. »Und die scheinen einen verdammt guten Maskenbildner zu haben.«

»Verschwinden Sie sofort. Sonst rufe ich die Polizei.«

Antonie begann leise zu weinen. Philipp legte ihr eine Hand auf den Rücken und sagte beruhigend: »Ssst. Antonie. Der Mann tut dir nichts.« Dann wandte er sich an den aufgebrachten Herrn.

»Wir können gerne die Polizei rufen. Es geht ja wohl eher darum, was Sie hier …!«

»Philipp!«, unterbrach Eva ihn und legte ihre Hand auf

seinen Arm. »Ich fürchte, das hier … es ist vermutlich alles ein großes Missverständnis.«

Philipp schaute sie fragend an, irritiert über ihren eigenartig vorsichtigen Tonfall. Kannte sie diesen Mann etwa? Er schaute ihn jetzt genauer an. Und hatte plötzlich das Gefühl, ihn schon mal gesehen zu haben. Nur wo?

»Maximilian! Wer sind diese Leute? Und was machen sie in unserem Garten?«

Eine Frau kam hinzu, die einen Hut in Glockenform trug und unter deren Mantel mit Pelzkragen deutlich ein Schwangerschaftsbauch zu sehen war. Sie hatte offensichtlich nicht mehr allzu lange bis zur Niederkunft.

Ein paar Meter hinter ihr schob ein etwa zehnjähriges Mädchen einen Kinderwagen auf Kufen mühevoll durch den Schnee und blieb dann neugierig stehen.

»Vielleicht irgendwelche Landstreicher. Deswegen gehst du jetzt besser mit den Kindern ins Haus«, sagte er in einem Tonfall, der keine Widerrede duldete. »Ich regle das hier schon.«

»Landstreicher …?«, begann Philipp aufgebracht, doch die Frau unterbrach ihn.

»Aber nein, Maximilian. Das sind keine Landstreicher!« Sie legte ihre Hand aufs Herz und lächelte plötzlich. »Sophie! Du bist Sophie! Nicht wahr?«, rief sie aufgeregt.

Ich kenne dich auch, du bist meine Urgroßmutter Katharina, dachte Eva, doch ihr kam kein Ton über die Lippen. Es konnte einfach nicht sein, dass ihre längst verstorbenen Urgroßeltern hier leibhaftig vor ihnen standen. Sie nickte nur schwach, weil es ihr sicherer erschien, jetzt nicht zu widersprechen.

»Du meinst deine Cousine mütterlicherseits aus Passau?

Sophie Haselberg?«, fragte Maximilian und klang bereits ein wenig versöhnlicher.

»Ja. Es ist schon eine Ewigkeit her, als ich sie zum letzten Mal gesehen habe. Wir waren fast noch Kinder … Aber diese hellbraunen Augen – die kann man einfach nicht vergessen! … Sophie! Was für eine Überraschung!«

Sie trat auf ihre vermeintliche Cousine zu und umarmte sie freudig. »Wie schön, dass du uns besuchst.« Eva ließ es zu, obwohl sie es normalerweise überhaupt nicht mochte, wenn ihr jemand zu nahe kam. Weder sie noch Philipp verstanden, was hier gerade vor sich ging. Doch ohne sich abzusprechen, schien es ihnen vernünftig zu sein, jetzt erst einmal mitzuspielen. Philipp fand als Erster die Sprache wieder. Er streckte Maximilian die Hand entgegen.

»Philipp Zierl. Es tut mir leid, dass wir einfach so hereingeplatzt sind, aber … äh, Sophie und ich hatten bei der Anreise eine Panne mit …«

»Mit der Kutsche«, sprang Eva rasch ein und hoffte, dass sie jetzt keinen Fehler gemacht hatte. In welcher Zeit befanden sie sich eigentlich? Waren ihre Urgroßeltern in die Gegenwart gereist oder sie in die Vergangenheit? Aber wenn sie in der Gegenwart wären, hätten sich das Haus und das Grundstück nicht verändern dürfen. Nein. Schnell, sie musste scharf nachdenken, um nichts falsch zu machen und ihre Anwesenheit hier einigermaßen plausibel zu erklären. Was musste sie beachten? In welcher Zeit in der Vergangenheit waren sie? Irgendwann Anfang der Dreißigerjahre, vermutete Eva. Als ihr bewusst wurde, worüber sie gerade nachdachte, hätte sie fast laut aufgelacht. Zeitreisen? War sie jetzt komplett verrückt geworden? Aber welche Erklärung gäbe es sonst? Langsam begann sie, an ihrem Verstand zu zweifeln, sie konnte nicht glauben, was hier vor sich ging.

Bemüht, sich ihre Unsicherheit nicht anmerken zu lassen, lächelte sie Katharina zu.

»Unterwegs wurde unser komplettes Gepäck gestohlen«, spann sie die Geschichte weiter, um zu erklären, warum sie hier nur mit den Sachen, die sie am Leib trugen, angekommen waren.

»Und meine Frau ... Sophie, sie ist immer noch ein wenig verstört deswegen«, setzte Philipp hinzu.

Eva riss den Kopf herum und nahm nur am Rande wahr, was Philipp noch weiter sagte. Seine Frau? Ja, war er denn verrückt geworden? Allerdings wäre eine andere Erklärung womöglich nicht so gut bei ihren Urgroßeltern angekommen, die sehr konservativ waren, wie sie von Erzählungen ihrer Oma wusste.

»Und das hier ist Antonie«, stellte Philipp das kleine Mädchen vor, das sich eng an ihn drückte.

»Du hast eine Tochter, Sophie? Ach wie schön! Und so ein wunderhübsches Mädchen noch dazu!« Katharina lächelte Antonie an und wandte sich dann wieder an Eva. »Dabei wussten wir nicht einmal, dass du so spät noch geheiratet hast. Das ist ja eine Überraschung.«

»Sie ... Antonie ist nicht meine Tochter!«, stellte Eva sofort klar und handelte sich einen missbilligenden Blick von Philipp ein. Doch das war ihr egal. Sie konnte, was ihre Identität betraf, in dieser besonderen Situation ohne mit der Wimper zu zucken lügen und zumindest versuchen, sich als diese ominöse Cousine Sophie auszugeben, von der sie bisher noch nie etwas gehört hatte. Doch die Rolle einer liebenden Mutter würde man ihr bestimmt nicht abnehmen. Ganz abgesehen davon, dass Antonie sie nicht mochte und das jedem sofort auffallen würde.

»Antonie ist Philipps Nichte«, improvisierte sie rasch. »Ihre Eltern sind leider kürzlich ...« Sie räusperte sich und warf einen Blick zu Philipp.

Er spielte notgedrungen mit und setzte eine betretene Miene auf.

»Es ist alles sehr tragisch«, fuhr er fort, ohne ins Detail zu gehen. »Man brachte Antonie in ein Waisenhaus. Und nun sind Sophie und ich angereist, um sie abzuholen. Wir möchten sie mit nach Hause nach Passau nehmen.«

»Oh Gott, wie schrecklich. Das arme Kind«, sagte Katharina, und in ihren Augen schimmerten Tränen. »So jung und schon ohne Eltern.«

»Vor unserer Heimreise wollten wir euch einen kurzen Besuch abstatten«, erklärte Eva schnell, um Katharina nicht allzu rührselig werden zu lassen. Das würde die kleine Antonie noch mehr verunsichern, als sie es ohnehin bestimmt schon sein musste. Vorausgesetzt natürlich, das alles hier spielte sich tatsächlich ab und war nicht nur ein besonders realistisch wirkender Albtraum oder ein wildes Gespinst ihrer Fantasie. Eva wusste nicht, welche Umstände Antonie ins Waisenhaus gebracht hatten und ob ihre Familie noch lebte oder so wie ihre eigenen Eltern bereits gestorben war. Tatsache war jedoch, dass das Kind offensichtlich nicht gerade auf der Sonnenseite des Lebens gelandet war. Eva konnte zwar mit Kindern nichts anfangen und mied ihre Gegenwart, wo sie nur konnte, trotzdem wollte sie nicht, dass Antonie noch mehr Angst bekam. Sie war ja schließlich kein Unmensch, auch wenn viele Menschen das glaubten und Eva meist auch nichts tat, um ihnen das Gegenteil zu beweisen.

»Es tut uns leid, dass wir hier einfach so hereingeschneit sind. Aber das Tor stand offen«, wandte sich Philipp an Maximilian.

»Nun. Wenn das so ist, dann sollt ihr uns natürlich willkommen sein«, sagte dieser und strich sich über den Bart. Wieder war lautes Kinderlachen vom Weiher zu hören.

»Sie sind auf dem Eis, obwohl ich es ihnen verboten habe«, brummte Maximilian streng. »Die werden jetzt was erleben! Katharina, führe du unsere Gäste inzwischen hinein.«

»Natürlich. Lasst uns rasch ins Haus gehen. Ihr müsst ja völlig durchgefroren sein. Anna, lauf schon mal voran und sag Berta, dass wir Besuch haben«, wies Katharina ihre Tochter an.

Als Eva den Namen Anna hörte, schaute sie das Mädchen neben dem Kinderwagen zum ersten Mal genauer an. Und plötzlich war ihr bewusst, dass die grünäugige kleine Schönheit mit den dicken dunklen Zöpfen, die unter der gestrickten Mütze hervorschauten, ihre Großmutter war. Anna warf einen kurzen Blick auf die Gäste, nickte und flitzte dann ins Haus, wie es ihr aufgetragen worden war. Philipp schaute ihr ebenfalls hinterher, und an seiner Miene konnte Eva erkennen, dass auch er inzwischen erfasst hatte, wer das Mädchen sein musste.

Ganz kurz flackerte die erschreckende Möglichkeit auf, dass Eva bei dem Sturm ums Leben gekommen war und sie sich jetzt in einer Art Schattenwelt im Jenseits befand. Doch schnell wischte sie diesen Gedanken beiseite. Trotz allem fühlte sie sich völlig lebendig. Es musste eine andere Erklärung geben.

»Wie heißt denn die Kleine?«, fragte Philipp, während er Katharina half, den Kinderwagen zum Haus zu schieben.

»Theresia. Sie ist letzte Woche vierzehn Monate geworden«, antwortete Katharina stolz.

»Und wann ist es bei dem Nächsten so weit?«

Katharina versuchte, sich ihre Verwunderung nicht anmerken zu lassen. Normalerweise stellten Männer nicht so offen Fragen, die mit Kindern und Geburt zu tun hatten. Vor allem wenn sie nicht direkt zum engen Familienkreis gehörten. Doch der Mann ihrer Cousine schien ehrlich interessiert und auch nett zu sein, und deswegen antwortete sie: »Anfang Januar, wenn alles gut geht.«

Insgeheim konnte sie es kaum mehr erwarten, dass die drei Wochen bis dahin so schnell wie möglich vorübergehen würden, auch wenn sie Angst vor ihrer zehnten Entbindung in gerade mal vierzehn Jahren hatte. Dabei konnte sie sich glücklich schätzen, dass meistens alles gut gegangen war. Bis auf die kleine Gertrude, die zwei Monate zu früh gekommen war und nur zehn Stunden alt werden durfte, hatten alle anderen Kinder überlebt und waren gesund.

Katharina war erschöpft und fühlte sich seit Wochen schrecklich müde. Schon der kurze Rückweg nach der Messe vorhin hatte sie viel Kraft gekostet. Wenigstens war der Sturm bereits vorüber gewesen, als sie die Kirche verlassen hatten. Ihre Erschöpfung wollte sie sich weder vor ihrem Mann noch vor den Kindern – und schon gar nicht vor ihren Gästen – anmerken lassen. Trotz des Aufwandes, den der Besuch unweigerlich mit sich bringen würde, freute sie sich sehr, dass sie ihre Cousine nach so vielen Jahren wiedersah. Da ihre Eltern schon länger verstorben waren, hatte sie kaum mehr Verwandte, von denen zudem niemand in München lebte.

Sophie hat sich wirklich sehr verändert, dachte Katharina, nachdem sie ihr einen kurzen Blick zugeworfen hatte. Aus dem einst so pummeligen Mädchen mit etwas derben Gesichtszügen war eine elegante und sehr ansehnliche Frau geworden, die offenbar noch sehr spät einen Mann gefunden hatte, der zudem recht nett wirkte. Allerdings schienen beide einen etwas seltsamen Geschmack zu haben, was ihre Kleidung anbelangte.

»Ich kann das Kind nehmen«, riss Philipp sie aus ihren Gedanken, als sie bei der Treppe angekommen waren.

Er hob das schlafende Baby vorsichtig aus dem Kinderwagen und trug es nach oben.

»Vielen Dank! Das ist sehr nett«, sagte Katharina und öffnete die Haustür. »Bitte tretet ein, und seid unsere Gäste.«

Kapitel 8

Durch die Fenster fiel das Licht der Mittagssonne in den Flur, und für einen kurzen Moment war Eva von der Helligkeit geblendet, als sie hereinkam. Sie sah sich um und war nicht sonderlich überrascht, dass es hier kaum anders aussah, als es Jahrzehnte später aussehen würde. Die massiven Möbel standen an denselben Stellen, und neben der Treppe war die Weihnachtskrippe aufgebaut, die allerdings noch aus deutlich weniger Figuren bestand. Nur die vielen Haken an der Garderobe und eine Reihe von ordentlich nebeneinanderstehenden Kinderschuhen würden in der Zukunft verschwunden sein.

Aus der Küche kam eine sehr kleine pummelige Frau mit hochroten Wangen geeilt, die eine Schürze umgebunden trug und deren Alter Eva unmöglich schätzen konnte.

»Soll ich Teewasser aufstellen, gnädige Frau?«, fragte sie eifrig mit einem neugierigen Blick auf die Gäste. Eva ging davon aus, dass es sich um eine Hausangestellte handelte.

»Erst später, Berta. Bring Theresia bitte in ihr Bettchen«, wies Katharina sie an. »Und dann lass dir von den Mädchen helfen, das Gästezimmer für unseren Besuch vorzubereiten.«

»Wird gemacht, gnädige Frau.«

Vorsichtig nahm Berta Philipp das immer noch selig schlafende Kind ab und ging damit die Treppe nach oben.

»Zieht doch schon mal eure Mäntel aus«, sagte Katharina und warf einen Blick auf Antonie, die ein wenig verloren neben Philipp und Eva stand.

»Und für dich kleines Schätzchen suchen wir jetzt rasch etwas Trockenes zum Anziehen.« Sanft strich sie mit den Fingern über Antonies Wange. »Nicht, dass du noch krank wirst.« Sie streckte die Hand nach der Kleinen aus. »Bitte wartet kurz, wir sind gleich zurück. Und dann wird Berta euch nach oben bringen.«

Antonie konnte überhaupt nicht verstehen, was hier in diesem Haus vor sich ging und wer all diese Menschen waren, die so eigenartige Kleidung trugen. Sie wusste nur, dass sie so schnell wie möglich zurück zu Christel ins Kinderheim wollte. Und damit sie bis dahin niemanden mehr mit ihrem Stottern verärgern konnte, vor allem nicht diese Eva, beschloss sie, kein einziges Wort mehr zu sagen, bis sie wieder im Heim war. Also nickte sie nur, reichte der freundlichen Frau die Hand und ging mit ihr mit.

Unbemerkt von den Gästen und ihrer Mutter beobachtete Anna das Geschehen von ihrem Versteck unter der Treppe aus. Schon beim ersten Blick auf diese Leute hatte sie ein mulmiges Gefühl im Bauch verspürt, auch wenn sie nicht wusste, was das zu bedeuten hatte. Normalerweise freute sie sich, wenn Gäste ins Haus kamen, die nicht nur beruflich mit ihrem Vater zu tun hatten. Was selten genug der Fall war. Aber diese eigenartige Familie war ihr nicht ganz geheuer.

Ihre Mutter war inzwischen mit dem kleinen Mädchen

nach hinten in die Wäschekammer gegangen. Nur noch diese Sophie und deren Mann standen da. Er zog seine ungewöhnliche Jacke aus und hängte sie an einen Garderobenhaken. Die Frau jedoch behielt ihren Mantel an. Anna wusste, dass es sich eigentlich gar nicht gehörte zu lauschen, aber sie konnte nicht anders, als die Ohren zu spitzen. Schließlich wollte sie herausfinden, was deren Besuch hier zu bedeuten hatte.

»Ist es wirklich das, was ich glaube?«, fragte Philipp leise.

»Ja. Aber es kann nicht sein, oder?«

»Nein.«

Philipp bemerkte, dass Eva sehr blass im Gesicht war.

»Wie geht es deinem Kopf?«

Eva hob die Hand und ertastete vorsichtig die Beule, die jedoch schon deutlich kleiner geworden war.

»Ich spüre kaum was.« Und auch ihre Kopf- und Halsschmerzen waren so gut wie verschwunden, seitdem sie das Haus betreten hatten. Allerdings fühlten sich ihre Beine so wackelig an, als ob sie einen anstrengenden Lauf hinter sich hätte. »Das lässt mich hoffen, dass dies hier vielleicht doch nur eine Halluzination ist«, setzte sie hinzu.

»Glaub mir, über nichts würde ich mich im Moment mehr freuen. Alles andere wäre …«

» … eine absolute Katastrophe«, beendete Eva seinen Satz.

In diesem Moment kam Katharina mit der kleinen Antonie zurück, und Eva und Philipp verstummten.

Anna wusste nicht so recht, was eine Halluzination war, aber da die beiden so besorgt geklungen hatten, ahnte sie, dass hier etwas ganz und gar nicht stimmte. Sie würde weiterhin Augen und Ohren offen halten.

Berta führte die Gäste in das inzwischen vorbereitete Fremdenzimmer im zweiten Stock. Das Hausmädchen konnte sich nicht daran erinnern, dass in diesem Zimmer überhaupt schon mal jemand geschlafen hatte. Und dabei arbeitete sie schon seit vier Jahren für die Familie. Besuch gab es im Haus Koffler nicht allzu oft, und wenn, dann war bisher niemand über Nacht geblieben.

Der Raum war einfach möbliert, mit einem Doppelbett, einem schmalen Schrank, einer Kommode und einem Frisiertisch mit Spiegel, vor dem ein Hocker stand. Jetzt lag zusätzlich eine Matratze auf dem Boden, die Berta noch rasch für Antonie mit frischer Wäsche bezogen hatte. Es war kühl im Raum, da der kleine Holzofen erst vor Kurzem angeheizt worden war und noch kaum Wärme spendete.

»Im Schrank und in der Kommode sind Sachen zum Anziehen. Das Badezimmer befindet sich am Ende des Flurs, und, äh, ein weiteres gewisses Örtchen ist einen Stock tiefer gleich links neben der Treppe. Mittagessen gibt es in einer halben Stunde. Wenn Sie sonst noch etwas brauchen, geben Sie bitte Bescheid«, sagte die Hausangestellte.

»Es ist alles bestens«, bedankte sich Philipp. »Wir kommen rechtzeitig nach unten.«

Bevor Berta aus dem Zimmer ging, wandte Eva sich an sie und fragte: »Berta, welcher Tag ist heute noch mal?« Sie lachte ein wenig verlegen auf. »Durch die Reise bin ich ganz durcheinandergekommen.«

Berta schaute sie etwas verwundert an.

»Heute ist der dritte Adventssonntag«, beantwortete sie die Frage.

»Sonntag, der …?«, hakte Philipp mit einem gewinnenden Lächeln nach.

Berta wusste nicht, ob die Gäste sie auf den Arm nehmen wollten. Doch sie durfte nicht unhöflich sein. Schließlich waren die Leute Verwandte der gnädigen Frau. Und offenbar hatten sie einiges hinter sich.

»Heute ist der dreizehnte Dezember.« Und da die Gäste sie immer noch fragend anschauten, setzte sie hinzu: »Neunzehnhunderteinunddreißig.«

Und damit verschwand sie nach unten in die Küche.

Kaum war sie draußen, schlüpfte Eva aus ihrem feuchten Mantel, den sie bis jetzt anbehalten hatte, damit niemand das schreckliche Kleid darunter sehen und Fragen stellen konnte. Sie hätte nicht gewusst, wie sie das ihrer Urgroßmutter hätte erklären sollen.

Antonie trug inzwischen ein Kleidchen, das Katharina ihr von Anna gegeben hatte. Es war hellblau, mit winzigen weißen Blüten und wie eine Art Schürzenkleid geschnitten. Darunter trug sie ein langärmeliges weißes Hemdchen.

»Neunzehnhunderteinunddreißig«, murmelte Philipp. »Wenigstens sind wir nicht ein paar Jahre später hier gelandet«, bemerkte Eva.

Philipp nickte. »Stimmt. Es hätte schlimmer kommen können.« Trotzdem war es nur ein kleiner Trost, dass sie nicht zu Kriegszeiten hier angekommen waren. Sie mussten unbedingt über die Situation sprechen und überlegen, was jetzt zu tun war. Aber das sollten sie besser nicht vor Antonie machen. Die Kleine schien verständlicherweise ohnehin schon ein wenig verstört und stand nur still mit zu Boden gesenktem Kopf da. Wie zu erwarten gewesen war, machte Eva keinerlei Anstalten, sich mit dem Kind zu befassen. Darum musste Philipp sich kümmern. Auch wenn er keinen blassen Schimmer hatte, wie er dem Mädchen das alles erklären sollte. Aber er musste es versuchen.

Er ging vor ihr in die Hocke und schaute sie lächelnd an.

»Antonie, ich weiß, das muss alles sehr verwirrend für dich sein, mit diesem Haus hier, das ein wenig anders aussieht als vorhin, als du gekommen bist. Und all den fremden Leuten, die jetzt hier sind. Dabei sind wir ja auch noch Fremde für dich. So hast du dir das ganz bestimmt nicht vorgestellt, als Frau Koffler dich eingeladen hat, nicht wahr? Aber du brauchst dich nicht zu fürchten. Eva und ich werden gut auf dich aufpassen.«

Antoine reagierte nicht auf ihn und starrte nur weiter den Boden an.

»Sobald sich das hier alles aufgeklärt hat, bekommst du deine Weihnachtsgeschenke, und dann bringe ich dich wieder zurück in das Waisenhaus. Das verspreche ich dir. Möchtest du das?«

Endlich zeigte das Mädchen eine Reaktion und nickte. Doch sie sah ihn immer noch nicht an.

Er musste unbedingt versuchen, sie aufzumuntern und ein wenig abzulenken. Aber hier im Zimmer war nichts, das für ein Kind zum Spielen geeignet gewesen wäre. Noch nicht mal ein Blatt Papier und Stifte, mit denen sie hätte malen können. Plötzlich hatte er eine Idee.

»Du hast doch dein Handy dabei, Eva?«

Eva lachte trocken.

»Willst du nach Hause telefonieren? Es ist ja allgemein bekannt, dass es in den Dreißigerjahren schon flächendeckend Handynetze gab.«

»Ich wollte mich eigentlich ins WLAN hier einwählen und nach den aktuellen Sportergebnissen googeln«, blaffte er und schaute sie genervt an. »Also, gibst du es mir jetzt?«

Eva holte das Handy heraus, das noch in der Tasche ihres Mantels steckte. Und obwohl sie wusste, dass es nicht sein konnte, kontrollierte sie mit einem raschen Blick, ob es tatsächlich kein Netz hatte.

»Was willst du denn damit?«

»Auf so einem Gerät sind doch sicher irgendwelche Spiele drauf?«

»Du willst jetzt spielen?«

Eva schaute ihn ungläubig an. Sie waren in einer wirklich außergewöhnlichen Lage, aus der sie nur wieder rauskamen, wenn sie einen klaren Kopf behielten. War durch diese Reise in die Vergangenheit irgendwas mit Philipp passiert? Er konnte doch jetzt nicht ernsthaft spielen wollen!

»Also wirklich, Eva! Frag doch nicht so blöd. Du sollst es Antonie geben, damit sie beschäftigt ist. Es gibt einiges zu bereden, findest du nicht?«

Obwohl sie sich über seine patzige Antwort ärgerte, war sie doch erleichtert, dass mit ihm offenbar alles in Ordnung war. Und natürlich hatte er recht. Sie mussten das Kind etwas ablenken.

Glücklicherweise hatte sie das Handy aufgeladen, bevor sie sich auf die Suche nach Antonie gemacht hatten.

»Okay. Aber nicht zu lang. Wir dürfen nicht den ganzen Akku aufbrauchen. Das Handy könnte uns noch nützlich sein.«

»Schon gut. Wenn du auf Flugmodus gehst, dann hält es für gewöhnlich länger. Jetzt gib es ihr.«

Eva hatte einige Spiele-Apps heruntergeladen. Auch wenn sie es niemals zugeben würde, so lenkte sie sich damit manchmal ab, wenn sie zum Beispiel auf einen Termin wartete oder in Nächten, in denen sie mal wieder nicht einschlafen konnte, weil ihr zu viele Dinge durch den Kopf gingen.

Sie öffnete *Angry Birds* und reichte Antonie das Handy.

»Willst du ihr nicht erklären, wie es geht?«, fragte Philipp verwundert.

»Sie kriegt das schon raus. Alle Kinder können das heutzutage. Die Vögel wollen ihre Eier zurück. Dazu müssen sie die Schweine aus dem Weg räumen. Das ist keine Hexerei.«

Und tatsächlich war das Kind schon bald in die Welt der *Angry Birds* versunken.

Eine pädagogisch wertvolle Beschäftigung für eine Achtjährige war das sicher nicht gerade, ging ihr durch den Kopf. Aber die anderen Spiele-Apps waren noch weniger geeignet.

»Ich bin verblüfft, dass du solche Spiele überhaupt kennst«, stellte Philipp amüsiert fest.

»Lass uns jetzt reden«, sagte sie barsch, ohne auf seinen Kommentar einzugehen.

»Du hast recht. Setzen wir uns.«

Sie nahmen nebeneinander auf dem Bett Platz. Auch wenn das Mädchen mit dem Spiel abgelenkt war, unterhielten sie sich doch leise.

»Wie kann es sein, dass wir in die Vergangenheit geraten sind?«, fragte Philipp.

»Woher soll ich das bitte wissen?«

»Eva. Wir reden hier von einer Zeitreise. So etwas gibt es nicht in Wirklichkeit.«

»Ach echt? Das ist mir ganz neu. Welche Erklärung hast du denn für all das hier?«

Philipp schaute sie mit so einem intensiven Blick an, als ob er ihr die Schuld für den ganzen Schlamassel geben wollte.

»Noch habe ich keine. Aber es muss eine geben.«

»Da bin ich ja mal gespannt, was dir einfällt.«

»Wir müssen herausfinden, was hier los ist.«

»Philipp. Falls ich nicht komplett durchgedreht bin, befinden wir drei uns im Jahr 1931 bei meinen längst verstorbenen Urgroßeltern. Das Mädchen, das vorhin den Kinderwagen durch den Schnee geschoben hat, ist meine zukünftige Großmutter. Vielleicht sollten wir jetzt doch einfach mal davon ausgehen, dass wir uns in der Vergangenheit befinden.«

Philipp strich sich fahrig durch das Haar. Natürlich ließen die Ereignisse bisher keinen anderen Schluss zu. Aber er wollte das einfach nicht wahrhaben!

Eva legte ihre Hand auf seinen Arm, zog sie dann aber sofort wieder weg, als sie seinen Blick sah.

»Wichtig ist jetzt, dass wir uns absprechen, wie wir uns weiter verhalten. Sie dürfen auf keinen Fall wissen, dass wir sie angelogen haben.«

»Und wenn sie es doch herausfinden, wer wir sind – oder besser gesagt, von wo und wann wir herkommen?«, gab er zu bedenken.

»Kann ich mir nicht vorstellen. Sogar wenn wir ihnen die Wahrheit sagen würden, wer würde das glauben? Sie würden uns höchstens sofort in die Klapsmühle stecken, was in dieser Zeit nicht wirklich ein Vergnügen sein dürfte. Oder was würdest du mit jemandem machen, der dir weismachen will, dass er aus der Zukunft kommt?«

Philipp schaute sie an und seufzte. Sie hatte natürlich recht. Niemand würde ihnen das glauben. Er tat es ja selbst nicht, obwohl es momentan keine andere Erklärung gab.

»Also spielen wir ihnen vor, dass du eine Verwandte bist. Weißt du denn überhaupt, wer diese Sophie ist, oder besser gesagt, wer sie war?«

Eva schüttelte den Kopf.

»Ich hab keinen blassen Schimmer. Oma hat nie was von ihr erzählt. Zumindest kann ich mich nicht daran erinnern. Aber offensichtlich sehe ich ihr ähnlich. Ich gehe nicht davon aus, dass Katharina überprüfen wird, ob ich tatsächlich Sophie bin. Sie scheint ja keinen Zweifel zu haben.«

»Es bleibt uns wohl keine andere Wahl.«

»Wir sollten möglichst nah bei der Wahrheit bleiben. Du zum Beispiel kannst natürlich auch in der Vergangenheit Gärtner sein.«

Philipp nickte. »Aber wir wissen nicht, was diese Sophie gemacht hat.«

»Nein, aber vermutlich nichts Spektakuläres. Sonst hätte Oma bestimmt mal über sie gesprochen.«

»Mir gefällt das alles überhaupt nicht«, murmelte er.

»Denkst du, ich bin begeistert darüber, was hier gerade mit uns passiert?«

Er stand auf, ging zum kleinen Fenster und schaute hinaus. Er konnte den zugefrorenen Teich sehen. Die Koffler-Kinder waren inzwischen verschwunden. Genauso wie die Bäume und Sträucher, die er erst vor wenigen Monaten gepflanzt hatte.

Er drehte sich wieder zu Eva.

»Weißt du, was ich nicht verstehe? Wieso sind wir nicht am Heiligen Abend in der Vergangenheit angekommen?«

Eva zuckte ratlos mit den Schultern.

»Vermutlich gibt es bei Zeitreisen eigene Regeln. Was weiß ich. Oder es gibt gar keine Regeln, und das alles hier ist einfach nur ein riesiges kosmisches Durcheinander.«

Und genau das bereitete ihr Sorgen. Würde die Zeit in der Gegenwart inzwischen ohne sie weitergehen und sie einfach verschwunden sein? Vermissten Großmutter, Sandra und Margret sie bereits? Oder blieb die Zeit in der Gegenwart für sie eingefroren, bis sie wieder zurück waren? Eva hoffte inständig, dass Letzteres der Fall war und sie bald wieder zurückkamen. Sie musste unbedingt herausfinden, ob Urbaneck die Unterlagen rechtzeitig geschickt hatte. Und andernfalls geeignete Schritte einleiten, um das Koffler-Anwesen zu retten. Eva, die starke Frau, die sonst zu jeder Gelegenheit wusste, was zu tun war, fühlte sich zum ersten Mal seit vielen Jahren hilflos und überfordert. Ein Gefühl, das sie verabscheute! Sie durfte sich von der Situation nicht einschüchtern lassen.

»Wir müssen so schnell wie möglich zurück in die Zukunft«, sagte sie deswegen entschieden.

Bei ihren Worten konnte Philipp sich ein Lächeln nicht verkneifen.

»Na sicher! Wir machen uns gleich auf die Suche nach Doc Brown und seinem Fluxkompensator«, witzelte er.

»Mir ist jetzt echt nicht nach Späßen zumute, Philipp. Wenn wir nicht schnellstmöglich wieder zurückkommen, dann …«

Sie sprach nicht weiter.

Das Lächeln verschwand aus seinem Gesicht.

»Was dann? Sprich es nur aus, Eva: Du musst schnell zurück, sonst kannst du das Haus deiner Großmutter nicht an die Bank verscherbeln.«

Eva schaute ihn verblüfft an.

»Was redest du da?«

»Meine Mutter hat gehört, wie du mit diesem Urbaneck einen Handel abgeschlossen hast. Vielleicht ist es ja gut, dass wir hier sind und du diese Papiere nicht unterschreiben kannst. Womöglich ist das ja sogar der Grund, warum wir hier überhaupt gelandet sind. Vielleicht will eine höhere Macht deinen perfiden Kuhhandel verhindern.« In dem Moment, als er diese Worte aussprach, schien das für Philipp tatsächlich eine Erklärung für diese verrückte Situation zu sein.

Eva stand nun ebenfalls auf und schaute ihn empört an.

»Du weißt ja überhaupt nicht, wovon du sprichst, Philipp.«

»Oh doch. Das denke ich schon.« Seine Stimme war schneidend.

»Ach ja? Hat dir deine Mutter auch gesagt, dass das Haus mit einer Hypothek von über einer halben Million belastet ist und die Bank das Geld bis zum Ende des Jahres einkassieren will?«

Überrascht trat er einen Schritt zurück.

»Nein. Nur dass es Schulden gibt und du alles nach Annas Tod verkaufen wirst. Stimmt das etwa nicht?«

»Doch. Natürlich werde ich das. Was sollte ich auch mit dem alten Kasten später einmal anfangen?«

»Vielleicht darin leben?«

»Mach dich nicht lächerlich.«

»Dir ist es egal, was aus uns allen wird, nicht wahr?«

»Ist es das?«

Er merkte, dass sie beide lauter geworden waren, und warf einen besorgten Blick zu Antonie. Doch das Mädchen schien glücklicherweise so versunken in das Spiel, dass sie offensichtlich nichts mitbekam. Trotzdem senkte Philipp die Stimme wieder, als er weitersprach.

»Sonst hättest du dich ja wohl nicht auf diesen Handel eingelassen!«

»Auf diesen Handel, mein lieber Philipp, habe ich mich nur deswegen eingelassen, um die Bank erst einmal ruhigzustellen. Urbaneck ist glücklicherweise so auf seinen eigenen Vorteil bedacht, dass es relativ einfach war, ihn für meine Zwecke einzuspannen, ohne dass er was bemerkte. Zumindest hoffe ich, dass er seinen Teil der Abmachung auch erfüllen wird. Um das zu überprüfen, muss ich aber zurück. Philipp, wenn die Bank auf die sofortige Rückzahlung des Kredites pocht, muss ich umgehend mit den kanadischen Investoren sprechen, um ihnen das Haus wenigstens zu unseren Konditionen zu verkaufen. Sonst steht ihr alle am Anfang des neuen Jahres mit nichts auf der Straße, und Anna kann sich mit ihrer Rente noch nicht mal ein anständiges Seniorenheim leisten.«

Er schaute sie betroffen an.

»Ist das wahr?«, fragte er leise.

»Denkst du, ich mache Scherze? Ich war völlig überrumpelt, als ich erfuhr, wie hoch verschuldet Oma ist. Dabei dachte ich immer, es gäbe genügend Kapitalanlagen, und sie könnte bequem davon leben. Aber offenbar haben die hohen Renovierungskosten für das Haus und ihre großzügigen Spenden die Reserven aufgebraucht, und das ganze Geld ist weg. Oma hat leider einen Kreditvertrag unterschrieben, ohne das Kleingedruckte genau gelesen zu haben. Deswegen steckt sie jetzt in diesem Schlamassel. Die einzige Möglichkeit, die unmittelbare Gefahr abzuwenden, war dieser Handel. Wobei ich nicht vorhabe, diesem korrupten Typen auch nur einen Cent zu geben. Aber das ist ein anderes Thema.«

»Wenn das wirklich stimmt, warum hast du nicht mit uns darüber gesprochen? Wir hätten vielleicht gemeinsam eine Lösung gefunden.«

»Für eine gemeinsame Lösung war keine Zeit. Ich musste aus der Situation heraus handeln, sonst hätte dieser Typ die Oberhand gehabt. Außerdem – wie hättest du mir helfen können? Oder hast du zufällig fünfhunderttausend unter dem Kopfkissen.«

»Wirklich so viel?«, fragte er leise.

»Wenn man bedenkt, wie viel das Anwesen wert ist, ist das eigentlich ein Klacks. Aber in der Kürze der Zeit und mit den ganzen Feiertagen ist es auch für mich schwierig, so einen Betrag problemlos aufzutreiben, um den offenen Schuldenbetrag sofort zu begleichen. Der Handel mit Urbaneck hat mir Zeit verschafft.«

Philipp sagte eine Weile lang nichts mehr. Dann schaute er sie durchdringend an.

»Das ändert aber trotzdem nichts an der Tatsache, dass du es später verkaufen wirst. Auch wenn du es dann gar nicht mehr tun müsstest«, sagte er leise.

»Ja«, antwortete sie.

Antonie tat nur so, als ob sie sich auf das Spiel konzentrieren würde. Wichtiger schien es ihr jedoch herauszufinden, worüber die beiden Erwachsenen sprachen. Leider verstand sie nicht so ganz genau, worum es ging. Sie redeten von Geld und Schulden – und von Zeitreisen. Aber so was gab es doch gar nicht wirklich, sondern nur in Geschichten, wie sie in den Büchern vorkamen, die ihnen im Heim vorgelesen wurden. Oder in manchen Sendungen im Kinderkanal, den sie einmal am Tag eine Stunde lang anschauen durften. Antonie war alt genug, um zu wissen, dass es so was nur in Märchen gab. Und das hier war leider kein Märchen.

»Wir müssen unbedingt zurück«, wiederholte Eva gerade noch mal eindringlich, und Philipp stimmte ihr zu.

Doch wohin wollten sie zurück? Sie waren doch schon in diesem Haus der alten Dame, die sie eingeladen hatte. Auch wenn es inzwischen ein wenig anders aussah. Scheinbar hatten die Erwachsenen wirklich Probleme und wussten nicht, was sie tun sollten. Der nette Mann, dieser Philipp, hatte vorhin gesagt, er würde sie bald zurück ins Waisenhaus bringen. Er hatte es fest versprochen. Aber warum tat er das nicht jetzt gleich? Worauf wartete er denn noch? Vielleicht dachte sie ja nur, dass er freundlich wäre, und er log sie an? Und er hatte gar nicht vor, sein Versprechen zu halten?

Antonie wusste nicht, was sie von alldem halten sollte. Wäre es vielleicht besser, sie würde noch mal versuchen, von hier zu verschwinden und allein zu Christel zurückzukehren? Irgendwie würde sie den Weg dorthin bestimmt finden. Aber was, wenn dieser Philipp doch die Wahrheit gesagt hatte? Sie wollte ja eigentlich nicht glauben, dass er sie angelogen hatte. Vielleicht war es doch besser, erst einmal abzuwarten.

Inzwischen hatte sie versehentlich das Spiel auf dem Handy weggedrückt. Sie versuchte, es erneut aufzurufen. Dabei entdeckte sie die Kamerafunktion. Christel hatte ihr das schon auf ihrem Handy erklärt und mit ihr ab und zu Fotos und kleine Videoaufnahmen gemacht. Und sie hatte Antonie auch Fotos von ihrer eigenen Familie gezeigt, zu der das Mädchen so gern gehören würde. Welche Bilder diese Eva wohl auf dem Handy hatte? Antonie war plötzlich neugierig. Sie drückte und wischte ein wenig auf dem Display herum. Doch es gab kein einziges Foto zu entdecken.

Plötzlich klopfte es. Antonie ließ erschrocken das Handy auf die Matratze fallen, was jedoch niemand bemerkte.

Eva und Philipp drehten sich um.

»Meine Mutter schickt mich, das Essen ist gleich fertig«, sagte eine Jungenstimme durch die geschlossene Tür.

»Danke. Wir kommen gleich!«, rief Philipp und wandte sich dann an Eva.

»Du solltest dir endlich was anderes anziehen.«

»Oh. Ja klar.«

Sie hatte ganz vergessen, dass sie noch immer das scheußliche Kleid trug. Rasch öffnete sie den Schrank. Die Auswahl war nicht sonderlich groß. Ein dunkelbrauner Rock und eine Bluse schienen am ehesten geeignet. Falls die Sachen ihr überhaupt passten.

»Umdrehen!«, wies sie Philipp an.

Er kehrte ihr den Rücken zu und ging wieder zum Fenster.

»Ich weiß, dass es eigentlich nicht sein kann. Aber wenn wir tatsächlich in der Vergangenheit gelandet sind, dann müssen wir unbedingt aufpassen, dass wir hier nichts verändern. Wer weiß, ob das irgendwelche Auswirkungen hat«, sagte er, während er hinausschaute.

Eva hatte das Kleid inzwischen ausgezogen und schlüpfte in die Sachen ihrer Urgroßmutter. Der Rock war etwas eng und kniff an der Taille, aber zumindest bekam sie ihn zu.

»Es gibt auch die Theorie, dass man bei einer Zeitreise in der Vergangenheit sowieso nichts ändern könnte, weil alles, was passieren soll, ja bereits passiert ist«, gab sie zu bedenken, während sie die Bluse zuknöpfte.

»Lassen wir es besser nicht darauf ankommen.«

»Das ist bestimmt nicht verkehrt. Wir müssen vorsichtig sein«, sagte sie. »So. Fertig. Gehen wir?«

Philipp drehte sich wieder um und schaute sie an.

»Viel besser als dieser scheußliche Fetzen«, sagte er. Obwohl der Rock und die Bluse für ihr Modebewusstsein natürlich altmodisch waren, machte sie eine erstaunlich gute Figur darin.

»Und was ist mit dir? Willst du dich nicht umziehen?«, fragte Eva.

»Und was bitte schön? Falls es dir nicht aufgefallen ist, dein Urgroßvater ist fast einen Kopf kleiner als ich.« Um es ihr zu verdeutlichen, zog er eine Hose aus dem Schrank und hielt sie an seinen Körper. Viel zu kurz.

Eva schaute ihn nachdenklich an. Sein gestrickter Pullover konnte durchgehen, und wegen der Jeans mussten sie sich eben etwas einfallen lassen, falls überhaupt jemand fragen sollte.

»Du hast recht. Das geht nicht. Dann bleib so, und lass uns nach unten gehen.«

»Ich habe kein sonderlich gutes Gefühl bei der Sache, Eva.«

»Ich auch nicht. Aber da müssen wir jetzt durch. Am besten erzählen wir nur etwas über uns, wenn sie uns Fragen stellen. Je weniger wir reden, desto besser. Dann kommen wir nicht in Gefahr, uns zu verraten«, schlug Eva vor. Sie wusste sowieso nicht, wie sie ein Essen mit so vielen Kindern am Tisch überstehen sollte. Am liebsten hätte sie Kopfschmerzen vorgetäuscht und wäre hier oben geblieben. Aber sie konnte Philipp nicht zumuten, sich dieser Situation allein mit Antonie zu stellen. Schließlich handelte es sich bei den Leuten um ihre Familie.

Philipp nickte zustimmend und wandte sich dann an das Kind. »Antonie? Komm. Wir gehen jetzt mittagessen. Hast du schon Hunger?«

Antonie zuckte mit den Schultern und stand dann folgsam auf.

Bevor sie nach unten gingen, nahm Eva dem Mädchen das Handy ab und legte es ganz unten in die Wäscheschublade, wo es hoffentlich niemand aus der Familie finden und sich darüber wundern würde.

Kapitel 9

Eva hätte sich gar nicht so viele Gedanken über die Koffler-Kinder zu machen brauchen. Alle, die vorher trotz des strengen Verbotes auf dem zugefrorenen Weiher gewesen waren, hatten eine ordentliche Standpauke über sich ergehen lassen müssen und waren ohne mittagessen auf ihre Zimmer geschickt worden. Nur Anna und die dreijährige Maria, die wie eine Miniaturausgabe ihrer Mutter Katharina aussah, durften mit am Tisch sein. Zudem hatte der Vater angedroht, dass jeder, den er noch einmal unerlaubt auf dem Eis erwischte, mächtig Ärger bekommen würde und den Heiligen Abend allein auf seinem Zimmer zu verbringen hatte. Eine äußerst wirkungsvolle Drohung. Niemand wollte so eine Strafe riskieren.

Den Kindern war es nicht erlaubt, während der Mahlzeit zu sprechen. Nach dem Tischgebet, das Maximilian von seinem Platz am Kopfende aus gesprochen hatte, blieb die Unterhaltung auch zwischen den Erwachsenen sehr sparsam und beschränkte sich auf Kommentare, die mit dem Essen zu tun hatten.

Katharina konnte sich selbst nach so vielen Jahren Ehe noch immer nicht damit abfinden, wie streng Maximilian manchmal mit den Kindern umging. Auch wenn sie wusste, dass er sie liebte und nur das Beste für sie wollte, so wünschte sie sich doch, dass er ein wenig geduldiger mit ihnen wäre. So wie ihr Vater das bei ihr gewesen war.

Ihr war es als Kind nie verboten gewesen, am Tisch zu sprechen. Im Gegenteil – im Hause der Bankiersfamilie Wiesner herrschte beim Essen immer eine unbeschwerte Stimmung, und es hatte stets anregende Unterhaltungen und fröhliches Lachen gegeben. Katharina vermisste ihre Eltern sehr, die im letzten Kriegsjahr innerhalb von zwei Wochen Opfer der schrecklichen Spanischen Grippe geworden waren, die weltweit Millionen von Menschen das Leben gekostet hatte. Sie hätten beide eine große Freude an ihren Enkelkindern gehabt. Vor allem der kinderliebe Johann, dessen Bedauern sehr groß war, dass seine Frau nach der schwierigen Geburt von Katharina nicht mehr hatte schwanger werden können.

In den ersten Jahren ihrer Ehe hatte Katharina manchmal noch versucht, ihren Mann um ein wenig mehr Nachsicht für die Kinder zu bitten. Doch je mehr sie sich für ihren Nachwuchs einsetzte, desto strenger schien sein Regiment zu werden. Er wollte unter allen Umständen vermeiden, dass sie verweichlichten. Vor allem die Buben nahm er fest an die Kandare. Bei den Mädchen war er zumindest ein klein wenig nachsichtiger, besonders bei Anna, die von dem Moment an, als die Hebamme sie ihm in die Arme gelegt hatte, sein besonderer kleiner Liebling war.

Katharina versuchte, die Strenge ihres Ehemanns mit liebevoller Nachsicht und Fröhlichkeit auszugleichen, wenn Maximilian in der Arbeit war. Dann nahm sie sich, sooft es ihre Pflichten erlaubten, Zeit, um mit den Kindern zu spielen. Sie las aus ihren alten Märchenbüchern vor, sang mit ihnen Lieder und half ihnen bei den Hausaufgaben, wenn es nötig war. Nur manchmal waren die Kinder allzu ausgelassen und trieben Unfug. Doch dann reichte meist schon ein eindringlicher Blick und eine Ermahnung, und die Kinder benahmen sich wieder. Eine strenge Standpauke ihres Vaters war durchaus nicht angenehm, doch ein enttäuschter, trauriger Blick ihrer Mutter war den Kindern eine viel schlimmere Strafe.

Oft umging Katharina die Gebote und Sanktionen ihres Mannes. So wie heute, indem sie Berta heimlich mit einem Korb voller Brote und Äpfel für die Kinder nach oben geschickt hatte, damit sie nicht hungrig bis zum Abendessen warten mussten. Anfangs hatte sie bei solchen Aktionen noch ein schlechtes Gewissen gehabt. Doch inzwischen hoffte sie nur, dass Maximilian ihr nicht auf die Schliche kam, um unnötigen Ärger zu vermeiden.

Im Gegensatz zu Eva, der es gerade recht war, dass am Tisch nur das Nötigste gesprochen wurde, fand Philipp die Atmosphäre etwas bedrückend. Auch wenn er eigentlich froh sein sollte, dass ihnen bisher noch keine unangenehmen Fragen gestellt worden waren.

»Das Essen schmeckt ausgezeichnet«, lobte er schließlich den Sonntagsbraten, der mit Pellkartoffeln und Karottengemüse serviert worden war.

Katharina lächelte ihm freundlich zu.

»Danke. Es freut mich, dass es schmeckt. Unsere Berta ist eine sehr bemühte und gute Köchin.«

»Allerdings«, sagte Eva höflich, auch wenn nach ihrem Geschmack alles zu wenig gewürzt und das Gemüse zu lang gekocht war. Die Portionen fielen etwas klein aus, was womöglich daran lag, dass sie hier so überraschend aufgekreuzt waren. Oder gab es auch sonst nicht mehr zu essen? Schließlich fehlten am Tisch fünf der Kinder, die auch davon hätten satt werden sollen. Für Eva war es ausreichend, aber sie kannte Philipp und seinen Appetit. Sicher würde er bald wieder hungrig sein.

Das Essen wurde auf einem cremefarbenen Geschirr mit feinen goldenen Verzierungen serviert, das Eva sofort erkannt hatte. Das edle Service aus dem Hause Hutschenreuther wurde, seit sie denken konnte, immer nur an besonderen Feiertagen aus der Vitrine geholt. Ob das schöne Geschirr hier täglich in Gebrauch war? Oder benutzte man es nur heute anlässlich der unerwarteten Gäste?

Während sie das letzte Stück Kartoffel in die Soße tunkte, warf sie einen unauffälligen Blick zu Anna. Sie konnte es immer noch nicht fassen, dass das Mädchen später einmal ihre Großmutter sein würde.

Warum sind wir hier?, fragte Eva sich. Falls es einen Grund gab, musste er mit ihr und Anna zu tun haben. Aber warum war sie dann nicht allein hier? Warum war Philipp mit dabei, und vor allem Antonie? Das Mädchen hatte doch mit der Familie überhaupt nichts zu tun. Und doch saß es jetzt hier mit am Tisch, den Kopf leicht gesenkt und schweigend. Seit sie hier waren, hatte Eva Antonie noch kein Wort sagen hören. Es war wirklich wichtig, dass sie so schnell wie möglich wieder in ihre Zeit kamen, auch für das Kind, damit es wieder zurück in seine gewohnte Umgebung kam. Zu den Menschen, die ihm vertraut waren.

Eva spürte einen Blick, der auf ihr ruhte. Sie drehte den

Kopf zur Seite und schaute in die strahlenden Augen von Katharina. Die werdende Mutter lächelte ihr zu. Eva hatte das Gefühl, als ob ihre Urgroßmutter wirklich sehr glücklich über den Besuch ihrer vermeintlichen Cousine war. Und das bereitete ihr einiges an Unbehagen. Auf irgendwelche Frauengespräche, die ihr vermutlich bald bevorstanden, wenn sie Katharinas Blick richtig deutete, hatte sie wirklich keine Lust. Überhaupt konnte sie mit diesem ganzen Frauenkram nichts anfangen. Freundinnen gab es in Evas Leben keine, nur einige Bekannte, die jedoch alle aus ihrem beruflichen Umfeld waren. Und was verpasste man auch schon Großartiges? Mit Frauen über Mode, Männer und Menstruationsbeschwerden zu tratschen oder womöglich irgendwelche Menürezepte auszutauschen, die sie sowieso niemals nachkochen würde, schien Eva ohnehin der Gipfel an Zeitverschwendung zu sein. Das brauchte sie alles nicht. Zuhause in Frankfurt hatte sie eine Putzfrau und einen ausgezeichneten Lieferservice für Gerichte aus aller Herren Länder. Das einzige Gerät, das in ihrer Küche regelmäßig zum Einsatz kam, war der Kaffeeautomat.

Doch hier war die Lage natürlich ganz anders, und sie würde solchen Gesprächen wohl nicht aus dem Weg gehen können. Solange sie nicht wussten, wie und wann sie wieder zurück in ihre Zeit kommen konnten, waren sie auf das Wohlwollen von Katharina und Maximilian angewiesen. Deswegen durfte sie ihre Urgroßmutter auch nicht vor den Kopf stoßen und musste sich auf ein höfliches Gespräch einlassen. Egal wie unangenehm ihr das war. Sie hoffte nur, dass sie die unfreiwillige Maskerade lange genug aufrechterhalten konnte.

Nach dem Dessert, das aus einem Schälchen Apfelkompott mit Zimt bestand, räumte Berta das Geschirr ab.

»Anna, bitte nimm Antonie mit nach oben und spielt ein wenig mit ihr«, forderte Katharina ihre Tochter auf. Sie hatte das kleine Mädchen beobachtet. Es hatte nur wenig gegessen und wirkte bedrückt. Was angesichts der Umstände, dass es seine Eltern erst kürzlich verloren hatte, kein Wunder war. Und ihre Cousine Sophie hatte offensichtlich zu wenig Erfahrung mit Kindern. Jedenfalls schien sie sich nicht weiter um Antonie zu kümmern. Anders als ihr Mann Philipp, der seiner verwaisten Nichte immer wieder besorgte Blicke zuwarf.

»Ja, Mutter«, sagte Anna folgsam. Auch wenn sie nicht besonders erfreut darüber war, das Mädchen mitzunehmen. Sie hatte genügend Geschwister, auf die sie ständig aufpassen musste, und eigentlich vorgehabt, sich in ihr Zimmer zurückzuziehen und in ihrem Märchenbuch zu lesen. Aber natürlich konnte sie die Bitte ihrer Mutter nicht ausschlagen, schon gar nicht in Anwesenheit ihres Vaters und der Gäste.

»Komm!«, sagte sie deswegen und streckte die Hand nach Antonie aus. Doch das Waisenmädchen drückte sich nur näher an Philipp und machte keinerlei Anstalten, sich auch nur einen Zentimeter von ihm wegzubewegen.

»Du kannst ruhig mitgehen und mit Anna und den anderen Kindern spielen«, sagte Philipp aufmunternd und streichelte ihr über den Kopf. »Hier ist es doch viel zu langweilig für dich, Kleines.«

Antonie wollte trotzdem nicht, doch da bemerkte sie den strengen Blick von Maximilian. Der Mann mit dem riesigen Schnurrbart hatte ihr vom ersten Moment an Angst eingeflößt. Jetzt machte er ein Gesicht, als ob er gleich mit ihr schimpfen würde. Vielleicht war es doch besser, wenn sie mit den Kindern spielte und ihn nicht mehr anschauen musste. Sie ignorierte zwar Annas Hand, folgte ihr und der kleinen Maria jedoch nach oben.

»Keine Sorge. Meine Kinder werden gut auf Antonie aufpassen«, sagte Katharina mit warmer Stimme, als sie den besorgten Blick wahrnahm, mit dem Philipp dem Mädchen nachschaute.

»Ich weiß«, sagte er und lächelte ihr zu.

Maximilian stand auf und wandte sich an Philipp.

»Wir sollten in mein Büro gehen, damit die Damen sich hier ungestört austauschen können«, sagte er höflich. Doch Philipp war klar, dass dies keine Bitte war. Das Familienoberhaupt der Kofflers wollte herausfinden, mit wem er es bei dem Mann seiner angeheirateten Cousine zu tun hatte, und zitierte ihn deswegen in sein Arbeitszimmer.

»Selbstverständlich«, antwortete Philipp und folgte Maximilian hinaus. Nicht ohne Eva vorher einen Blick zuzuwerfen, der ihr stumm zu verstehen gab, dass sie unbedingt vorsichtig sein sollte.

Eva ihrerseits hoffte, dass Philipp bei den Fragen ihres Urgroßvaters in keine Falle tappen würde. Es war ein Vorteil, dass sich die beiden Männer nicht kennen konnten und Maximilian davon ausging, dass Sophies Mann aus Passau kam. So dürfte es Philipp relativ leichtfallen, sich eine passende Geschichte einfallen zu lassen.

Schwieriger würde es jetzt für sie werden. Sie musste eine

Frau spielen, von der sie noch nie etwas gehört hatte. Und erschwerend kam hinzu, dass sie dabei nicht durch eine unbedachte Äußerung verraten durfte, woher sie kam und wer sie in Wirklichkeit war. Was Katharina ihr ohnehin nicht abnehmen würde.

»Ich kann dir gar nicht sagen, wie sehr ich mich freue, dass du hier bist, liebe Sophie«, sagte Katharina, kaum dass die Männer das Zimmer verlassen hatten. »Möchtest du gerne ein Tässchen Tee?«

Eva bemühte sich, freundlich zu lächeln, und nickte.

»Wenn es keine Umstände macht.«

Eigentlich war sie keine Teetrinkerin. Das war sie noch nie gewesen. Für sie war Kaffee eine Art Lebenselixier, und sie konnte sich nicht erinnern, dass sie in den letzten Jahren auch nur einmal einen Tag ohne überstanden hatte. Tee trank sie nur, wenn sie sich den Magen verdorben hatte oder eine Grippe im Anmarsch war. Und auch dann nur aus Vernunftgründen und mit einigem Widerwillen. Aber sie wollte Katharina jetzt nicht mit Sonderwünschen behelligen. Außerdem war sie nervös genug, und Kaffee würde sie womöglich nur noch mehr aufputschen.

»Aber nein. Gar keine Umstände. Ich bin gleich wieder da.«

Katharina verschwand kurz in die Küche, um Berta mit der Zubereitung des Tees zu beauftragen. Eva hatte kaum Zeit, sich in dem heimeligen Raum ein wenig umzusehen, der ihr gleichzeitig fremd und doch so vertraut war, da kam sie auch schon wieder zurück. Sie stellte ein kleines Schälchen mit Plätzchen auf den Tisch und nahm Platz.

»Normalerweise gibt es vor den Feiertagen kein Weihnachtsgebäck. Aber heute ist ein besonderer Anlass«, bemerkte sie und schmunzelte komplizenhaft.

»Aber wegen mir musst du doch wirklich keine Ausnahme machen«, warf Eva ein. Nachdem die Plätzchen sie in der letzten Nacht so geplagt hatten, war sie ohnehin nicht sonderlich scharf darauf, etwas Süßes zu essen.

»Ich freue mich ja selbst, ein wenig zu naschen.« Verschmitzt lächelnd griff Katharina nach einer Nussmakrone, in die sie fast andächtig hineinbiss. In diesem Moment sah sie um einiges jünger aus als bei ihrer ersten Begegnung im Garten. Eva überlegte, wie alt ihre Urgroßmutter eigentlich war, und kam zu dem Ergebnis, dass sie ungefähr im gleichen Alter sein mussten.

»Erzähl mir bitte, wie geht es deinen Eltern«, forderte Katharina sie auf, während Berta kam und den Tee servierte.

»Oh. Denen geht es so weit gut«, antwortete Eva unverbindlich und griff schließlich doch nach einem Plätzchen, da Katharina ihr die Schale hinschob und sie nicht ablehnen konnte.

»Das freut mich. Ich kann mich erinnern, dass dein Vater sehr mit Gicht geplagt war.«

Eva biss in das Spritzgebäck, um ein wenig Zeit zu haben, sich eine Antwort zu überlegen. Mit Krankheiten und vor allem mit Gicht kannte sie sich gar nicht aus. Bestimmt würde sie sich bald verraten, wenn Katharina noch weitere Fragen zu ihrer, oder besser gesagt, Sophies Familie stellte.

»Oh ja, die Gicht. Es ist natürlich nicht besser geworden. Aber das ist bei ihm auch das Alter. Da kann man leider nichts tun«, sagte sie deswegen nur.

»Haben deine Eltern das Geschäft inzwischen aufgegeben? Dein Vater hat ja immer sehr bedauert, dass er keinen Sohn hat, der später einmal alles übernehmen könnte.«

Oh Gott. Was sollte Eva darauf nur antworten? Sie hatte keinen blassen Schimmer, um welches Geschäft es sich handelte, das eine Frau in dieser Zeit offenbar nicht übernehmen konnte.

»Sie haben sich inzwischen zur Ruhe gesetzt«, sagte sie schließlich und schickte ein Stoßgebet zum Himmel, dass niemand das überprüfen würde, solange sie hier waren. »Vater wurde es einfach zu viel.«

»Das verstehe ich. Schade nur, dass er dir nicht zugetraut hat, das Geschäft weiterzuführen. Als ob wir Frauen das nicht auch könnten. Aber du bist ohnehin viel glücklicher mit deinen Büchern, oder?«

Mit ihren Büchern? War die echte Sophie Buchhalterin oder vielleicht Bibliothekarin oder Lektorin?

»Es ist alles gut, so wie es ist«, sagte Eva salomonisch. »Aber lass uns nicht die ganze Zeit über mich und meine Familie reden. So spannend ist das auch wieder nicht. Erzähl mir doch lieber von dir und deinen Kindern.«

Katharina ließ sich das nicht zweimal sagen und zählte sie auf: Der Erstgeborene war der inzwischen vierzehnjährige Fritz, dann kamen in kurzem Abstand Karl, Maximilian junior, den alle nur Maxi nannten, Anna, Wilhelm, Heinrich, Maria und die Kleinste, Theresia. Und bald würde ein weiteres Kind dazukommen. Eva hatte zwar gewusst, dass ihre Großmutter viele Geschwister gehabt hatte, aber alle hätte sie nicht mehr zusammengebracht.

»Habt ihr schon einen Namen für das Baby?«, fragte Eva, weil sie nicht wusste, was sie sonst zu den Kindern sagen sollte, die sie eigentlich wenig interessierten.

»Wenn es ein Mädchen wird, soll es Ella heißen, und einen Buben möchten wir nach meinem Vater Johann nennen.«

Katharina streichelte mit einem zärtlichen Lächeln über ihren Bauch.

Eva fühlte sich plötzlich unbehaglich, als ihr einfiel, dass ihre Oma manchmal von ihrem jüngsten Bruder Johann erzählt hatte. Er war als junger Bursche während des Krieges bei einem Bombenangriff ums Leben gekommen. An Einzelheiten konnte sie sich jedoch nicht erinnern.

Plötzlich schoss ihr ein Gedanke durch den Kopf. War sie deswegen hier in der Vergangenheit? Um die Eltern zu warnen, damit sie ihren Sohn rechtzeitig in Sicherheit bringen konnten? Denn es würde ein Sohn werden, da war sie sich ganz sicher, schließlich hatte ihre Großmutter niemals eine Schwester namens Ella erwähnt. Aber durfte sie das überhaupt? Der Familie erzählen, was sie wusste? Oder stand das Schicksal des kleinen Jungen bereits jetzt unveränderbar fest?

Außerdem müsste sie dann preisgeben, woher sie das wissen konnte. Und genau das wollten sie und Philipp ja unbedingt vermeiden. Ganz abgesehen davon, würde man ihr sowieso nicht glauben. Und selbst wenn, was würde sie damit anrichten? Wie sollten die Kofflers damit umgehen zu wissen, dass ihr geliebtes Kind sterben musste, ohne eine Ahnung zu haben, ob und wie man es verhindern konnte. Das Glück über die Geburt des Jungen wäre um das Wissen seines frühen Todes von großem Kummer und Angst überschattet. Damit würde sie der Familie und vor allem dem Kind das Kostbarste überhaupt nehmen: Lebensfreude und Hoffnung auf eine Zukunft, auch wenn sie noch so ungewiss sein mochte. Da sie selbst ihre Eltern so früh und überraschend verloren hatte, wusste sie, wie wertvoll und besonders das Leben war, gerade weil man nicht voraussehen konnte, wie viele Jahre man auf dieser Welt geschenkt bekam.

Zudem würde Eva dann auch erklären müssen, dass es bald wieder zu einem Krieg kommen würde, und sie wusste nicht, was sie damit anrichten konnte.

Nein. Auch wenn es ihr noch so schwerfiel, durfte Eva auf keinen Fall etwas sagen, damit sie dem Schicksal nicht in die Quere kam und im schlimmsten Fall etwas an der Vergangenheit änderte, das womöglich verheerende Auswirkungen für die Zukunft haben könnte.

»Johann und Ella. Das sind beides sehr schöne Namen«, bemerkte sie unverbindlich und nippte an ihrem Tee.

»Ja, nicht wahr? ... Noch ein Plätzchen, Sophie?«

»Danke, nein«, winkte Eva ab. Bei aller Höflichkeit hatte sie keine Lust, sich womöglich noch mal den Magen zu verderben, obwohl das Gebäck lecker schmeckte, fast so wie das von Margret, wenn auch nicht ganz so süß. Dafür griff Katharina noch einmal zu. Eine kurze Weile herrschte Stille zwischen den beiden Frauen.

»Dein Mann ist übrigens sehr nett. Wo habt ihr euch denn kennengelernt?«, fragte Katharina, die ihre Neugierde zum Liebesleben ihrer Cousine nicht mehr länger zügeln konnte.

Die Vorstellung, Philipp wäre ihr Mann, hatte gleichzeitig etwas Absurdes, aber auch etwas unerwartet Berührendes, über das Eva jedoch nicht näher nachdenken wollte. Und jetzt war schon gar nicht der richtige Zeitpunkt dafür, das Herzklopfen näher zu analysieren, das beim Gedanken an eine Ehe mit Philipp deutlich zu spüren war. Sie musste einen klaren Kopf bewahren. Eva hatte diese Frage natürlich schon auf sich zukommen sehen und sich eine Antwort überlegt.

»Ach, das war ganz zufällig. Wir sind uns auf dem Markt über den Weg gelaufen«, sagte sie wie beiläufig. »Und es hat ganz schnell gefunkt zwischen uns.« Noch während sie antwortete, fragte sie sich, ob diese Formulierung in den Dreißigerjahren schon geläufig war, deswegen setzte sie rasch hinzu: »Ich meine, der Funken zwischen uns ist sofort übergesprungen.«

Katharina lächelte.

»Es freut mich wirklich, dass du dein Glück doch noch gefunden hast, liebe Sophie.«

»Danke.« Mehr wusste sie nicht darauf zu sagen. Offensichtlich war diese Sophie eine echte Spätzünderin gewesen. Was wohl aus ihr geworden war? Eva nahm sich vor, nach ihrer Rückkehr in die Gegenwart Nachforschungen anzustellen, um das herauszufinden.

»Ist Philipp auch im Krieg gewesen?«, fragte Katharina plötzlich.

Eva war überrascht über den abrupten Themenwechsel, dann nickte sie. Was sollte sie auch sonst antworten. Von den Männern in Philipps Alter waren damals wohl die wenigsten verschont geblieben.

»Ja. Er hatte allerdings Glück und wurde nicht verletzt.« Sie hoffte, dass ihre Urgroßmutter nicht weiter nachfragen würde, weil ihre Geschichtskenntnisse hier nicht wirklich weiterhalfen.

»Die schlimmsten Verletzungen kann man bei den meisten Männern gar nicht sehen«, murmelte Katharina, und ihre Augen wurden traurig. »Die sind hier drinnen.« Sie legte eine Hand an ihre Brust.

»Ist es bei Maximilian so?«, fragte Eva leise.

Katharina nickte, sagte jedoch weiter nichts dazu.

Eva mochte sich gar nicht vorstellen, was der Krieg ihrem Urgroßvater angetan hatte. Es war sicherlich nicht einfach für eine Beziehung, das gemeinsam durchzustehen. Und es würde nicht mehr allzu lange dauern, bis sie einen weiteren, noch viel schrecklicheren Krieg durchleben mussten. Eva wusste zwar, dass ihre Großeltern und bis auf den kleinen Johann alle Kinder überleben würden, doch es lagen trotzdem sehr schwere Zeiten vor ihnen, voller Angst, Entbehrungen, Trauer und Verletzungen.

Eva fragte sich, ob es nicht doch irgendeine Möglichkeit gab, die Menschen zu warnen, damit sie das Kommende abwenden konnten. Doch selbst wenn es ihnen wirklich gelingen würde, den Verlauf der Geschichte zu verändern, wer konnte garantieren, dass es damit auch tatsächlich besser würde? Womöglich richteten sie einen weitaus größeren Schaden an, ohne es zu wollen. Und außerdem – es war ja inzwischen bereits alles passiert, sonst gäbe es sie gar nicht.

»Philipp kann gut mit seiner kleinen Nichte umgehen. Plant ihr auch eigene Kinder?«, riss Katharina sie aus ihren Gedanken.

Über diese Frage hatte Eva sich vorhin beim Essen schon Gedanken gemacht. Es war übrigens eine Frage, die sie auch in der zukünftigen Gegenwart immer wieder zu hören bekam. Als ob Menschen nicht glauben konnten, dass man als Frau freiwillig auf Kinder verzichten und trotzdem glücklich sein konnte. Weil sie aber keine Lust hatte, über dieses Thema zu diskutieren, gab sie schon seit Jahren stets die gleiche Antwort, die sie auch jetzt für ihre Urgroßmutter parat hatte:

»Ich kann keine Kinder bekommen«, sagte Eva. Erfahrungsgemäß fragte danach niemand mehr weiter, im Gegenteil, alle versuchten, das Thema zu wechseln, um Eva nicht unabsichtlich zu verletzen. Sie hoffte, dass sich auch Katharina nach dieser Antwort um ein anderes Gesprächsthema bemühte. Doch sie wich nicht aus, im Gegenteil.

Katharina sah sie mit einem betroffenen Blick an.

»Ach, das tut mir schrecklich leid, Sophie! Für dich und für deinen Mann.« Sie griff nach Evas Hand, drückte sie mitfühlend. Eva musste sich zusammenreißen, um sie ihr nicht wegzuziehen. Katharina kam ihr viel zu nah, das wollte sie nicht.

»Wir haben uns damit abgefunden«, sagte sie knapp.

»Du bist sehr tapfer, meine liebe Cousine. Ich bewundere dich sehr für deine Stärke. Ein Leben ohne Kinder könnte ich mir nicht vorstellen.«

Verdammt noch mal, man kann durchaus auch ohne Kinder sehr glücklich sein, wollte Eva ihr entgegnen, stattdessen murmelte sie: »Man muss das Leben eben so nehmen, wie es kommt.«

Sie zog ihre Hand weg und nahm ein Plätzchen, das sie jedoch nicht aß.

»Das stimmt. Und manchmal macht es auch unerwartete Geschenke.«

»Wie? Was meinst du?«

»Nun. So tragisch es ist, dass Antonie ihre Eltern verloren hat. Bei euch wird sie ein gutes Zuhause haben. Und schon bald wird es sein, als ob das Mädchen euer eigenes Kind wäre.«

Eva hatte plötzlich das Gefühl, als ob ihre Gesichtsmuskeln beim Versuch, weiterhin freundlich zu lächeln, einfrieren würden. Das konnte sie nur, indem sie sich sagte, dass sie hier einfach eine Rolle spielte und das alles nichts mit ihrem richtigen Leben zu tun hatte, in dem ein Kind niemals Raum einnehmen würde.

»Wir werden unser Bestes versuchen«, sagte sie.

»Du wirst ihr bestimmt eine gute Mutter sein«, kamen Katharinas einfühlsame Worte. »Das lernst du ganz schnell.«

Eva sagte nichts dazu. Und auch Katharina schwieg eine Weile. Dann griff sie nach der Teekanne.

»Noch eine Tasse Tee?«, fragte sie.

»Gern.« Der Tee schmeckte Eva erstaunlich gut. Und vor allem löschte er auch ihren Durst, da ihr bisher kein anderes Getränk angeboten worden war.

»Ich hoffe sehr, dass ihr ein paar Tage bleibt, bevor ihr zurück nach Passau fahrt. Wir haben uns so viele Jahre nicht gesehen, da wäre es schade, wenn ihr bald wieder abreist. Es ist schön, euch hier zu haben.«

»Danke für deine Gastfreundschaft, die wir sehr gern annehmen«, sagte Eva. Da sie keine Ahnung hatte, wie lange sie in der Vergangenheit feststeckten, war es beruhigend zu wissen, dass sie hier so lange eine Bleibe hatten.

In diesem Moment öffnete sich die Tür, und Berta kam mit der kleinen Theresia auf dem Arm herein.

»Da ist ja jemand wach geworden«, sagte Katharina und stand auf. Sie nahm Berta das kleine Mädchen ab und gab ihm einen zärtlichen Kuss auf die vom Schlaf noch rosig warmen Wangen.

»Na mein Schätzchen, hast du was Schönes geträumt?«,

murmelte sie liebevoll und streichelte sanft durch das dunkle Haar des kleinen Mädchens. Dabei drehte sie sich zu Eva um.

»Möchtest du sie einmal halten?«, fragte Katharina.

»Ich? Oh nein!«, kam es von Eva.

»Keine Sorge, du kannst das schon.«

Bevor Eva etwas dagegen tun konnte, hatte Katharina ihr das Mädchen in die Arme gedrückt. Theresia schaute die ihr fremde Frau für einen Moment überrascht an. Dann verzog sie ihr Gesichtchen und begann, lauthals zu weinen.

»Das war keine so gute Idee«, sagte Eva hilflos und auch ein wenig ärgerlich, weil Katharina sie einfach überrumpelt hatte. Berta nahm ihr die Kleine wieder ab.

»Sie hat bestimmt nur Hunger«, meinte Katharina und warf einen Blick zu Eva, die einen Schritt zurückgetreten war. Ihre Cousine konnte offenbar nicht viel mit Kindern anfangen. Hoffentlich würde sich das bald ändern, wenn die kleine Antonie bei ihnen lebte.

»Der Brei ist schon vorbereitet. Ich nehme Theresia mit in die Küche«, sagte Berta, während das Mädchen sich auf dem Arm der Hausangestellten schlagartig wieder beruhigte.

»Danke Berta.«

»Würde es dir etwas ausmachen, wenn ich mich ein wenig nach oben zurückziehe, Katharina?«, fragte Eva, sobald Berta das Zimmer mit dem Kind verlassen hatte. Inzwischen hatte sie keine Energie mehr, sich auf weitere Gespräche über Kinder einzulassen oder sich irgendwelche Lügen über Sophie und ihre Familie auszudenken. Was sie jetzt dringend brauchte, war ein wenig Ruhe, um nachzudenken, wie sie aus diesem Dilemma wieder herauskamen.

»Aber natürlich nicht. Ruh dich aus, meine Liebe. Und wenn du etwas brauchst, dann sag Berta oder mir Bescheid. Und Sophie?«

»Ja?«

»Es ist sicherlich nicht einfach, sich in deinem Alter ganz plötzlich um ein Kind kümmern zu müssen. Wenn du dir wegen der kleinen Antonie unsicher bist, kannst du mich jederzeit gern um Rat fragen.«

Eva schaffte es, noch ein weiteres Mal zu lächeln, und nickte.

Kapitel 10

Währenddessen saß Antonie auf einem kleinen Stühlchen im Zimmer der Mädchen und hatte eine Puppe auf dem Schoß, die Anna ihr in die Hand gedrückt hatte. Sie sah zu, wie Anna und Maria mit dem großen hölzernen Kaufladen spielten, der in der Ecke des Zimmers stand. Eigentlich hätte sie gern mitgespielt, aber dann hätte sie reden müssen. Und das konnte sie nicht, sonst würden die Kinder sie auslachen. Es war genau wie im Waisenhaus. Auch dort war sie meist für sich allein, damit sie nicht gehänselt wurde. Antonie seufzte fast lautlos und warf einen Blick auf die Puppe aus Zelluloid, deren Frisur nur angedeutet aufgemalt war. Das beige Kleid mit den zerknitterten Rüschen war viel zu groß. Die blauen Augen waren in Vertiefungen gemalt und leicht zerkratzt, sodass es aussah, als ob sie schielte. Antonie fand sie ein wenig unheimlich und drehte sie um. Mit Puppen zu spielen hatte ihr ohnehin noch nie viel Spaß gemacht. Viel lieber würde sie in dem Märchenbuch lesen, das neben einem der beiden Betten lag. Ob Anna etwas dagegen hätte, wenn sie es sich nahm? Gerade als sie aufstehen wollte, wurde die Tür aufgerissen, und ein Junge kam hereingeplatzt. Er war ungefähr im Alter von Antonie und hatte lustige Sommersprossen im Gesicht.

»Wir wollen uns Gespenstergeschichten erzählen. Komm, Anna!«

Anna drehte sich zu ihrem Bruder Heinrich, der sie durch seine runden Brillengläser erwartungsvoll anschaute.

»Ich kann nicht, weil ich auf die Mädchen aufpassen muss«, sagte sie bedauernd und warf einen Blick auf ihre kleine Schwester und dann auf Antonie.

»Wer ist die denn?«, fragte der Junge neugierig. Scheinbar hatte er gar nicht mitbekommen, dass Besuch im Haus war.

»Sie heißt Anton«, erklärte die kleine Maria mit ihrer piepsigen Stimme.

»Anton?« Heinrich lachte. »Das ist doch kein Name für ein Mädchen.«

Antonie spürte, wie ihr Puls schneller zu schlagen begann. Jetzt hatte sie noch nicht einmal was gesagt und wurde trotzdem ausgelacht. Und das nur, weil dieses blöde kleine Mädchen ihren Namen falsch gesagt hatte.

»Du heißt doch nicht wirklich so, oder?«, wollte Heinrich von Antonie wissen.

»Auf eine Antwort kannst du bei der lange warten. Die ist seltsam und sagt nichts. Sie heißt Antonie«, erklärte Anna und fügte dann in einem etwas herablassenden Ton hinzu: »Und sie ist ein Waisenkind.«

Heinrich zuckte mit den Schultern. Sein Interesse am Besuch ließ bereits wieder nach.

»Lass doch die zwei alleine spielen, Anna, und komm mit mir«, forderte er seine Schwester auf.

»Das geht nicht. Ich habe Mama versprochen, mich um sie zu kümmern.«

»Aber ohne dich ist es nicht so spannend«, maulte er. »Maxi und Willi wollen auch, dass du kommst.«

Durch ihr besonderes Talent, den Geschwistern mit fantasievollen Erzählungen spannende Stunden zu bescheren, hatte die älteste der Koffler-Töchter bei ihren Brüdern eine Art Sonderstellung. Und Anna genoss diese Position durchaus.

»Ich will auch eine Spenstergeschichte hören«, bettelte nun auch die kleine Maria.

»Siehst du? Maria will auch. Jetzt komm schon, Anna!«

Eine Viertelstunde später saßen Wilhelm, Heinrich, Maxi, Maria und Antoine im Halbkreis im Zimmer der drei jüngeren Brüder auf dem Boden und lauschten gespannt wie Anna, die im Schneidersitz vor ihnen saß, mit leiser Stimme eine Gespenstergeschichte erzählte: »Der Junge ging langsam die Treppe nach oben. Seine Beine schlotterten vor Angst. Er legte seine Hand an den eiskalten Griff der Tür …«

Obwohl sie unbedingt hatte dabei sein wollen, schauderte es Maria bei der Erzählung ihrer Schwester. Am liebsten wäre sie zu ihrer Mutter nach unten gelaufen. Aber dann dufte sie beim nächsten Mal bestimmt nicht mehr dabei sein. Deswegen versuchte sie, tapfer zu sein, auch wenn ihr Herz vor Angst wild gegen ihre Brust pochte.

Antonie hingegen genoss die gruseligen Schauer, die ihr über den Rücken liefen. Sie wusste, dass das nur eine Geschichte war. Und sie liebte Geschichten.

»… bevor er den Speicher betrat, hörte er ein Geräusch. Ein Poltern und Kratzen.«

Anna hielt für einen Moment inne und schaute in die

weit aufgerissenen Augen ihrer Zuhörer, die gebannt lauschten. Nur Maria hatte die Augen inzwischen geschlossen und drückte sich die Hände auf die Ohren, um nichts mehr hören zu müssen. Sicher würde sie heute Abend wieder ewig nicht einschlafen können. Anna hatte geahnt, dass es eine dumme Idee war, ihre kleine Schwester mitzunehmen. Doch Heinrich hatte nicht lockergelassen, und sie hatte Maria schließlich nicht mit dieser seltsamen Antonie allein lassen können.

Hoffentlich bekam sie keinen Ärger mit ihrer Mutter, wenn diese davon erfuhr. Mit einem leisen Bedauern änderte sie kurzerhand den Schluss der Geschichte ab.

»Zitternd drückte er die Klinke nach unten. Mit einem lauten Knarren ging die Tür auf, und heraus sprang« – die Kinder hielten den Atem an – »... Waldi, der Dackel des Nachbarn, der versehentlich auf dem Speicher eingesperrt war. Er wedelte mit dem Schwanz und bellte fröhlich.«

Heinrich schaute einen Moment verdutzt, dann lachte er erleichtert auf. Auch wenn er es nie zugegeben hätte, vor allem nicht vor den Mädchen, so hatte er sich doch ein wenig gefürchtet.

Als sie mitbekam, dass ihr Bruder lachte, nahm Maria die Hände von den Ohren und öffnete die Augen.

»Der Dackel?«, protestierte Maxi hingegen. »Das ist doch nicht dein Ernst, Anna.«

»Was ist mit dem rachsüchtigen Gespenst ohne Kopf? Oder dem blutrünstigen Dämon?«, wollte Willi wissen. Auch er war enttäuscht vom harmlosen, ja fast schon lächerlichen Ende der Geschichte.

»Das erzähle ich euch ein anderes Mal, wenn die Kleinen nicht dabei sind«, sagte Anna und schaute kurz zu den beiden jüngeren Mädchen, bevor sie sich näher zu ihren Brüdern beugte. »Denn natürlich war außer Waldi noch jemand auf dem Speicher«, flüsterte sie, und die Buben begannen bei ihren Worten zu lächeln.

»Das müssen wir aber bald machen«, forderte Maxi, und seine Brüder nickten zustimmend.

Nur zu gern wäre Antonie ebenfalls dabei gewesen, aber ihr war klar, dass niemand sie dazu auffordern würde. Und eigentlich hoffte sie ohnehin, dass sie bis dahin gar nicht mehr hier wäre, sondern zurück bei Christel im Waisenhaus.

»Und was machen wir jetzt?« Heinrich schaute seine Geschwister fragend an.

»Wir könnten einen Schneemann bauen?«, schlug Willi vor.

»Geht nicht. Ihr habt doch Stubenarrest«, erinnerte Anna ihn.

»So was Doofes«, maulte Maxi. Dabei konnte er froh sein, dass sein Vater nicht auch noch herausgefunden hatte, dass er und sein Bruder Karl die Gäste mit Schneebällen beworfen hatten. Das hätte sicher ein noch größeres Donnerwetter gegeben.

»Spielen wir doch Vater, Mutter und Kinder«, bettelte Maria.

Die Jungs verdrehten gleichzeitig die Augen.

»Ganz bestimmt nicht«, brummte Maxi.

»Kinderkram!« Heinrich schüttelte den Kopf.

»Auf gar keinen Fall!«, bekräftigte Willi.

Schließlich einigten sie sich darauf, *Mensch ärgere dich nicht* zu spielen. Und weil das nur zu viert ging, mussten Antonie und Maria zuschauen.

Während die älteren Kinder sich gegenseitig daran hinderten, die Männchen nach Hause zu bringen, und genau das Gegenteil davon taten, als sich nicht zu ärgern, schlich Antonie sich nach einer Weile unbemerkt aus dem Zimmer. Was sollte sie auch hier noch? Nur zusehen war langweilig. Niemand hier konnte sie gebrauchen. Deswegen hatte sie beschlossen, nicht mehr darauf zu warten, bis Philipp sein Versprechen erfüllte, sondern doch allein zum Waisenhaus zu gehen. Jetzt war eine gute Gelegenheit dafür. Alle waren beschäftigt, und deswegen musste sie die Zeit nutzen und sich beeilen. Das bedeutete leider, dass sie ihren Rucksack nicht mitnehmen konnte, den sie im Zimmer gelassen hatte, als sie zum Mittagessen nach unten gegangen waren. Dieses Haus war so groß, dass sie nicht mehr genau wusste, wo sich das Zimmer befand. Sie konnte das Risiko nicht eingehen, bei der Suche danach entdeckt zu werden. Hoffentlich würde Christel nicht schimpfen, denn sie hatte Antonie den Rucksack erst vor wenigen Wochen zum Geburtstag geschenkt. Zusammen mit dem ersten Harry-Potter-Band, mit dem sie Antonie zusätzlich überrascht hatte, weil sie wusste, wie gern das Mädchen las. Gut, dass sie das Buch heute nicht mitgenommen hatte, dachte Antonie. Es lag unter dem Kopfkissen im Heim und wartete darauf, dass sie weiter in die Abenteuer von Harry, Hermine und Ron eintauchte. Antonie konnte es kaum mehr erwarten, sich auf den Weg zu machen. Nie hätte sie sich vorstellen können, sich so sehr zurück ins Waisenhaus zu sehnen wie heute.

Als sie an der Garderobe nach ihrer Jacke griff, öffnete sich die Tür zum Arbeitszimmer, und Philipp kam heraus. Erschrocken zog sie die Hand zurück und senkte schuldbewusst den Kopf.

»Antonie! Wo willst du denn hin?«, fragte er leise, auch wenn er keine Antwort erwartete. Er ahnte, dass sie schon wieder drauf und dran gewesen war zu verschwinden. Eva und er mussten unbedingt besser auf sie aufpassen. Er konnte es zwar immer noch nicht glauben, dass sie in der Vergangenheit gelandet waren, aber wenn doch, war es nicht auszudenken, was passieren könnte, wenn das Mädchen hier verloren ginge. Womöglich würden sie Antonie nicht mehr finden, und es gäbe deswegen vielleicht keinen Weg mehr für sie zurück in die Zukunft.

Wie erwartet, sagte Antonie nichts, sondern zuckte nur mit den Schultern.

»Hast du Lust, ein wenig mit mir nach draußen zu gehen?«

»Da bist du!«, rief plötzlich eine Stimme.

Philipp und Antonie drehten sich um. Anna stand auf der obersten Treppenstufe und schaute vorwurfsvoll nach unten.

»Du darfst nicht einfach weggehen, Antonie. Wir haben dich gesucht.«

»Schon gut, Anna. Es ist nichts passiert. Antonie und ich machen einen kleinen Spaziergang. Danke, dass du dich um sie gekümmert hast.«

Kapitel 11

Eva versuchte vergeblich, einen klaren Gedanken zu fassen. Sie war viel zu aufgewühlt und ging wie ein gefangener Tiger im Zimmer auf und ab. Die Situation war grotesk. Zeitreisen waren nicht möglich. Das gab es nicht. Und doch war es noch keine zwei Stunden her, dass sie mit ihren längst verstorbenen Urgroßeltern zu Mittag gegessen und das jüngere Ich ihrer Großmutter ihr die Schüssel mit Kartoffeln gereicht hatte. Und da war noch etwas anderes, das ihr Unbehagen bereitete, doch sie konnte den Gedanken nicht greifen. Jedes Mal, wenn sie dachte, sie wäre auf der richtigen Spur, entglitt ihr der Faden.

Aus Gewohnheit holte sie das Handy aus der Schublade und schaltete es ein. Ohne allzu viel Hoffnung schaute sie aufs Display. Und tatsächlich hätte sie es sich sparen können. Natürlich gab es hier nach wie vor keinen Empfang. Um den Akku zu schonen, schaltete sie das Handy wieder aus, legte es zurück in die Schublade und ging zum Fenster. Draußen sah sie Philipp und Antonie um den Weiher stapfen. Frische Luft hätte ihr gewiss auch nicht geschadet, um den Kopf frei zu bekommen, aber sie hatte jetzt keinen Nerv, sich auch nur am Rande mit dem Kind zu beschäftigen. Es war besser, Philipp kümmerte sich allein um die Kleine.

Die inzwischen tief stehende Sonne warf lange Schatten

in den Schnee. Es würde nicht mehr allzu lange dauern, bis die Nacht hereinbrach. Was würde dann passieren? Plötzlich keimte in Eva ein kleiner Hoffnungsschimmer auf. Vielleicht wäre der ganze Spuk am nächsten Morgen ja vorbei? Doch kaum hatte sie das gedacht, schüttelte sie den Kopf, und sie wusste instinktiv, dass der Schlaf sie nicht in die zukünftige Gegenwart zurückbringen würde. Wenn sie tatsächlich in einer anderen Zeit gelandet waren, und davon musste sie inzwischen ausgehen, dann konnte das nur aus einem ganz bestimmten Grund passiert sein. Vielleicht mussten sie etwas erfahren, das ihnen auf irgendeine Weise in der Gegenwart nützlich war. Oder es gab ein Familiengeheimnis, hinter das sie kommen sollten. Oder ging es vielleicht doch um das Leben des kleinen Jungen, der bald zur Welt kommen würde? Waren sie hier, um ihn zu retten? Mussten sie den bedauernswerten Eltern verraten, dass ihr Sohn als junger Bursche im Krieg ums Leben kommen würde, wenn sie nicht vorher …? Ja, wenn sie nicht was tun würden? Das war die Frage. Eva setzte sich auf das Bett und strich sich mit beiden Händen die Haare aus dem Gesicht. Die Kopfschmerzen, die seit ihrer Ankunft fast ganz verschwunden gewesen waren, machten sich wieder bemerkbar. Der gewohnte Kaffee fehlte ihr. Sie hatte überhaupt den ganzen Tag viel zu wenig getrunken und fühlte sich durstig. Eva überlegte, ob sie nach unten gehen sollte, um Wasser zu holen. Doch eigentlich hatte sie überhaupt keine Lust, jemandem zu begegnen, dem sie etwas vorspielen musste. Vermutlich würde es ohnehin nicht mehr lange dauern, bis das Abendessen serviert wurde. So lange würde sie es noch aushalten. Sie ließ sich auf das Bett zurücksinken und schloss die Augen, um sich ein wenig auszuruhen.

Draußen war die Sonne bereits untergegangen, als Philipp und Antonie zurückkamen. Eva schreckte im Bett hoch, als das Licht im Zimmer anging. Es dauerte einige Sekunden, bis sie realisierte, wo sie war.

»Entschuldige, wir wollten dich nicht wecken«, sagte Philipp. Die Kälte hatte Antonies Wangen rosig gezaubert, und im Gesicht des Mädchens zeigte sich sogar ein Lächeln, das allerdings verschwand, als Evas Blick sie traf.

»Schon gut«, winkte Eva ab und setzte sich langsam auf.

»Wir sollen in einer halben Stunde zum Abendessen nach unten kommen.«

»Wie spät ist es denn?«

»Kurz vor halb sechs.«

»Okay.«

Antonie setzte sich auf ihre Matratze und zog den Rucksack an sich, der an die Wand gelehnt war. Darin war neben dem Christbaumanhänger und den Plätzchen, die sie vor ihrem Aufbruch eingesteckt hatte, ein kleines Päckchen, das Christel ihr für Anna Koffler mitgegeben hatte. Antonie sollte es der alten Dame am Heiligen Abend zur Bescherung überreichen, um sich damit für die Einladung zu bedanken. Doch bis jetzt hatte sie die Frau noch gar nicht gesehen. Antonie rätselte, was Christel eingepackt hatte. Aber ganz sicher war unter dem roten Geschenkpapier und der golden glitzernden Schleife nichts, womit man spielen konnte. Um sich nicht zu langweilen, tat sie etwas, das sie auch oft im Waisenhaus oder in der Schule machte. Sie fixierte irgendeinen Punkt im Raum und ließ ihren Gedanken freien Lauf. So konnte sie sich in eine Welt zurückziehen, in der sie kein stotterndes Kind war, mit dem niemand etwas zu tun haben wollte. Dann war sie eine coole Prinzessin, die sich mit ihren Brüdern auf eine Reise machte, um das verloren gegangene Zepter des Königreiches wiederzufinden. Oder sie saß auf einer fliegenden Luftmatratze und hielt Ausschau nach einer Insel, auf der gefährliche Riesenpiraten einen wertvollen Schatz vergraben hatten. Oder sie war einfach nur ein ganz normales Mädchen, das bei liebevollen Eltern und Geschwistern aufwuchs und glücklich war.

»Was hat Maximilian vorhin eigentlich mit dir besprochen?«, wollte Eva von Philipp wissen. Sie stand auf und ging zum Spiegel, um ihre Haare zu richten, die nach dem kurzen Nickerchen etwas platt gedrückt waren.

»Er hat mich, wenn auch höflich, ziemlich in die Mangel genommen«, antwortete er und betrachtete ihr Spiegelbild von der Seite. »Zuerst wollte er wissen, wie das genau mit unserem Unfall war. Es kam ihm seltsam vor, dass wir im Winter mit einer Kutsche von Passau nach München unterwegs waren, wo es doch eine ausgezeichnete Bahnverbindung gibt.«

»Das mit der Kutsche war wirklich eine Schnapsidee«, gab Eva zerknirscht zu und drehte sich zu ihm um. »Aber ich war zu diesem Zeitpunkt so von der Tatsache überrumpelt, dass meine Urgroßeltern vor mir standen und kaum älter aussahen als ich, dass ich improvisieren musste, ohne weiter nachzudenken.«

»Mach dir deswegen keine Vorwürfe, Eva«, sagte Philipp. »Keine Ahnung, wie ich es womöglich vermasselt hätte. Außerdem habe ich ihm eine Geschichte aufgetischt, die er offensichtlich geglaubt hat.«

»Ach ja?« Eva schaute ihn überrascht an. »Da bin ich jetzt aber mal neugierig.«

»Ich habe ihm erzählt, dass ich einen Onkel in Passau habe, der ein Fuhrunternehmen betreibt. Er stellt derzeit auf Lastkraftwagen um und verkauft deswegen die letzten Bestände an Kutschen und Pferden. Eines dieser Gespanne sollte nach München an einen Kohlenhändler veräußert werden. Als mein Onkel erfuhr, dass ich mit dir hierher unterwegs war, hat er mich gebeten, die Kutsche zu überführen und das Geschäft mit dem Käufer abzuschließen. Ich habe dir zwar vorgeschlagen, mit dem Zug zu reisen. Aber da du eine Frau bist, die Abenteuer liebt, hast du natürlich darauf bestanden, mich in der Kutsche zu begleiten.«

Philipp lächelte sie an. Und sie lächelte zurück. Zum ersten Mal, seit sie in der Vergangenheit gelandet waren.

»Und das hat er dir geglaubt?«

»Warum sollte er nicht? Außerdem – zweifelst du an meiner Überzeugungskraft?«

Sie schüttelte amüsiert den Kopf.

»Nein. Aber ich wusste nicht, dass du so ein raffinierter Lügner sein kannst.«

»Normalerweise ist das auch nicht meine Art. Und das weißt du auch ganz genau«, sagte Philipp. »Aber hier bleibt uns leider nichts anderes übrig, wenn wir keine Schwierigkeiten bekommen wollen.«

»Du wirst es überleben ... Was hast du ihm sonst noch über uns erzählt?«

»Na ja, ich habe nur noch das bestätigt, was du bereits gesagt hattest. Dass es kurz vor München einen Unfall gab, als ein Rad an der Kutsche brach. Und dass man uns bestohlen hat, als wir in einem Gasthof übernachteten.«

»Das hört sich wirklich nach einer abenteuerlichen Geschichte an«, sagte Eva. Sie bemerkte, dass auch Antonie gebannt lauschte. Was sich die Kleine wohl denken musste, bei all dem, was hier gerade passierte?

»Dein Urgroßvater weiß jetzt auch, dass ich Gärtner bin, so wie wir es abgesprochen haben. Und ich glaube, das kommt uns durchaus zugute. Der Garten ist sein Steckenpferd, und ich konnte ihn eine Weile in ein Gespräch über Ligusterhecken, Goldregen und Apfelbäume verwickeln ... und wie lief es bei dir?«

Eva zuckte mit den Schultern.

»Ich kam mir vor wie bei einem Eierlauf mit High Heels. Aber ich denke mal, dass Katharina keinen Verdacht schöpft. Es gibt jedoch ein paar Dinge, die wir unbedingt bei den Gesprächen umgehen müssen. Zum einen weiß ich nicht, was Sophie beruflich macht. Offenbar irgendwas mit Büchern. Aber was genau weiß der Teufel. Und außerdem habe ich keinen blassen Schimmer, was die Eltern dieser Sophie für ein Geschäft haben.«

»Da kann ich weiterhelfen«, sagte Philipp.

»Ach ja?«

»Sie haben einen Tabakwarenladen.«

»Echt?«, fragte Eva überrascht. Deswegen also dieser Kommentar von Katharina über ihren Vater, der nicht wollte, dass sie als Frau den Laden übernahm. Was für eine andere Welt das doch damals noch war, ging ihr durch den Kopf. Oder waren die Eltern dieser Sophie besonders rückständig gewesen? Schließlich hatte es auch zu früheren Zeiten schon längst Frauen gegeben, die selbstständig waren und sich von Männern nicht den Schneid abkaufen ließen. Man musste nur an die Suffragetten denken, die sich für ihre Ziele unbeirrt eingesetzt hatten. Und auch in den Goldenen Zwanzigerjahren waren viele Frauen weltoffen und ließen sich nicht mehr alles von Männern vorschreiben.

Er nickte. »Maximilian hat mir deutlich gemacht, dass in diesem Haus weder geraucht noch geschnupft werden darf. Damit die Kinder kein schlechtes Vorbild haben.«

»Das dürfte unser geringstes Problem sein«, sagte Eva. »Aber was diese Sophie beruflich macht, hast du nicht zufällig herausgefunden?«

»Nein. Dazu hat er nichts gesagt. Wir müssen also wirklich vorsichtig sein.«

»Ja. Übrigens hat mein angeblicher Vater schwere Gicht, und ich habe gesagt, dass sich meine Eltern inzwischen zur Ruhe gesetzt haben.«

»Schade – damit kommen wir leider auch nicht mehr an Gratiszigarren«, bemerkte Philipp und zwinkerte ihr zu.

Das Abendessen war eine eher kurze Angelegenheit. Diesmal waren alle Koffler-Kinder um den Tisch versammelt, bis auf das Baby, das offenbar schon schlief. Und auch wenn es ihnen nach dem Tischgebet nicht erlaubt war, sich zu unterhalten, so reichte ihre Anwesenheit aus, dass Eva sich angespannt fühlte. Trotzdem fand sie es erstaunlich, wie gesittet sich Teenager und Kinder benehmen konnten, wenn der strenge Blick des Vaters auf ihnen ruhte. Etwas, das ihr durchaus nicht unangenehm war.

Auch das Essen am Abend war nicht allzu üppig. Es gab eine eher fade schmeckende Gemüsebrühe mit einer undefinierbaren Einlage. Eva tippte auf mit Gries verquirlte Eier, war sich jedoch nicht sicher. Dazu gab es Butterbrote. Und wer mochte, konnte diese mit Pflaumenmus beschmieren, von dem ein Tontöpfchen bereitstand und das hervorragend schmeckte.

»Die Zeiten sind nicht leicht«, bemerkte Maximilian am Ende der Mahlzeit. »Viele Menschen müssen schwere Entbehrungen hinnehmen und sind arbeitslos. Ich möchte meinen Kindern bewusst machen, dass es keine Selbstverständlichkeit ist, begütert aufzuwachsen. Deswegen halte ich es für wichtig, dass sie auch ein einfaches Mahl zu schätzen wissen.«

»Manchmal sind die einfachsten Gerichte ohnehin die besten«, meinte Philipp freundlich und biss herzhaft in sein zweites Marmeladenbrot. Offensichtlich konnte ihn wirklich so schnell nichts aus der Ruhe bringen.

Eva sagte nichts, sondern nickte nur höflich. Sie bemerkte jedoch an Katharinas Blick, dass diese nicht so ganz der Meinung ihres Gatten war. Ihre Urgroßeltern waren sicherlich finanziell gut gestellt und könnten sich mehr leisten. Doch offensichtlich hatte die Ehefrau in dieser Angelegenheit nicht viel zu sagen.

Nach dem Essen bedankte sich Philipp noch einmal für die Gastfreundschaft und bat um Verständnis, dass sie sich gern bald zum Schlafen zurückziehen würden, weil sie inzwischen sehr müde waren. Dafür hätte Eva ihn am liebsten küssen mögen. Sie hatte schon Angst gehabt, dass sie den restlichen Abend mit der Familie verbringen mussten.

»Natürlich verstehen wir das«, sagte Katharina einfühlsam. Auch sie sah erschöpft aus. Die überraschende Ankunft des Besuchs und die fortgeschrittene Schwangerschaft hatten sie deutlich angestrengt. »Berta hat bereits Nachtwäsche und Zahnbürsten für euch nach oben gebracht. Wenn ihr noch etwas braucht, zögert nicht, es mir zu sagen. Ich wünsche euch eine gute Nacht.«

Mit einem gefüllten Wasserkrug und drei Bechern, die Eva sich von Berta hatte geben lassen, gingen sie nach oben.

Nachdem sie kurz das Badezimmer aufgesucht hatte, wurde Eva so richtig bewusst, dass sie die Nacht neben Philipp in dem schmalen Doppelbett verbringen würde. Der Gedanke daran ließ ihr Herz ein wenig schneller schlagen, auch wenn sie das gar nicht wollte. Sie und Philipp mussten wegen der besonderen Umstände miteinander auskommen, aber mehr steckte nicht dahinter, sagte sie sich.

Philipp kümmerte sich um die kleine Antonie, die schon beim Abendessen müde gegähnt und wieder nur wenig zu sich genommen hatte. Kaum hatte sie ein von Anna geborgtes Nachthemd angezogen und sich auf die Matratze gelegt, fielen ihr auch schon die Augen zu. Philipp kniete sich auf den Rand der Matratze und deckte sie sorgfältig zu.

»Weißt du, Antonie, das, was wir hier erleben, ist ein ganz besonderes Weihnachtsabenteuer. Aber du wirst sehen, bald ist alles wieder gut. Schlaf jetzt schön und träume was Wunderbares«, sagte er leise und streichelte ihr eine Haarsträhne aus dem Gesicht.

Bei seinen Worten spürte Antonie ein ungewohntes warmes Gefühl in sich aufsteigen, das sie in den Schlaf begleitete.

Währenddessen war Eva in das züchtige lange Nachthemd geschlüpft und legte sich ins Bett. Von dort aus beobachtete sie Philipp, der bei Antonie blieb, bis sie tief und fest eingeschlafen war.

»Warum hast du eigentlich keine Kinder?«, rutschte es ihr plötzlich heraus. Und sie konnte es selbst nicht fassen, dass ausgerechnet sie diese Frage gestellt hatte.

Er drehte sich zu ihr um und schaute sie erstaunt an.

»Interessiert dich das wirklich?«, fragte er leise.

»Natürlich nicht! Vergiss es einfach«, kam ihre barsche Antwort. Sie drehte sich auf die andere Seite und zog die Bettdecke bis zum Kinn.

Philipp betätigte den Drehschalter neben der Tür, und sofort war es stockdunkel im Zimmer. Langsam tastete er sich zu seiner Bettseite neben dem Fenster vor. Dabei stieß er mit dem Schienbein gegen die Bettkante. Schmerzvoll zog er die Luft ein.

»Wehgetan?«, kam ihre etwas schadenfroh klingende Stimme aus der Dunkelheit.

»Nein«, antwortete er mit zusammengebissenen Zähnen.

»Dann mach keinen solchen Lärm!«

Er verdrehte die Augen.

Leise zog er Jeans und Pulli aus.

»Dein Nachthemd liegt neben deinem Kopfkissen«, sagte Eva.

»Tut mir leid, aber es wird bestimmt nicht dazu kommen, dass du mich in so was siehst«, murmelte er und schlüpfte unter die Bettdecke. Gut, dass der kleine Ofen noch immer etwas Wärme ausstrahlte und es im Zimmer einigermaßen temperiert war, denn die Bettdecken waren nicht sonderlich dick.

»Schade. Sicher würde dir so ein langes Männernachthemd gut stehen.«

Er hörte sie leise lachen.

»Ich finde, Boxershorts stehen mir viel besser.«

»Du trägst jetzt nur deine Boxershorts?«, fragte sie.

Er konnte sich ein Grinsen nicht verkneifen, das sie in der Dunkelheit glücklicherweise nicht sehen konnte.

»Stört es dich?«

»Nein. Natürlich nicht!«

»Gut.«

Für einige Sekunden herrschte Schweigen. Philipp konnte ihren leisen Atem hören. Es war ein eigenartiges Gefühl, sie so nah zu wissen. Obwohl er nicht verstehen konnte warum, fühlte es sich gar nicht so übel an.

»Schade, dass ich es vorhin verpasst habe, dich in deinem Dreißigerjahre-Nachthemd zu sehen«, flüsterte er in die Dunkelheit.

»Glaub mir, es ist besser so.«

»Wenigstens habe ich jetzt etwas, auf das ich mich morgen früh freuen kann.«

»Ich werde schon angezogen sein, bevor du aufwachst.«

»Du gönnst mir ja gar nichts.«

»Warum sollte ich auch?«

Er blieb ihr eine Antwort schuldig.

»Die Rüschen sind grauenhaft«, verriet sie schließlich.

»Schlimmer als das Kleid, das du heute beim Christbaumschmücken anhattest, kann das Nachthemd unmöglich sein.«

Für ein paar Sekunden war es völlig still, dann fingen beide gleichzeitig leise zu lachen an.

Eva beruhigte sich als Erste wieder.

»Vielleicht kann sich ja eines der Koffler-Kinder ein Faschingskostüm daraus nähen«, sagte sie grinsend.

»Oder es gleich einer Vogelscheuche überziehen.«

Eva gab ihm einen Stups in die Seite.

»Hey!« protestierte er, jedoch nicht allzu ernsthaft.

»Mimose!«

»Psst, sei leise, damit die Kleine nicht aufwacht«, mahnte er.

»Schon gut. Hoffentlich kann ich schlafen, diese blöden Rüschen kratzen total am Hals«, murmelte sie und zupfte am Kragen herum.

»Dann zieh es doch aus.«

»Geht nicht, ich trage keine Boxershorts.«

»Sondern?«

»Jetzt gib endlich mal Ruhe.«

»Du fängst doch immer wieder an.«

»Jetzt nicht mehr. Gute Nacht.«

»Nacht.«

Für ein paar Sekunden war es still im Zimmer.

»Philipp?«

»Hm?«

»Danke.«

»Wofür?«

»Du hast mich für ein paar Minuten vergessen lassen, in welcher Lage wir stecken.«

»Es wird alles wieder in Ordnung kommen«, sagte er im gleichen Tonfall, in dem er vorhin zu Antonie gesprochen hatte.

»Natürlich.«

»Und jetzt schlaf aber wirklich, Eva. Der Tag war anstrengend, und wir brauchen morgen wieder all unsere Energie.«

»Okay. Gute Nacht.«

»Nacht.«

Schon nach wenigen Minuten konnte sie seinen gleichmäßigen Atem hören. Er war eingeschlafen. Obwohl Eva sich erschöpft und müde fühlte, brachte sie kein Auge zu. Es war ungewohnt für sie und auch etwas beklemmend, von solch absoluter Dunkelheit umgeben zu sein. In Frankfurt sorgten die Lichter der Stadt dafür, dass es niemals ganz finster im Zimmer war. Und auch in Hotels verzichtete sie darauf, die Vorhänge oder Rollläden zuzuziehen. Hier jedoch musste sie sich mit den Gegebenheiten abfinden. Sie versuchte es mit kleinen Meditationsübungen, die sie schon so viele Jahre machte, dass sie ihr inzwischen in Fleisch und Blut übergegangen waren. Doch diesmal halfen sie nicht. Sie fand keine Ruhe. Tausend Dinge gingen ihr durch den Kopf. Immer wieder dachte sie über ihre Lage nach und überlegte, was sie tun konnten. Und auch das Wissen, dass Philipp nur in Shorts direkt neben ihr lag, hielt sie wach. Doch irgendwann forderte ihr erschöpfter Körper seinen Tribut, und sie dämmerte hinüber in den Schlaf.

Sie erwachte mit wildem Herzklopfen und schrak hoch. Immer noch war es stockdunkel, und sie hatte das Gefühl, keine Luft zu bekommen. Wenigstens wusste sie sofort, wo sie war. Eva versuchte, langsamer und gleichmäßig zu atmen.

»Eva?« Philipps Stimme klang verschlafen. »Ist alles in Ordnung.«

Sie nickte nur, was er natürlich nicht sehen konnte.

»Eva?«

»Schon gut. Es ist nichts«, murmelte sie. »Ich … ich habe nur schlecht geträumt.«

Sie hörte, wie er sich aufsetzte.

»Was denn?«

»Ich weiß nicht mehr.«

Doch das war gelogen. Es war wieder dieser Traum gewesen, der sie schon seit vielen Jahren in unregelmäßigen Abständen heimsuchte. Und der sie kurz nach dem Tod ihrer Eltern zum ersten Mal aus dem Schlaf gerissen hatte. Sie versuchte, die Bilder aus ihren Gedanken zu verdrängen. Doch es gelang ihr nicht. Zu deutlich waren sie noch vor ihren Augen: ihre Eltern, die ins Auto stiegen und ihr fröhlich zuwinkten, bevor sich gleichzeitig die beiden Fahrzeugtüren schlossen und der Wagen sich in Bewegung setzte. Doch er fuhr nicht auf der Straße, sondern erhob sich in die Luft wie ein kleines Flugzeug. Eva stand im Garten neben ihrer Großmutter und winkte ihren Eltern hinterher, die sich immer weiter von ihr entfernten. Plötzlich war es, als ob das Auto in der Luft für einen Moment stillstehen würde, bis es dann mit einem immer lauter werdenden Brummen nach unten stürzte, in der Ferne auf dem Boden aufschlug und dabei in Flammen aufging. Entsetzt schrie Eva auf und drehte sich Hilfe suchend nach ihrer Großmutter um. Doch Anna schmolz vor ihren Augen wie eine gefrorene Skulptur in der heißen Sonne, bis nur noch eine Pfütze übrig blieb, in der zwei Augäpfel lagen, die Eva anstarrten. Das war immer der Moment, in dem sie voller Angst aufwachte.

Zuhause in ihrer Wohnung stand sie nach einem solchen Traum meistens auf, schenkte sich ein Glas Wein ein und beschäftigte sich mit Akten oder surfte im Internet, um sich abzulenken. Doch hier war sie Gast und konnte nicht einfach nach unten gehen, um sich ein Fläschchen aus dem Weinkeller zu holen. Obwohl es sicherlich ein besonderes Erlebnis wäre, Wein aus dieser Zeit zu kosten.

»Komm her«, sagte Philipp leise und rutschte zu ihr. Er legte von hinten seinen Arm um Eva und zog sie an sich.

»Philipp ich …«

Sie wollte sich von ihm losmachen, doch er hielt sie fest.

»Hör zu. Du brauchst nichts Falsches in die Situation hineinzuinterpretieren. Ich will nichts von dir, ich halte dich nur fest, damit du endlich Ruhe gibst und schläfst«, flüsterte er barsch. »Wir müssen morgen ausgeschlafen sein, wenn wir eine Lösung finden wollen, um wieder zurückzukommen«, setzte er noch etwas freundlicher hinzu.

Eva sagte nichts, aber sie wehrte sich auch nicht mehr gegen seine Umarmung. Es fühlte sich gut an, und die Bilder ihres Traumes lösten sich langsam auf. So dicht an ihn geschmiegt, machte ihr auch die Dunkelheit kaum mehr etwas aus. Sie lächelte, als ihr klar wurde, dass er sie angelogen hatte. Er trug nicht nur seine Shorts, sondern auch noch das T-Shirt, das er unter dem Pulli angehabt hatte. Dieser Schuft.

Diesmal war sie es, die bald einschlief, während Philipp wach lag. Mit Eva in seinen Armen war jegliche Müdigkeit verschwunden.

»Ich pass auf dich auf«, flüsterte er leise. Und dann gab er ihr einen sanften Kuss auf ihr Haar.

Kapitel 12

Es war bereits hell im Zimmer, als Eva erwachte. Es dauerte einige Sekunden, bis sie realisierte, dass sie immer noch in der Vergangenheit war. Am liebsten hätte sie sich bei dieser Erkenntnis die Bettdecke über den Kopf gezogen. Doch das würde ihr auch nicht weiterhelfen. Sie setzte sich auf.

Das Bett neben ihr war leer. Philipp war nicht im Zimmer, und seine Sachen waren verschwunden. Einen kurzen Moment lang fragte sie sich, ob er vielleicht ohne sie wieder zurück in die Gegenwart gereist war. Doch dann bemerkte sie, dass Antonie friedlich auf ihrer Matratze schlief. Es würde überhaupt keinen Sinn ergeben, wenn Philipp verschwunden wäre, während Eva und das Kind hier in der Vergangenheit blieben. Sicherlich war er einfach nur aufgestanden.

Leise, um das Mädchen nicht zu wecken, schlüpfte Eva aus dem Bett. Im Zimmer war es inzwischen empfindlich kalt geworden. Rasch streifte sie das Nachthemd ab, froh, das kratzige Ding loszuwerden. Da die Auswahl im Schrank nicht sonderlich groß war, beschloss sie, vorerst noch einmal die Sachen von gestern anzuziehen.

Sie war schon fast an der Tür, da bemerkte sie, dass Antonie sich bis zur Hüfte aufgedeckt hatte. Leise ging sie zu ihr und deckte sie sorgfältig wieder zu.

Auf dem Weg zum Badezimmer hörte sie aus den anderen Zimmern und von unten Stimmen. Ganz unüberhörbar waren die Kofflers ebenfalls schon aufgestanden. Am liebsten wäre Eva wieder umgekehrt, um zu warten, bis die Kinder alle in der Schule waren, doch sie musste dringend auf die Toilette. Bevor Eva die Tür erreichte, wurde diese geöffnet, und Anna stand in einem dunkelblauen Kleid vor ihr, die langen Haare zu Zöpfen geflochten.

»Guten Morgen«, sagte das Mädchen höflich, doch sie lächelte nicht.

Eva brachte keinen Ton heraus. Sie nickte ihr nur zu und beeilte sich, ins Badezimmer zu kommen.

Anna schaute ihr hinterher. Diese Frau war wirklich seltsam, wie sie fand, genau wie das Mädchen. Dabei konnte sie sich nicht erklären, was genau sie an ihnen so sehr störte. Beide hatten jedenfalls noch kein Wort mit ihr gesprochen. Allein das war schon eigenartig genug. Nur dieser Philipp verhielt sich einigermaßen normal. Trotzdem, diese Leute gehörten alle nicht hierher, das spürte sie. Und sie hoffte, dass sie bald wieder abreisen würden, denn irgendwie hatte Anna das Gefühl, dass sie nicht ehrlich zu ihren Eltern waren.

Anna war schon fast an der Treppe, da fiel ihr ein, dass sie vergessen hatte, ihre älteren Brüder zu wecken, die zusammen im letzten Zimmer am Flur schliefen. Sie ging zurück und klopfte.

»Fritz! Karli! Aufstehen! Beeilt euch!«

Erst als sie eine Antwort bekommen hatte, ging sie nach unten in die Küche, um Berta zu helfen. Jedes der Kinder hatte Aufgaben im Haus zu erfüllen. Anna war unter anderem dafür zuständig, Pausenbrote für alle Geschwister zu schmieren. Währenddessen hatte Berta alle Hände voll zu tun, um das Frühstück rechtzeitig auf den Tisch zu bekommen.

Nach und nach kamen die Geschwister nach unten.

Maximilian war bereits im Büro, und so war das Frühstück die einzige Mahlzeit im Haus, bei der es ein wenig lauter und auch fröhlicher zuging.

»Heinrich, heute sprichst du das Morgengebet«, sagte Katharina und nickte ihrem jüngsten Sohn zu.

Eine Viertelstunde später winkte sie den Kindern nach, die sich gemeinsam auf den Weg zur Schule machten. Jedes Mal, wenn sie aus dem Haus gingen, hoffte Katharina, dass nichts passieren würde und alle wohlbehalten wieder zurückkamen. Die Zeiten waren sehr unruhig, und immer wieder kam es in den Straßen zu Schlägereien zwischen Anhängern unterschiedlicher politischer Gruppierungen. Auch wenn das vor allem nachts passierte, hatte Katharina doch Angst, dass einer ihrer Söhne womöglich unbeabsichtigt hineingezogen und verletzt werden könnte.

Ein frischer Wind trieb dicke graue Wolken über den Himmel. Doch es schien nicht ganz so kalt zu sein wie in den letzten Tagen. Katharina wollte schon wieder zurück ins Haus gehen, da bemerkte sie Philipp, der durch den Schnee auf sie zugestapft kam.

»Guten Morgen, Katharina!«, rief er ihr fröhlich zu.

»Guten Morgen«, sagte Katharina. »Was machst du denn schon so früh hier draußen?«

»Dein Mann hat mich gebeten, einen Blick auf die Apfelbäume zu werfen. Sie haben dringend einen Schnitt nötig. Dann werdet ihr im nächsten Jahr eine bessere Ernte haben.«

Dass er damit eine gute Ausrede hatte, der Nähe Evas für eine Weile entkommen zu sein, sagte er natürlich nicht. Er hatte in der Nacht neben ihr kein Auge mehr zugetan und war schließlich aufgestanden, obwohl es draußen noch dunkel war. Im Esszimmer war er auf Maximilian getroffen, der ein ausgesprochener Frühaufsteher war und bereits ein kleines Frühstück zu sich nahm. Eine verhalten gähnende Berta hatte ihnen frisch aufgebrühten Kaffee gebracht, der seine Lebensgeister weckte. Da der Hausherr sich mit wenig zufriedengab, ließ es Philipp ebenfalls bei einer Scheibe Brot mit Butter und Honig bewenden, obwohl das für seinen Appetit deutlich zu wenig war.

Glücklicherweise sprach Maximilian ihn wieder auf seine Erfahrungen als Gärtner an und stellte ihm einige Fragen zu verschiedenen Pflanzen, die er im Garten hatte. Vor allem die Apfelbäume lagen ihm am Herzen, die im vergangenen Herbst nur wenig Früchte getragen hatten. Philipp versprach, sich während des Aufenthalts im Garten nützlich zu machen, falls Maximilian das wünschte. Und der Hausherr hatte nichts dagegen.

Als es draußen dämmerte und Maximilian sich auf den Weg ins Architekturbüro machte, begleitete Philipp ihn bis zum Tor. Der Hausherr hatte ihm den Schlüssel für den Schuppen gegeben, aus dem er sich später die nötigen Geräte holen würde. Bei der Inspektion der Bäume war ihm sofort klar, warum die Ernte im letzten Jahr so schlecht ausgefallen war.

»Das ist sehr nett von dir«, riss Katharina Philipp aus seinen Gedanken. Sie zog ihre Wollstola fester um sich.

»Gehen wir lieber rein, sonst erkältest du dich womöglich noch. Und in deinem Zustand wäre das nicht gut«, sagte Philipp fürsorglich, und sie traten rasch ins Haus.

Philipp zog seine Jacke und die vom Schnee nassen Schuhe aus.

»Hast du schon gefrühstückt?«, fragte Katharina.

»Ja. Aber gegen eine weitere Tasse Kaffee hätte ich nichts einzuwenden.«

»Aber natürlich. Bitte sagt mir immer, wenn ihr etwas braucht. Ich möchte, dass ihr euch hier wie zu Hause fühlt.«

Wenn du wüsstest, dachte Philipp, wie sehr wir uns hier tatsächlich zu Hause fühlen.

»Danke. Und wenn Ev... äh, wenn wir eventuell etwas helfen können – also Sophie und ich«, bekam er gerade noch die Kurve, »machen wir das gern, da wir schon eure Gastfreundschaft in Anspruch nehmen dürfen«, bot Philipp an.

»Du kümmerst dich ja bereits um unseren Garten«, sagte Katharina lächelnd.

»Das ist doch selbstverständlich.«

Etwas später saßen sie am Tisch, und Philipp machte sich über ein weiteres Frühstücksbrot her, während Katharina ihm frischen Kaffee einschenkte.

»Mir ist aufgefallen, dass du dich sehr um Antonie kümmerst«, begann sie vorsichtig.

»Sie ist die Tochter meines verstorbenen Bruders. Das ist für mich selbstverständlich«, sagte Philipp und griff nach der Kaffeetasse.

»Deswegen wende ich mich auch an dich, weil ich mir ein wenig Sorgen mache. Ich fürchte, Sophie ist womöglich ein wenig überfordert mit Antonie«, sagte sie und setzte dann rasch hinzu: »Natürlich ist das verständlich, weil sie ja keinerlei Erfahrung mit Kindern hat. Was ich eigentlich nur sagen möchte: Wenn ich irgendwie helfen kann, dann lasst es mich wissen.«

»Vielen Dank, Katharina.«

Philipp schaute sie herzlich an. Je länger er sich in ihrer Gesellschaft befand, desto mehr schätzte er diese Frau, von der außer ihrer Ruhe auch eine unglaubliche Kraft auszugehen schien. Ihr offensichtliches Gespür für die Bedürfnisse der Menschen um sie herum beeindruckte ihn. Obwohl sie auf den ersten Blick eher bieder wirken mochte, war sie alles andere als langweilig. Und auch wenn es sonst noch niemandem aufgefallen zu sein schien, so sah er in ihren Zügen eine deutliche Ähnlichkeit mit ihrer Großenkelin.

Als hätte er sie mit seinen Gedanken angezogen, kam Eva in diesem Moment die Treppe herunter, gefolgt von Antonie, die ihren Rucksack am Rücken trug. Die Haare der Kleinen waren notdürftig zu einem Zopf geflochten, aus dem einzelne Strähnen hingen. Das schien Eva jedoch nicht zu interessieren.

»Guten Morgen. Ihr kommt gerade recht zum Frühstück«, sagte Katharina. »Bitte nehmt Platz. Ich sage Berta Bescheid. Möchtest du Tee oder Kaffee, Sophie?«

Bei diesen Worten blitzten Evas Augen auf.

»Oh, sehr gerne Kaffee. Bitte.«

»Ich hole das Geschirr, und für dich, Antonie, bringe ich heiße Schokolade. Magst du das?«

Antonie schaut für einen Moment in das freundliche Gesicht von Katharina. Dann nickte sie.

»Das dachte ich mir. Magst du vielleicht mitkommen in die Küche? Du könntest mir tragen helfen.«

Wieder nickte Antonie und folgte Katharina.

»Wo warst du denn heute früh?«, fragte Eva, als sie allein waren.

»Ich konnte nicht länger schlafen«, sagte Philipp, ohne zu erwähnen, dass er in dieser Nacht überhaupt kein Auge mehr zugemacht hatte. »Ich hab mir im Garten Bäume angesehen.« Seine Stimme wurde leiser. »Und nebenbei eine erstaunliche Entdeckung gemacht.«

»Was denn?« Sie flüsterte nun ebenfalls und beugte sich näher zu ihm.

»Als ich das Grundstück verlassen wollte, um mich draußen ein wenig umzusehen, konnte ich nicht.«

»Wie? Du konntest nicht? Wie meinst du das?«

»Na ja, es war seltsam. Ich stand am Tor und konnte nicht hinaus.«

»Du meinst, da war eine unsichtbare Wand, oder wie?« Sie schaute ihn ungläubig an.

Er schüttelte den Kopf.

»Nein. Keine Wand. Ich konnte einfach keinen Schritt weitergehen. Keine Ahnung, wie ich das erklären soll. Meine Füße haben sich nicht in Bewegung gesetzt.«

»Das ist jetzt nicht dein Ernst, oder?«

Doch er nickte.

»Also sind wir hier auf dem Grundstück auch noch eingeschlossen?«

Er zuckte mit den Schultern.

»Es sieht so aus. Aber du kannst es später selbst versuchen. Vielleicht ist es ja bei dir anders. Oder ich fange wirklich schon an zu spinnen und habe mir das eingebildet. Wundern würde mich inzwischen gar nichts mehr.«

Sie schaute ihn mit ernstem Blick an.

»Wenn jemand nicht spinnt, dann du, Philipp.«

»Oh. Und das aus deinem Mund?«

»Bilde dir bloß nichts darauf ein.«

Er entgegnete nichts darauf, sondern nahm amüsiert einen Schluck Kaffee.

Sie hätte ihm am liebsten die Tasse aus der Hand gerissen – sie brauchte unbedingt einen starken Kaffee.

»Vielleicht ist es auch besser, wenn wir das Grundstück nicht verlassen können. Am Ende würden wir da draußen noch etwas durcheinanderbringen«, meinte er.

»Hmm. Aber weißt du, mir geht es nicht aus dem Kopf, dass wir vielleicht doch irgendwie eingreifen könnten, Philipp, und es dann …«

»Eva!«, unterbrach er sie, »auch wenn wird das Grundstück verlassen könnten – welche Möglichkeiten hätten wir denn? Und wer sollte uns glauben? Wir haben das doch schon besprochen.«

»Aber warum sind wir dann verdammt noch mal hier?« Eva spürte eine hilflose Wut in sich aufsteigen. Man konnte sie doch nicht einfach in die Vergangenheit verfrachten ohne irgendeinen Hinweis auf die Aufgabe, die sie erfüllen mussten. Und schon gar nicht, wenn in der Gegenwart so viel auf dem Spiel stand und sie nichts tun konnte, weil sie hier festsaß.

»Wenn ich das nur wüsste«, murmelte Philipp.

Eva strich sich durch die Haare. Obwohl sie erst vor Kurzem aufgestanden war, fühlte sie sich schon wieder so erschöpft, als hätte sie letzte Nacht keine Sekunde geschlafen. Ob das noch Nachwirkungen dieser Zeitreise waren?

»Es muss mit deiner Oma zu tun haben«, spekulierte Philipp. »Anders lässt sich das alles überhaupt nicht erklären. Wobei ich immer noch nicht fassen kann, dass wir über eine Zeitreise reden.«

Sie nickte. Dieses unbestimmte Gefühl, etwas zu übersehen, das sie bis jetzt nicht in Gedanken hatte fassen können, kroch nach seinen Worten so plötzlich ans Tageslicht wie ein Tier aus seinem Bau. Sie riss die Augen auf und packte Philipp am Arm.

»Aber klar doch! Oma. Sie musste gewusst haben, dass das passieren würde.«

»Wie?«

Die Erkenntnis ließ sie aufgeregt aufstehen.

»Na ja, vermutlich nicht sofort, aber später irgendwann musste ihr doch klar geworden sein, dass es ihre Enkeltochter war, die in der Vergangenheit hier aufgetaucht ist, als sie selbst noch ein Kind war. Zusammen mit dem Sohn ihrer besten Freundin und einem kleinen Waisenmädchen.«

Eva spürte, wie sie bei diesen Überlegungen eine Gänsehaut bekam.

»Ich weiß, das klingt alles völlig verrückt, und immer wieder denke ich mir, dass ich gleich aufwachen werde und das alles nur ein Traum war. Aber es fühlt sich zu echt an, um ein Traum zu sein, Philipp. Und wenn wir tatsächlich hier sind, dann muss Oma es später gewusst haben.«

»Falls es wirklich schon passiert ist, Eva. Vielleicht geschieht das alles ja jetzt erst.«

Verwirrt schaute sie ihn an.

»Aber wir befinden uns gerade im Jahr 1931, und hier ist Oma noch ein Kind. Es muss doch schon alles geschehen sein, wenn wir wirklich aus der Zukunft kommen. Oder? Ach, das ist alles so …«

»Ich kann mir nicht vorstellen, dass Anna das all die Jahre verschwiegen hätte.«

»Doch. Ich schon. Philipp, ich bin mir sicher, dass meine Oma genau wusste, dass wir in die Vergangenheit reisen werden. Ich verstehe nur nicht, warum sie nie darüber gesprochen und uns darauf vorbereitet hat.«

»Vielleicht hat es damit zu tun, was hier noch passieren wird und wie unser Besuch ausgeht«, überlegte er.

»Er muss gut ausgegangen sein, sonst gäbe es uns ja gar nicht, oder?«

Philipp sagte eine Weile lang gar nichts und nippte gedankenverloren an seinem Kaffee.

»Ich hoffe, wir werden das alles bald herausfinden. Und vor allem wieder zurück in unsere Zeit kommen«, sagte er schließlich leise.

In diesem Moment kamen Katharina und Antonie zurück. Ihnen folgte Berta mit einem Tablett. Der Blick der Haushälterin wirkte etwas genervt. Der unerwartete Besuch verschaffte ihr deutlich mehr Arbeit, als sie ohnehin schon hatte.

Sie stellte das Tablett ab.

»Ich mach das schon, danke Berta«, sagte Katharina. »Geh du bitte nach oben und schau, ob die Kleinen schon wach sind. Ich glaube, ich habe Theresia weinen gehört.«

Berta nickte und ging nach draußen.

Als Katharina den frischen Kaffee eingeschenkt hatte, zögerte Eva keine Sekunde mehr. Sie griff nach der Tasse und nahm vorsichtig einen Schluck. Der Kaffee war erstaunlich stark und hatte ein intensives Röstaroma. Sie schloss für einen Moment zufrieden lächelnd die Augen. Endlich Koffein!

»Wenn die Großen in der Schule sind, lese ich Maria immer eine Geschichte vor. Falls ihr beide noch etwas in der Stadt zu erledigen habt, kann ich mich gerne auch um Antonie kümmern«, schlug Katharina vor.

»Das ist sehr nett«, sagte Philipp. »Doch wir müssen nicht in die Stadt. Nicht wahr, Sophie?«

Eva schüttelte den Kopf. Sie konnten das Grundstück anscheinend ohnehin nicht verlassen, falls Philipp sich das vorhin nicht nur eingebildet hatte. Dem wollte sie später noch nachgehen.

»Aber Antonie würde sich bestimmt darüber freuen, eine Geschichte zu hören«, sagte Philipp. »Nicht wahr, Kleine?«

Antonie nickte. »Und Sophie und ich helfen Berta inzwischen beim Abwasch in der Küche.«

»Aber das geht doch nicht. Ihr seid unsere Gäste!«, protestierte Katharina sofort.

»Wir sind vor allem Familie. Und bei uns zu Hause hilft die Familie zusammen. Das gilt auch für Arbeiten in der Küche. Oder, Sophie? Das machen wir doch gerne.«

Er lächelte Eva zu, die Mühe hatte, sich ihren Unmut nicht anmerken zu lassen. Sie sollten sich besser um einen Ausweg aus dieser misslichen Lage bemühen und nicht die Küchenhelfer spielen.

»Natürlich«, sagte sie trotzdem, und nur Philipp bemerkte, wie verärgert sie war. Und er amüsierte sich insgeheim sehr darüber, dass sie nicht, wie sie es sonst ganz bestimmt getan hätte, einen bösen Kommentar loslassen konnte.

Während Eva und Philipp in der Küche der verblüfften Berta zur Hand gingen, saß Katharina im Zimmer ihrer Töchter auf Annas Bett und las den Kindern die Geschichte vom Froschkönig vor. Antonie kannte das Märchen bereits in vielen unterschiedlichen Varianten. Hauptsächlich als moderne adaptierte Zeichentrickfilme. Trotzdem hörte sie genauso gebannt zu wie Maria. Am Anfang hatte sie nicht mit allen Buchstaben etwas anfangen können, die teilweise ganz anders aussahen als die Buchstaben, die sie in der Schule gelernt hatte. Doch durch das Zuhören und gleichzeitige stille Mitlesen der Wörter hatte sie erstaunlich schnell herausgefunden, wie es funktionierte.

Die kleine Theresia hockte derweil auf dem Boden und beschäftigte sich sehr konzentriert mit einem bemalten Holzpferdchen und Bauklötzen.

Als das Märchen zu Ende war, bettelte Maria um eine weitere Geschichte.

»Vielleicht mag dir ja Antonie vorlesen?« Es war ein Versuch, das Mädchen aus der Reserve zu locken. »Du kannst doch bestimmt schon gut lesen, oder?«

Antonie senkte den Kopf. Sie konnte für ihr Alter sogar ausgezeichnet lesen. Aber nur stumm, es sei denn, niemand war in ihrer Nähe, dann auch mal laut und so flüssig, wie es ihr nie gelang, wenn andere um sie waren.

»Antonie?«

Das Mädchen schaute Katharina an und zuckte nur mit den Schultern.

Katharina sah die Traurigkeit in dem Blick des Kindes, die vorhin, als sie vorgelesen hatte, für eine Weile verschwunden war. Wenn sie doch nur wüsste, wie sie Antonie ein wenig aufmuntern konnte.

»Na gut, dann lese ich euch noch ein weiteres Märchen vor. Wie wäre es mit der Geschichte vom tapferen Schneiderlein?«, schlug sie vor, und beide Mädchen nickten freudig.

»Oh ja«, rief Maria. »Die ist mit den sieben Riesen, oder?«

»Gut aufgepasst, mein Spatz«, sagte Katharina und fing dann an zu lesen.

Doch leider kam sie nicht weit. Das Schneiderlein hatte gerade erst die sieben Fliegen auf seinem Brot mit Pflaumenmus totgeschlagen, da stolperte Theresia über einen Bauklotz und schlug sich beim Sturz das Kinn auf, sodass sie ein wenig blutete.

Katharina versorgte die Wunde und tröstete ihre jüngste Tochter, bis sie sich wieder beruhigt hatte. Dann legte sie Theresia ins Bett. Während sie darauf wartete, dass das Mädchen einschlief, strickte sie an einem Mützchen für das Kind, das nicht mehr lange auf sich warten lassen würde. Antonie schaute ihr zu und fragte sich wehmütig, was andere Kinder besser gemacht hatten als sie, damit sie so eine tolle Mama wie diese abbekommen hatten. Dass sie überhaupt Eltern hatten und Geschwister und zu einer Familie gehörten. Ähnliche Fragen hatte sie auch einmal Christel gestellt. Es war einer der letzten warmen Tage im Herbst, an dem sie in einem Park waren. Auf einer großen karierten Decke nicht weit von ihnen saß eine vierköpfige Familie beim Picknick. Sie lachten und alberten ausgelassen herum und schienen glücklich zu sein.

»Warum gibt es für mich keine Familie? Hab ich irgendwas falsch gemacht?«, wollte Antonie wissen, und es hatte eine Weile gedauert, bis sie ihre Fragen hatte aussprechen können.

Christel hatte das Mädchen lange angeschaut, dann sagte sie mit ihrer warmen Stimme, die Antonie so sehr mochte: »Nein. Das hast du ganz bestimmt nicht, Antonie.«

Sie legte sich rücklings ins Gras und klopfte neben sich.

»Komm her.«

Antonie legte sich neben Christel, und die beiden schauten in den tiefblauen Himmel, über den träge kleine Wolken zogen, die wie Wattebällchen aussahen.

»Ich weiß, dass deine Eltern kein einfaches Leben hatten. Leider läuft es manchmal so, und keiner kann genau sagen, warum das so ist. Aber weißt du, was ich glaube?«

Sie drehte sich zu Antonie, die den Kopf schüttelte.

»Ich glaube ganz fest, dass deine Mama und dein Papa dich sehr geliebt haben. Auch wenn ihr nur für ganz kurze Zeit zusammen sein konntet.« Um ein wenig Leichtigkeit in das Gespräch zu bringen, begann Christel, das Mädchen zu kitzeln. »Und wer könnte dich auch nicht lieb haben, du kleine süße Zuckerschnecke?«

Antonie quietschte und lachte abwechselnd und versuchte nun ihrerseits, Christel zu kitzeln. Sie balgten vergnügt auf der Wiese herum, bis sie sich schließlich schwer atmend wieder auf den Rücken legten und ihren Gedanken nachhingen. Schließlich griff Christel nach Antonies Hand.

»Ich bin mir ganz sicher, dass deine Eltern von da oben aus alles Mögliche versuchen, um die tollsten Ersatzeltern für dich zu finden, die es gibt«, sagte Christel schließlich.

»Www-w-wirkl-llich?«

»Ja. Das tun sie ganz bestimmt. Schließlich wollen sie das Beste für dich. Aber natürlich ist es gar nicht einfach. Und jetzt kommst du ins Spiel.«

»Ii-ich?« Antonie schaute Christel fragend an.

»Ja. Du. Denn damit das klappt, brauchen sie unbedingt deine Hilfe.« Christel ersparte es Antonie, mühsam nachzufragen, und fuhr gleich fort: »Du musst darauf vertrauen, dass deine Eltern es schaffen werden, und ganz fest an sie glauben. Kannst du das?«

Zögerlich zuckte Antonie mit den Schultern.

»Das ist echt wichtig, Antonie. Sonst können die da oben anstellen was sie wollen, und es funktioniert nicht die Bohne, wenn du ihnen das nicht zutraust.« Ihr Tonfall war absichtlich ein wenig flapsig geworden. »Vielleicht könntest du es einfach mal versuchen? Was meinst du?«

Diesmal zögerte Antonie nicht. Sie nickte und setzte ein stotterndes »Okay« hinzu.

»Spielst du mit mir?«, riss Maria Antonie aus ihren Erinnerungen, die sich inzwischen ein Puzzlespiel aus dem Regal geholt hatte. Sie öffnete den Deckel der Schachtel und kippte die Teile auf den Boden. Antonie schüttelte den Kopf und ging lieber zum Kaufladen. Neugierig öffnete sie die kleinen Schubladen und Fächer. Sie entdeckte selbst gebastelte und bemalte Schächtelchen, Döschen und Gläser mit Graupen oder getrockneten Linsen sowie Puppengeschirr und kleine Holzspielsachen. Am meisten faszinierte sie jedoch die kleine Waage mit den unterschiedlichen Miniaturgewichten. Wie gern würde sie das alles jetzt Christel zeigen und mit ihr spielen. Sie wusste, dass ihr das auch gefallen würde. Plötzlich öffnete sie den Reißverschluss an ihrem Rucksack, den sie inzwischen überall mit hinnahm. Ganz unten verborgen lag Evas I-Phone. Sie hatte es vor dem Frühstück unbemerkt an sich genommen, nachdem Eva ein weiteres Mal vergeblich den Empfang geprüft und danach vergessen hatte, es wieder auszuschalten. Antonie hatte ihr zugesehen, wie sie den Pincode eingab, und sich die Zahlen eingeprägt. Sie hatte es nicht stehlen wollen, sondern sich nur ausleihen, um Fotos zu machen. Die würde sie Christel zeigen, damit sie ihr auch alles glaubte, was sie hier erlebte. Danach würde sie es zurückgeben. Schließlich war sie keine Diebin.

Sie schaute noch mal zu Katharina, die jedoch weiter in ihre Strickarbeit versunken war.

Maria suchte die Randteile des Puzzles und achtete ebenfalls nicht auf sie.

Antonie drückte auf den Button für die Kamera und wischte zur Videofunktion. Sie filmte den Kaufladen. Als Katharina anfing, ein Schlaflied zu singen, drehte Antonie sich unbemerkt mit laufender Kamera zu ihr um.

Kapitel 13

In der Küche war es Berta gar nicht wohl dabei gewesen, der Cousine ihrer Arbeitgeberin einen Spüllappen in die Hand zu drücken und deren Mann die großen Töpfe scheuern zu lassen. Sie hatte noch so viel zu tun. Heute Mittag sollte es gekochte Schweinerippchen mit Sauerkraut und Kartoffelbrei geben, und sie musste einen Teig vorbereiten, weil Katharina am Nachmittag wegen der zusätzlichen Gäste noch mal Plätzchen backen wollte. Mit Philipp und Eva in der Küche geriet Bertas sonstige Routine total durcheinander, denn sie standen ihr ständig im Weg. Doch erst als sie, nervös durch das ungefragte Eindringen in ihr persönliches Reich, zuerst ein Ei und dann eine Tasse fallen ließ und darüber fast in Tränen ausbrach, sah Philipp ein, dass sie Berta mit ihrer Anwesenheit überhaupt keinen Gefallen taten. »Komm, Sophie. Lassen wir Berta besser doch wieder allein weitermachen, ich fürchte, wir halten sie mehr auf, als dass wir ihr helfen.«

Die Erleichterung stand Berta ins Gesicht geschrieben, als die beiden endlich die Küche verließen, und auch Eva war alles andere als unglücklich darüber, aus der Küche zu kommen.

Philipp und Eva gingen in die kleine Bibliothek und blätterten die Zeitungen der letzten Tage nach irgendwelchen

Hinweisen durch. Sie fanden zwar nichts, was ihnen irgendwie weiterhalf, allerdings waren beide gefesselt von den Meldungen aus für sie längst vergangenen Zeiten, vor allem was die aktuelle politische Lage betraf.

»Lass uns ein wenig Luft schnappen«, schlug Eva Philipp nach dem Mittagessen vor, und er nickte zustimmend. Doch beiden war klar, dass es weniger um Frischluft ging als darum, sich draußen umzusehen und ungestört miteinander zu reden. Außerdem wollte Eva der Gegenwart der Kinder entkommen, denen sie im Haus ständig über den Weg lief. Da ihr wollener Mantel noch immer ein wenig feucht war, lieh Eva sich einen Mantel von Katharina aus. Der Schnee glitzerte in der Sonne, die sich inzwischen einen Weg durch die Wolkendecke gebahnt hatte. Es war ein Tag wie im Bilderbuch, und sie spazierten zum Gartenteich, der von einer spiegelnden Eisschicht bedeckt war.

»Irgendwie ist es schade, dass der Teich später nicht mehr da ist«, sagte Eva in einem ungewohnten Anflug von Melancholie, als sie sich daran erinnerte, wie sie als Kind auf der zugefrorenen Wasseroberfläche herumgeschlittert war. Da dies ohne die Aufsicht eines Erwachsenen strengstens verboten war, war es immer besonders spannend gewesen, sich heimlich aufs Eis zu wagen. Und es erfüllte sie noch jetzt mit einer gewissen Freude, dass man sie niemals dabei erwischt hatte.

»Hättest du ihn nicht so belassen und deine Pflanzen ein wenig weiter hinten anbauen können?«, fragte sie.

Die versteckte Kritik in ihrer Frage ärgerte ihn. Vor allem, weil sie einen wunden Punkt bei ihm traf. Es war ihm selbst schwergefallen, den großen Teich zuzuschütten, mit dem auch er schöne Erinnerungen verband. Doch das war nicht nur aus Platzgründen notwendig gewesen, sondern hatte auch mit Sicherheitsvorschriften auf dem Gelände zu tun, die er wegen der Kundschaft einhalten musste.

»Da du sowieso vorhast, das alles hier über kurz oder lang zu verkaufen, kann es dir doch egal sein«, sagte Philipp, und sein Ton fiel ruppiger aus, als es gerechtfertigt war.

»Stimmt. Das ist mir auch egal«, blaffte sie ihn an. Doch aus ihr unerklärlichen Gründen entsprach das nicht der Wahrheit. Es war ihr nicht mehr egal. Was sicher nur an dem Ärger lag, den sie immer noch verspürte, weil Philipp und ihre Oma sie mit der Gärtnerei auf dem Grundstück vor vollendete Tatsachen gestellt hatten.

»Dann brauchen wir ja nicht mehr weiter darüber zu diskutieren.«

»Brauchen wir nicht.«

Sie gingen ein paar Meter, dann blieb Philipp stehen und hielt sie am Arm fest, sodass sie ebenso stehen bleiben musste.

»Eva. Wir müssen aufhören, uns zu streiten«, sagte er versöhnlich.

»Ach ja? Dabei macht das so unglaublich Spaß«, entgegnete sie trocken.

»Was wir erleben, ist völlig verrückt. Und es ist auch gefährlich, weil wir absolut nicht hierhergehören. Nicht auszudenken, wenn herauskommen würde, wer wir sind und wo wir herkommen. Wenigstens in dieser Situation sollten wir uns zusammenreißen und uns nicht ständig an die Gurgel gehen.«

Sie schaute ihn kurz an, zuckte dann mit den Schultern.

»Na gut. Auch wenn es schwerfallen wird, nicht mit dir

zu streiten.« Sie konnte sich ein kleines Grinsen nicht verkneifen.

»Mir auch, aber da müssen wir eben durch.« Und nun lächelte er ebenfalls.

Danach gingen sie schweigend weiter, bis sie dorthin kamen, wo der Schneesturm über sie hereingebrochen war und sie in die Vergangenheit befördert wurden. Philipp schaute sich die Stelle näher an, an der sie zusammengekauert gelegen hatten, um sich vor dem Unwetter zu schützen.

»Was suchst du denn? Ein unsichtbares Portal, das uns wieder zurückbringt?«, fragte Eva und konnte trotz des Vorsatzes, nicht mehr zu streiten, einen spöttischen Unterton nicht ganz vermeiden. Doch er ließ sich nicht provozieren.

»Ich frage mich, warum es ausgerechnet an dieser Stelle passiert ist«, überlegte er laut.

»Ich glaube nicht, dass das was zu bedeuteten hat. Wir waren halt zufällig hier.«

»Vielleicht. Kannst du dich eigentlich noch daran erinnern, worüber wir gesprochen haben, unmittelbar bevor wir in der Vergangenheit gelandet sind?«

Sie zuckte mit den Schultern.

»Nein. Keine Ahnung. Ich spürte den Schlag, und dann wurde es dunkel.«

Reflexartig griff sie an ihren Kopf, doch die Beule war inzwischen verschwunden. Es war so, als ob das Ganze gar nicht passiert wäre. Aber inzwischen wunderte sie sich schon gar nicht mehr darüber.

»Tut es noch weh?«

»Nein … An was kannst du dich denn noch erinnern?«

»Nur daran, dass wir die Kleine gefunden haben und

schnell zum Haus zurückwollten, und dann sah ich dich unter dem Ast am Boden liegen.«

»Ich glaube nicht, dass wir hier eine Antwort finden, Philipp.«

»Vielleicht müssen wir aber auch erst die richtigen Fragen stellen.«

Sie schaute ihn nachdenklich an.

»Und die wären?«

Er zuckte mit den Schultern.

»Das ist eine gute Frage.«

»Also, mehr als ›Was sollen wir hier?‹ und ›Wie kommen wir am schnellsten wieder zurück?‹ fällt mir im Moment nicht ein.«

»Mir leider auch nicht. Lass uns zurück zum Haus gehen«, schlug er vor.

»Okay. Aber vorher will ich noch zum Tor«, sagte sie. Sie wollte unbedingt wissen, ob sie das Grundstück tatsächlich nicht verlassen konnten.

Sie drehten um und schlenderten den geräumten Weg entlang in Richtung Einfahrt.

»Da gibt es noch etwas, über das ich mit dir reden möchte.«

»Tu dir keinen Zwang an«, sagte sie.

»Du musst dich ein wenig mehr um Antonie bemühen«, meinte Philipp und blieb wieder stehen. Sie ging zunächst ein paar Schritte weiter, dann blieb sie ebenfalls stehen und drehte sich zu ihm um.

»Ach ja? Muss ich das?«

»Katharina macht sich bereits Gedanken. Es ist nicht zu übersehen, dass du das Mädchen fast ignorierst.«

»Dafür kümmerst du dich umso mehr um sie. Und Katharina und die Mädchen und Berta. Es mangelt ihr somit gewiss nicht an Aufmerksamkeit. Da muss ich nicht auch noch meinen Beitrag leisten.«

»Also bitte Eva! So verhält man sich doch nicht als …«

Er stockte.

»Als was? Ich bin weder ihre Mutter noch irgendwie sonst mit dem Kind verwandt. Die Kleine ist nur bei uns, weil Oma sie eingeladen hat. Was also wolltest du damit sagen? Dass ich mich um das Kind zu kümmern habe, weil ich eine Frau bin?«

»Eva …«

Sie ging weiter, und er folgte ihr.

»Ich dachte, wir wollten nicht mehr streiten.«

»Das bedeutet nicht, dass wir deswegen nichts mehr besprechen können.«

»Ja, was willst du denn eigentlich von mir?«

»Diese Leute hier denken, dass wir Antonie als unsere Tochter aufnehmen werden. Genau das müssen wir ihnen vorspielen. Also wäre etwas mehr Interesse deinerseits durchaus angebracht.«

»Ich tu der Kleinen doch nichts. Sie kann mich ohnehin nicht leiden und ist bestimmt auch froh, wenn ich sie in Ruhe lasse. Ich bemühe mich, aber mehr geht nicht. Die Familie würde bestimmt merken, dass ich ihnen nur was vorspiele.«

Er schüttelte wortlos den Kopf. Es war hoffnungslos, mit ihr darüber zu reden. Sie konnte einfach nicht mit Kindern umgehen, und sie wollte es offenbar auch nicht einmal versuchen. Ihm tat es nur für Antonie leid, die sich in Evas Nähe sichtlich unwohl fühlte. Und das, obwohl die Situation hier ohnehin schon schwierig genug war. Am besten war es, nicht mehr darüber zu reden und es zu akzeptieren.

Inzwischen waren sie fast am Tor angelangt.

»Soll ich zuerst noch mal?«, fragte Philipp.

Eva schüttelte den Kopf.

»Nein.«

Ihr Puls beschleunigte sich in dem Moment, als Philipp das Tor öffnete und sie anschaute.

»Ich bin gespannt, ob es bei dir auch nicht geht«, sagte er.

»Das bin ich auch.« Sie konnte sich jedenfalls nicht vorstellen, was sie daran hindern sollte, das Grundstück einfach zu verlassen. Beherzt ging sie los. Doch schon nach einem Schritt blieb sie wie angewurzelt stehen und drehte sich zu Philipp um.

»Es geht wirklich nicht«, sagte sie verblüfft. Es war, wie er gesagt hatte. Dabei konnte sie gar nicht beschreiben, was genau sie aufhielt. Es gab keinen Widerstand, keine unsichtbare Mauer, aber sie konnte nicht gehen. Es war verrückt.

»Jetzt bin ich fast erleichtert, dass es bei dir auch nicht klappt«, sagte er.

»Welche seltsame Macht hat uns da nur am Wickel Philipp?« Sie hatte Gänsehaut bekommen.

Er schüttelte den Kopf.

In diesem Moment nahm Eva erstmals die Menschen außerhalb des Grundstückes bewusst wahr, die nur wenige Meter entfernt vorbeigingen, ohne jedoch Philipp und ihr die geringste Aufmerksamkeit zu schenken. Waren sie für sie unsichtbar, oder nahmen die Menschen einfach nur keine Notiz von ihnen? Sie hob die Hand, um einem Zeitungsjungen zu winken, der gerade einem älteren Herrn ein Exemplar der *Münchner Neueste Nachrichten* verkauft hatte. Ließ sie dann jedoch wieder sinken. Sie wusste nicht, was das womöglich für Folgen nach sich ziehen würde. Das Risiko durfte sie nicht eingehen.

Und dann die Autos und anderen Fuhrwerke auf den Straßen. Jedes davon wäre in einem Museum bestens aufgehoben. Es war wie an einem Aufnahmeset für einen historischen Spielfilm. Da einige ihrer Klienten aus der Filmbranche kamen, war sie mit diesem Metier gut vertraut. In diesem Moment wünschte sie sich nichts sehnlicher, als dass ein Regisseur um die Ecke kam und sie mit dem Ruf *Und Action!*, begleitet vom Schlagen einer Filmklappe, aus diesem Albtraum erlösen würde.

»Komm, gehen wir zurück, bevor sich jemand fragt, warum wir hier herumstehen«, sagte Philipp, der gar nicht auf den Gedanken gekommen war, dass man sie vielleicht nicht sehen konnte.

Er schloss das Tor wieder, und sie gingen langsam den Weg zurück zum Haus. Beide waren so in ihre Gedanken versunken, dass sie nicht bemerkten, wie Anna in ihrem Zimmer das Fenster öffnete, um zu lüften. Und dabei die Gelegenheit nutzte, sie heimlich zu beobachten.

»Denkst du, Oma hat mit deiner Mutter darüber gesprochen?«, fragte Eva, als sie nicht mehr weit vom Haus entfernt waren. Sie blieb stehen.

»Wie meinst du das?«

»Na ja. Mich würde interessieren, ob Margret auch von dieser Sache hier weiß«, sagte sie.

Er bedachte sie mit einem verärgerten Blick.

»Wenn du meine Mutter besser kennen würdest, könntest du so eine Frage niemals stellen!«, fuhr er sie an. »Natürlich weiß meine Mutter nichts!«

»Reg dich nicht gleich so auf. Ich versuche doch einfach

nur, dem Ganzen auf den Grund zu gehen. Und schließlich sind Margret und Anna schon lange befreundet, und sie lebt seit Jahren hier.«

Im Grunde genommen hätte er ihr recht geben müssen. So abwegig war das tatsächlich nicht. Doch es fiel ihm schwer, sich vorzustellen, dass seine Mutter ihm so etwas verschwiegen hätte. Außerdem wusste er instinktiv, dass Margret es niemals geschafft hätte, sich nicht doch irgendwann einmal zu verplappern oder sich seltsam zu verhalten, doch das war nicht der Fall gewesen.

In diesem Moment wurde ihm bewusst, wie schwer es Eva getroffen haben musste, davon ausgehen zu müssen, dass ihre Großmutter ihr diese Zeitreise verheimlicht hatte. Doch sie überspielte das in ihrer üblich ruppigen Art.

»Bist du jetzt beleidigt, oder was?«, fragte sie, als er keine Antwort gab. »Ich dachte, wir wollten nicht mehr streiten!«

»Will ich auch nicht. Ich brauche jetzt einfach nur ein wenig Abstand von dir.« Und vor allem Zeit, um nachzudenken, setzte er in Gedanken hinzu. Und das konnte er nicht in ihrer Gegenwart, auch wenn sein Ärger auf sie komplett verflogen war.

»Ach ja? Und was hast du vor?«

»Ich hole mir eine Säge aus dem Schuppen und schneide die Obstbäume zu.«

»Na, dann lass dich nicht aufhalten!«

»Von dir sowieso nicht.«

»Aber pass gut auf deine Finger auf. Eine ordentliche plastische Chirurgie gibt es nämlich hier noch nicht.«

Philipp hatte Mühe, ein plötzliches Lachen zu unterdrücken.

»Werde ich, denn auf dein Geschick beim Nähen kann ich leider nicht vertrauen«, gab er zurück.

»Oh doch. Aber nur, wenn du am Ende aussehen möchtest wie Frankensteins Monster«, entgegnete sie.

Sie würden es niemals schaffen, ohne Streit miteinander auszukommen. Und irgendwie fanden beide es insgeheim gar nicht so schlimm. Auch wenn sie das nie offen zugeben würden.

Kapitel 14

Anna drehte sich vom Fenster weg und zupfte an ihrer Unterlippe herum, wie sie es immer tat, wenn sie angestrengt nachdachte. Auch wenn sie nicht jedes Wort verstanden hatte und nicht einordnen konnte, worüber die beiden genau gesprochen hatten, so würde sie alles darauf verwetten, dass es hier nicht mit rechten Dingen zuging. Und wer war diese Anna, von der sie gesprochen hatten? Eine Verwandte? Die Tatsache, dass die unbekannte Person denselben Namen wie sie trug, bereitete ihr noch mehr Unbehagen. Eine Margret hatten sie auch erwähnt. Doch die einzige Margret, die Anna kannte, war Fräulein Margret Kirchhoch, ihre Mathematiklehrerin. Und sie konnte sich nicht vorstellen, dass die Cousine aus Passau ihrer Lehrerin je begegnet war. Sie musste mit ihren Brüdern sprechen. Fritz und Karl hatten heute Nachtmittag Unterricht. Doch bis die beiden zurück waren, konnte sie keinesfalls warten. Sie würde die jüngeren Brüder einweihen. Die drei mussten ihr helfen, unauffällig noch mehr über den Besuch herauszufinden.

Als sie ohne anzuklopfen in ihr Zimmer platzte, traute sie ihren Augen kaum. Maxi, Willi und Heinrich saßen auf dem Boden um Antoine und starrten auf etwas, das Antonie in der

Hand hielt. Als Antoine sah, wer das Zimmer betreten hatte, versteckte sie das Ding erschrocken hinter ihrem Rücken.

»Was macht ihr da?«, fragte Anna misstrauisch.

»Antonie hat ein Spiel«, sagte Maxi begeistert und mit glänzenden Augen, »so was hast du noch nie gesehen. Das musst du dir anschauen, Anna.«

»Ja. Mit kleinen Vögeln und Schweinen«, erklärte Willi.

»So ein Spielzeug wünsch ich mir vom Christkind!«, rief Heinrich ganz aufgeregt.

Maxi legte einen Arm um Antonie und lächelte sie an. »Ich darf doch dann auch einmal spielen, nicht wahr, Antonie?«, fragte er äußerst freundlich.

Bei diesem Anblick stieg in Anna ein Gefühl von Eifersucht hoch, das sie selbst jedoch nicht als solches erkannte. Wie konnte es sein, dass ihre Brüder plötzlich so nett zu Antonie waren?

»Mit der kann man doch gar nicht richtig spielen! Wieso gebt ihr euch mit diesem dummen Waisenkind ab?«, fragte sie und konnte dabei einen verächtlichen Ton nicht verbergen.

»Ach, komm, Anna. So schlimm ist sie gar nicht«, versuchte Willi einzulenken.

»Sie kann doch noch nicht mal sprechen!«, warf Anna ein.

»Na und?« Heinrich zuckte mit den Schultern.

»Trotzdem ist sie nett«, verteidigte Maxi sie.

Anna ahnte, dass er das nur tat, damit das Mädchen ihn spielen ließ. Und das machte sie nur noch ärgerlicher.

»Ich wollte euch eigentlich die Geschichte von gestern weitererzählen«, versuchte sie es nun anders. »Aber wenn ihr beschäftigt seid, dann lass ich das eben.«

»Du kannst sie uns später erzählen«, sagte Heinrich.

»Ja. Wir kommen hernach in dein Zimmer«, nickte Willi.

Anna spürte, wie sie rot anlief. Das hatte es noch nie gegeben, dass die Brüder sie vertrösteten, wenn es um eine Geschichte ging. Das Spielzeug des Mädchens musste wirklich mehr als ungewöhnlich sein. Rasch überlegte sie, was sie nun tun sollte. Wenn sie das Zimmer verließ, bekäme sie nicht mit, was es mit Antonie und dem Ding auf sich hatte. Wenn sie blieb, wollte sie sich jedoch auf keinen Fall anmerken lassen, dass sie vor Neugierde fast platzte.

»Ich warte hier, bis ihr fertig seid«, sagte sie und schnappte sich ein Buch, das auf Maxis Nachttisch lag. Es handelte sich um Daniel Defoes »Robinson Crusoe«. Sie legte sich bäuchlings auf das Bett, schlug das Buch auf und tat so, als ob sie lesen würde.

Antonie konnte sich gar nicht erklären, wie sie in diese Lage geraten war. Nach dem Mittagessen hatte sie mit Maria das Puzzle fertiggebaut. Inzwischen hatte sie festgestellt, dass sie mit dem Mädchen eigentlich ganz gut klarkam, denn die Kleine plapperte gern, ohne ernsthaft auf eine Antwort zu warten. Es reichte ihr, wenn Antonie zum Kommunizieren nickte, den Kopf schüttelte oder mit den Schultern zuckte.

Danach wollte Maria mit ihren Puppen spielen, wozu Antonie allerdings keine Lust hatte. Sie nahm ihren Rucksack und ging aus dem Zimmer. Im Flur überlegte sie, wo sie hingehen sollte. Schließlich stieg sie die Treppe so weit nach oben, bis sie vor der Tür zum Speicher stand. Sie setzte sich auf eine Stufe, holte das iPhone heraus und gab den Code ein. Sie schaute sich die Fotos und das kurze

Video der singenden Katharina an, stellte den Ton jedoch ganz leise, damit niemand mitbekam, dass sie hier oben war. Als sie das Video ein zweites Mal anschaute, war ein leises Knurren zu hören. Sie hatte Hunger. Da sich ihr Magen in der Gegenwart dieser Familie jedes Mal wie zugeschnürt anfühlte, hatte sie auch beim Mittagessen kaum einen Bissen runtergebracht. Plötzlich fiel ihr ein, dass sie noch Plätzchen im Rucksack hatte, die sie eingesteckt hatte, bevor sie in den Schneesturm hinausgelaufen war. Die meisten waren zerbrochen. Aber das machte ihr nichts aus. Sie holte die Stückchen und Brösel heraus und stopfte sie sich hungrig in den Mund. Viel zu schnell war alles aufgegessen, aber sie fühlte sich zumindest ein wenig gesättigt. Sie wischte sich die Hände an ihrem Kleid ab und rief die App für *Angry Birds* auf. Bald war sie so versunken in das Spiel, dass sie nicht bemerkte, wie jemand die Treppe hochkam.

»Was machst du denn da?«, fragte plötzlich eine Stimme. Sie erschrak so sehr, dass ihr das Handy aus der Hand rutschte und auf die Stufe unter ihr fiel. Hoffentlich war es nicht kaputtgegangen.

Bevor sie das Handy nehmen konnte, hatte Maxi es sich bereits geschnappt.

»Was ist das denn?« Als er die bunten Bilder sah, die sich bewegten, hätte er das Handy vor Schreck ebenfalls fast fallen lassen. So etwas hatte er noch nie gesehen.

»Zeigst du mir, wie das geht?«, fragte er und schaute Antonie mit einem Blick an, der ganz anders war, als Kinder sie normalerweise immer anschauten. Er war neugierig, erstaunt, fast bewundernd.

Als er ihr das Handy entgegenhielt, nahm sie es rasch wieder an sich.

»Bitte Antonie …«

Sie überlegte kurz und rutschte dann ohne ein Wort zu sagen ein Stück zur Seite, sodass er sich neben sie setzen konnte.

Maxi schaute gebannt und fast ehrfürchtig auf das Display, als Antonie ein neues Spiel begann.

Nicht lange danach hatte er sie überredet, mit ihr in sein Zimmer zu kommen, wo sie das Spiel auch seinen beiden Brüdern Willi und Heinrich zeigen sollte. Auch wenn sie anfangs vorsichtig und sogar ein wenig ängstlich war, so spürte sie das ehrliche Interesse der Buben, das sich anfühlte, als ginge es nicht nur um das Spiel, sondern auch um sie.

Doch jetzt war Anna hier, und Antonie bemerkte genau, dass sie nur so tat, als ob sie lesen würde. Antonie hatte in ihrem bisherigen Leben bereits mit so vielen Kindern eng aufeinander leben müssen und ihre Erfahrungen gemacht, und so spürte sie instinktiv die Abneigung, die von Anna ausging.

»Komm doch auch her, Anna«, sagte Maxi und winkte seiner Schwester. »So was hast du wirklich noch nie gesehen.«

»Ach nein. Das interessiert mich nicht«, sagte Anna abfällig. Antonie war froh darüber.

Sie rief ein neues Level auf, als es an der Tür klopfte.

»Max! Willi! Heinrich!«, kam es im Kommandoton vom Flur. Gleich darauf wurde die Tür geöffnet, und Berta kam herein.

»Was ist mit den jungen Herren? Ihr habt wohl vergessen, dass ihr noch Holz hereinholen müsst, bevor ihr eure Hausaufgaben macht. Und du Maxi kehrst im Treppenhaus die Spinnweben aus den Ecken. Bis Weihnachten muss alles blitzeblank sein. Hopp hopp! Auf geht's! Anna, du passt auf deine jüngeren Geschwister auf, wenn du mit deinen Hausaufgaben fertig bist. Ich kann mich schließlich nicht um alles kümmern«, beendete sie ihre Tirade und verließ das Zimmer.

Die Buben zogen lange Gesichter, beeilten sich aber, Berta nach unten zu folgen. Nicht ohne jedoch noch einmal sehnsüchtige Blicke auf das kleine Kästchen zu werfen.

Antonie war ebenfalls aufgestanden. Mit Anna wollte sie keinesfalls allein im Zimmer bleiben. Sie steckte das iPhone in den Rucksack und wollte hinaus. Doch das ältere Mädchen stellte sich ihr in den Weg.

»Zeig es mir!«

Antonie schüttelte den Kopf.

»Du sollst es mir zeigen, hab ich gesagt!«

Anna wollte nach dem Rucksack greifen, aber Antonie ging rasch einen Schritt zurück. Ihr war klar, dass das ältere und kräftigere Mädchen ihren Willen durchsetzen würde. Und so holte sie das Handy wieder heraus. Doch als sie den Pincode eingeben wollte, war der Akku leer.

»Mach schon!«

Anna riss ihr das Gerät aus der Hand und starrte auf das dunkle Display.

»Und was soll das jetzt sein?«, wollte sie wissen und drehte das Handy herum. »Da ist ja überhaupt nichts! Ich will jetzt sofort, dass du mir zeigst, was meine Brüder gesehen haben!«

Antonie schüttelte wieder den Kopf. Warum konnte sie ihr das Handy nicht einfach wiedergeben und sie in Ruhe lassen?

»Du willst also nicht? Nun, dann werde ich dieses Ding behalten, bis du es dir anders überlegt hast.«

Antoine starrte sie entsetzt an. Das konnte sie doch nicht tun! Das Handy gehörte ihr nicht. Und auch wenn Antonie nicht die rechtmäßige Besitzerin war, so hatte sie es sich doch nur ausgeliehen und hätte es später wieder zurückgegeben. Bestimmt würde jetzt alles auffliegen, und sie würde riesigen Ärger bekommen. Das durfte auf keinen Fall geschehen.

Anna drehte sich um und wollte aus dem Zimmer gehen. Da hielt Antonie sie am Arm fest.

»Ddddd-ddaaas dd-ddaaarrfst dddd-ddduuu nn-nnnnniiicht«, stotterte sie aufgebracht.

Anna schaute sie überrascht an, und dann breitete sich langsam ein Grinsen über ihrem Gesicht aus.

»Du kannst ja doch sprechen. Oder halt. Stimmt nicht. Du kannst nicht sprechen! Du bist eine Stotterliese.«

Sie begann zu lachen.

Antonie wurde bleich. Genau das hatte sie vermeiden wollen, genau deshalb hatte sie nichts gesagt. Jetzt würden bestimmt bald alle wissen, dass sie stotterte, und sie ebenfalls auslachen. Wenn sie doch nur endlich wieder zu Christel zurückgehen könnte. Sie drängte sich an Anna vorbei und rannte hinaus in den Flur.

Anna schaute ihr immer noch lachend hinterher. Das musste sie hernach unbedingt ihren Brüdern erzählen. Bei diesem Gedanken verspürte sie eine gewisse Genugtuung. Sie mochte es nicht, wie Antonie ihre Geschwister um den Finger gewickelt hatte. Und dann hatte sie ihr auch nicht zeigen wollen, wie dieses Ding funktionierte. Sie warf wieder einen Blick auf das kleine Kästchen in ihrer Hand. Dann setzte sie einen entschlossenen Blick auf und ging damit nach draußen.

Inzwischen war es Nachmittag geworden. Philipp hackte im Schuppen die dickeren Äste, die er zuvor von den Apfelbäumen abgeschnitten hatte, zu Kleinholz. Normalerweise würde er den Schnitt erst im Januar oder Februar machen, aber bis dahin war er hoffentlich nicht mehr hier. Er hoffte, dass die Temperaturen in den kommenden Tagen und Nächten nicht zu weit unter Null fallen würden, damit die Bäume den Schnitt gut überstanden. Maximilian, der seine Mittagspause zu Hause verbrachte, hatte nichts dagegen einzuwenden, dass Philipp sich nützlich machte. Seine anfängliche Skepsis dem Besuch gegenüber war inzwischen weitgehend verflogen.

Die Kinder hatten ihre Pflichten erfüllt und waren mit den Hausaufgaben beschäftigt. Bis auf Antonie. Philipp hatte das Mädchen im Garten entdeckt, als sie allein in Richtung Tor unterwegs war.

»Wo willst du denn hin Antonie?«, rief er ihr hinterher und beeilte sich, sie einzuholen.

Erschrocken war sie stehen geblieben.

»Komm mit mir mit, Kleine.«

Er nahm sie an der Hand und ging mit ihr in den Schuppen. Schon wieder hatte sie davonlaufen wollen. Sie war blass und wirkte noch bedrückter als sonst. Philipp versuchte, mit ihr zu reden, um herauszufinden, was mit ihr los war. Doch sie sagte natürlich keinen Ton, sondern zuckte bei seinen Fragen nur mit den Schultern. Inzwischen machte er sich ernsthafte Sorgen um das Kind. Es war offensichtlich, dass es ihr nicht gut ging, und er hatte keine

Ahnung, wie er ihr helfen konnte. Das Einzige, was er für sie tun konnte, war, sich mehr Zeit für sie zu nehmen.

»Was hältst du davon, wenn wir beide zusammen etwas basteln?«, fragte er sie. »Hast du Lust, Antonie?«

Sie schüttelte den Kopf.

»Oder magst du lieber einen Schneemann bauen? Einen ganz großen. Hm?«

Ein kleines Lächeln umspielte ihre Mundwinkel, und sie nickte.

»Dann komm«, sagte er.

Zur selben Zeit war Eva damit beschäftigt, Katharina und Berta in der großen Küche beim Plätzchenbacken zu helfen, das erste Mal, seitdem sie mit 18 Jahren aus diesem Haus ausgezogen war. Aus ihrer momentanen Sicht würde das in etwa 63 Jahren der Fall sein. Sie stand an dem ausladenden viereckigen Tisch in der Mitte der Küche und formte nach Butter und Vanille duftenden Teig zu kleinen Hörnchen für Vanillekipferl.

In einem Hochstuhl saß die kleine Theresia und nagte hingebungsvoll an einer Brotkruste, die ihr offenbar ein wenig Erleichterung beim Zahnen verschaffte.

Ob sie jetzt hier zur Haushaltshilfe mutieren würde, fragte sich Eva verdrossen und riss ein neues Teigstück ab. Sie vermisste die Routine ihrer Arbeit in der Kanzlei, die sie liebte und immer wieder vor neue Herausforderungen stellte. In diesem Moment schoss ihr zum ersten Mal der Gedanke durch den Kopf, was aus ihr werden würde, wenn sie nicht mehr in die Zukunft zurückkehren konnten. Die ihr von Katharina angedichtete Identität der Cousine Sophie aus

Passau konnte sie vielleicht noch für kurze Zeit aufrechterhalten, doch das war schon schwierig genug. Aber wenn sie für immer in dieser Zeit gefangen wären, müssten sie sich etwas anderes überlegen. Das bedeutete, dass sie auf keinen Fall in diesem Haus oder auch nur in dieser Stadt bleiben konnten. Verschwinden war jedoch auch keine Option, schließlich konnten sie das Grundstück nicht verlassen.

»Du musst die Hörnchen ein klein wenig dünner machen, Sophie, so wie die ersten auf dem Blech, sonst werden sie nicht gleichzeitig fertig«, unterbrach Katharina ihre Gedanken freundlich. Sie stand am anderen Ende des Tisches und bestrich hauchdünne Butterplätzchen mit rosafarbenem Zuckerguss.

Eva sah auf das Backblech vor ihr. Sie hatte die letzten Hörnchen tatsächlich viel zu dick geformt.

»Entschuldige«, sagte sie, nahm die verunglückten Kipferl vom Blech und knetete sie wieder zu einem Teigklumpen zusammen. Beim nächsten Versuch wurden die Hörnchen genau richtig, und Berta nahm ihr das Blech ab und schob es in den Ofen.

»Weißt du noch, als deine Mama und du uns kurz nach deiner Erstkommunion übers Wochenende besucht habt?«

Genau solche Fragen hatte Eva gefürchtet. Sie musste sich schnell eine unverbindliche Antwort einfallen lassen. Während sie sich geschäftig an den restlichen Teig machte, nickte sie in Richtung ihrer Urgroßmutter.

»Schon. Aber das ist ziemlich lang her. So genau kann ich mich nicht mehr erinnern.« Da sie sich tatsächlich kaum mehr an den Tag ihrer Erstkommunion erinnern konnte, hörte sich das hoffentlich überzeugend genug an.

»Aber an unseren Ausflug in den Englischen Garten schon, oder?«

Es fiel Eva schwer, etwas zu sagen, deswegen nickte sie nur lächelnd, in der Hoffnung, dass man ihr die Lüge nicht vom Gesicht ablesen konnte.

»Seither muss ich immer an dich denken, wenn wir dort spazieren gehen und am Chinesischen Turm vorbeikommen.«

»Wirklich? Du denkst immer noch daran?«, fragte sie fröhlich in der Hoffnung, dass Katharina von selbst erzählen würde, was damals geschehen war. Und es funktionierte.

»Ja. Unsere Mütter redeten mit Engelszungen auf dich ein, dass ganz bestimmt keine gelben schlitzäugigen Männer im Turm versteckt waren, die dich in einen Kochtopf stecken würden.«

Eva tat so, als amüsierte sie die Erinnerung daran.

»Ich kann mir gar nicht mehr vorstellen, dass ich das wirklich damals gedacht habe.«

»Großvater immer mit seinen Geschichten, die er uns erzählt hat. Da war es nicht verwunderlich, auf welche Gedanken wir damals kamen. Mir hat er einmal erzählt, dass im Würmsee ein großes Seeungeheuer hausen würde. Mit drei Köpfen. Und dass dieses Ungeheuer eigentlich am Tod König Ludwigs schuld war. Jedes Mal, wenn wir einen Ausflug dorthin machten, war mir mulmig zumute.«

Eva wusste, dass Katharina mit Würmsee den heutigen Starnberger See meinte, der Anfang der Sechzigerjahre umbenannt worden war.

»Ja. So war Opa. Immer zu Scherzen aufgelegt.«

Und damit sie weiterhin glaubwürdig blieb, ersann sie rasch eine Geschichte um diesen Opa, der, wenn sie richtig zurückrechnete, ihr Ururgroßvater gewesen war. Eine Geschichte, die nicht so einfach anzuzweifeln war.

»Ich musste immer so lachen, wenn er mir was vorgesungen hat«, begann sie.

»Welches Lied meinst du denn?«, fragte Katharina neugierig.

Das erstbeste Lied, das Eva in den Sinn kam, hatte ihre Großmutter oft mit ihr gesungen, als sie noch klein war.

»Das mit der Wurstfabrik.«

»Wurstfabrik? Das kenne ich gar nicht. Ach bitte, sing es doch vor.«

»Oh nein!«, winkte Eva ab und werkelte weiter an ihren Plätzchen. Sie konnte doch jetzt nicht dieses alberne Lied zum Besten geben!

»Bitte, Sophie. Du hast früher schon immer so schön gesungen. Berta und ich möchten das Lied gerne hören. Nicht wahr, Berta?«

Katharina warf ihrer Köchin einen Blick zu, die interessiert nickte.

Eva schluckte. Nun musste sie das Lied wohl oder übel anstimmen, damit man ihr weiterhin ihre Rolle als Sophie abkaufte. In diesem Moment wurde ihr bewusst, wie lange sie schon nicht mehr gesungen hatte. Noch nicht einmal zu einem Lied im Radio. Dabei hatte sie als Kind gern gesungen, allerdings nur wenn sie allein war. Diese Erkenntnis überraschte sie. Warum hatte sie aufgehört zu singen?, fragte sie sich.

»Ich hole nur noch rasch das Blech heraus«, sagte Berta und verschaffte Eva dadurch noch einen Moment, in dem sie sich sammeln konnte.

Berta öffnete die Ofentür, und der Duft frisch gebackener Vanillekipferl überflutete Eva mit weiteren Erinnerungen an ihre Kindheit, die sie lange Zeit unterdrückt hatte. Sie stand mit ihrer Oma und Margret in der Küche und drückte mit dem Kochlöffel kleine Vertiefungen in den Teig für die Hirschknöpf, die vor dem Backen mit Marmelade gefüllt wurden, während aus dem Kassettenrekorder Weihnachtsmusik lief. Philipp hatte immer mal wieder in die Küche geschaut und eine Handvoll Plätzchen stibitzt.

Für einen kurzen Moment wurde es Eva bei diesen Erinnerungen leicht schwindlig. Doch der Augenblick war schnell wieder vorbei.

»Wir sind gespannt«, sagte Katharina, nachdem Berta ein weiteres Blech in den Ofen geschoben hatte, und schaute Eva erwartungsvoll an.

Eva räusperte sich, und dann begann sie, die einfache Melodie zu singen.

»Wem Gott will rechte Gunst erweisen, den schickt er in die Wurstfabrik und lässt ihn von der Wurst abbeißen, und den Zipfel gibt er ihm dann mit.«

Katharina und Berta lachten und klatschten in die Hände, und auch die kleine Theresia strahlte übers ganze Gesicht, auch wenn sie noch nicht verstand, worum es in diesem Lied eigentlich ging. Eva war das alles peinlich. Gut, dass Philipp nicht in der Nähe war und sie später damit aufziehen konnte.

»Das Lied kenne ich auch, allerdings nur mit dem richtigen Text«, sagte Katharina. »Aber mit der Wurstfabrik macht es viel mehr Spaß. Singen wir es noch mal gemeinsam?«

Eva wollte schon den Kopf schütteln, doch als sie die strahlenden Augen ihrer Urgroßmutter sah, brachte sie das nicht übers Herz. Einen flüchtigen Moment lang ging ihr durch den Kopf, ob die Eva, die sie noch gestern früh gewesen war, gerade im Begriff war, sich in eine andere Frau zu verwandeln. Vielleicht in die ominöse Cousine Sophie? Dieser Gedanke erschreckte sie. Sie hatten eine Zeitreise hinter sich – wer wusste schon, was noch alles möglich war.

»Na gut«, sagte sie und stimmte das Lied noch einmal an. Katharina und Berta sangen voller Begeisterung mit. Als sie es ein drittes Mal sangen, sah Eva plötzlich Anna in der Küchentür stehen, die ihnen zuhörte. Und neben ihr die kleine Maria. Eva verstummte und ließ die anderen allein weitersingen. Sie fragte sich, ob ihre Großmutter sich später an diesen Moment in der Küche erinnern würde. Oder hatte sie ihr es gerade deswegen vorgesungen, weil sie es als junges Mädchen gehört hatte? Was erneut die Überlegung aufwarf, ob das alles hier erst jetzt passierte oder ob es schon passiert war. Und ob sie nicht gerade einen großen Fehler gemacht hatte.

Als Anna sah, wie ihre Mutter und Berta mit dieser Passauer Cousine in der Küche lustige Lieder sangen und sich offenbar amüsierten, verspürte sie wieder ein ungutes Gefühl in der Magengegend.

Sie fing einen Blick von Sophie auf, der sie fast zu durchbohren schien. Rasch trat sie einen Schritt zurück.

»Komm Maria. Wir gehen in den Garten«, sagte sie leise und zog ihre kleine Schwester zur Garderobe. Sie schlüpften in Mäntel und Stiefel und gingen nach draußen.

Vor der Haustür hörten sie von Weitem fröhliches Lachen, und als sie sich auf den Weg in Richtung Weiher machten, sahen sie Philipp, der gerade eine Schneekugel auf einen großen, dicken Schneekörper setzte und sie dann mit Schnee fixierte. Antonie half ihm dabei.

»Anna! Schau! Die bauen einen Schneemann. Da will ich mitmachen«, rief Maria begeistert, und bevor Anna sie festhalten konnte, rannte das Mädchen auf Philipp und Antonie zu. Eigentlich hatte sie ebenfalls vorgehabt, mit ihrer Schwester einen Schneemann zu bauen, doch jetzt war ihr die Lust vergangen. Und wieder einmal war diese Antonie schuld daran, dass eines ihrer Geschwister sie einfach hatte stehen lassen. Wenigstens hatte sie dieses seltsame Ding, von dem sie nicht wusste, was es war, so gut versteckt, dass Antonie es bestimmt nicht finden würde. Darüber verspürte sie eine gewisse Schadenfreude. Mit diesem Spielzeug würde sie vor den Brüdern jedenfalls nicht mehr angeben können.

»Komm doch her!«, rief Maria ihr zu. »Philipp hat gesagt, wir bauen eine große Schneemannfrau dazu.«

Anna lächelte nicht über die lustige Wortschöpfung ihrer Schwester, sondern schüttelte den Kopf.

»Nein! Mir ist kalt«, log sie. »Ich geh wieder ins Haus.«

Sie drehte sich um und war schon auf dem Rückweg, da sah sie ihre Brüder Fritz und Karl den Weg entlang auf sie zukommen, die Schulranzen lässig über die Schultern geworfen. Eine gute Gelegenheit, um die beiden in ihre Sorgen einzuweihen. Sie lief ihnen entgegen.

»Fritz, Karl, können wir bitte reden?«, bat Anna. »Es ist wichtig.«

In dem Moment rief Philipp ihnen zu: »Jungs! Habt ihr vielleicht Lust, uns zu helfen? Ich könnte noch starke Arme gebrauchen, um die Schneekugeln hochzuheben!«

»Freilich!«, riefen Fritz und Karl gleichzeitig. Die Brüder stellten rasch ihre Schulranzen neben die Haustür.

»Wir reden später, Anna«, sagte Karl noch, und zusammen mit seinem Bruder rannte er dann zu Philipp und den Mädchen, um ihnen zu helfen.

»Wir wollen einen Riesenschneemann bauen! Einen riesigen Riesenschneemann«, rief Maria ihren Geschwistern aufgeregt zu.

Und die beiden Halbwüchsigen, die den ganzen Tag in der Schule hatten still sitzen müssen und jetzt froh waren, sich austoben zu dürfen, stürzten sich mit Begeisterung in die Aufgabe. Antonie schaute die beiden ältesten Koffler-Kinder zunächst etwas skeptisch an, doch da zog Maria sie schon mit auf eine noch völlig unberührte Schneefläche, um neue Schneekugeln zu rollen.

Anna konnte es nicht glauben, dass sie schon wieder abgeblitzt war. Beleidigt drehte sie sich um und ging ins Haus.

Dort waren ihre Mutter, Berta und Sophie immer noch mit den Plätzchen beschäftigt. Aber wenigstens sangen sie nicht mehr.

Maxi, Willi und Heinrich brüteten oben noch über den Hausaufgaben. Da sie nicht wusste, was sie sonst machen sollte, ging Anna in ihr Zimmer, um in ihrem Märchenbuch weiterzulesen, bis die Brüder fertig waren. Doch von hier aus konnte sie die anderen im Garten nicht beobachten. Rasch nahm sie ihr Buch, ging nach unten und setzte sich ins Wohnzimmer. Es fiel ihr jedoch schwer, sich auf die Geschichte zu konzentrieren. Durch die großen Fenster konnte sie sehen, wie die anderen draußen ihren Spaß damit hatten, eine ganze Schneemannfamilie zu bauen. Inzwischen standen bereits zwei große und drei kleine Schneemänner und ein Gebilde, das wohl einen Hund darstellen sollte, hinter dem Haus. Jemand hatte aus dem Keller gelbe Rüben für die Nasen und Kohlen für die Augen geholt. Normalerweise hätte Anna nichts und niemand daran hindern können, auch da draußen mit dabei zu sein. Was war nur los mit ihr? Seit dieser Besuch im Haus war, benahm sie sich ganz anders als sonst, das war ihr auch selbst schon bewusst geworden. Sie fühlte sich seltsam, auch körperlich, verspürte eine leichte Übelkeit, die sie immer dann überfiel, wenn sie in die Nähe der Gäste kam, vor allem bei dieser Cousine Sophie. Offenbar war sie jedoch die Einzige im Haus, der es so erging, die anderen schienen mit der Gegenwart der Verwandtschaft alle keine Probleme zu haben. Sie seufzte und versuchte wieder, sich auf das Buch zu konzentrieren.

Als Anna das nächste Mal den Kopf hob, sah sie, dass Berta mit einem großen Korb nach draußen gegangen war. Sie verteilte Tassen und schenkte aus einer Kanne dampfend heißen Pfefferminztee mit viel Zucker ein. Dankbar wärmten alle ihre eiskalten Hände an den Tassen und bedienten sich aus dem Korb. Munter und mit Appetit ließen sie es sich schmecken und unterhielten sich gut gelaunt.

Philipp lächelte, als er sah, wie auch Antonie herzhaft in ein Butterbrot biss und mit vollen Backen kaute. Ihre Blässe war verschwunden, und die vorhin noch so traurig wirkenden Augen blitzten vergnügt. In diesem Moment erinnerte ihn das Mädchen an Eva, als sie ungefähr im selben Alter war. Es war keine äußerliche Ähnlichkeit, sondern eher der unbeschwerte Ausdruck in ihrem Gesicht und das Funkeln ihrer Augen in den seltenen Momenten, in denen sie sich nach dem Tod ihrer Eltern so ausgelassen zeigte.

»Noch mehr Tee?«, fragte Berta ihn.

»Sehr gern, danke.«

Berta schenkte nach.

»Sonst noch jemand?«

Die Kinder schüttelten den Kopf. Sie hatten es eilig, wieder weiterzumachen.

»Bauen wir noch einen Schneemann?«, fragte Fritz.

»Ja. Aber einen noch größeren«, schlug Karl vor, und die anderen stimmten ihm freudig zu. Und sogar Antonie murmelte ein leises »Ja«, und niemandem schien aufzufallen, dass sie ein wenig länger brauchte, um das Wort auszusprechen.

Kapitel 15

Eva hatte sich nach dem anstrengenden Nachmittag in der Küche eigentlich aufs Zimmer zurückziehen wollen, doch Philipp hatte darauf bestanden, dass sie mit ins Wohnzimmer kam. Dort hatte sich die ganze Familie nach dem Abendessen versammelt. Begleitet von Fritz auf dem Klavier, sangen Katharina, Maxi, Willi und Anna besinnliche Advents- und Weihnachtslieder. Wobei Letztere, ihrer Miene nach zu schließen, keine sonderlich große Lust darauf zu haben schien.

Eva wusste nicht so recht, was sie von ihrer Großmutter im Kindesalter halten sollte. Bis jetzt konnte sie sich nicht vorstellen, dass aus ihr später einmal der wichtigste Mensch ihres Lebens werden sollte. Eine Frau, die auf so bewundernswerte Weise schwere Schicksalsschläge überwinden würde. Und die sich niemals in ein moralisches Korsett hatte zwängen lassen. So war Anna nie mit Evas Großvater Thomas verheiratet gewesen. Die beiden hatten zu einer Zeit eine wilde Ehe geführt, als sie dafür von vielen Leuten mit schrägen Blicken angesehen wurden.

Erschwerend kam hinzu, dass Thomas mit einer anderen Frau verheiratet gewesen war, von der er sich jedoch schon getrennt hatte, bevor Anna in sein Leben getreten war. Für Anna war immer nur wichtig gewesen, mit ihrem Thomas zusammen zu sein, der dann leider viel zu früh gestorben war.

Eva tat sich schwer damit, dieser jüngeren Version ihrer Großmutter Sympathie entgegenzubringen. Und sie hatte das Gefühl, als ob das auf Gegenseitigkeit beruhen würde. Ihr fiel auf, dass das Mädchen sie immer wieder mit abschätzenden, ja fast sogar missbilligenden Blicken beobachtete. Verhielt sie sich allen Gästen gegenüber so distanziert? Oder konnte sie spüren, dass etwas nicht mit rechten Dingen zuging?

Von allen hier anwesenden Kofflers war Anna die Einzige, die in der zukünftigen Gegenwart noch leben würde. Dieser morbide Gedanke ließ Eva frösteln. Es war fast so, als säße sie inmitten von Geistern.

Sie sah zum Familienoberhaupt. Er war wohl die imposanteste Figur in dieser Runde. Maximilian hatte in dem großen Sessel mit Lederbezug Platz genommen und verfolgte mit sichtlichem Wohlgefallen die Darbietung seiner Familie.

Obwohl die Musik nicht so ganz nach ihrem Geschmack war, musste Eva anerkennen, dass alle sehr talentiert waren. Und plötzlich erinnerte sie sich daran, dass ihre Großmutter oft von den Klavierkünsten ihres Bruders Fritz geschwärmt hatte. Insgeheim musste sie ihr recht geben. Er war wirklich sehr begabt für sein Alter. Wie sie aus Erzählungen wusste, würde ihn leider im Krieg eine Kugel am Unterarm treffen. Die Verletzung würde zu einer schweren Infektion und schließlich zur Amputation führen. Nur diese drastische Maßnahme würde sein Leben, welches eine Weile lang an einem seidenen Faden hängen würde, retten können. Ob es einen Weg gab, ihn davor zu bewahren, damit er weiterhin die Menschen mit seinem Spiel erfreuen konnte? War das vielleicht sogar der Grund, warum sie hier waren? Vielleicht wäre Fritz ohne seine Verletzung ein weltberühmter Pianist und Komponist geworden anstatt eines Anwalts? Aber konnte es wirklich sein, dass alle bisher bekannten Naturgesetzte außer Kraft gesetzt worden waren und sie diese unfreiwillige Zeitreise angetreten hatten, nur damit es später einmal Musikstücke gab, die ansonsten niemals komponiert worden wären? Allein dieser Gedanke war lächerlich. Da hätte es ganz andere Musiker gegeben, deren Schicksalsverlauf man hätte ändern können. Wie Amadeus Mozart zum Beispiel mit einer besseren gesundheitlichen Versorgung und einer schon zu seinen Lebzeiten dauerhaft angemessenen Honorierung seiner Werke. John Lennon könnte vermutlich ebenfalls noch leben und weitere Welthits komponieren, wenn jemand sich rechtzeitig um Chapmans verwirrten Geisteszustand gekümmert hätte. Oder Whitney Houston, Michael Jackson, Prince – auch sie wären vermutlich zu retten gewesen. Ihr schwirrte der Kopf von den vielen Namen und Gesichtern bekannter Persönlichkeiten, deren Schicksal offenbar von keinem Zeitreisenden verändert worden war, der sie retten sollte.

Ihr Blick wanderte weiter zu Willi, aus dem später einmal ein Priester würde, der nach Hamburg gehen und dort bei seinen Schäfchen sehr beliebt sein würde. Eva erinnerte sich an seine seltenen Besuche im Haus, als sie noch ein Kind war. Er hatte ihr Bücher mitgebracht und Süßigkeiten, die er dann immer gemeinsam mit ihr naschte.

An die Berufe der anderen Brüder konnte sie sich nicht erinnern. Die Mädchen waren ausnahmslos Lehrerinnen geworden, und bis auf Anna war keine von ihnen in einer festen Partnerschaft gewesen.

In diesem Moment wurde es Eva bewusst, dass sie keines der damals noch lebenden Geschwister ihrer Großmutter mehr gesehen hatte, nachdem sie nach Frankfurt gegangen war.

Eva schaute zu Antonie, die auf dem Sofa neben Philipp saß. Überhaupt war das Mädchen seit dem Nachmittag kaum von seiner Seite gewichen und wirkte fröhlicher, als Eva sie bisher erlebt hatte. Offenbar hatte Antonie mit ihm und den anderen viel Spaß beim Schneemannbauen gehabt. Bei der ruhigen Melodie zu »Es wird schon gleich dunkel, es wird schon gleich Nacht« von Friedrich Kohl und Josef Reiter fielen ihr immer wieder die Augen zu. Die letzte Strophe des Liedes war noch nicht gesungen, da war sie an Philipp gelehnt eingeschlafen.

Als die musikalische Vorstellung vorbei war, trug Philipp das schlafende Mädchen nach oben, und Eva beeilte sich, den beiden zu folgen. Sie hatte inzwischen keine Energie mehr, ihre Rolle als Sophie zu spielen und ständig auf der Hut sein zu müssen, nicht irgendetwas Falsches zu sagen. So wie ihr das heute Nachmittag passiert war. Katharina hatte sich in der Küche immer wieder an den Bauch gefasst und den Rücken durchgestreckt.

»Geht es dir nicht gut, Katharina?«, hatte Eva gefragt.

»Oh doch«, antwortete sie, doch Eva konnte an ihrem gequälten Lächeln erkennen, dass das nicht so ganz stimmte.

»Möchtest du dich nicht lieber ein wenig ausruhen? Ich kann hier mit Berta fertig machen«, bot sie an, obwohl sie selbst schon längst genug hatte vom Plätzchenbacken.

»Es geht schon wieder. Und wir haben es ja bald geschafft«, winkte Katharina ab. »Dieses Kind scheint nur viel aktiver zu sein als seine Geschwister.«

»Du solltest mal eine Ultraschalluntersuchung machen lassen.« Noch während Eva den Satz zu Ende sprach, war ihr bewusst, dass es diese Untersuchungen im Jahr 1931 bestimmt noch nicht gegeben hatte.

»Welche Untersuchung?«

»Ich meinte eine gründliche Untersuchung bei einer Hebamme. Du lässt dich doch untersuchen, oder?« Eva sprach schnell und hoffte, dass sie sich damit aus der Affäre ziehen konnte. »Es ist ja wichtig, dass man sich immer wieder kontrollieren lässt, ob alles in Ordnung ist.«

»Natürlich habe ich eine Hebamme, Sophie. Und ich konsultiere auch einen Frauenarzt«, sagte Katharina. »Aber was ist das für eine Untersuchung, von der du gesprochen hast?«

Jetzt half nur die Flucht nach vorne.

»Ach, da habe ich was verwechselt. Du weißt ja, mit dem Thema Schwangerschaft kenne ich mich leider nicht aus.«

Glücklicherweise hatte Katharina nicht weiter nachgefragt, vermutlich um sie wegen ihrer vermeintlichen Kinderlosigkeit nicht zu verletzen. Genau darauf hatte Eva spekuliert. Aber dieser Vorfall hatte sie daran erinnert, dass sie zukünftig mit allem, was sie sagte, noch viel vorsichtiger sein musste.

Oben im Zimmer hatte Philipp Antonie auf die Matratze gelegt. Dann streifte er ihr vorsichtig die Hausschuhe ab und deckte sie sorgfältig zu.

»Willst du ihr kein Nachthemd anziehen?«, fragte Eva leise.

»Da würde sie nur wieder wach werden. Ich lasse sie lieber schlafen.«

Er stand auf und drehte sich zu ihr um.

»Ich bin sehr besorgt wegen der Kleinen. Sie wollte heute schon wieder verschwinden.«

»Das ist doch nichts Neues«, meinte Eva.

»Sie wirkte ziemlich verstört, irgendetwas muss vorgefallen sein, aber sie sagt ja nichts.«

»Vorhin machte sie doch einen ganz guten Eindruck.«

»Ja. Aber nur, weil ich mich die ganze Zeit mit ihr beschäftigt habe. Antonie ist übrigens ein ganz reizendes Kind.«

Eva antwortete nicht. Was sollte sie auch dazu sagen?

Nacheinander gingen sie ins Badezimmer, und Eva nutzte die Zeit, in der er weg war, um in das Nachtgewand zu schlüpfen. Diese blöden Rüschen kratzten nach wie vor, und am liebsten hätte Eva sie weggeschnitten. Damit wollte sie keine weitere Nacht mehr verbringen. Also ging sie zum Kleiderschrank und schaute nach, was sie stattdessen anziehen könnte. Sie griff nach einem langärmeligen Männerunterhemd und schlüpfte hinein. Es reichte ihr nur bis knapp zur Mitte der Oberschenkel, aber es war wesentlich angenehmer zu tragen. Zufrieden legte sie sich ins Bett. Während sie darauf wartete, dass Philipp zurückkam, wurde ihr Herzschlag mit jeder Minute schneller. Ob er sie heute wieder in die Arme nehmen würde, damit sie schlafen konnte? Sie erinnerte sich daran, wie sie letzte Nacht seinen Atem an ihrem Nacken gespürt hatte. Bevor ihre Gedanken weiter auf Wanderschaft gehen konnten, was sie eigentlich gar nicht wollte, öffnete sich die Tür, und Philipp kam herein.

Ohne auch nur einen Blick aufs Bett zu werfen, löschte er das Licht.

Eva hörte, wie er in der Dunkelheit langsam zu seiner Seite des Bettes ging und dann aus seinen Kleidern schlüpfte. Nur wenige Sekunden später legte er sich ins Bett.

»Gute Nacht, Eva«, sagte er leise, ohne irgendwelche Anstalten zu machen, sie in den Arm zu nehmen oder auch nur näher an sie heranzurutschen.

»Gute Nacht, Philipp.«

Danach herrschte eine Weile lang Stille. Doch Eva tat sich wieder schwer mit dem Einschlafen. Tausend Gedanken gingen ihr durch den Kopf. Allerdings hatten sie weniger mit der Zeitreise zu tun, sondern kreisten mehr um Philipp, besser gesagt um die Zeit mit Philipp, in der sie noch gute Freunde – und ein wenig mehr – gewesen waren. Plötzlich hatte sie den Wunsch, diese Gedanken mit ihm zu teilen. Vielleicht, um sich von der bedrückenden Finsternis im Zimmer abzulenken. Oder weil sie hier in dieser Welt Außenseiter waren, die nur sich hatten. Was eigenartig war, denn normalerweise war Eva gern eine Außenseiterin. Hier jedoch war das etwas völlig anderes, denn sie waren aufeinander angewiesen.

»Kannst du dich noch an deinen achtzehnten Geburtstag erinnern?«, flüsterte sie. »An diese Hütte, in der wir gefeiert haben?« Sie wartete keine Antwort ab, die Erinnerungen an diese Zeit sprudelten einfach so aus ihr heraus. »Zuerst wollte Oma mich nicht mitlassen, weil sie dachte, dass ich mit sechzehn viel zu jung dafür sei. Aber du und deine Mama habt so lange auf sie eingeredet, bis sie es schließlich doch erlaubte. Bis tief in die Nacht hinein haben wir gefeiert. Und irgendwann haben sich alle ins Bettenlager verzogen. Nur ich konnte nicht schlafen. Und du wusstest das. Damals hatte ich oft das Gefühl, dass du immer genau wusstest, was in mir vorgeht. Deswegen bist du aus deinem Bett geschlichen und hast mich mit nach draußen genommen. Ich vergesse es nie, wie die Sonne langsam hinter den Bergen aufging und du mir …«

In diesem Moment war von der anderen Bettseite ein leises Schnarchen zu hören. Obwohl sie in der Dunkelheit nichts sehen konnte, drehte Eva sich auf die andere Seite um.

»Philipp?«

Das Schnarchen hörte zwar auf, aber der regelmäßige Atem deutete darauf hin, dass Philipp tief und fest schlief. Eva lächelte wehmütig. Sie drehte sich wieder von ihm weg und starrte in die Dunkelheit. Doch sie konnte nicht einschlafen und hatte immer wieder das Gefühl, keine Luft zu bekommen. Schließlich schlug sie die Bettdecke zur Seite. Blind tastete sie sich zur Tür und öffnete sie einen Spalt. Vom Flur fiel Licht herein, sodass sie ihre Sachen fand, in die sie rasch hineinschlüpfte. Sie würde nach unten gehen und sich eine Kerze holen, um sie auf ihren Nachttisch zu stellen. Vielleicht könnte sie dann endlich schlafen. Im Haus war es inzwischen ruhig geworden. Im Erdgeschoss begegnete ihr Maximilian, der aus dem Büro kam und sie fragend anschaute.

»Sophie?«

»Ich hole nur schnell etwas aus der Küche«, erklärte Eva.

»War das Abendessen nicht ausreichend?«

Obwohl Eva sich in ihrem Berufsleben als Anwältin nicht so schnell den Schneid abkaufen ließ, schaffte es ihr

Urgroßvater mit einem einzigen Blick, dass sie sich ertappt fühlte. Dabei hatte sie gar nichts angestellt, wenn man einmal die Tatsache außer Acht ließ, dass sie sich für jemanden ausgab, der sie gar nicht war.

»Oh doch. Völlig. Ich würde nur gerne eine Kerze für das Zimmer holen«, sagte sie und setzte hinzu: »Wenn das in Ordnung ist.«

»Du weißt, wo sie sind?«

Eva nickte. Sie hatte am Nachmittag einen Vorrat an Kerzen in einem Schränkchen in der Küche entdeckt.

»Ja.«

»Bitte mach alle Lichter aus, bevor du wieder hinaufgehst.«

»Das werde ich. Gute Nacht.«

»Gute Nacht.«

Er ging nach oben, und Eva betrat die Küche. Sie holte eine dicke Stumpenkerze und einen kleinen Teller, auf den sie die Kerze stellen konnte. Sie war schon fast wieder aus der Küche, da fiel ihr ein, dass sie auch Zündhölzer brauchte. Es dauerte eine Weile, bis sie ein Päckchen in einer Schublade fand. Sie löschte das Licht und ging wieder nach oben.

Als sie die letzte Treppenstufe nahm, sah sie, wie die Tür zum Kinderzimmer der Mädchen geöffnet wurde und Anna herauskam. Instinktiv blieb Eva stehen und trat dann nah an die Wand, damit das Mädchen sie nicht bemerkte. Sie beobachtete, wie Anna zu einem der anderen Kinderzimmer auf der gegenüberliegenden Seite schlich. Es war das Zimmer von Willi, Maxi und Heinrich. Ohne zu klopfen, öffnete sie die Tür und schlüpfte hinein.

Eva trat aus dem Schatten hervor und ging zu ihrer eigenen Zimmertür. Doch als sie davorstand, zögerte sie.

Sie fragte sich, was Anna um diese Tageszeit mit ihren Brüdern zu bereden hatte. Bevor sie es sich anders überlegte, schlich sie zur Zimmertür, hinter der Anna gerade verschwunden war. Sie bückte sich und warf einen Blick durch das Schlüsselloch. Natürlich wusste sie, dass sie sich unmöglich benahm, aber vielleicht konnte sie ja auf diese Weise irgendetwas herausfinden, das ihnen weiterhalf. Durch die kleine Öffnung konnte sie nur Annas Rücken sehen und ein Paar nackte Füße, die auf dem Teppich vor einem Bett standen. Eva drehte ihren Kopf zur Seite und hielt ihr Ohr an das Schlüsselloch, um zu lauschen.

»Sie tut dir doch nichts«, hörte sie einen der Brüder sagen. Eva konnte nicht unterscheiden, ob Willi oder Max gesprochen hatte. Nur Heinrich konnte es nicht gewesen sein, da sie ihn an seinem leichten Lispeln erkannt hätte.

»Sie ist wirklich ganz harmlos, Anna«, kam es von Heinrich.

»Merkt ihr denn gar nicht, wie seltsam sie ist?«, fragte Anna mit unüberhörbarem Ärger in der Stimme.

»Ich finde sie nett.«

»Sie stottert!«

Bei diesen zwei Worten spürte Eva, wie ihr Puls hochging.

»Wirklich? Das ist mir noch gar nicht aufgefallen.«

»Mir auch nicht.«

»Wie denn auch? Sie sagt ja nichts.« Anna klang ungeduldig.

»Und woher weißt du es dann?«, kam es von Heinrich.

»Weil ich sie heute endlich mal zum Reden gebracht habe. Jetzt weiß ich auch, warum sie immer nichts sagen mag. Sie ist eine richtige St-stott-sttottt-erli-liiiese«, äffte

Anna das Leiden der kleinen Antonie nach und lachte. Einer der Buben fiel in ihr Gelächter mit ein.

Eva schluckte. Warum war Anna dem Mädchen gegenüber so gemein? Ohne es zu bemerken, schloss sie ihre Hand fester um die Kerze.

»Dafür kann sie ja nichts. Lass sie doch einfach in Ruhe«, sagte einer der Brüder, und Eva hätte darauf gewettet, dass es Willi war.

»Es gibt ohnehin Wichtigeres als dieses kleine stotternde Dummchen.«

»Und was?«

»Mamas Cousine und ihr Mann – mit den beiden stimmt etwas nicht. Ich habe heute zufällig eine Unterhaltung gehört, als sie draußen vor dem Haus waren. Sie haben von irgendeiner Sache gesprochen, die sich hier abspielen soll, und wissen nicht, ob eine Margret darüber etwas weiß. Und von einer Anna haben sie auch geredet, aber sie haben nicht mich gemeint.«

Eva spürte eine Gänsehaut in ihrem Nacken. Was hatte das Mädchen noch alles mitbekommen? Um nichts zu überhören, drückte Eva ihren Kopf noch näher an das Schlüsselloch heran.

»Ich kenne keine Margret«, sagte Heinrich.

»Aber das muss doch gar nichts heißen.« War das Maxi?

»Warum glaubt ihr mir nicht, dass die irgendwas im Schilde führen?«

»Was denn?«, fragte Heinrich.

»Das weiß ich nicht. Und deswegen brauche ich euch. Wir müssen sie beobachten und rausfinden, was sie vorhaben. Alleine schaffe ich das nicht, es würde auffallen.«

»Findest du nicht, dass du ein wenig übertreibst, Anna?«

Inzwischen war sich Eva sicher, dass die vernünftigen Worte von Maxi kamen.

»Nein. Tu ich nicht!«

»Seitdem der Besuch da ist, bist du irgendwie ganz seltsam, anders als sonst.«

Eva schluckte. Also hatte sie mit ihrer Vermutung doch nicht falschgelegen. Anna verhielt sich nicht so, wie sie es normalerweise tat, und Eva verspürte eine gewisse Erleichterung darüber. Das bedeutete hoffentlich, dass ihre Großmutter als Kind netter war, als sie sich jetzt gerade präsentierte.

»Oder ist das einfach nur eine neue Geschichte, die du dir ausgedacht hast?«

»Hab ich nicht!«, protestierte Anna vehement. »Und ich verstehe nicht, was ihr mit der kleinen Göre habt. Ihr seid doch nur so nett zu ihr, weil sie euch mit dem kleinen Kästchen hat spielen lassen.«

Kästchen? Was meinte sie damit?

»Ich finde, Anna hat recht«, hörte sie nun Heinrich sagen. »Wir können ja ein wenig Detektive spielen. Das wäre doch spann…«

In diesem Moment rutschte Eva die Kerze aus der Hand und landete polternd auf dem Boden. Das Gespräch im Zimmer verstummte sofort. Eva bückte sich rasch nach der Kerze und eilte mit wenigen Schritten zu ihrem Zimmer. Sie verschwand genau in dem Moment darin, als Anna herauskam. Gefolgt von ihren Brüdern. Sie schauten sich um.

»Da war jemand!«, flüsterte Heinrich.

»Denkst du, uns hat jemand belauscht?«, fragte Heinrich.

»Ach was! Ihr seht schon Gespenster«, entgegnete Maxi.

»Bestimmt waren sie das …« Anna war sich sicher.

»Was ist hier los?«, dröhnte eine Stimme von der Treppe her, und die Kinder zuckten erschrocken zusammen.

Maximilian kam in einem langen Nachthemd auf sie zu. Streng musterte er seine Kinder. »Ab ins Bett mit euch!«

»Vater, es ist nur …«, begann Anna.

»Das gilt auch für dich, Anna.« Trotz seiner Worte war sein Blick nun nicht mehr ganz so streng wie vorher.

Während die Jungs eilig in ihr Zimmer verschwanden, zögerte Anna. Vielleicht sollte sie sich wegen ihrer Bedenken an den Vater wenden? Doch was sollte sie ihm sagen? Dass sie vermutete, dass Sophie und Philipp etwas im Schilde führten? Sie wusste, wie sehr ihre Mutter sich über den Besuch ihrer Cousine freute. Wenn sie jetzt mit ihrem Vater sprach, würde bestimmt auch ihre Mutter davon erfahren. Und Katharina würde sich vermutlich aufregen. Genau das sollte sie jedoch nicht in ihrem Zustand. Anna machte sich ohnehin Sorgen, weil die Mutter in der letzten Zeit so oft erschöpft und müde war. Nein. Sie würde nichts sagen, zumindest jetzt noch nicht. Erst wollte sie mit ihren Brüdern herausfinden, ob ihre Bedenken tatsächlich gerechtfertigt waren.

»Gibt es noch etwas, Anna?«

Sie schüttelte den Kopf.

»Nein. Gute Nacht, Vater.«

»Gute Nacht, mein Kind.«

Kapitel 16

Obwohl es wegen der Kerze nun nicht mehr ganz dunkel im Zimmer war, hatte Eva in der Nacht kaum ein Auge zugemacht. Ihre Gedanken kreisten um Anna und ihre Brüder und immer wieder auch um die Probleme mit der Bank und dem Kredit auf das verschuldete Haus in der Zukunft. Erst als es draußen zu dämmern begann, war sie in einen kurzen Schlaf mit wirren Träumen von Schneestürmen und wild gewordenen Schneemännern gefallen, die sie mit heftig pochendem Herzen hochschrecken ließen. Schließlich war sie aufgestanden und hatte sich angezogen. Dann wartete sie, bis Philipp die Augen aufschlug. Kaum dass er wach geworden war, hatte sie ihm sofort leise erzählt, was sie in der Nacht an der Tür der Kinder gehört hatte.

»Verdammt! Wir müssen noch viel vorsichtiger sein.«

»Ja. Aber ich weiß nicht, wie lange wir unsere Lügen noch aufrechterhalten können, Philipp.«

»Am Wichtigsten ist es, dass Katharina und Maximilian uns weiterhin glauben. Und das scheint so zu sein, oder?«

»Ich denke schon. Aber ich habe ständig Angst, dass ich etwas Falsches sage.«

»Du hast hier leider die schwierigste Rolle, Eva, weil du diese Sophie spielen musst, die wir beide nicht kennen.

Und ich muss echt sagen, ich bewundere dich, wie gut du das meisterst.«

Er schaute sie mit einem anerkennenden Blick an, der sie zusammen mit seinem Kompliment ein wenig aus dem Konzept brachte. »Vor allem wenn man dich kennt und weiß, wie du sonst bist«, setzte er hinzu und versetzte ihr damit einen Dämpfer. Doch sie kommentierte es nicht. Vermutlich deswegen, weil er nicht so ganz unrecht hatte.

»Wir müssen uns die Kinder noch mehr vom Leib halten. Insbesondere meine Oma.«

»Aber das darf trotzdem nicht zu auffällig sein. Sonst werden sie noch misstrauischer.«

»Vor allem aber müssen wir endlich herausfinden, warum wir hier sind, Philipp.«

»Du hast recht. Nur hab ich das Gefühl, als ob wir in einem riesigen Heuhaufen stecken würden, aber nicht wissen, wonach wir überhaupt suchen müssen.«

Während er sich aus dem Bett schwang, setzte Antonie sich auf und rieb sich verschlafen die Augen.

»Guten Morgen, Antonie«, sagte Philipp freundlich.

Das Kind schaute ihn an und lächelte zaghaft. Eva nickte nur kurz in die Richtung des Kindes, dann drehte sie sich weg.

»Hast du gut geschlafen?«, wollte Philipp wissen.

Antonie nickte. Doch ganz plötzlich verschwand das Lächeln aus ihrem Gesicht, und sie riss ihre Augen erschrocken auf. Philipp folgte ihrem Blick und sah, wie Eva die Schublade zu ihrem Nachttisch herauszog und darin etwas suchte.

»Mein iPhone ist weg.«

»Was?«

Eva drehte sich zu ihm um.

»Das Handy. Es ist nicht mehr in der Schublade.«

Philipp kombinierte sofort, dass das Erschrecken des Kindes etwas mit dem Verschwinden des Handys zu tun haben musste. Und da er wusste, wie aufbrausend Eva sein konnte, wollte er das Kind davor schützen.

»Oh, dein Handy«, sagte er. »Das habe ich gestern genommen.«

Da er nicht wusste, wann Eva das Handy zum letzten Mal in der Hand gehabt hatte, konnte er nur hoffen, dass er jetzt keinen Fehler machte.

Eva schaute ihn verblüfft an, und auch Antonie warf ihm einen verwunderten Blick zu.

»Du hast mein Handy genommen?«

»Ja. Ich habe ganz vergessen, es dir zu sagen.«

Er zuckte mit den Schultern.

»Ich hab es mit in die Scheune genommen, um Fotos zu machen. Von einigen alten Geräten dort, die man heutzutage kaum noch zu sehen bekommt. Entschuldige. Ich muss es dort liegen gelassen haben.«

»Das ist jetzt nicht dein Ernst, oder?«

Er antwortete nicht sofort, sondern ging zum Schrank und holte sich frische Sachen zum Anziehen heraus, die Berta gestern für ihn eingeräumt hatte. Dabei zwinkerte er Antonie zu, die ihn mit großen Augen anstarrte.

»Wir können nur hoffen, dass es niemand gefunden hat«, sagte Eva.

»Und wenn schon, der Akku ist inzwischen bestimmt schon leer. Und damit kann ja niemand ahnen, was das für ein Kästchen sein soll«, meinte Philipp.

»Kästchen? Über ein Kästchen hat Anna gestern gesprochen. Bestimmt meinte sie mein Handy!«, rief Eva aufgeregt. »Sie hat es gefunden.«

Aus den Augenwinkeln sah Philipp, dass Antonie immer mehr in sich zusammensackte.

»Das muss nicht sein, aber es ist möglich. In diesem Fall ist es das Beste, wenn wir überhaupt nicht darüber reden, Eva. Niemand kann damit was anfangen«, spielte er die Sache runter.

»Trotzdem müssen wir es suchen, Philipp.«

»Das werden wir auch.« Eva hatte recht. Sie durften auf keinen Fall dieses Handy in der Vergangenheit zurücklassen.

Er merkte, wie verärgert sie war, und nahm ihren Arm.

»Hey! Ich habe nicht auf deinem Handy herumgeschnüffelt. Wie denn auch ohne PIN? Ich wollte nur Fotos machen.«

»Schon gut. Aber nächstes Mal sag bitte Bescheid.«

»Werde ich.«

Sie ging zur Tür.

»Du willst doch nicht jetzt in die Scheune?«

»Nein. Ins Badezimmer, bevor alle aufwachen.«

Sobald sie das Zimmer verlassen hatte, wandte Philipp sich an Antonie, die ihn mit ängstlichen Augen anschaute.

»Hör mal zu, Antonie. Ich werde dich nicht schimpfen«, sagte er mit freundlicher Stimme, »aber du musst mir bitte sagen, ob Anna das Handy hat.«

Das Mädchen senkte den Kopf. Er musste unbedingt einen Weg finden, damit Antonie Vertrauen zu ihm fasste. Philipp legte einen Finger unter ihr Kinn und hob es sanft hoch, sodass sie ihn anschauen musste.

»Es ist wichtig, dass ich das weiß. Und ich werde Eva

ganz bestimmt nichts verraten. Großes Indianerehrenwort! Hat Anna das Handy?«

Antonie nickte.

»Hat sie es hier aus der Schublade genommen?«

Antonie schüttelte den Kopf.

»Funktionierte das Handy noch, als Anna es zum ersten Mal sah?«

Wieder schüttelte sie den Kopf.

»Danke, dass du es mir gesagt hast.«

Er streichelte durch ihr Haar.

»Ich werde mich darum kümmern. Bitte mach dir jetzt keine Gedanken mehr darüber. Alles wird wieder gut werden.«

Schon am Vormittag bekamen Eva und Philipp eine Gelegenheit, sich ungestört im Haus umzusehen und dabei auch nach dem Handy zu suchen. Die Kinder waren in der Schule, Maximilian im Architekturbüro, und Katharina war mit Berta und den zwei jüngsten Mädchen in der Stadt unterwegs, um einige Besorgungen zu machen. Vorher hatte sie Antonie Annas Märchenbuch in die Hand gedrückt.

»Leider habe ich heute keine Zeit, aber wenn du magst, kannst du alleine lesen.«

Am Anfang musste Antonie sich erst wieder an die ungewöhnliche Schrift gewöhnen, doch schon bald saß sie tief versunken in der Märchenwelt im Wohnzimmer auf dem Sofa.

Philipp und Eva suchten zuerst die Scheune nach dem Handy ab, auch wenn Philipp nicht damit rechnete, es dort zu finden. Aber er wollte auf keinen Fall verraten, dass Antonie etwas mit dem verschwundenen Handy zu tun hatte.

»Und du hast es nicht doch mitgenommen, als du wieder zurück ins Haus gingst?«, fragte Eva.

Er schüttelte den Kopf.

»Nein. Zumindest kann ich mich nicht erinnern.«

»Dann hat es doch Anna gefunden. Es kann nur dieses Kästchen gewesen sein, von dem sie gesprochen hat.«

»Vermutlich. Hier ist es jedenfalls nicht. Suchen wir im Haus weiter.«

Nachdem sie sich vergewissert hatten, dass Antonie immer noch im Wohnzimmer saß und las, gingen sie nach oben in den zweiten Stock. Um alles genau unter die Lupe nehmen zu können, fehlte ihnen jedoch die Zeit. Sie wussten nicht, wann Katharina und Berta wieder zurückkommen würden, und mussten sich deshalb beeilen. Am längsten hielten sie sich im Zimmer der Mädchen auf und durchsuchten vor allem Annas Sachen.

»Es ist eigenartig, seiner Großmutter hinterherzuschnüffeln«, sagte Eva und konnte sich angesichts der absurden Situation ein Grinsen nicht verkneifen.

»Ich werde dich nicht verpetzen«, versprach Philipp und zwinkerte ihr zu. Dann suchten sie weiter, ohne jedoch fündig zu werden.

Zum Schluss gingen sie auf den Dachboden, der verstaubt und voller Spinnweben war und erstaunlich leer wirkte. Nur einige wenige Holzkisten standen in einer Ecke und ein alter Kleiderschrank. Noch fehlten die vielen Dinge, die sich im Laufe der nächsten Jahrzehnte in zahlreichen Kartons, in weiteren Schränken und Kisten anhäufen würden. Dinge, die ihren Nutzen erfüllt hatten, aber zu schade waren, um weggeworfen zu werden, oder weil zu viele Erinnerungen daran hingen. Erinnerungen, die von den kommenden Generationen zuvor erst noch erlebt werden mussten.

Eva ging zum Schrank und öffnete ihn. In Kartons und kleinen Kästchen war der Christbaumschmuck aufbewahrt. Als ihre Hand nach einer Weihnachtskugel griff, drückte sie mit einem Fingernagel versehentlich eine Kerbe in einen Wachstropfen. Es war genau die Kerbe, die sie vor zwei Tagen beim Schmücken des Weihnachtsbaums an der Kugel entdeckt hatte. Eine Gänsehaut zog über ihren Rücken. Zukunft, Gegenwart und Vergangenheit schienen hier keine Bedeutung zu haben. Vorsichtig legte sie die Kugel zurück.

»Hast du etwas gefunden?«, fragte Philipp.

Sie schüttelte den Kopf und drehte sich zu ihm um.

»Nichts, das uns weiterhelfen würde.«

Eva schloss die Schranktür wieder und ging in Richtung Treppe. Als sie an dem Holzbalken vorbeiging, in dem später ihre Initialen eingeritzt sein würden, blieb sie kurz stehen und strich über das raue Holz.

Plötzlich stand Philipp so nah hinter ihr, dass sie seinen Atem spüren konnte.

»Es war der Tag, nachdem wir aus der Berghütte zurück waren«, sagte er leise.

»Nach deinem achtzehnten Geburtstag«, murmelte sie, weil sie genau wusste, wovon er sprach.

»Du wirst lachen, ich habe letzte Nacht davon geträumt.«

Eva verbarg ein Lächeln. Offenbar hatte sein Unterbewusstsein im Schlaf aufgenommen, was sie erzählt hatte.

Als sie nichts sagte, fuhr er fort.

»Es war der schönste Sonnenaufgang, den ich jemals erlebt habe.«

Philipp dachte an die Nacht seines Geburtstags zurück.

Sie hatten lange gefeiert, auch wenn Eva wie immer ein wenig zurückhaltend gewesen war und nicht viel zur Unterhaltung beigetragen hatte. Er hatte gewartet, bis die anderen schliefen, dann war er zu ihr geschlichen. Es hatte ihn nicht überrascht, dass sie noch wach war.

»Komm mit«, hatte er geflüstert, und sie waren zusammen nach draußen gegangen. Lange saßen sie schweigend auf der Holzbank vor der Hütte. Bis er schließlich den Arm um sie gelegt und sie an sich gezogen hatte. Wie von selbst hatten sich ihre Hände ineinander verschlungen, und Eva hatte sich an ihn geschmiegt. Ihre Finger spielten miteinander, streichelten sich gegenseitig. Als schließlich die Sonne aufgegangen war, hatten sie sich zum ersten Mal geküsst. Und einen Tag später hatten sie oben auf dem Speicher ihre Initialen in den Holzbalken geritzt, zusammen mit dem Versprechen, immer zusammenzubleiben.

Während er in Erinnerungen versunken war, an die er schon viele Jahre nicht mehr gedacht hatte, streichelte er unbewusst mit seiner Hand über ihren Arm.

Eva drehte sich langsam zu ihm um.

»Du solltest das nicht machen«, sagte sie kaum hörbar.

»Ich weiß.«

Er hob seine Hand und streichelte durch ihr Haar.

»Es ist wirklich keine gute Idee, Philipp.«

»Hmm.«

Langsam beugte er seinen Kopf zu ihr, bis ihre Lippen sich fast berührten. Plötzlich wich Eva einen Schritt zurück.

»Eva … es tut mir leid. Ich wollte nicht …«

»Das darf nicht mehr passieren!« Ihr Ton war scharf. »Hast du mich verstanden?«

Er schaute sie betroffen an.

»Ja, natürlich!«

Damit drehte er sich um und ging nach unten.

Eva sah ihm aufgewühlt hinterher. Sie hatte ihn schärfer angefahren, als sie es gewollt hatte. Doch es war richtig gewesen. Auch für sie selbst, denn einen winzigen Moment lang hatte sie den Wunsch verspürt, ihn zu küssen. Dabei wusste sie genau, dass es nicht gut ginge, wenn sie sich wieder aufeinander einlassen würden. Und er wusste das auch. Momentan waren sie gefangen in der Vergangenheit, gefangen in diesem Haus. Das schmiedete sie unweigerlich zusammen, und vermutlich waren sie deshalb ein wenig emotional geworden und hatten sich für einen Moment hinreißen lassen. Aber das durften sie nicht. Es lenkte sie nur davon ab, achtsam zu sein. Und jetzt war es wichtiger denn je, einen klaren Kopf zu bewahren.

Erst eine Stunde später sahen sie sich wieder beim Mittagessen. Bis dahin waren sie sich aus dem Weg gegangen, was in dem großen Haus glücklicherweise keine Schwierigkeit bereitete. Da heute keine Zeit zum Kochen gewesen war, gab es Weißwürste und frische Brezeln, die Katharina aus der Stadt mitgebracht hatte. Die Runde am Tisch war kleiner als in den letzten Tagen. Maximilian war bei einem Auswärtstermin, um neue Aufträge für das Architekturbüro an Land zu ziehen, und Anna, Maxi und Willi probten nach der Schule für die Aufführung des Krippenspiels in der Kirche am Heiligen Abend.

Nach dem Essen kam Bertas jüngere Schwester Marille, die zweimal in der Woche beim Wäschemachen aushalf. Die beiden Frauen hatten viel zu tun, da vor den Feiertagen alle Betten abgezogen und frisch bezogen werden mussten. In der Waschküche standen ein großer Kessel aus Zink und ein kleiner aus Holz. Während Marille sich um die Kochwäsche kümmerte, wusch Berta die kleine Wäsche im Holzzuber. Eva wurde sich einmal mehr bewusst, wie viel einfacher es die Menschen in der Zukunft mit allen ihren elektrischen Geräten hatten. Zumindest in den reichen Ländern. Und doch schien sie das nicht unbedingt glücklicher zu machen. Als Eva einen Korb mit Bettwäsche nach unten trug, die sie zusammen mit Katharina abgezogen hatte, unterhielten sich die beiden Schwestern gut gelaunt über einen Mann mit Namen Martin, auf den Marille offenbar ein Auge geworfen hatte. Sie verstummten jäh, als sie die Cousine der Hausherrin bemerkten, und Eva beeilte sich, wieder nach oben zu kommen, um sie nicht weiter zu stören.

Sie fand Katharina im Zimmer der älteren Söhne. Blass und erschöpft saß sie auf dem Bett und öffnete die Knöpfe des Kissenbezugs.

»Du musst dich hinlegen, Katharina«, sagte Eva bestimmt. »Das ist doch alles viel zu viel für dich.« Sie nahm ihr das Kissen aus der Hand. »Und warum stellst du in deinem Zustand nicht zusätzliches Personal ein? Bertas Schwester könnte doch öfter kommen und im Haushalt helfen.«

»Maximilian sagt, dass die Ausgaben dann zu hoch wären und dass wir …«

»So ein Unsinn«, unterbrach Eva sie. »Ihr seid doch keine armen Leute und könnt euch das leisten. «

Während Eva sich in Rage redete, schaute Katharina sie sprachlos an.

»Vermögen soll auch dafür da sein, sich einen gewissen Lebensstandard zu ermöglichen, und nicht nur, um auf der

Bank gehortet zu werden, bis es irgendwann einmal nichts mehr wert ist, weil …«

An dieser Stelle hielt sie inne. Sie durfte nicht weitersprechen, um nichts aus der Zukunft zu verraten.

Eine Weile lang schwiegen beide Frauen.

»Derzeit wird in München so gut wie nicht mehr gebaut«, begann Katharina schließlich, und ihre Stimme war leise. »Es gibt nur noch einige wenige Projekte, die wirklich einträglich sind. Maximilian redet zwar nicht darüber, aber es ist ja kein Geheimnis, wie schlecht die wirtschaftliche Lage überall ist. Ich denke, das muss ich dir nicht erzählen. Sicher wird es irgendwann wieder bergauf gehen, aber mein Mann möchte es unbedingt vermeiden, die Reserven anzugreifen. Das ist vielleicht unbequem, aber trotzdem umsichtig.«

Eva wusste, dass die Zeiten nicht einfach waren, und leider auch, dass alles nur noch schlimmer werden würde. Aber trotzdem konnte sie ihren Urgroßvater nicht verstehen. In den Ruin würde es die Familie sicherlich nicht treiben, wenn er Geld für ein paar zusätzliche Stunden Haushaltshilfe lockermachen würde.

»Wenn er schon nichts ausgeben will, dann soll er doch selbst mithelfen im Haus. Aber da würde ihm vermutlich ein Zacken aus der Krone fallen.«

»Sophie … Was redest du denn?«

Obwohl Eva sich bewusst war, dass sie sich hier gerade auf sehr dünnem Eis bewegte, konnte sie sich einfach nicht zurückhalten. Sie hatte die letzten Tage miterlebt, was für ein unglaubliches Pensum ihre hochschwangere Urgroßmutter zu erledigen hatte. Doch wenn es um Entscheidungen ging, dann zählten im Haus nur Maximilians Ansichten, denen sich alle unterordnen mussten. Das ging ihr inzwischen gehörig gegen den Strich, obwohl sie wusste, dass in der Vergangenheit andere Regeln galten und das Thema Gleichberechtigung Jahrzehnte entfernt lag.

»Katharina, du musst ihm klarmachen, dass es so nicht läuft. Du brauchst mehr Unterstützung. Hier geht es um deine Gesundheit! Und um die deines Kindes!«

Katharina schaute Eva immer noch mit großen Augen an, doch dann begann sie plötzlich zu lächeln.

»Du hörst dich fast schon so resolut an wie deine Mutter. Dabei warst du früher immer so zurückhaltend, Sosi.«

Als Eva diesen Namen hörte, fiel ihr das Kissen aus der Hand. Sie schaute ihre Urgroßmutter entgeistert an.

»Was hast du gesagt?«

»Entschuldige, Sophie, ich weiß, du magst diesen albernen Spitznamen nicht so gern. Er ist mir einfach so rausgerutscht. Es tut mir leid.«

Eva hob das Kissen auf. Gleichzeitig schossen ihr tausend Gedanken auf einmal durch den Kopf. Während sie sich nicht daran erinnern konnte, dass ihre Großmutter je von einer Sophie gesprochen hatte, so war das mit dem Namen Sosi etwas völlig anderes. Sie hatte nicht geahnt, dass damit ein und dieselbe Person gemeint war.

»Nein. Es ist schon gut, Katharina. Es … es macht mir nichts aus, wenn du mich so nennst. Ich … ich habe ihn nur schon lange nicht mehr gehört.«

»Ich weiß auch nicht, wie ich jetzt darauf kam.«

»Das ist doch auch egal. Auf jeden Fall wirst du dich jetzt sofort hinlegen und mindestens zwei Stunden lang ausruhen, sonst bekommst du Ärger mit mir.«

»Aber die Mädchen werden bald von ihrem Mittagsschlaf aufwachen …«

»Das lass mal meine Sorge sein. Ich werde mich darum kümmern.«

»Du?« Katharina schaute Sophie verblüfft an.

»Irgendwie werde ich das schon hinkriegen. Philipp wird mir helfen.«

Und endlich willigte Katharina ein, sich ein wenig Ruhe zu gönnen.

Eva begleitete sie ins Schlafzimmer, um ganz sicherzugehen, dass sie sich auch tatsächlich hinlegte.

»Du musst wirklich besser auf dich achtgeben«, sagte Eva nun in einem freundlicheren Ton. »Solange ich da bin, werde ich dich unterstützen, aber wenn wir weg sind …«

Eva stoppte jäh. Sie sollte jetzt besser nichts mehr dazu sagen, denn sie wusste nicht, wie lange sie darauf angewiesen waren, hier in diesem Haus zu bleiben. Das konnten nur noch wenige Stunden, aber auch Wochen und Monate sein, wenn sie nicht bald einen Weg zurück in die Zukunft fanden.

»Ich hoffe, ihr reist noch nicht so bald ab. Nicht, damit du mir bei der Arbeit helfen kannst, sondern weil …«

Sie sprach nicht weiter. Eva sah in den graugrünen Augen ihrer Urgroßmutter einen flehentlichen Blick.

»Es ist einfach schön, dass ihr da seid, Sophie«, sagte sie schließlich leise. »Du bist wie eine Freundin für mich.«

Eva schluckte. Sie wusste nicht, was sie davon halten sollte, dass jemand ausgerechnet sie als Freundin erachtete.

»Hast du denn sonst keine Freundinnen?«, fragte sie mit belegter Stimme.

Ein wenig verlegen winkte Katharina ab.

»Ach, du weißt ja, wie das ist. Max legt keinen allzu großen Wert auf gesellschaftliche Begegnungen, wenn sie nicht gerade für seine Arbeit notwendig sind. Und mit den ganzen Kindern und den Verpflichtungen im Haus habe ich kaum Zeit, Kontakte zu pflegen.«

»Siehst du, und genau deswegen rate ich dir, mehr Personal einzustellen.«

Katharina lächelte. Es war erstaunlich, wie sehr ihre Cousine sich verändert hatte. Die Sophie von früher war eher ein wenig träge und zurückhaltend und in jeder freien Minute in ihre Bücher vertieft gewesen. Als sie noch Kinder waren, hatte Katharina sich Sophie gegenüber immer ein wenig überlegen gefühlt. Oder besser gesagt etwas privilegierter. Nicht nur, weil sie in einem größeren Haus leben durfte und ihre Eltern sehr vermögend waren, sondern vor allem, weil sie im Gegensatz zu den meisten anderen Mädchen in ihrem Alter eine viel freiere Erziehung genossen hatte. Doch wenn sie ihr Leben jetzt betrachtete, fragte sie sich, was davon übrig geblieben war.

»Ich werde darüber nachdenken«, sagte sie schließlich leise.

»Wenn du möchtest, dass ich mit Maximilian darüber rede …«, bot Eva an.

»Nein!«, unterbrach Katharina sie. »Bitte halte dich da raus.«

»Na gut.«

Katharina griff nach Evas Arm.

»Dein Mann ist anders als meiner, Sophie. Aber glaube mir, Maximilian meint es nicht weniger gut.«

»Natürlich«, murmelte Eva, weil die Situation es nicht erlaubte, weiter auf diesem Thema herumzureiten.

»Weißt du eigentlich, wie wir uns kennengelernt haben?«, fragte Katharina.

Eva schüttelte den Kopf. Es drängte sie, mit Philipp zu sprechen, aber es wäre unhöflich gewesen, jetzt einfach zu verschwinden. Und außerdem war sie tatsächlich auch ein wenig neugierig, wie ihre so unterschiedlichen Urgroßeltern zusammengekommen waren.

»Es war vor fast siebzehn Jahren bei einer Kunstausstellung im königlichen Glaspalast«, begann Katharina. »Habt ihr in Passau eigentlich mitbekommen, dass der Glaspalast im Juni komplett abgebrannt ist?«

»Natürlich«, sagte Eva, die sich dunkel daran erinnerte, irgendwann einmal von diesem Brand gehört zu haben, ohne jedoch noch zu wissen, in welchem Jahr das gewesen war.

»So viele Kunstwerke für immer verloren«, seufzte Katharina.

»Und dort habt ihr euch kennengelernt«, versuchte Eva, wieder zum eigentlichen Thema zu kommen.

»Ja. Maximilian stand vor einem Gemälde von Erich Henning. Er lächelte mir zu, als ich an ihm vorbeiging. Sein Lächeln war so charmant, dass es sofort etwas in mir berührte.«

»Das kann man sich bei ihm gar nicht vorstellen«, sagte Eva und bereute es im selben Moment, als sie es ausgesprochen hatte. »Es tut mir leid. Das hätte ich nicht sagen sollen.«

Katharina schüttelte den Kopf.

»Schon gut. Er hat sich ja wirklich sehr verändert. Jedenfalls liefen wir uns immer wieder über den Weg und verließen die Ausstellung genau zur selben Zeit.«

Maximilian war auf sie zugekommen und hatte sich vorgestellt, erzählte sie weiter. Dann hatte er sie auf eine Tasse heiße Schokolade ins Café Luitpold eingeladen. Katharina hatte keine Sekunde gezögert und seine Einladung angenommen. Nach diesem Tag trafen sie sich, sooft es ihnen nur möglich war. Sie besuchten Ausstellungen, gingen im Englischen Garten spazieren und plauderten in Cafés über Gott und die Welt. Nie schien ihnen der Gesprächsstoff auszugehen.

Nur wenige Wochen später hatte Maximilian bei Katharinas Vater Johann um die Hand seiner Tochter angehalten. Johann hatte keine Einwände gegen den ehrgeizigen jungen Architekten gehabt, der zwar aus einfachen Verhältnissen stammte, aber das Herz am rechten Fleck zu haben schien. Wichtig für Johann war einzig und allein, dass seine Tochter diesen Mann ganz offensichtlich liebte. Und das tat Katharina.

Die Hochzeitsvorbereitungen wurden vom Beginn des Krieges überschattet. Schon eine Woche nach der Trauung musste Maximilian zum Militärdienst einrücken, und die geplante Hochzeitsreise nach Venedig hatte nicht stattfinden können.

Mit einer Schussverletzung in der Hüfte kehrte er ein Jahr später vorzeitig zurück. Es dauerte mehrere Monate, bis er sich körperlich wieder erholt hatte und seine Arbeit im Architekturbüro seines Onkels aufnehmen konnte. Doch aus dem lebensfrohen Maximilian war ein anderer Mensch geworden. Er redete nicht über die Grausamkeiten, die er erlebt hatte. Aber die Unbeschwertheit und der feine Humor, den Katharina so an ihrem Mann geliebt hatte, waren einer nachdenklichen Ernsthaftigkeit gewichen. Außerdem stellte sich erst bei ihrem Zusammenleben heraus, dass Maximilian ein sehr sparsamer Mann war, der nicht viel davon hielt, wenn sie unnötig Geld für ihre Garderobe ausgab. Selbst dann nicht, wenn das Geld aus dem Vermögen stammte, das zusammen mit dem großen Anwesen, in dem sie seit der Hochzeit lebten, zu ihrer Mitgift gehörte. Maximilian achtete sehr darauf, das Geld gerade in den schwierigen Zeiten zusammenzuhalten, um es in die Zukunft seiner Kinder zu investieren, denen er nach Talent und Fähigkeit eine ordentliche schulische und berufliche Ausbildung ermöglichen wollte.

»Unser Wohlergehen bedeutet ihm alles«, endete Katharina schließlich. Dafür schätzte und liebte Katharina ihn sehr, auch wenn sie sich insgeheim manchmal nach dem fröhlichen Mann sehnte, der ihr damals auf so charmante Weise den Kopf verdreht hatte. Doch das war zu persönlich, als dass sie es ihrer Cousine anvertrauen wollte.

»Danke, dass du mir das erzählt hast, Katharina«, sagte Eva und meinte es auch so. Es half ihr tatsächlich, ihren Urgroßvater besser zu verstehen.

»Es war mir wichtig, dass du das weißt. Du hast Glück, dass dein Philipp den Krieg offensichtlich viel besser überstanden hat als mein Mann.«

»Ja. Das ist ein großes Glück«, antwortete Eva und hatte Gewissensbisse wegen der ganzen Lügen. »Aber jetzt solltest du dich wirklich ausruhen.«

Katharina nickte, und Eva verließ das Zimmer.

Kapitel 17

Wenig später entdeckte Eva Philipp im Esszimmer. Er war in eine Zeitung vertieft, als sie auf ihn zuging.

»Wir müssen reden, Philipp.«

Er hob den Kopf und schaute sie an. Sein Blick war kühl.

»Nein danke.« Er stand auf und wollte an ihr vorbeigehen. Doch sie hielt ihn am Arm fest.

»Können wir bitte einfach vergessen, was vorhin passiert ist?«

Sie sah ihm in die Augen. Doch er antwortete nicht.

»Wir können es uns nicht erlauben, zerstritten zu sein. Nicht hier und nicht jetzt. Das hast du selbst gesagt. Außerdem habe ich etwas herausgefunden, und wir müssen dringend darüber reden.«

An ihrem drängenden Ton konnte er spüren, dass es tatsächlich etwas Wichtiges sein musste. Und sie hatte recht. Sie mussten zusammenhalten. Er hätte in dieser Situation niemals versuchen dürfen, ihr nahezukommen. Es war sein Fehler, nicht ihrer. Und letztlich war ja eigentlich gar nichts passiert.

»Okay. Was ist los?«

Er hörte, wie sie erleichtert ausatmete.

»Katharina hat sich hingelegt, und du musst auf Theresia und Maria aufpassen.«

»Was? Ich? Warum machst du das nicht?«, fragte er.

»Weil die Kinder mit mir vermutlich die nächste Stunde nicht ohne Schaden überleben würden. Und ich auch nicht.«

Jetzt musste er sich ein Lächeln verkneifen. Eines musste man Eva lassen. Sie machte keinen Hehl aus ihren Schwächen.

»Na gut. Und was hast du herausgefunden?«

Eva schaute sich kurz um, ob nicht eines der Kinder in der Nähe war, um sie zu belauschen. Dann flüsterte sie: »Ich weiß jetzt, wer Sophie ist.«

Er schaute sie fragend an.

»Ich dachte, wir wissen bereits, dass sie die Cousine deiner Urgroßmutter ist.«

»Lass uns oben weiterreden. Da erzähle ich dir alles.«

Sie gingen hoch und schauten in das Kinderzimmer, in dem die beiden Mädchen immer noch ihr Mittagsschläfchen hielten. Um sie nicht zu wecken, gingen sie in ihr eigenes Zimmer und ließen die Tür einen Spalt offen, damit sie mitbekamen, wenn die Mädchen aufwachten.

»Also, was ist jetzt?«, fragte er ungeduldig.

»Sophie hatte als Kind einen Spitznamen. Und der war Sosi.«

»Sosi? Aha. Und das soll uns weiterhelfen?«

»Wie du weißt, hat Oma nie von einer Sophie gesprochen. Dafür aber von einer Sosi.«

»Was?« Gespannt schaute er Eva an.

»Ich hatte das völlig vergessen. Aber als ich klein war, hat Oma mir ab und zu von einer Verwandten erzählt, die Sosi genannt wurde. Ich fand den Namen als Kind immer ganz besonders lustig, deswegen habe ich mir das wohl gemerkt.«

»Sie hat dir von ihr erzählt?«

Eva nickte. Er spürte die Aufregung, die sie beide gepackt hatte. Endlich schienen sie eine Spur zu haben.

»Oma sagte, dass Sosi nach Kanada ausgewandert sei.«

»Denkst du, das ist tatsächlich so gewesen?«

»Das weiß ich nicht. Aber warum hätte sie mich belügen sollen?«

»Wenn wir nur wüssten, wann das gewesen sein soll.«

»Das werden wir in dieser Zeit hier wohl nicht herausfinden können.«

»Hat Anna auch was von einem Mann und einem Kind erzählt?«

»Nein.«

»Ganz sicher nicht?«

»Ganz sicher nicht, Philipp. Sie hat nur erzählt, dass Sosi ... verdammt.«

Eva riss die Augen auf.

»Was ist denn?«

»Ich glaube, Oma hat mich darauf vorbereitet, ohne dass ich es bemerkt habe.«

Aufgeregt griff sie nach seinem Arm.

»Wie meinst du das? Was hat sie denn genau gesagt?«

»Sie sagte, dass diese Sosi ganz anders gewesen sei als alle Frauen, die sie sonst kannte. Das könnte doch ein Hinweis gewesen sein, oder etwa nicht?«

»Na ja. Gab es sonst nichts?«

»Keine Ahnung. Es ist doch schon so lang her!«

»Eva. Es war wahrscheinlich nur ein Zufall, dass sie von einer Verwandten aus ihrer Kindheit erzählte. Als du noch klein warst, konnte Anna doch noch gar nicht wissen, dass du später einmal eine Zeitreise zu ihr machen würdest. Das kann sie doch erst dann gemerkt haben, als du und ich erwachsen wurden und sie sich an unser Aussehen erinnern konnte.«

»Außer, wenn einer von uns beiden es ihr erzählt hat, als wir hier waren.«

»Das wäre Wahnsinn! Und das werden wir ganz bestimmt nicht machen, Eva! Was glaubst du wohl, was für ein riesiges Durcheinander wir da anrichten könnten. Überleg doch mal!«

Eva schloss für einen Moment die Augen.

»Schon gut«, sagte sie dann und strich sich fahrig eine Haarsträhne aus dem Gesicht. »Aber wir könnten ihr doch wenigstens irgendwelche kleinen Hinweise geben.«

»Wir haben das schon besprochen. Das dürfen wir nicht tun.«

»Woher weißt du denn so genau, was wir tun dürfen und was nicht?«, fuhr sie ihn an. »Wir können nicht immer nur abwarten, dass was passiert.«

»Ich weiß nur, dass wir hier nichts verändern dürfen, weil wir nicht wissen, was das für Auswirkungen haben könnte.«

»Verdammt noch mal, dann müssen wir das Risiko eben eingehen!«

Er griff nach ihren Händen, doch sie machte sich los.

»Mich macht es fast wahnsinnig, Philipp, diese Ungewissheit und dass ich keinen blassen Schimmer habe, was wir tun sollen, um hier wieder wegzukommen. Aber irgendetwas müssen wir tun. Wir können nicht die nächsten 85 Jahre hier herumsitzen und abwarten!«

Sie hatte ja recht, und ihm gingen ähnliche Gedanken durch den Kopf. Und je länger sie hier waren, desto besorgter wurde er. Deswegen war sein Ton versöhnlicher, als er sagte: »Ich verstehe dich, Eva. Aber wenn wir das wirklich tun, dann müssen wir uns genau überlegen, wie wir das anstellen.«

Eva war überrascht, dass er so schnell einlenkte. Und auch erleichtert, dass sie nicht weiterdiskutieren musste, denn diese Ungewissheit raubte ihr alle Kraft.

»Ich weiß auch nicht genau, was wir machen sollen, Philipp. Das ist alles so verwirrend«, sagte sie plötzlich müde.

»Gehen wir noch mal genau durch, was dir alles zu dieser Sosi einfällt, okay? Vielleicht finden wir dann ja eine Lösung.«

Sie nickte.

»Viel ist es allerdings nicht.«

»Hat sie nur in deiner Kindheit über sie gesprochen oder auch später?«, fragte er.

»Nein. Zumindest kann ich mich nicht daran erinnern.«

»Hmm.«

»Oma hat oft zu mir gesagt, dass alles aus einem bestimmten Grund passiert. Womöglich stimmt das ja. Ich kann mir jedenfalls nicht vorstellen, dass es nur ein Zufall gewesen sein soll.«

»Keine Ahnung. Aber wenn, dann hätte sie doch besser gleich den richtigen Namen Sophie nehmen können. Außerdem hätte es viel mehr Sinn gemacht, wenn sie dir davon erzählt hätte, als du älter warst.«

Eva musste ihm beipflichten.

»Verdammt.«

»Aber zumindest wissen wir jetzt schon mal, dass Sophie nur einmal hier war. Oder besser gesagt, dass die Kofflers sie nach unserem Besuch hier nicht mehr gesehen haben. Das macht es uns viel einfacher, denn wir können nicht allzu viel Schaden anrichten mit dem, was wir hier sagen und tun, solange wir uns nicht verraten.«

»Das mag sein, aber es wäre gut, wenn wir noch mehr über diese Sosi oder Sophie wüssten.«

Eva schaute durch das Fenster nach draußen. Leichter Schneefall hatte eingesetzt. Plötzlich drehte sie sich zu ihm.

»Jetzt fällt mir noch was ein. Sie hat mir doch noch etwas erzählt. Und ja, das war später. Ich war damals schon ein Teenager. Aber da hatte mich das alles überhaupt nicht interessiert, was mit irgendeiner Verwandten war, die ich nicht kannte. Deswegen habe ich wohl nicht so darauf geachtet.«

»Und was? Jetzt spann mich nicht auf die Folter.«

»Oma sagte, dass Sosi die einzige Frau gewesen sei, die ihrem Vater jemals ordentlich die Meinung gesagt habe.«

Philipp schaute sie an und musste plötzlich lachen.

»Na ja, wenn es sich bei dieser Frau damals um dich gehandelt hat, dann überrascht mich das jetzt weniger. Mich wundert es eher, dass du bisher so zurückhaltend warst. Aber trotzdem weiß ich nicht, wie uns das weiterhelfen …«

In diesem Moment schellte die Haustürglocke, und beide schraken zusammen.

Es waren die Kinder, die von der Probe in der Kirche nach Hause gekommen waren. Gleichzeitig mit ihrer Rückkehr wachten nun auch die Mädchen auf.

»Wir reden später weiter«, sagte Eva. »Du musst dich jetzt um die Kinder kümmern.«

»Und was machst du?«

»Ich frage, ob ich Berta und ihrer Schwester bei der Wäsche helfen kann«, sagte sie und seufzte.

Philipp grinste.

»Du erstaunst mich.«

»Ach ja? Vielleicht liebe ich ja insgeheim die Hausarbeit und hab die letzten Jahre nur so getan, als wäre ich gern Anwältin.«

»Klar. Und ich fange nach unserer Rückkehr eine Ausbildung zur Nanny an.«

Er zwinkerte ihr zu und machte sich auf den Weg ins Kinderzimmer.

Hungrig machten Anna, Maxi und Willi sich über die Weißwürste her, die Berta ihnen warm gemacht hatte, bevor sie wieder in die Waschküche gegangen war. Nach dem Essen verzogen sich Maxi und Willi nach oben, um ihre Hausaufgaben zu machen, während Anna sich um den Abwasch kümmern musste. Das gehörte zu ihren Aufgaben an den Tagen, wenn Berta mit ihrer Schwester Waschtag hatte. Anna fand es ungerecht, dass sie als Mädchen im Haushalt viel mehr mithelfen musste als ihre Brüder. Sie schwor sich, dass sie das mit ihren eigenen Kindern einmal anders machen würde. Neben dem Geschirr von eben stapelte sich auch noch das der anderen vom Mittagessen und Frühstück. Und durch den Besuch war noch mehr als üblich zusammengekommen. Nicht gerade begeistert machte Anna sich an die Arbeit. Wenigstens hatte sie heute keine Hausaufgaben auf, und wenn sie fertig war, würde sie sich mit ihrem Buch in eine ruhige Ecke verziehen und lesen.

Es dauerte über eine Stunde, bis der letzte Teller sauber im Küchenschrank verstaut war und Anna nach oben in ihr

Zimmer ging, um zu lesen. Sie öffnete die Tür und staunte nicht schlecht, als sie Philipp sah, der am Boden saß und mit Maria einen Turm aus farbigen Holzklötzen baute, den Theresia vor Begeisterung quietschend umwarf.

»Hör auf, Theresia!«

Maria, empört über die Zerstörung, wollte ihrer kleinen Schwester einen Stups geben, doch Philipp ging dazwischen.

»Das macht doch nichts, Maria. Wir bauen einfach einen neuen.«

Jetzt erst bemerkte er Anna, die immer noch in der Tür stand.

»Anna«, begrüßte Philipp sie fröhlich. »Wie war's in der Schule?«

»Gut«, antwortete sie, überrascht über seine Frage. Und vor allem auch darüber, ihn mit den Mädchen spielen zu sehen. So etwas hatte ihr Vater noch niemals gemacht.

»Aber trotzdem wirst du froh sein, dass bald Ferien sind, oder?«, fragte Philipp und zwinkerte ihr zu.

Sie nickte.

»Hast du Lust, ein wenig mit uns zu spielen?«

»Ja! Wir bauen alle einen ganz großen Turm!«, rief Maria. »Und du wirfst ihn nicht mehr um«, fügte sie an Theresia gewandt hinzu und nahm ihr einen Bauklotz aus der Hand, woraufhin die Kleine zu weinen begann.

»Du siehst, ich könnte hier gut ein wenig Hilfe brauchen«, sagte Philipp.

Er fand, es wäre eine gute Gelegenheit, auf diese Weise mit Anna ins Gespräch zu kommen und so irgendetwas aus ihr herauszukitzeln, das ihnen weiterhalf. Plötzlich hatte er eine Idee. Philipp vermutete, dass Anna bisher nicht wusste, dass mit dem Spitznamen Sosi Sophie gemeint war. Vermutlich hatte sie ihn bisher noch nie gehört. Natürlich konnte er ihr nicht sagen, woher sie kamen, aber er konnte zumindest etwas in ihr anlegen, es ihr ins Bewusstsein bringen.

»Ich muss noch lernen«, sagte Anna.

»Ach komm. Nur so lange, bis Sosi Zeit hat«, schoss Philipp seinen Pfeil ab. Und er traf ins Schwarze.

»Sosi?«, fragte Anna verwundert.

»Wer ist denn Sosi?«, fragte auch Maria und kicherte. »Sosi hört sich lustig an.«

Philipp lachte kurz.

»Ja. Sosi hört sich lustig an«, bestätigte er. »Sosi ist mein geheimer Spitzname für Sophie. Aber verratet ihr das bitte nicht. Sosi mag das nicht so gerne.«

Anna zuckte mit den Schultern.

»Ich muss wirklich lernen«, sagte sie und verschwand aus dem Zimmer.

Philipp schaute ihr etwas ratlos hinterher. Aus diesem Mädchen wurde er nicht schlau. Aber wenigstens hatte er den Spitznamen Sosi etabliert, ohne dabei etwas zu verraten.

Bevor sie hinausgegangen war, hatte Anna vergeblich nach ihrem Buch Ausschau gehalten, das normalerweise immer auf ihrem Nachttisch lag. Da die Geschwister sich gegenseitig fragten, wenn sie sich etwas von einem anderen ausleihen wollten, ging sie nicht davon aus, dass einer ihrer Brüder sich das Buch genommen hatte. Vielleicht hat es Berta weggeräumt, vermutete Anna und machte sich auf den Weg nach unten.

»Anna!« Maxi war eben aus seinem Zimmer gekommen. Sie blieb stehen.

»Ja?«

»Du hast doch dieses Kästchen von Antonie.«

»Ja.« Warum fragte er sie das. Sie hatte den Brüdern doch erzählt, dass sie es hatte.

Maxi lächelte etwas verlegen.

»Willi und ich möchten, dass du es ihr zurückgibst.«

Anna spürte, wie ihr die Röte ins Gesicht schoss.

»Hat sie euch danach gefragt?«

»Nein. Aber es hat so Spaß gemacht mit diesen kleinen Schweinen und den Vögeln. Und wir wollen wieder mit ihr spielen. Außerdem ist es nicht in Ordnung von dir, dass du ihr etwas weggenommen hast.«

Anna sah Maxi wütend und gleichzeitig enttäuscht an. Er war von all ihren Geschwistern derjenige, dem sie sich am nächsten fühlte. Und ausgerechnet er warf ihr vor, dass sie etwas falsch gemacht hatte?

»Anstatt mir zu helfen herauszufinden, was diese Leute hier eigentlich wollen, verbündest du dich mit … mit diesem dummen Waisenkind?«, zischte sie.

»Das stimmt doch gar nicht. Ich verstehe nur nicht, was du gegen sie hast. Sie tut dir doch nichts. Und ständig hackst du nur auf ihr herum. Bist du etwa eifersüchtig, weil sie hübscher ist als du?«

Hübscher als sie? Anna traute ihren Ohren kaum. Hatte er das wirklich eben gesagt?

»Du Blödmann«, fuhr sie ihn an. Dann rannte sie die Treppe nach unten und ließ ihn einfach stehen. Ihm würde sie nie mehr eine Geschichte erzählen. Und dieses Kästchen würde sie ganz bestimmt nicht zurückgeben.

Die Geschwister hatten nicht bemerkt, dass Eva mit einem Wäschekorb in einer Nische stand und ihnen zugehört hatte. Sie wartete, bis Anna unten und Maxi wieder in seinem Zimmer war, dann trat sie hervor. Sie hatten also richtig vermutet, dass es sich bei dem besagten Kästchen um ihr iPhone handelte. Doch diese Tatsache machte sie weniger betroffen als das Verhalten ihrer zukünftigen Großmutter. War sie tatsächlich eifersüchtig auf die kleine Antonie? Oder ging es darum, dass sie den Verwandten, die nun seit drei Tagen hier waren, einfach nicht traute. Aber durfte sie ihr das überhaupt zum Vorwurf machen? Schließlich war sie nicht zu Unrecht misstrauisch. Sie musste später dringend mit Philipp darüber sprechen. Und sie mussten noch mal eine Gelegenheit finden, nach dem Handy zu suchen. Nachdenklich ging sie nach unten, als sie plötzlich Annas laute Stimme aus dem Esszimmer hörte, gefolgt von einem Scheppern, als etwas am Boden zerbrach. Sie beeilte sich, nach unten zu kommen.

Im Esszimmer dauerte es einen Moment, bis sie die Situation erfasste. Neben dem Tisch lagen Scherben einer zerbrochenen Tasse in einer bräunlichen Brühe auf dem Boden. Anna stand vor der weinenden Antonie und hielt ihr ein tropfendes Märchenbuch unter die Nase.

»Siehst du, was du angestellt hast? Du hast Kakao über mein Buch geschüttet!«, schrie Anna empört. »Jetzt ist es kaputt! Und die Tasse auch!«

Antonie hob ihre Hände an den Kopf und hielt sich die Ohren zu, während Tränen über ihre Wangen kullerten.

»Nnnn-nneeiinnn«, stotterte sie hilflos.

Eva wusste, dass sie einschreiten musste, aber ihre Kehle war wie zugeschnürt, und sie fühlte sich wie erstarrt. Bisher hatten die Mädchen sie noch nicht bemerkt.

»Wie kommst du überhaupt dazu, dir einfach mein Buch zu nehmen? Du bist eine Diebin! Was hast du noch geklaut?«

Anna griff nach dem Rucksack, der neben Antonie auf einem Stuhl stand.

»Was hast du da drin?«, wiederholte sie.

Antonie versuchte, Anna den Rucksack wieder wegzunehmen, doch Anna ließ ihn nicht los und ging einen Schritt zurück. Da er offen war, griff sie hinein. Sie zog den kleinen Weihnachtsengel heraus, den Antonie vor dem Unwetter eingesteckt hatte.

»Der Engel! Das ist doch unser Weihnachtsschmuck! Du hast uns was weggenommen. Du Diebin! Kein Wunder, dass man dich ins Waisenhaus gesteckt hat. Bestimmt wollten dich deine Eltern nicht mehr, weil …«

»Anna! Sei auf der Stelle still!«

Erschrocken drehten sich die Kinder und auch Eva um. Katharina stand hinter Eva und schaute ihre Tochter entsetzt an.

»Sie hat gestohlen, Mutter. Sie hat mein Buch gestohlen und Kakao darübergeschüttet. Und den Engel hat sie auch genommen«, versuchte Anna zu erklären.

Antonie schüttelte den Kopf und weinte dabei herzzerreißend.

Katharina ging auf die beiden Kinder zu.

»Das Buch habe ich ihr gegeben, damit sie etwas zum Lesen hat, und ob das wirklich unser Weihnachtsschmuck ist, weißt du nicht.«

»Aber …«

»Du gehst auf der Stelle in dein Zimmer, um dich zu beruhigen, und wirst erst wieder herunterkommen, wenn du dich bei Antonie für dein Verhalten und deine Worte entschuldigst. Ebenso bei Sophie. Wenn du das nicht gemacht hast, bevor dein Vater nach Hause kommt, wird auch er davon erfahren. Und du weißt, was es dann für ein Donnerwetter geben wird. Ich schäme mich unsäglich für dich, Anna. Und jetzt geh mir aus den Augen.« Katharina sprach inzwischen so leise, dass man sie gerade noch verstehen konnte.

Anna warf noch einen wütenden Blick zu Antonie, dann rannte sie aus dem Zimmer.

Katharina schloss für einen Moment die Augen und fasste sich an den Bauch, in dem das Kind wie verrückt strampelte. Noch nie hatte sie erlebt, dass ihre Tochter sich so schrecklich benommen hatte. Was ist nur in Anna gefahren?, fragte sie sich traurig.

Eva bemerkte, wie die Starre von ihr abfiel, nachdem Anna das Zimmer verlassen hatte. Aber ihre Hände waren eiskalt, und sie wusste nicht, was sie sagen sollte. Hier in diesem Zimmer war soeben mehr passiert, als es den Anschein hatte, auch wenn das nur ein Gefühl war und sie nicht erklären konnte, was genau es bedeutete.

Katharina setzte sich neben Antonie auf den Stuhl, legte behutsam einen Arm um das Kind und zog es an sich. Sanft streichelte sie dem Mädchen durch das Haar.

»Ssst. Nicht weinen, Antonie. Es wird alles wieder gut. Bestimmt hat Anna es nicht böse gemeint.«

Eva stand immer noch wie angewurzelt da. Vermutlich konnte Katharina nicht verstehen, warum sie nicht selbst eingeschritten war.

»Es tut mir leid, Katharina, dass du wegen unserer Anwesenheit solchen Ärger hast«, sagte sie schließlich.

Katharina drehte sich zu ihr um.

»Mir tut es leid, dass meine Tochter sich so schrecklich benimmt«, sagte Katharina leise.

»Ich … wir wollen hier keinen Unfrieden hereinbringen.«

»Den Unfrieden hat einzig und alleine Anna zu verantworten. Ich verstehe nicht, was mit ihr los ist. Aber ich hoffe, du glaubst mir, dass meine Tochter sich normalerweise nicht so benimmt.«

»Ich weiß«, sagte Eva. Und sie glaubte ihr tatsächlich. Insgeheim war sie überzeugt davon, dass ihre Anwesenheit in der Vergangenheit verantwortlich für Annas verändertes Verhalten war, und fühlte sich deswegen tatsächlich ein wenig schuldig. Doch das konnte sie Katharina nicht erzählen. Sie griff nach dem Buch.

»Ich kümmere mich darum«, sagte sie und verließ das Zimmer.

Da sie unbedingt allein sein wollte und in ihrem Zimmer die Kleinen mit Philipp spielten, hatte Anna sich auf den Speicher zurückgezogen. Dort saß sie auf einer Kiste und wischte sich mit dem Handrücken die Tränen aus dem Gesicht. Sie war wütend auf Antonie und auch auf ihre Mutter, weil sie ihr nicht glaubte. Gleichzeitig hatte sie der Tadel der Mutter bis ins Mark getroffen. Noch nie hatte Katharina so mit ihr geredet. Noch nie war sie so offensichtlich enttäuscht von ihrer Tochter gewesen. Dabei hatte sie überhaupt nichts falsch gemacht. Nur weil diese Antonie aussah, als könnte sie kein Wässerchen trüben, bedeutete das noch lange nicht, dass das auch so war. Ganz im Gegenteil. Doch niemand mochte das sehen.

Erst jetzt fiel ihr auf, dass sie noch immer den kleinen Engel in der Hand hielt, den sie aus Antonies Tasche genommen hatte. Plötzlich sprang sie hoch, eilte zum Schrank und öffnete ihn. Sie suchte in den Kartons, bis sie schließlich weitere kleine Engel fand, die dem, den sie in der Hand hielt, sehr ähnlich waren. Für sie bestand kein Zweifel daran, dass diese Engel alle zusammengehörten und Antonie ihn gestohlen haben musste. Und jetzt hatte sie endlich einen Beweis dafür, dass sie nicht gelogen hatte. Sie würde damit sofort zu ihrer Mutter gehen! Doch auf dem Weg zur Tür blieb sie plötzlich stehen und schaute auf die beiden Engel-Anhänger in ihrer Hand. Womöglich würde es nicht reichen, sie ihrer Mutter zu zeigen, damit sie ihr glaubte und nicht mehr böse auf sie war. Die klare Ansage von Katharina war gewesen, dass sie sich bei Antonie und Sophie entschuldigen musste. Bei diesem Gedanken zog sich ihr Magen zusammen. Was war nur mit ihrer Familie los, die nicht sehen wollte, dass diese Leute hier nichts zu suchen hatten? Unglücklich ging sie zurück zum Schrank und legte die beiden Anhänger in die Verpackung. Zumindest bereitete es ihr eine kleine Genugtuung, dass Antonie den Engel nun nicht mehr hatte. Genauso wenig wie dieses Kästchen, das immer noch gut versteckt unter einem losen Brett in der Schublade ihrer Kommode lag. In ihrem absoluten Geheimfach, das noch nicht einmal ihre Brüder kannten.

Anna ging zu dem kleinen Fenster, das von einer schmierigen Staubschicht so trüb war, dass man kaum hinaussehen konnte. Sie sah sich um, fand einen alten Stofffetzen und rieb damit in der Mitte einen kleinen Kreis frei, durch den sie in den Garten schauen konnte. Draußen fielen einzelne Schneeflocken vom Himmel, und gleichzeitig blitzten immer wieder Sonnenstrahlen durch die dichten Wolken. Als ob Frau Holle sich nicht entscheiden konnte, ob sie heute ihre Betten ausschütteln wollte oder nicht, kam es Anna in den Sinn. Dabei dachte sie sehnsüchtig an ihr Märchenbuch, das nun fleckig war und dessen Seiten durch die Flüssigkeit Wellen schlagen würden. Und Schuld hatte diese Antonie. Wenn sie das Buch nicht festgehalten hätte, als sie es sich zurückholen wollte, wäre sie auch nicht mit dem Ellenbogen gegen die Tasse gestoßen.

Sie seufzte unglücklich. Egal ob sie etwas dafür konnte oder nicht, ihr blieb nichts anderes übrig, als sich zu entschuldigen. Ansonsten würde sie nicht nur ihre Mutter enttäuschen, sondern auch ihr Vater würde davon erfahren. Und dann gäbe es ein richtiges Donnerwetter mit Stubenarrest, so wie ihre Brüder es vor Kurzem erlebt hatten, als sie das strikte Verbot des Vaters missachtet hatten und aufs Eis gegangen waren. Versonnen sah sie auf den gefrorenen Teich, dessen Oberfläche an einigen Stellen im Sonnenlicht glitzerte. Und plötzlich keimte eine Idee in ihr auf, wie auch diese Antonie ihre verdiente Abreibung bekommen würde.

Kaum eine Viertelstunde später stand sie mit gesenktem Kopf im Esszimmer vor Eva und ihrer Mutter, die Antonie an der Hand hielt und ihre Tochter mit strengem Blick anschaute. Der verschüttete Kakao und die Scherben waren inzwischen beseitigt worden, und das Buch lag zum Trocknen neben dem Kachelofen.

»Es tut mir sehr leid, Antonie«, sagte Anna und bemühte sich, so zerknirscht wie möglich zu klingen, »ich war schrecklich zu dir.«

Ihre Mutter nickte, doch ihr Blick wurde ein klein wenig milder. »Und was noch?«

Anna schaute zuerst zu ihrer Mutter, dann zu Eva. Unter dem Blick aus deren hellbraunen Augen fühlte Anna sich fast wie ein Insekt unter einem Mikroskop. Ihr war übel, und sie musste sich zusammenreißen, um nicht aus dem Zimmer zu rennen. Denn wenn sie das tat, konnte sie ihren Plan nicht durchziehen. Der Gedanke daran half ihr, eine schuldbewusste Miene aufzusetzen.

»Ich möchte mich für mein unmögliches Benehmen entschuldigen, Sophie«, sagte sie mit bemüht fester Stimme.

Eva nickte und wandte sich gleichzeitig an Katharina. »Wir sollten jetzt auch nicht weiter ein Drama daraus machen. Anna hat sich entschuldigt, und damit lassen wir es bewenden.«

Anna versuchte, sich ihre Überraschung nicht anmerken zu lassen. Dass die Sache für Sophie so schnell gut sein sollte, hätte sie nicht vermutet.

»Danke für dein Verständnis, Sophie. Und ist es für dich auch in Ordnung, Antonie?«, fragte Katharina das Mädchen. Die Kleine nickte, schaute dabei jedoch auf einen Punkt an der Wand.

»Es tut mir wirklich leid«, bestärkte Anna ihre Entschuldigung noch einmal, »und ich möchte es wiedergutmachen. Wenn Antonie mag, gehe ich mit ihr hinaus zum Schlittenfahren.«

»Das ist eine sehr schöne Idee, Anna«, sagte Katharina und war erleichtert, dass ihre Tochter ihr Fehlverhalten offensichtlich eingesehen hatte und sich wieder tadellos benahm. Auch wenn sie sich immer noch nicht erklären konnte, was vorhin mit ihr los gewesen war.

Anna streckte Antonie die Hand entgegen.

»Ich glaube, Anna will es wirklich wiedergutmachen, Antonie. Es wäre schön, wenn ihr euch auf diese Weise versöhnen würdet«, sagte Katharina. »Das würde mich wirklich sehr freuen.«

Antonie zögerte noch einen Moment, dann griff sie nach Annas Hand.

»Komm. Ziehen wir uns an«, sagte Anna lächelnd.

Als die beiden Mädchen hinausgingen, schaute Eva ihnen mit einem unguten Gefühl hinterher. Sie hatte instinktiv gespürt, dass die Entschuldigung nicht wirklich ernst gemeint war. Andererseits, auch wenn Anna tatsächlich nicht ganz aufrichtig war, was sollte sie Antonie schon tun? Gerade jetzt würde sie sich bestimmt besonders bemühen, keinen weiteren Ärger mehr auf sich zu ziehen, um nicht zu riskieren, dass ihr Vater womöglich von ihrem Verhalten erfahren würde. Trotzdem konnte es nicht schaden, wenn sie die Augen offen hielt und ebenfalls ein bisschen nach draußen ging. Es würde ihr ohnehin guttun, sich ein wenig die Beine zu vertreten.

»Ach, was bin ich froh, dass die Mädchen sich wieder vertragen. Und wir sollten jetzt unseren Kaffee trinken, bevor er kalt wird«, schlug Katharina vor und schenkte aus der Kanne ein, die Berta ihnen gebracht hatte, bevor Anna gekommen war, um sich zu entschuldigen.

Damit musste Eva ihr Vorhaben verschieben. Sie fühlte sich nicht ganz wohl dabei, doch sie wusste nicht, wie sie die Einladung ihrer Urgroßmutter jetzt ablehnen sollte, ohne unhöflich zu wirken. Und zugegebenermaßen war auch der Gedanke an Kaffee so verlockend, dass sie ihre Bedenken zunächst zur Seite schob.

»Gern«, sagte sie und nahm am Tisch Platz.

Katharina schob ihr die Schale mit Plätzchen zu.

»Bitte greif zu.«

»Danke.« Eva nahm eines der Vanillekipferl, die sie gestern gemeinsam gebacken hatten, und biss hinein.

»Warum nur fühlt Kindererziehung sich wie ein Eiertanz an?«, fragte Katharina und seufzte. »Dabei möchte man doch einfach nur alles richtig machen, damit sie sich zu aufrechten, respektvollen Menschen entwickeln.«

Eva versuchte ein aufmunterndes Lächeln.

»Mit Kinderziehung kenne ich mich nicht aus. Aber kommt nicht generell der Umgang mit allen Menschen einem Eiertanz gleich?«

Nun musste auch Katharina lächeln, und in ihr blasses Gesicht kehrte etwas Farbe zurück.

»Da ist was Wahres dran, Sophie. Ich verstehe nur nicht, warum das so sein muss. Warum sind wir Menschen so kompliziert erschaffen worden? Das Leben wäre doch so viel einfacher, wenn unsere Handlungen aus den Notwendigkeiten für ein umgängliches Miteinander nicht so unvorhersehbar wären. Wie viele Missverständnisse, verletzende Worte, wie viel Streit und Ungemach könnten wir uns ersparen. Was für eine enorme Entlastung das für unser Nervenkostüm bedeuten würde.«

Eva wiegte den Kopf hin und her und sah dabei aus den Augenwinkeln durch das Fenster, wie Anna einen Schlitten durch den Schnee zog, auf dem Antonie saß.

»Wenn wir alle so vorhersehbar wären, würden wir uns vermutlich vor lauter Langeweile die Köpfe einschlagen«, sagte sie schließlich.

Nun lachten beide Frauen.

»Hier hat jemand Hunger und eine ziemlich volle Windel.« Die Frauen drehten sich um und sahen Philipp mit Theresia, die er eine Armlänge von sich entfernt hielt, und neben ihm Maria mit einer Puppe unter dem Arm.

»Und gegen eine Tasse Kaffee hätte ich auch nichts einzuwenden«, setzte er hinzu.

Kapitel 18

Antonie hielt sich krampfhaft am Schlitten fest, während Anna durch den Schnee stapfte und sie hinter sich herzog.

»Gefällt es dir?«, fragte Anna und drehte sich zu ihr um.

Antonie nickte nur. Am liebsten wäre sie gar nicht mit nach draußen gegangen, aber sie hatte gespürt, wie wichtig es Katharina war, dass sie beide sich versöhnten. Und da Katharina von Anfang an so lieb zu ihr gewesen war, hatte sie die Frau nicht enttäuschen wollen. Trotzdem traute sie Anna nicht wirklich über den Weg. Sie war schon viel zu lange in Heimen gewesen und hatte mit so vielen Kindern zu tun gehabt, dass sie wusste, wann man sich in Acht nehmen musste.

Anna zog sie zu einem Hügel, der insgesamt zwar kaum einen Meter hoch war, aber an einer Seite so steil, dass man ein schönes Stück mit dem Schlitten rutschen konnte.

»Willst du zuerst?«, fragte Anna.

Antonie schüttelte den Kopf und stand vom Schlitten auf.

»Na gut, dann ich.«

Anna positionierte den Schlitten. Dann setzte sie sich, schob mit den Füßen an und glitt den Hügel hinunter.

»Das macht Spaß!«, rief sie, als sie unten war. Sie zog den Schlitten wieder nach oben.

»Jetzt du.«

Antonie zögerte kurz und überlegte, welchen Hintergedanken Anna haben könnte.

»Es tut mir leid, dass ich nicht nett zu dir war. Und auch, dass ich dir das Kästchen genommen habe. Wenn wir zurück im Haus sind, bekommst du es zurück.«

Als Antonie das hörte, fiel ihr ein Stein vom Herzen. Sie hatte immer noch ein schlechtes Gewissen, dass sie das iPhone genommen hatte. Auch wenn Philipp ihr vor Eva geholfen hatte, so wollte sie doch unbedingt, dass Eva das Gerät wieder zurückbekam.

»Jetzt komm. Du wirst sehen, das gefällt dir«, ermutigte Anna sie und klang dabei sehr freundlich.

Da Antonie nichts erkennen konnte, das ihr schaden könnte, setzte sie sich schließlich doch auf den Schlitten und fuhr nach unten. Es machte tatsächlich Spaß. Sehr sogar.

Und nun wechselten die beiden Mädchen sich ab, und Antonie verlor nach und nach ihre Bedenken. Vielleicht wollte Anna sich tatsächlich mit ihr versöhnen? Oder zumindest wiedergutmachen, was sie getan hatte. Die leise Stimme im Hinterkopf, dass irgendetwas im Busch war, ignorierte sie für den Moment.

Sie rutschten auf dem Bauch liegend, rückwärts, stehend und ein paarmal sogar zu zweit den kleinen Hügel hinunter.

Als sie den Schlitten gemeinsam nach oben zogen, schaute Anna sie mit glänzenden Augen an.

»Weißt du, was noch mehr Spaß macht?«, fragte sie.

Antonie schüttelte den Kopf.

»Willst du es wissen?«

Nun nickte Antonie.

»Na gut. Ich zeige es dir. Komm mit.«

Sie fuhren noch einmal nach unten, dann nahm Anna die Schnur des Schlittens und ging in Richtung des Weihers. Antonie folgte ihr neugierig. Anna zog den Schlitten an Sträuchern vorbei. Dahinter ging es ein Stück abschüssig auf den zugefrorenen Weiher. Anna blieb stehen und drehte sich zu Antonie um.

Der Ausdruck in ihrem Gesicht hatte sich verändert, er war nun fast verschwörerisch.

»Normalerweise bin ich hier immer nur mit meinen älteren Brüdern. Die Kleinen dürfen nicht mit. Aber weil ich will, dass du mir nicht mehr böse bist, zeige ich dir, was wir hier immer machen.«

Anna zwinkerte Antonie zu, deren Wangen von Kälte und Anstrengung gerötet waren. Sie spürte, dass sie das Mädchen dazu gebracht hatte, ihr zu vertrauen. Zumindest weitgehend. Eine gewisse Skepsis konnte sie immer noch in ihren himmelblauen Augen sehen. Doch sie hatte keine Zeit mehr, Antonie noch länger um den Finger zu wickeln. Mit jeder Minute wurde das Risiko, entdeckt zu werden, größer. Es war nicht ausgeschlossen, dass eines der anderen Kinder zum Spielen herauskam. Und auch ihr Vater würde bald nach Hause kommen. Sie musste sich beeilen, wenn sie ihren Plan umsetzen wollte. Dazu würde sie Antonie aufs Eis locken und sie dann bitten zu warten, während sie vorgab, etwas im Haus zu holen. Dort musste sie es nur noch geschickt einfädeln und es so aussehen lassen, als ob Antonie das Verbot, auf das Eis zu gehen, gebrochen hätte und Anna vergeblich versucht hatte, sie davon abzuhalten. Wenn ihr Vater davon erfuhr, würde das Mädchen mächtig Ärger bekommen. Und Anna würde sich wieder ein wenig besser fühlen. Außerdem kam ihr zugute, dass das Mädchen wegen ihres Stotterns fast nie sprach. Deswegen würde sie bestimmt auch nicht sagen, wie es sich wirklich abgespielt hatte. Und falls doch, konnte Anna immer noch alles abstreiten.

»Willst du?«, fragte sie Antonie nun ein wenig eindringlicher.

Antonie zuckte zögernd mit den Schultern, und Anna musste sich zusammenreißen, um nicht ungeduldig zu werden.

»Schau mal, wenn man hier runterfährt, dann kommt man aufs Eis und rutscht ganz schnell und viel weiter als vorhin auf dem kleinen Hügel. Ich weiß, wir sollen das eigentlich nicht tun. Aber das ist ja das Spannende dabei.«

Antonie bewegte sich immer noch nicht. So wird das nie etwas werden, dachte Anna. Schließlich stellte sie den Schlitten in Position und setzte sich darauf. Sie musste es ihr wohl oder übel einmal vormachen so wie vorhin. Nur durfte sie sich jetzt nicht dabei erwischen lassen.

»Schau. So geht das«, sagte sie und stieß sich ab. Es war ein tolles Gefühl, als sie die kleine Anhöhe hinab aufs Eis schlitterte und dort mit hoher Geschwindigkeit fast bis auf die andere Seite rutschte. Als der Schlitten stehen blieb, stieg sie ab und zog ihn über das Eis zurück.

»Machen wir ein Wettrennen. Wer am weitesten mit dem Schlitten kommt, hat gewonnen«, rief sie, als sie nur noch etwa fünf Meter vom Ufer entfernt war. Plötzlich spürte sie, wie das Eis knirschend unter ihrem rechten Fuß nachgab. Erschrocken wich sie zurück, als sie entdeckte, dass sich vor ihr ein tiefer Riss gebildet hatte. Voller Panik sah sie sich um. Sie musste sofort ans Ufer, doch der kürzeste Weg nach vorne war zu gefährlich. Sie musste zuerst wieder ein Stück zurückgehen und an einer anderen Stelle versuchen, an Land zu kommen. Doch noch bevor sie einen weiteren Schritt nach hinten gehen konnte, krachte sie mit einem Fuß durch die Eisdecke. Sie verlor das Gleichgewicht und stürzte. Durch die Wucht des Aufpralls gab die Eisdecke unter ihr vollends nach.

»Nein!«, schrie sie voller Panik, da tauchte sie schon ins eiskalte Wasser ein. Hustend und spuckend kam sie wieder hoch und hielt sich am Rand der Eisdecke fest. Sie musste so schnell wie möglich aus dem Wasser!

Vergeblich versuchte sie, nach der Schnur des Schlittens zu greifen, um sich irgendwie daran hinauszuziehen. Doch sie rutschte ab und tauchte noch einmal bis zur Nasenspitze ins Wasser. Voller Angst japste sie nach Luft. Dann versuchte sie es erneut, doch die Schnur war zu weit weg. Schließlich gab sie auf und versuchte hektisch, sich an den Kanten des Eises nach oben zu ziehen. Doch mit den klobigen Handschuhen schaffte sie es nicht. Sie streifte sie mühsam von den Fingern, bemüht, den Halt nicht zu verlieren, was immer schwieriger wurde, denn die vollgesogene Kleidung zog sie nach unten.

Entsetzt sah Antonie, wie Anna darum kämpfte, sich aus dem Wasser zu ziehen. Doch es sah nicht so aus, als ob sie es allein schaffen könnte. Sie musste rasch handeln und Anna helfen. Schnell lief sie ein paar Meter am Ufer entlang an eine Stelle, an der das Eis noch keine Sprünge hatte und intakt zu sein schien. Sie schaute sich suchend um und entdeckte zwischen den Sträuchern einen größeren Ast. Damit könnte sie Anna vielleicht erreichen. Sie zerrte den Ast hervor, der schwerer war, als sie gedacht hatte. So schnell sie konnte, schleppte sie ihn zum Ufer. Sie zögerte nur ein paar Sekunden. Dann trat sie vorsichtig aufs Eis. Sie hatte kaum zwei Schritte getan, da hörte sie Anna rufen: »Hol Hilfe!«

Antonie war hin- und hergerissen. Wenn sie zum Haus lief, kämen sie vielleicht nicht rechtzeitig zurück. Doch allein konnte sie hier vermutlich auch nichts ausrichten. Das Eis um Anna herum gab immer mehr nach. Antonie wusste sich nicht mehr zu helfen und begann laut zu schreien. So laut, wie sie noch nie zuvor in ihrem Leben geschrien hatte.

Je länger sie am Tisch saßen und Kaffee tranken, desto unruhiger war Eva geworden. Zunächst hatte sie vom Fenster aus verfolgen können, dass Antonie und Anna mit dem Schlitten eine Weile lang Spaß zu haben schienen, und war fürs Erste beruhigt gewesen. Doch seit ein paar Minuten war von den Mädchen nichts mehr zu sehen. Sie versuchte sich einzureden, dass sie sich keine Sorgen zu machen brauchte, aber es gelang ihr nicht. Schließlich stand sie auf.

»Macht es euch was aus, wenn ich mir draußen ein wenig die Beine vertrete?«, fragte sie.

»Natürlich nicht«, antwortete Katharina.

»Kommst du auch mit?«, fragte Eva an Philipp gewandt. Sie wollte unbedingt eine Gelegenheit, um mit ihm darüber zu sprechen, was heute zwischen Anna und Antonie passiert war, während er auf die Mädchen aufgepasst hatte. Und über die Sache mit dem Handy.

»Eigentlich wollte ich …«, setzte er an, doch sie ließ ihn gar nicht ausreden.

»Bitte. Nur eine kleine Runde.«

Und endlich schien er zu begreifen, dass sie mit ihm allein sein wollte.

»Klar. Ich komme gern mit.«

Sie hatten gerade die Haustür hinter sich geschlossen, als sie einen markerschütternden Schrei hörten, der einige Sekunden lang anhielt und dann abrupt abbrach.

»Das ist Antonie!«, rief Philipp erschrocken.

Eva spürte, wie ihr Herz einen Schlag lang aussetzte. Sie hatte geahnt, dass etwas passieren würde. Warum nur war sie nicht früher nach draußen gegangen?

Ohne ein Wort zu wechseln, rannten beide gleichzeitig in die Richtung, aus der der Schrei gekommen war.

»Was ist los?«, hörten sie plötzlich die Stimme von Maximilian, der eben nach Hause gekommen war und den Schrei ebenfalls gehört hatte.

Philipp drehte sich zu ihm um. »Wir wissen es nicht!«, rief er und rannte weiter. Maximilian warf seine Aktentasche achtlos zur Seite und folgte ihnen auf dem Fuße.

Während sie auf den Weiher zurannten, begann es bereits zu dämmern.

»Himmel Donnerwetter noch einmal! Sie sind am Eis!«, polterte Maximilian und lief noch schneller.

Schon von Weitem sahen sie, dass Anna eingebrochen war. Antonie kniete an einer Stelle, die noch intakt war. Sie versuchte, einen Ast in die Richtung von Anna zu schieben. Aber Anna war zu weit weg.

»Oh nein!«, entfuhr es Eva. Ihre Beine drohten nachzugeben.

»Papa!«, schrie Anna, bevor ein weiteres Stück Eis wegbrach, an dem sie sich festgehalten hatte.

»Anna! Wir kommen!« Maximilian bremste direkt am Ufer ab. Er setzte vorsichtig einen Fuß auf das Eis, doch Philipp packte ihn am Arm. Maximilian wollte sich losmachen, doch Philipp hielt ihn zurück.

»Halt! Wenn du einbrichst, hilft ihr das überhaupt nicht weiter.« Dann drehte er sich von ihm weg und rief Antonie zu: »Antonie! Keine Angst! Wir helfen euch beiden da raus.«

»Zuerst müssen wir meine Tochter retten!«

»Was sollen wir nur tun?«, fragte Eva. Vor lauter Angst konnte sie keinen klaren Gedanken fassen.

Philipp wusste, dass jede Sekunde zählte, trotzdem musste die Rettungsaktion gut überlegt sein.

»Antonie, du musst ans Ufer kommen. Ganz vorsichtig.« Philipp versuchte, so ruhig wie möglich mit dem Kind zu reden, das ihn voller Angst anschaute. »Und du musst dich beeilen, Antonie. Sonst können wir Anna nicht helfen. Kommst du bitte?«

Antonie nickte und rutschte Stück für Stück zurück.

Währenddessen redete Maximilian auf seine Tochter ein.

»Halte dich fest, Anna! Hörst du. Gut festhalten!«

Eva konnte es immer noch nicht fassen, was hier gerade passierte. Ihre Großmutter war dabei zu ertrinken. Und sie wussten nicht, wie sie ihr helfen konnten.

»Und im Wasser strampeln! Beweg dich!«, rief Eva in der Hoffnung, dass damit die Blutzirkulation angeregt wurde.

»Nein!«, rief Philipp. »Nicht strampeln, Anna.«

»Aber wenn sie in Bewegung ist …«, begann Eva.

»Bitte halt die Klappe, Eva!«, fuhr Philipp sie an.

Zu spät bemerkte er, dass er sie mit dem falschen Namen

angesprochen hatte. Aber Maximilian schien das vor lauter Sorge gar nicht wahrgenommen zu haben. Und auch Eva selbst hatte es nicht bemerkt.

Philipp war einmal bei einer Eisrettung dabei gewesen, und er wusste, wie wichtig es war, dass die Verunglückten sich nur wenig bewegten, damit das kalte Blut in den Extremitäten so lange wie möglich nicht in das Körperinnere dringen und die inneren Organe auskühlen konnte. Leider wussten das viele Menschen nicht. So wie Eva. Doch jetzt war gewiss nicht der richtige Augenblick, ihr das zu erklären.

»Vater! Anna!« Karl und Fritz standen plötzlich hinter ihnen.

Inzwischen war Antonie so weit zurückgerutscht, dass Philipp sie packen und an Land holen konnte. Sie zitterte in seinen Armen.

»Alles ist gut«, sagte er beruhigend, dann drückte er sie rasch Fritz in die Arme.

»Bring sie ins Haus, und sag Bescheid, dass wir Decken und heißen Tee brauchen! Beeil dich!«

Der Junge eilte mit Antonie in Richtung Haus.

Philipp wandte sich an Maximilian, Karl und Eva.

»Wir müssen eine Kette bilden. Und bitte fragt jetzt nicht weiter, sondern macht einfach, was ich sage.«

Er hatte bereits seinen Schal abgenommen, an einem Ende eine Schlinge gebunden und drückte ihn Eva in die Hand.

»Du bist die Leichteste von uns, also wirst du ganz vorne sein. Greif nicht mit der Hand nach ihr, sondern wirf ihr den Schal zu. Verstanden?«

Eva nickte, obwohl ihr nicht klar war, was er eigentlich vorhatte. Doch schon gab er weitere Anweisungen.

»Eva, du legst dich mit dem Bauch aufs Eis und rutschst vorsichtig nach vorne. Karl, du hältst ihre Füße fest und lässt sie auf keinen Fall los. Dann rutscht ihr beide in Richtung Anna. Max hält Karl fest und rutscht dann ebenfalls nach. Und ich halte Max. Keiner darf loslassen. Verstanden?«

Alle nickten.

Ohne auch nur eine Sekunde zu zögern, akzeptierte Maximilian die Autorität seines Gastes, da er spürte, dass Philipp wusste, was er tat.

»Anna. Wir sind gleich da, halte durch!«, rief Maximilian seiner Tochter zu.

Als Eva bäuchlings auf dem Eis war, packte Karl ihre Füße und hielt sie fest. Sie rutschte vorsichtig zu Anna, Karl robbte ihr nach, festgehalten von Max, der ihnen folgte und wiederum von Philipp gehalten wurde. Der blieb mit seinem Unterkörper auf festem Boden und gab ihnen so Stabilität.

Die Menschenkette funktionierte, doch sie reichte nicht ganz. Immer noch waren sie ein Stück von Anna entfernt.

»Wirf ihr den Schal zu, Sophie!«, rief Philipp.

Eva versuchte es, aber in der liegenden Position war das gar nicht so einfach. Zudem hatte sie Angst, das Eis könnte jeden Moment unter ihr einbrechen. Die ersten Versuche waren deswegen vergeblich.

Konzentrier dich, dachte sie verzweifelt. Du musst Anna retten! Als sie erneut warf, landete das Ende des Schals nur wenige Zentimeter von Annas Hand entfernt. Sie hatte es geschafft.

»Anna! Schlinge den Schal um dein Handgelenk und dann halte dich fest!«, rief Philipp dem Kind zu.

Anna war inzwischen so erschöpft, dass sie kaum mehr Kraft hatte. Ihre Hände waren aufgeschürft und bluteten vom vergeblichen Versuch, sich am scharfkantigen Eis herauszuziehen. Doch zumindest spürte sie keine Schmerzen mehr. Sie schien ihren Körper überhaupt kaum mehr zu spüren. Nur diese Eiseskälte. Mit jeder Sekunde im Wasser fiel es ihr schwerer zu atmen. Mit klammen Fingern griff sie nach dem Schal.

Sie hörte ihren Vater. Irgendetwas rief er ihr zu, aber sie konnte ihn nicht verstehen, weil es in ihren Ohren zu rauschen schien. Er hatte sie immer davor gewarnt, aufs Eis zu gehen. Aber sie und ihre Geschwister hatten das niemals richtig ernst genommen. Bis jetzt.

Für einen Moment verspürte sie den Drang, die Augen zu schließen und einfach loszulassen.

»Anna!« Es war wieder ihr Vater, und dieses Mal konnte sie ihn verstehen. »Du musst dich festhalten!« Er sagte es in einem Befehlston, der keinen Widerspruch erlaubte.

Sie versuchte es, doch der Schal rutschte ihr aus der gefühllosen Hand.

Anna hob hilflos ihren Kopf und schaute nun direkt in Evas Gesicht, das knapp zwei Meter von ihr entfernt war. Evas Mund bewegte sich, doch kein Ton kam heraus. Die hellbraunen Augen waren weit aufgerissen und voller Angst. Einige Sekunden lang hielten sie Blickkontakt, und plötzlich hatte Anna das Gefühl, als ob sie Sophie schon viel länger kennen würde als nur wenige Tage. Diese Frau hatte ihr nie etwas Böses antun wollen. Im Gegenteil, sie wollte unbedingt, dass Anna lebte. Dieses Wissen gab ihr plötzlich Kraft, und auch ihr Kopf wurde mit einem Schlag wieder klar. Anna spürte, dass sie keine Zeit mehr hatte. Und dass es nun an ihr selbst lag, ob sie überlebte. Sie suchte noch einmal Evas Blick und nickte ihr fast unmerklich zu. Eva nickte zurück.

Beim nächsten Versuch gelang es Anna, die Schlaufe über ihr Handgelenk zu ziehen und den Schal so zu umfassen, dass er nicht mehr wegrutschen konnte.

»Ja!«, rief Philipp. »Genau so! Gleich haben wir es geschafft, Anna.«

»Halte durch, mein Kind!«, rief Maximilian.

Anna spürte, wie der Schal sich über ihrem Handgelenk spannte, als sie herausgezogen wurde.

Inzwischen war Fritz mit Decken über dem Arm zurückgekommen. Die drei jüngeren Brüder waren ebenfalls dabei, und alle sahen voller Angst zu, wie die Menschenkette auf dem Eis nach hinten rutschte.

»Breitet eine Decke auf dem Boden aus«, wies Philipp die Brüder an.

Kaum hatten alle wieder festen Boden unter sich, schob Maximilian Eva beiseite und nahm seine Tochter hoch. In ihrem fahlen Gesicht schimmerten die Lippen blau. Es fiel ihm schwer, Fassung zu bewahren. Obwohl es ihm vorgekommen war wie eine Ewigkeit, hatte die Rettung des Kindes tatsächlich keine zehn Minuten gedauert.

»Alles wird wieder gut mein Kind«, sagte er mit erstickter Stimme. Behutsam legte er sie auf die Decke.

»Warum bist du nur aufs Eis gegangen?«, fragte er. »Du weißt doch, wie gefährlich das ist.«

»Bitte, jetzt keine Vorwürfe«, sagte Philipp.

Anna murmelte etwas, während Philipp sie zudeckte, auch den Kopf, damit dieser im Wind nicht noch mehr auskühlte. Ihr Körper zitterte unkontrolliert.

»Was hat sie gesagt?«, fragte Maximilian.

»Ich habe nur ›Antonie‹ verstanden«, sagte Karl.

Maximilians Blick verfinsterte sich.

»Ich auch«, bestätigte Maxi, vor Kälte schlotternd, weil er sich noch nicht einmal die Zeit genommen hatte, eine Jacke anzuziehen, als Fritz ins Haus gestürzt war und lauthals nach Decken verlangt hatte. Katharina hatte ebenfalls zu ihrer Tochter gewollt, doch Fritz hatte sie rasch davon überzeugt, dass sie besser im Haus bleiben und Tee kochen und zusammen mit Berta das Bett für Anna vorbereiten sollte.

»Jetzt vorsichtig hochheben«, wies Philipp sie an. Er, Maximilian und zwei der Brüder packten die Decke jeweils an einem Ende und hoben sie gleichzeitig hoch. Dann trugen sie Anna so schnell wie möglich ins Haus.

Nachdem Anna fürs Erste aus der größten Gefahr gerettet war, begannen Evas Beine unkontrolliert zu zittern. Sie sah ihnen hinterher, wie sie in der einsetzenden Dunkelheit in Richtung Haus verschwanden. Ihr Herz pochte wie wild, und ihre Hände brannten von der Kälte des Eises. Doch das war ihr egal. Sie hatten es geschafft. In buchstäblich letzter Minute hatten sie Anna aus dem eisigen Wasser gerettet. Erst jetzt wurde es Eva bewusst, was der Tod ihrer Großmutter für sie bedeutet hätte. Ihr wurde mit einem Schlag so übel, dass sie sich übergeben musste.

Noch unterwegs war Anna ohnmächtig geworden. Im Haus hatte Katharina ihre Tochter zusammen mit Berta in Empfang genommen, während Marille sich um die beiden jüngsten Mädchen und Antonie kümmerte. Katharina versuchte, die Fassung zu bewahren, als sie dem Mädchen rasch die nasse Kleidung mit einer Schere vom Körper schnitten. Dabei gingen sie äußerst umsichtig vor, weil Philipp ihnen eingeschärft hatte, das Kind so wenig wie möglich zu bewegen.

Eva war inzwischen ebenfalls zurück, und nachdem sie sich rasch trockene Sachen angezogen hatte, war sie zur Stelle, um Katharina und Berta zu unterstützen.

Maximilian rief den Hausarzt an. Dessen Haushälterin teilte ihm mit, dass der Mediziner bei einem Krankenbesuch war. Sie würde ihn jedoch unverzüglich zu den Kofflers schicken, sobald er zurückkam.

Anna lag bleich und bis zum Kinn zugedeckt in ihrem Bett. Über die feuchten Haare war ein angewärmtes Handtuch geschlungen, und sie sah aus, als hätte sie einen Turban auf dem Kopf. Ihre zerschundenen Hände waren inzwischen gesäubert und mit Bandagen umwickelt. Vorhin war sie für ein paar Minuten aufgewacht, dabei jedoch orientierungslos gewesen. Katharina hatte versucht, ihr ein paar Löffel warmen Tee einzuflößen. Doch sie hatte sich verschluckt und das meiste ausgespuckt. Danach war Anna wieder eingeschlafen.

»Wo bleibt denn nur der Arzt?«, fragte Eva ungeduldig. Sie fühlte sich völlig hilflos.

»Doktor Moser wird bestimmt bald kommen«, sagte Katharina und streichelte ganz vorsichtig über das Gesicht ihrer Tochter, das immer noch so bleich wie das Laken war. Eva bewunderte ihre Urgroßmutter dafür, wie sie in dieser Situation so ruhig und gefasst sein konnte. Zumindest machte sie diesen Anschein. Eva selbst war innerlich völlig aufgewühlt. Anna war zwar aus dem eiskalten Wasser gerettet, doch das bedeutete nicht, dass sie über den Berg war.

Jedes Mal, wenn sie daran dachte, dass das Mädchen immer noch sterben könnte, wurde ihr wieder übel.

»Wie konnten die Kinder nur aufs Eis gehen?«, fragte Berta halblaut und schüttelte dabei sorgenvoll den Kopf.

Genau diese Frage stellten sich Katharina und Eva ebenfalls. Wobei jede der Frauen eine andere Theorie im Kopf hatte.

»Ich verstehe es auch nicht«, sagte Katharina leise. »Anna weiß, dass ihr Vater das strengstens verboten hat. Sie dürfen nicht aufs Eis, außer wir erlauben es ausdrücklich und sind in der Nähe.«

»An dem Tag, als wir hier ankamen, waren einige der Buben auf dem gefrorenen Weiher«, warf Eva ein. Offensichtlich wurden die Verbote des Familienoberhauptes nicht immer respektiert. Was bei Kindern auch nichts Ungewöhnliches war. Auch sie selbst war trotz strengsten Verbots immer wieder auf dem Eis gewesen, jedoch niemals dabei erwischt worden. Inzwischen fragte sie sich, ob das Verbot ihrer Großmutter irgendetwas mit diesem Unfall heute zu tun hatte. Bei diesem Gedanken zog eine Gänsehaut über ihren Rücken. Waren sie deshalb in die Vergangenheit versetzt worden? Um Anna aus dem eisigen Wasser zu retten?

»Dafür hat er sie mit Hausarrest und einer ordentlichen Standpauke bestraft. Außerdem hat er gedroht, dass der Heilige Abend für jedes Kind ausfallen würde, das er auf dem Eis erwischt. Das würde Anna niemals riskieren«, riss Katharina sie aus ihren Gedanken und sah Eva dabei nachdenklich an. »Denkst du, dass Antonie vielleicht nicht wusste, wie gefährlich es auf dem Eis sein kann?«

Eva zuckte mit den Schultern.

»Dafür weiß ich zu wenig über sie«, sagte sie offen. Wobei sie sich nicht vorstellen konnte, dass Antonie von sich aus auf das Eis gegangen war. Sie hätte eher darauf getippt, dass Anna die Idee gehabt hatte. Doch sie wollte ihre Gedanken nicht laut aussprechen, um Katharina nicht damit zu brüskieren. Vor allem nicht jetzt, wo sie sich so große Sorgen um ihre Tochter machte.

Plötzlich hörten sie von draußen Stimmen und Schritte auf der Treppe.

»Das wird Doktor Moser sein«, vermutete Katharina. Gleich darauf wurde kurz an die Tür geklopft, und der Arzt betrat das Zimmer. Hinter ihnen nickte Maximilian noch sorgenvoll zu ihnen herein, dann schloss er die Tür. Eva schaute überrascht, als sie den dynamisch wirkenden blonden Mann sah, der nicht älter sein konnte, als sie es war. Sie hatte mit einem älteren grauhaarigen Mann gerechnet, so wie Ärzte meist in alten Filmen dargestellt wurden, die in dieser Zeit spielten.

»Guten Tag, Frau Koffler. Tut mir leid, dass Sie warten mussten.« Der Arzt schüttelte Katharinas Hand.

»Jetzt sind Sie ja hier. Danke, Herr Doktor.«

Berta war inzwischen von ihrem Stuhl aufgestanden, um dem Mediziner Platz zu machen, und ging nach draußen.

»Das ist meine Cousine Sophie. Sie ist mit ihrem Mann für eine Weile bei uns zu Gast.«

»Guten Tag«, sagte Eva.

Doktor Moser warf einen kurzen Blick zu Eva und nickte ihr höflich zu.

»Guten Tag«, grüßte er. Dann war er schon am Bett und stellte seine lederne Arzttasche auf dem Nachttisch ab. Er setzte sich auf den Stuhl, schlug die Decke ein kleines Stück zur Seite und blickte auf Annas einbandagierte Hände.

»Sie hat sich am Eis verletzt«, erklärte Katharina, ohne dass er eine Frage gestellt hatte. »Wir haben die Wunden sorgfältig gereinigt.«

»Gut«, antwortete der Arzt und fühlte vorsichtig den Puls seiner kleinen Patientin. Seine andere Hand legte er kurz an ihre Stirn. Ohne etwas zu sagen, öffnete er seine Tasche und holte ein Fieberthermometer heraus. Vorsichtig hob er Annas Arm ein wenig an und legte es unter ihre Achsel. Dann schob er die Decke bis zum Bauch nach unten und horchte ihren Brustkorb sorgfältig ab. Schließlich legte er das Stethoskop zur Seite, deckte sie wieder zu und wandte sich an Katharina.

»Ihr Mann hat mich auf dem Weg nach oben schon informiert, was passiert ist. Wissen Sie, wie lange Anna im Wasser war?«

»Leider nein«, sagte Katharina.

»Aber sie war noch bei Bewusstsein, als sie aus dem Wasser gezogen wurde?«

Katharina warf einen fragenden Blick zu Eva. Diese nickte.

»Ja. Sie schien zwar sehr erschöpft, aber noch ansprechbar. Sie hat auch noch aktiv mitgeholfen, damit wir sie retten konnten.«

»Sie waren dabei?«, fragte der Arzt und klang ein wenig überrascht.

»Ja.«

Er wandte sich wieder an Katharina.

»Glücklicherweise sind Kinder meist viel robuster, als man vermuten könnte. Puls und Herzschlag sind stabil. Und Sie haben es genau richtig gemacht, dass Sie nicht versucht haben, den Körper allzu schnell aufzuwärmen.«

Er holte das Fieberthermometer hervor, warf einen Blick

darauf und schüttelte das Quecksilber wieder nach unten, während er sprach. »Ihre Temperatur ist noch niedrig, aber das war zu erwarten.«

»Sie wird doch wieder gesund werden?«, fragte Katharina ängstlich.

Er zögerte einige Sekunden mit einer Antwort, so als ob er seine Worte abwägen wollte.

»Wenn ich ganz offen sein soll, kann ich Ihnen das nicht versprechen, aber ich denke schon, dass sie sich wieder erholen wird. Es ist abzuwarten, wie es ihr geht, wenn sie aufwacht. Wichtig ist jetzt vor allem, dass Sie Anna ständig beobachten und in der Nacht nicht alleine lassen. Wobei Sie sich das in Ihrem Zustand nicht unbedingt zumuten sollten, Frau Koffler.«

»Keine Sorge Herr Doktor«, warf Eva ein. »Ich werde die Nacht über hier im Zimmer bleiben und dafür sorgen, dass auch Katharina ein wenig Schlaf findet.«

Doktor Moser nickte ihr zu und lächelte zum ersten Mal, seit er das Zimmer betreten hatte.

»Gut. Es beruhigt mich, das zu wissen. Und achten Sie auch darauf, dass sie genügend isst. Auch wenn ich weiß, wie schwer es ist, einen Bissen hinunterzubringen, wenn man solche Sorgen hat.«

Doktor Moser schien ein sehr einfühlsamer Arzt zu sein, dachte Eva.

»Ich kümmere mich darum, versprochen.«

»Gut. Ich werde gleich morgen früh wieder vorbeikommen und nach Anna sehen. Sollte ihr Zustand sich in der Nacht verschlechtern, dann rufen Sie mich unbedingt an.«

Katharina nickte.

»Natürlich.«

Damit packte er seine Sachen ein, nahm die Tasche und stand auf.

»Es tut mir leid, dass ich im Augenblick nicht mehr für Anna tun kann. Das Beste für sie ist nun erst einmal viel Ruhe. Wenn sie wach wird, geben Sie ihr leicht gesüßten, warmen Tee. Sollte sie nach etwas zu essen verlangen, bitte nur schonende Kost. Und halten Sie sie immer gleichbleibend warm.«

»Das werden wir. Danke Herr Doktor«, sagte Katharina und stand auf. »Ich begleite Sie nach unten.«

Der Arzt verabschiedete sich und verließ mit Katharina das Zimmer. Eva ging zu Anna ans Bett und zog den Stuhl ganz nah heran. Auch wenn die Prognose des Arztes verhalten positiv gewesen war, so war Eva immer noch nicht beruhigt. Sie betrachtete das Gesicht und erkannte darin zum ersten Mal deutlich die Züge ihrer späteren Großmutter.

»Du musst wieder gesund werden«, flüsterte Eva heiser.

Dann griff sie vorsichtig nach der kleinen bandagierten Hand und umfasste sie wie einen kleinen Vogel.

»Ich werde nicht zulassen, dass du stirbst. Hast du mich verstanden?« Natürlich erwartete Eva keine Antwort von der schlafenden Anna. Aber sie hoffte, dass ihre Worte auf irgendeine Weise in ihr Bewusstsein drangen. Und als ob sie es tatsächlich gehört hätte, begann Anna, sich leicht im Schlaf zu bewegen. Doch sie wachte nicht auf.

»Ich passe auf dich auf, Oma«, flüsterte Eva.

Kapitel 19

Während alle sich die größten Sorgen um Anna machten, kümmerte sich Philipp um Antonie, die zwar nicht ins Eis eingebrochen, doch deren Zustand, wie er fand, ebenfalls kritisch war. Nachdem er sich umgezogen hatte, fand er das Mädchen zusammen mit Bertas Schwester und den beiden jüngeren Mädchen in der Küche, wo Marille ihnen Milchreis gekocht hatte. Antonie hatte keinen einzigen Bissen gegessen, da hatte auch kein noch so gutes Zureden geholfen.

»Komm, wir gehen nach oben«, sagte Philipp. Den Teller mit Milchreis und einen Löffel nahm er vorsorglich mit, in der Hoffnung, dass das Mädchen später Hunger bekam.

Als sie die Treppe hinaufgingen, fiel ihm auf, wie gespenstisch ruhig es im Haus war. Aus keinem der Zimmer war auch nur ein Mucks zu hören.

Oben legte Antonie sich auf ihre Matratze und starrte an die Decke.

Philipp fühlte sich völlig hilflos. Er wusste nicht, wie er mit dem Kind umgehen sollte, das innerhalb weniger Tage so viel hatte mitmachen müssen. Als ob es nicht genug wäre, dass sie als Waisenkind ohnehin nicht auf der Sonnenseite des Lebens gebettet war. Sein Herz zog sich zusammen, als er den traurigen Blick in ihren Augen sah. Er musste unbedingt etwas unternehmen und sie ein wenig aufmuntern, auch wenn ihm selbst nicht danach zumute war, weil auch er sich große Sorgen um Anna machte.

Er setzte sich auf den Rand der Matratze.

»Antonie?«

Sie drehte den Kopf zu ihm und schaute ihn an.

»Ich finde, du bist ein unglaublich mutiges Mädchen«, sagte er.

Zumindest hatte er erreicht, dass sie ihn überrascht anschaute. Und so sprach er weiter: »Der große Ast, der auf dem Eis lag. Ich kann mir gut vorstellen, dass der vorher noch gar nicht dort war. Wolltest du Anna damit vielleicht helfen?«

Antonie zuckte mit den Schultern.

»Hattest du Angst auf dem Eis?«, fragte er behutsam, da er es am vernünftigsten fand, das Thema direkt anzusprechen und nicht um den heißen Brei herumzureden.

Zögernd nickte sie.

»Das glaube ich dir. Uns allen ging das so. Aber es ist am Ende alles gut gegangen. Und Anna wird bestimmt auch bald wieder gesund«, sagte er, obwohl er sich mit dieser Aussage nicht ganz wohl fühlte. Dem Kind etwas zu versprechen, von dem er nicht wusste, ob es tatsächlich eintreffen würde, war riskant. Aber er wollte erreichen, dass Antonie sich wieder besser fühlte, und hoffte, dass er ihr damit helfen konnte.

»Manchmal macht man so Sachen«, begann er, »die man eigentlich gar nicht machen sollte. Und hinterher tut es einem leid, weil man nicht bedacht hatte, dass dabei wirklich etwas passieren kann. Mir ging das auch schon einmal so. Jeder macht mal Fehler. Das bedeutet aber nicht, dass man deswegen auch gleich ein böser Mensch ist. Manchmal denkt man vorher einfach nicht genügend nach«, sagte er und lächelte Antonie zu. »Sag mal, war das eigentlich deine Idee, auf das Eis zu gehen?«, fragte er wie beiläufig.

Als sie heftig den Kopf schüttelte, wurde ihm bewusst, dass er ohnehin nicht damit gerechnet hatte.

»Das dachte ich mir«, sagte er. »Na, was ist? Hast du inzwischen vielleicht Hunger bekommen?«, fragte er und nahm den Teller mit dem Milchreis. »Ich weiß zufällig, dass der auch kalt ganz gut schmeckt. Magst du?«

Es überraschte ihn, dass sie den Teller nahm und tatsächlich zu essen begann.

»Schmeckt's?«, fragte er.

Sie nickte. Nach der ganzen Aufregung und seinen beruhigenden Worten hatte sie tatsächlich Hunger bekommen. Da Antonie in den letzten Tagen festgestellt hatte, wie nett Philipp war, mochte sie ihn inzwischen fast genauso gern wie ihre Erzieherin Christel. Am liebsten hätte sie ihm erzählt, wie die Sache am Weiher gewesen war und dass sie wirklich nichts dafür konnte, dass Anna ins Eis eingebrochen war. Vermutlich würde Philipp ihr sogar zuhören, ohne wegen ihres Stotterns ungeduldig zu werden oder sie gar auszulachen. Vielleicht sollte sie es einfach wagen? Doch noch während sie darüber nachdachte, klopfte es an der Zimmertür.

»Ja?«, rief Philipp.

Maxi kam herein und machte ein ernstes Gesicht.

»Vater möchte, dass ihr in sein Büro kommt«, sagte er und konnte dabei weder Antonie noch Philipp in die Augen sehen.

»In Ordnung. Ich komme gleich nach unten«, sagte

Philipp und fragte sich beklommen, was das zu bedeuten hatte. Er hoffte sehr, dass es Anna nicht schlechter ging, wollte aber den Jungen nicht darauf ansprechen.

»Antonie soll auch mitkommen«, murmelte Maxi.

Doch Philipp schüttelte den Kopf.

»Antonie hatte heute einen sehr aufwühlenden und anstrengenden Tag. Und sie wird sich jetzt hinlegen und ausruhen. Wenn es etwas zu besprechen gibt, dann werde ich das mit deinem Vater tun.« Er sagte es freundlich, aber bestimmt. Ganz sicher würde er Antonie nicht zumuten, die Fragen zu beantworten, die Maximilian vermutlich stellen würde. Es hatte ihn genug Mühe gekostet, sie ein wenig aufzumuntern.

»Aber ...«, setzte Maxi noch einmal an, doch Philipp winkte ab. »Ich kläre das selbst mit deinem Vater. Jetzt geh schon, ich komme gleich.«

Als Maxi draußen war, wandte er sich an Antonie.

»Du machst dir jetzt mal gar keine Gedanken, Kleine. Ich bin mir ganz sicher, dass du nichts falsch gemacht hast. Und genau das werde ich Maximilian auch sagen. Falls er überhaupt darüber sprechen möchte. Vielleicht geht es ja um etwas anderes. Also. Am besten legst du dich jetzt hin und schläfst. Ich lasse auch das Licht brennen. Okay?«

Obwohl Antonie nicht wohl war bei dem Gedanken, jetzt allein zu bleiben, war es ihr doch viel lieber, als mit nach unten zu Maximilian zu gehen, vor dessen strengem Blick sie sich von Anfang an gefürchtet hatte.

Sie nickte.

Er streichelte kurz über ihren Kopf.

»Gut. Ich verspreche dir, dass ich nicht lange wegbleiben werde. Und den nehme ich mit.«

Er nahm den fast leeren Teller und ging aus dem Zimmer.

Einige Minuten später betrat Philipp das Büro. Maximilian saß am Schreibtisch und hatte das Gesicht in den Händen vergraben.

»Maximilian, du wolltest mich sprechen?«, sagte Philipp und trat näher.

Maximilian legte die Hände auf den Schreibtisch und nickte Philipp zu. Sein Gesicht wirkte grau vor Erschöpfung und Sorgen.

»Bitte nimm Platz. Wo ist das Kind?«

»Antonie ruht sich aus. Das Ganze hat auch sie sehr stark mitgenommen.« Philipp sah, wie Maximilians Blick sich verfinsterte. Deswegen setzte er sich und sprach schnell weiter. »Wie geht es Anna?«

»Sie schläft.«

»Was hat der Arzt gesagt?«

»Nicht viel. Ihr Zustand scheint stabil zu sein, und sie braucht jetzt so viel Ruhe wie möglich. Wir können nur beten, dass es ihr morgen wieder besser geht.«

»Ich hoffe es sehr.«

Maximilian schlug ein Buch zu, das vor ihm lag, und schob es zur Seite. Philipp sah, dass es die Bibel war.

»Ich muss mich bei dir und deiner Frau bedanken, Philipp. Ohne euer mutiges Eingreifen hätte ich meine Tochter wohl nicht aus dem Wasser retten können.«

»Aber das war doch selbstverständlich, Maximilian. Ich bin froh, dass wir zur Stelle waren und helfen konnten. Glücklicherweise war ich schon einmal bei einer Eisrettung dabei und wusste deshalb, was zu tun war.«

Kurz fragte sich Philipp, ob diese Rettungsmaßnahmen im Jahre 1931 überhaupt schon üblich gewesen waren. Er hatte keine Ahnung, welche Kenntnisse die Leute zu dieser Zeit hatten, wenn es um die Erstversorgung nach einem Einbruch ins Eis ging. Doch letztlich würde das keine Rolle spielen.

»Trotz meiner Dankbarkeit gibt es etwas, über das wir uns unterhalten müssen«, sagte Maximilian nun, und sein Blick war noch ernster geworden. »Es geht darum, wer Schuld daran trägt, dass Anna überhaupt ins Eis eingebrochen ist.«

»Aber Maximilian, das war ein Unglücksfall«, unterbrach Philipp ihn. »Niemand hat Schuld daran.«

»Das sehe ich nicht so. Meine Söhne haben sich heute an mich gewandt und berichtet, dass Anna mit Antonie Schwierigkeiten hat. Offenbar hat das Mädchen sogar Annas Sachen gestohlen.«

»Was? Aber ich bitte dich. Antonie kann keiner Fliege etwas zuleide tun und …«

Nun unterbrach Maximilian ihn.

»Die Buben haben es zunächst nicht ernst genommen, dass Anna große Bedenken Antonie gegenüber hatte. Doch offenbar waren sie nicht unbegründet. Und inzwischen können sie sich vorstellen, dass deine Nichte dafür verantwortlich ist, dass Anna aufs Eis ging, obwohl sie genau wusste, dass das strengstens verboten ist.«

Sein Ton war immer schärfer geworden.

In einem ersten Reflex wollte Philipp Antonie vehement verteidigen. Doch in dieser besonderen Situation musste er diplomatisch vorgehen. Er konnte Maximilian nicht so ohne Weiteres von Antonies Unschuld überzeugen und ihm seine Vermutung nahelegen, dass Anna sich selbst in Gefahr gebracht hatte. Maximilian war so voller Sorge um sein Kind, dass er einen Sündenbock brauchte, um mit seinen Ängsten klarzukommen. Irgendwie konnte er das sogar verstehen, auch wenn er nicht zulassen wollte, dass Antonie dafür herhalten musste.

»Wir wissen alle nicht, was am Weiher genau passiert ist und wie es zu diesem Unglück gekommen ist«, gab er zu bedenken. »Aber sicherlich wird sich das aufklären, sobald Anna wieder aufgewacht ist«, fügte er beschwichtigend hinzu.

Doch Maximilian schien das offenbar nicht hören zu wollen.

»Sollte ich herausfinden, dass Antonie die Schuld trägt, will ich sie nicht mehr länger hier haben«, sagte er, und sein Blick war hart geworden.

Philipp erstarrte bei seinen Worten. Maximilian war der Herr im Haus und hatte das Sagen. Sollte er verlangen, dass seine Verwandten gingen, dann stünden sie vor ziemlich großen Problemen. Sie konnten das Grundstück noch immer nicht verlassen. Er hatte es mehrmals vergeblich versucht. Doch wie sollten sie das erklären? Und falls es aus irgendeinem Grund doch plötzlich möglich wäre, durch das Tor hinauszugehen, wäre es viel zu riskant für sie, sich unter die Leute im Jahr 1931 zu mischen. Sie hatten weder Geld noch Papiere oder eine Möglichkeit, irgendwo sonst unterzukommen. Jetzt im Winter würden sie keine zwei Tage auf der Straße überstehen. Schon gar nicht mit einem Kind. Sie mussten um jeden Preis hier im Haus bleiben, solange sie nicht wussten, wie sie wieder in die Gegenwart zurückkommen konnten. Doch wie konnte er Maximilian das begreiflich machen? Philipp hoffte inständig, dass es gar nicht erst so weit kommen würde, dass das notwendig war.

Er hatte das Gefühl, kaum etwas sagen zu können, ohne alles nur schlimmer zu machen. Am besten wäre es, jetzt abzuwarten und zu hoffen, dass es Anna bald wieder besser ging. Darüber, dass Anna womöglich sterben könnte, durfte er ohnehin nicht nachdenken. Was dann passieren würde, war völlig unvorhersehbar. Ganz abgesehen davon, dass Maximilian sie in hohem Bogen rauswerfen würde, war ihm völlig unklar, was dann mit Eva geschehen würde? Würde sie sich in Luft auflösen?

Er stand auf.

»Maximilian. Ich bitte dich, jetzt keine übereilten Entscheidungen zu treffen. Wenn du willst, dass wir gehen, dann tun wir das natürlich«, begann er zu pokern. »Aber für Katharina ist es sicher eine große Erleichterung, wenn Sophie ihr zur Seite steht. Gerade jetzt in ihrem Zustand. Und auch ich möchte helfen, wenn ich irgendwie kann. Das Wichtigste ist doch, dass Anna bald wieder gesund wird.«

Offenbar hatte Philipp doch genau den richtigen Ton getroffen, denn Maximilian nickte, und der Ausdruck in seinem Gesicht war nicht mehr ganz so streng.

»Ja. Hoffen wir, dass sie alles gut überstehen wird.«

Im Zimmer war es stickig warm. Seit Stunden saß Eva nun schon an Annas Bett. Es fiel ihr schwer, wach zu bleiben, und sie war schon ein paarmal für einige Sekunden eingenickt. Doch sie hatte Katharina versprochen, auf ihre Tochter achtzugeben, sonst hätte sie die werdende Mutter niemals dazu überreden können, sich zumindest ein paar Stunden schlafen zu legen.

Im Schein der Kerze, die auf dem Nachttisch stand, wirkte Annas Gesicht fast gespenstisch bleich. Das Mädchen war immer noch nicht aufgewacht und hatte sich auch nur wenig bewegt. Eva hoffte inständig, dass dies kein allzu schlechtes Zeichen war und Anna sich einfach nur gesund schlief.

Plötzlich fiel von draußen ein schmaler Lichtschein ins Zimmer, und Philipp kam herein.

»Ich bin es nur«, flüsterte er und trat ans Bett. »Kommst du hier klar?«

Eva nickte.

»Ja. Sie schläft die ganze Zeit«, sagte sie leise.

»Soll ich dir für eine Weile Gesellschaft leisten?«

»Gern«, antwortete sie.

Ganz leise zog er einen zweiten Stuhl heran und setzte sich.

»Oder möchtest du lieber ein wenig schlafen? Leg dich doch in Marias Bett.« Er zeigte zu einem Bett, das leer war, da die beiden jüngeren Mädchen ins Schlafzimmer der Eltern einquartiert worden waren. »Ich kann eine Weile auf Anna aufpassen«, schlug er leise vor.

»Nein. Ich bin nicht müde«, sagte sie und war selbst darüber verwundert, wie wach sie sich plötzlich fühlte, obwohl sie vor wenigen Minuten noch Schwierigkeiten gehabt hatte, die Augen offen zu halten.

»Okay. Aber wenn du es dir anders überlegst, dann sag es mir.«

»Werde ich.«

Eine Weile lang saßen sie schweigend nebeneinander.

»Wie geht es Antonie?«, wollte Eva plötzlich wissen.

Diese Frage überraschte Philipp. Bisher hatte sie sich

so gut wie nie um das Wohlbefinden der Kleinen gesorgt. Oder zumindest nicht darüber gesprochen.

»Der Tag heute hat ihr sehr zugesetzt. Aber ich denke, dass ich sie ein wenig aufmuntern konnte. Sie schläft jetzt tief und fest. Ich hoffe, dass wir bald zurückkommen, damit sie endlich wieder in ihre gewohnte Umgebung kommt.«

»Und dort im Waisenhaus, meinst du, ist sie gut aufgehoben?«

Philipp zögerte ein paar Sekunden mit einer Antwort. Dann sagte er: »Zumindest herrscht dort eine gewisse Stabilität. Und sie hängt wohl sehr an einer der Erzieherinnen. Anna, ich meine die ältere Anna, und ich haben sie kennengelernt, als wir dort waren. Sie ist wirklich sehr nett und scheint einen besonderen Draht zu Antonie zu haben.«

»Okay.«

»Du hast dich verändert, seit wir hier sind, Eva.«

»Ich passe mich nur den Umständen an«, sagte sie rasch.

»Nein, du bist …«, setzte er an, doch sie unterbrach ihn.

»Wenn du mir jetzt mit irgendwelchen psychologischen Vermutungen kommst, kannst du gleich wieder verschwinden«, zischte sie leise. »Darauf habe ich jetzt wirklich keinen Bock!«

»Schon gut. Ich sag ja schon nichts mehr.« Er wandte sich zur Seite, damit sie sein Lächeln nicht sehen konnte. Egal ob sie es abstritt oder nicht, sie hatte sich tatsächlich verändert. Auch wenn es vielleicht zu ihrer Rolle gehörte, wie sie sich verhielt, so war ihm doch aufgefallen, dass sie sich auf eine Weise in diese Familie einbrachte, die er ihr noch vor wenigen Tagen niemals zugetraut hätte.

Eva warf einen Blick aufs Bett. »Ich hatte die ganze Zeit

das Gefühl, dass etwas passieren würde, als Anna sie mit nach draußen nehmen wollte.«

»Anna wollte, dass Antonie mit nach draußen ging?« Er sah sie im schwachen Kerzenschein fragend an.

Eva klärte ihn darüber auf, was davor zwischen den Mädchen passiert war und worüber sie beim Kaffeetrinken auf Katharinas Wunsch hin kein Wort mehr verloren hatten, damit Maximilian nicht doch noch von der Sache erfuhr.

»Keine Ahnung, was da draußen zwischen den beiden los war. Aber ich bin mir ganz sicher, dass Antonie nichts für das Unglück kann. Leider sieht Maximilian das ganz anders«, sagte Philipp und erzählte ihr vom Gespräch am Abend im Büro.

»Denkst du wirklich, dass er uns hinauswerfen würde?«, fragte Anna, als er geendet hatte.

»Wir können nur hoffen, dass es Anna bald besser geht«, formulierte Philipp es vorsichtig.

Eva spürte, wie ihr die Angst den Nacken hochkroch. Bis vor Kurzem hatte sie gedacht, ihr größtes Problem wäre, nicht rechtzeitig zurückzukommen, um die Papiere für die Kreditverlängerung zu unterschreiben. Doch inzwischen ging es hier um Leben und Tod. Den Tod ihrer Großmutter. Und damit auch um ihre eigene Existenz, die mit dem Schicksal ihrer Oma verbunden war.

Philipp griff nach ihrer Hand. Nach einem ersten Impuls, ihre Hand wegzuziehen, hielt sie inne. Die Wärme seiner Haut und die beruhigende Berührung taten ihr gut.

»Es könnte sein, dass der ganze Spuk hier vorüber ist, wenn Anna wieder gesund ist. Ohne uns hätte sie vermutlich nicht rechtzeitig aus dem Eis geborgen werden können.

Vielleicht war es unsere Aufgabe, sie zu retten«, versuchte er, sie aufzumuntern.

Während er sprach, streichelte er sanft über ihren Daumenballen.

Irritiert darüber, dass diese Berührung ihren Puls ein wenig schneller schlagen ließ, zog sie ihre Hand nun doch weg.

»Denkst du wirklich, dass das der Grund ist?«, fragte sie, ohne sich anmerken zu lassen, dass er sie tatsächlich ein wenig aus der Fassung gebracht hatte.

»Keine Ahnung. Aber ich hoffe es«, gestand er.

»Aber ist das wirklich logisch? Vielleicht wäre Anna gar nicht erst aufs Eis gegangen, wenn wir nicht hier wären. Schließlich war sie mit Antonie unterwegs, als es passierte.«

Philipp zuckte mit den Schultern.

»Ich weiß es nicht, Eva.«

»Und was ist, wenn ... wenn sie nicht überlebt?«, fragte Eva noch leiser. Philipp ahnte ihre Frage mehr, als dass er sie gehört hätte.

»Ich weiß es nicht«, wiederholte er.

Schweigend hingen sie ihren Gedanken nach, bis Anna leise im Schlaf zu wimmern begann.

Eva beugte sich nach vorne.

»Schau mal, ihre Wangen haben sich gerötet«, sagte sie.

Er legte seine Hand auf ihre Stirn.

»Sie ist ganz heiß. Sie hat Fieber!«

»Was sollen wir jetzt machen?«, fragte Eva.

»Wir müssen Katharina wecken.«

Doch Eva schüttelte den Kopf.

»Wenn die Frau nicht ein wenig Ruhe findet, dann klappt sie bald zusammen.«

»Und was willst du sonst machen? Wir beide können doch nicht alleine die Verantwortung für das Kind tragen.«

»Ich hab so Durst«, sagte Anna mit zitternder Stimme.

Sie hatte die Augen aufgeschlagen, schien jedoch orientierungslos zu sein.

»Sie ist wach. Hast du etwas zu trinken hier, Eva?«

»Ja, Moment …«

Eva stand auf und ging zum kleinen Holzofen. Am Rand der gusseisernen Oberfläche stand eine Kanne mit Tee. Sie schenkte eine Tasse ein und ging zu Anna.

»Kannst du ihren Kopf ein wenig anheben?«, bat sie Philipp.

Er schob seinen Arm unter den Oberkörper des Mädchens und brachte sie in eine halb sitzende Position.

Vorsichtig setzte Eva die Tasse an ihren Lippen an. Fast gierig trank Anna den lauwarmen Tee.

»Ich glaube, das reicht erst einmal«, sagte sie und stellte die Tasse auf den Nachttisch.

Anna sank erschöpft auf das Kissen. Obwohl ihr Körper vor Fieber zu glühen schien, war ihr Blick nun etwas klarer.

»Anna? Wie fühlst du dich?«, fragte Philipp behutsam.

»Mein Kopf … er tut so weh«, jammerte sie. »Und mir ist so kalt.«

»Hat der Arzt Medikamente für sie dagelassen?«

Eva schüttelte den Kopf.

»Nein. Er hat gesagt, wir sollen ihn verständigen, wenn es Anna schlechter geht.«

»Dann sollten wir das auch tun.«

»Und wie? Ich weiß nicht, was er für eine Telefonnummer …«

In diesem Moment ging die Tür auf, und Maximilian

kam herein, noch immer in der Kleidung, die er getragen hatte, als er mit Philipp im Büro gesprochen hatte. Offensichtlich war er ebenfalls noch nicht im Bett gewesen.

»Gut, dass du kommst«, sagte Philipp. »Wir müssen den Arzt verständigen.«

»Geht es ihr schlechter?«

»Sie hat Fieber«, sagte Eva.

Maximilian trat mit sorgenvoller Miene ans Bett. Als Anna ihn erkannte, versuchte sie, sich aufzusetzen.

»Papa«, flüsterte sie.

»Bleib ruhig liegen, Anna«, sagte er. »Du sollst dich nicht anstrengen.«

Sie sank wieder zurück in das Kissen.

»Ich wollte das nicht.«

Tränen schossen plötzlich aus ihren Augen und liefen über die rotfleckigen Wangen.

»Das weiß ich doch, mein Kind.«

»Der Heilige Abend …« Es fiel ihr schwer zu atmen. »Muss ich auf meinem Zimmer bleiben?«

Sie schaute ihren Vater mit unnatürlich glänzenden Augen flehend an.

Max nahm ein Taschentuch vom Nachttisch und tupfte ihre Tränen ab.

»Nein. Du darfst am Heiligen Abend dabei sein. Ich verspreche es dir. Aber jetzt musst du dich ausruhen, damit du ganz schnell wieder gesund wirst.«

Seine Worte zauberten ein kleines Lächeln auf ihr Gesicht.

Berührt beobachtete Eva, wie sanftmütig dieser Mann gegenüber seiner Tochter sein konnte, wo er doch sonst eine so kühle Autorität und Distanziertheit ausstrahlte.

Plötzlich begann der kleine Körper im Bett heftig zu zittern.

»Antonie, sie wollte … Antonie wollte …«, begann sie, dann verdrehte sie die Augen und wurde bewusstlos.

»Anna! Kind!«

Maximilian versuchte verzweifelt, sie wachzurütteln.

»Du musst sofort Doktor Moser anrufen!«, rief Eva.

Maximilian ließ das Kind los und drehte sich zu ihr und Philipp um. Sie erschrak, als sie seinen zornigen Blick sah.

»Ich will Antonie nicht mehr sehen!«

Dann ging er eilig hinaus, um den Arzt zu verständigen.

Kapitel 20

Die nächsten Tage und Nächte wechselten sie sich am Bett des kranken Kindes ab. Das Mädchen hatte in Folge der starken Unterkühlung eine Lungenentzündung bekommen. Vom Fieber geschüttelt, war sie nur immer wieder kurz bei Bewusstsein. Doktor Moser kam zweimal täglich vorbei, um nach der Patientin zu sehen. Jedes Mal, wenn er wieder ging, schien seine Miene sorgenvoller zu sein.

Im Haus war mit Annas Krankheit jegliche Freude verschwunden. Die Kinder schlichen nach der Schule nur noch leise herum, und die täglichen Mahlzeiten verliefen schweigend, selbst wenn Maximilian nicht am Tisch war. Da es dem Familienoberhaupt ernst damit gewesen war, dass ihm Antonie nicht unter die Augen kommen sollte, und auch die Geschwister das Mädchen nur mit finsteren Blicken anschauten, verbrachte Antonie die meiste Zeit mit Philipp im Zimmer. Auch wenn Katharina das nicht guthieß und immer wieder versuchte zu vermitteln. Doch sowohl Philipp als auch Eva wollten für so wenig Spannung wie möglich sorgen, da sonst die Gefahr bestand, von Maximilian aus dem Haus geworfen zu werden. Nur wegen Evas Unterstützung bei der Pflege des Kindes waren sie wohl bisher davon verschont geblieben. Philipp nahm sich indes um Antonie an und verbrachte viel Zeit damit, ihr vorzulesen, mit ihr zu malen oder auch im Garten spazieren zu gehen. Wenn Maximilian in der Arbeit und die Kinder in der Schule waren, holte Katharina Philipp mit Antonie nach unten. Obwohl sie vor Sorge um ihre Tochter kaum mehr Ruhe fand, vergaß sie nicht, dass es noch ein anderes Kind im Haus gab, dem es nicht gut ging und um das man sich kümmern musste. Doch natürlich galt die Hauptsorge aller Anna, die jeden Tag schwächer zu werden schien.

Philipp und Eva sahen sich in dieser Zeit nur wenig, da Eva in den Nächten in Annas Zimmer blieb und dort in Marias Bett schlief, falls sie überhaupt zum Schlafen kam. Katharina saß auf dem Bett ihrer Tochter und Eva in einem Sessel, der für die langen Stunden der Nachtwache bequemer war als der Holzstuhl, der vorher im Zimmer gewesen war.

»Du bist jetzt schon den vierten Tag kaum zur Ruhe gekommen, du musst dich schonen«, sagte Eva zu Katharina.

»Ich kann mich doch jetzt nicht schlafen legen, Sophie«, lehnte sie jedoch ab.

»Ich verspreche dir, dass ich dich holen werde, wenn es ihr schlechter geht«, sagte Eva.

Katharina sah besorgt auf ihre Tochter hinab, deren rasselnder Atem beängstigend laut die Stille im Zimmer durchdrang. Doch wenigstens schlief sie jetzt einigermaßen friedlich. Der Versuch des Arztes, ihr Aspirin zu geben, scheiterte an den schlimmen Magenkrämpfen, die das Mädchen daraufhin bekommen hatte. Sie vertrug das Mittel genauso wenig wie Eva. Doch die Wadenwickel, die sie in regelmäßigen Abständen machten, hatten endlich Wirkung gezeigt und das Fieber ein wenig gesenkt. Und auch der Tee aus getrockneten Lindenblüten, die Katharina aus der Apotheke hatte holen lassen, schien ein wenig zu helfen.

»Ich wüsste nicht, wie ich das ohne dich machen sollte«, sagte Katharina leise und warf ihrer vermeintlichen Cousine einen dankbaren Blick zu.

»Es ist doch selbstverständlich, dass ich helfe«, sagte Eva.

Katharina berührte es zu sehen, wie besorgt Sophie um das Leben ihrer Tochter war. Dabei hatte sie anfangs das Gefühl gehabt, sie würde sich überhaupt nichts aus Kindern machen und sie im Gegenteil sogar meiden. So wie sie auch die kleine Antonie kaum beachtete. Wenn sie darüber nachdachte, dann hatte sie Eva kein einziges Mal dabei gesehen, dass sie sich mit einem der Kinder unterhalten hätte. Was ihr reichlich ungewöhnlich erschien. Doch ihr Verhalten jetzt zeigte eine ganz andere Sophie. Katharina konnte Angst in ihren Augen sehen, fast so als wäre Anna ihr eigenes Kind.

Und tatsächlich wurde Evas Angst, dass Anna sterben könnte, mit jeder Stunde größer, zusammen mit der Angst vor dem eigenen Verschwinden, das damit unweigerlich einhergehen musste. Immer wieder fragte sie sich, ob die Tatsache, dass ihre Großmutter in der Zukunft ein biblisches Alter erreicht hatte, eine Garantie dafür war, dass sie das alles hier gut überstehen würden. Oder konnte sich die Vergangenheit ändern und damit der Verlauf der Zukunft plötzlich ganz anders aussehen?

Es klopfte an der Tür, und gleich darauf betrat Doktor Moser das Zimmer. Maximilian folgte ihm. Um der Familie Privatsphäre zu geben, stand Eva auf, murmelte kurz eine Begrüßung und ging dann aus dem Zimmer.

Nachdem sie sich frisch gemacht und umgezogen hatte, ging sie in die Küche, um Kaffee aufzubrühen. Berta hatte kurz zuvor einen herrlich duftenden Gugelhupf aus dem Ofen geholt, von dem Eva drei Stück abschnitt, die sie zusammen mit dem Kaffee und einem Kakao für Antonie mit nach oben ins Zimmer nahm.

Antonie und Philipp saßen im Schneidersitz auf der Matratze am Boden und übten auf einem Blatt Papier Rechenaufgaben.

»Ich hab euch was mitgebracht«, sagte Eva. Sie stellte das Tablett mit dem noch lauwarmen Kuchen und den drei Tassen auf den Boden und setzte sich zu den beiden.

»Vorsicht heiß«, sagte Eva und reichte Philipp eine Tasse Kaffee und Antonie den Kakao. Dann nahm sie ihre eigene Tasse.

»Super. Wir sind sowieso fast am Verhungern, nicht wahr, Antonie?«

Das Mädchen nickte. Sie nippten an den Getränken und bedienten sich dann alle drei am Kuchen.

»Wie geht es Anna?«, fragte Philipp.

»Der Arzt ist gerade bei ihr. Aber das Fieber ist ein wenig gesunken, und sie schläft.«

»Gott sei Dank.«

Antonie hörte aufmerksam zu, während sie an ihrem Kuchen knabberte. Auch wenn sie genau wusste, dass sie nichts dafür konnte, so fühlte sie sich trotzdem ein klein wenig schuldig an Annas Zustand. Wäre sie doch gar nicht erst mit ihr in den Garten gegangen. Jetzt dachten alle, dass sie etwas falsch gemacht hatte. Alle bis auf Philipp und überraschenderweise auch Eva. Das hatte sie gestern mitbekommen, als sie die beiden bei einem Gespräch belauscht hatte. Inzwischen hatten sie und Eva sich irgendwie aneinander gewöhnt, und sie fürchtete sich längst nicht mehr so sehr vor ihr wie am Anfang.

Dafür hatte sie umso mehr Angst vor Maximilian. Und auch die Buben zischten ihr immer wieder Gemeinheiten zu, wenn kein Erwachsener in der Nähe war. Am wohlsten fühlte sie sich, wenn sie mit Philipp hier in ihrem Zimmer war.

»Und wie geht es dir?«, fragte Philipp besorgt, dem Evas Augenringe auffielen.

Sie zuckte mit den Schultern.

»Schwer zu beschreiben, dieses Gefühl. Als ob man sich bald in Luft auflösen könnte.«

Sie versuchte ein Grinsen, doch es misslang ihr gründlich.

»Bestimmt wird alles gut werden, Eva.«

»Klar. Wie geht es euch beiden?«, wollte sie wissen und warf einen kurzen Blick zu Antonie.

»Wir kommen hier gut zurecht. Und ich kann dir sagen, Antonie ist ziemlich schlau. Sie mag Mathe genauso gern wie ich.«

Antonie nickte.

Obwohl Philipp sich die größte Mühe gab und in den letzten Tagen so viel Zeit mit ihr verbrachte, hatte er sie immer noch nicht dazu gebracht, etwas zu sagen. Trotzdem hatte er herausgefunden, was für ein äußerst intelligentes Kind sie war.

Eva lächelte den beiden zu. Dann ging sie zur Tür.

»Ich geh wieder zu Anna und löse Katharina ab. Sie muss sich unbedingt ausruhen.«

Sie war schon fast draußen, da sagte Philipp: »Ein wenig Schlaf würde dir auch nicht schaden, Eva.«

»Es geht schon«, winkte sie ab.

»Wenn du mich brauchst, sag mir Bescheid.«

»Werde ich.«

Doktor Moser war bereits auf dem Weg nach unten und hatte sie nicht bemerkt. Eva sah ihm kurz hinterher, dann ging sie in das Zimmer der Mädchen. Bei dem Szenario, das sich ihr dort bot, stockte ihr kurz der Atem. Maximilian hielt seine Frau in den Armen, die von Schluchzern geschüttelt wurde. Sein Gesicht war grau und wie erstarrt. Voller Angst, was sie sehen würde, warf Eva einen Blick auf das Bett. Ihr fiel ein Stein vom Herzen, als sie sah, wie die Brust des Kindes sich hob und senkte. Für einen kurzen Moment hatte sie befürchtet, dass Anna gestorben sein könnte.

Als Maximilian sie bemerkte, wurde sein Blick eisig. Katharina löste sich von ihm und wischte sich die Tränen aus dem Gesicht. Sie ließ sich erschöpft in den Sessel sinken, als ob ihre Beine sie nicht mehr tragen könnten.

»Was ist passiert?«, fragte Eva mit bangem Herzen.

»Doktor Moser befürchtet, dass Anna Weihnachten nicht mehr erleben wird, wenn sich ihr Zustand nicht bald verbessert«, sagte er in einem dünnen und hohl klingenden Tonfall, der doch gleichzeitig so scharf wie ein Rasiermesser war.

Eva spürte, wie sich alles um sie herum zu drehen begann. Sie konnte sich gerade noch an der Kommode festhalten.

»Aber, das kann nicht sein«, flüsterte sie. »Das darf nicht sein!«

»Ich möchte, dass du sofort dieses Zimmer verlässt«, sagte er.

»Aber Maximilian, Sophie kann doch nichts dafür, dass …«

Er unterbrach seine Frau wirsch.

»Ich will nichts hören, Katharina. Wenn sie und ihr Mann nicht mit diesem unseligen Kind hergekommen wären, dann hätte sich dieses Unglück niemals ereignet.«

Katharina kannte ihren Mann gut genug, um zu wissen, dass er nur noch aufgebrachter werden würde, wenn sie seine Worte vor Eva noch einmal infrage stellte. Sie entschloss sich deswegen, nichts mehr zu sagen, und senkte den Kopf.

Eva spürte, wie ihr sämtliche Farbe aus dem Gesicht wich. Würde Maximilian sie jetzt hinauswerfen?

Sie sah zu ihrer Urgroßmutter, die offensichtlich vor Erschöpfung am Ende ihrer Kräfte war. Eva durfte die hochschwangere Frau jetzt nicht im Stich lassen. Maximilian konnte vor Sorge um sein Kind nicht mehr klar denken. Das war für sie nachvollziehbar. Dass er sich aber wie ein Despot aufführte, war nicht akzeptabel.

Sie drehte sich zu ihm um, drückte ihren Rücken durch und sah ihm direkt in die Augen.

»Wirst du heute Nacht die Pflege von Anna übernehmen? Die feuchten Tücher um ihre Waden regelmäßig erneuern? Ihren Körper waschen und die durchgeschwitzten Nachthemden wechseln?«, fragte sie in einem bemüht sachlichen Ton, der ihr unter diesen Umständen nicht leichtfiel.

Ihre Fragen schienen ihn etwas aus dem Konzept zu bringen.

»Das ist etwas, worüber du dir keine Gedanken machen musst«, fuhr er sie barsch an.

Eva versuchte, Ruhe zu bewahren. Doch plötzlich hörte sie die Stimme ihrer Großmutter in ihrem Kopf: »Sosi war die einzige Frau, die sich traute, meinem Vater zu widersprechen und ihm auch mal ordentlich die Meinung zu sagen.« Eva bekam eine Gänsehaut. War das der ausschlaggebende Hinweis, den Oma ihr gegeben hatte? Plötzlich wusste sie ganz instinktiv, dass es genau so sein musste. Sie würde Maximilian gegenüber ganz bestimmt nicht klein beigeben, aber mit sanfter Sachlichkeit würde sie auch nicht weiterkommen. Jetzt musste sie alles auf Risiko setzen. Mit klopfendem Herzen atmete sie tief ein und aus.

»Jetzt hörst du mir mal zu, Maximilian. Und zwar ganz genau«, begann sie und sah ihm dabei fest in die Augen. »Katharina ist hochschwanger und nicht in der Lage, sich eine weitere Nacht um Anna zu kümmern. Zumindest nicht alleine. Und Berta hat mit dem Haushalt und den anderen Kindern genügend zu tun. Wenn du willst, dass ich verschwinde, dann werde ich das tun. Aber erst, wenn deine Frau meine Hilfe nicht mehr braucht. Ich lasse sie jetzt ganz bestimmt nicht im Stich. Und zusammen werden wir alles tun, damit Anna wieder gesund wird. Wenn du dich also nicht selbst um sie kümmern willst, dann würde ich dich bitten, jetzt gefälligst den Mund zu halten und das Zimmer zu verlassen.«

Sie wich seinem Blick keine Sekunde aus, der so zornig war, dass Eva für einen Moment Angst hatte, sie wäre zu weit gegangen. Offenbar hatte noch nie jemand so mit ihm geredet. Katharina hatte die Augen vor Überraschung weit aufgerissen und starrte Eva sprachlos an. Maximilian schien etwas sagen zu wollen, doch dann drehte er sich um und verließ das Zimmer.

Vor Erleichterung begannen Evas Beine zu zittern. Sie ließ sich in den Stuhl sinken. Dann sah sie zu Katharina.

»Entschuldige«, sagte sie leise. »Aber das musste jetzt sein.«

»Ich danke dir«, flüsterte Katharina. Sie griff nach Evas Hand und drückte sie.

Als Katharina wieder auf das Bett sah, bemerkte sie, dass Anna die Augen geöffnet hatte.

»Anna«, sagte sie leise und beugte sich über ihre Tochter. »Mein Liebling. Du bist wach …«

Eva fragte sich, wie lange schon. Ob Anna ihre Diskussion mit Maximilian mitbekommen hatte?

»Muss ich sterben?« Ihre Stimme war nur ein heiseres Flüstern.

»Aber nein«, sagte Katharina. Und auch Eva schüttelte den Kopf.

Anna versuchte zu lächeln, dann schloss sie die Augen und schlief wieder ein.

Obwohl Eva und Katharina sich die ganze Nacht um Anna kümmerten, verschlechterte sich ihr Zustand noch weiter.

Doktor Moser kam am nächsten Morgen vor seiner Sprechstunde vorbei, um nach Anna zu sehen. Nach der Untersuchung war sein Blick ernst. Er war mit seinem Latein am Ende und rechnete mit dem Schlimmsten. Ein Transport ins Krankenhaus wäre zu anstrengend für das kranke Mädchen gewesen. Und vermutlich konnte man dort auch nicht viel mehr für sie tun.

Inzwischen war es Sonntag geworden. Sie waren jetzt genau eine Woche in der Vergangenheit. Doch Eva kam es vor, als ob sie schon viel länger hier wären. Katharina hatte auf Evas Drängen hin für einige Stunden geschlafen und wachte nun zusammen mit Berta und Fritz an Annas Bett, während sich die jüngeren Brüder um die beiden kleinen Schwestern kümmerten. So konnte Eva sich eine kleine Pause gönnen, um sich frisch zu machen. Als sie erschöpft aus dem Zimmer ging, begegneten ihr Philipp und Antonie auf der Treppe.

»Wir gehen ein wenig raus«, sagte Philipp. »Komm doch mit. Dir würde es bestimmt nicht schaden, ein wenig frische Luft zu schnappen.«

»Ja. Gut. Wenn ihr kurz auf mich wartet, bin ich dabei«, sagte sie in dem dringenden Wunsch, dem Haus wenigstens für eine Weile zu entkommen.

»Klar.«

Nachdem sie sich rasch kaltes Wasser ins Gesicht gespritzt hatte, zogen sie sich die Jacken an und gingen hinaus in den Garten.

In den letzten Tagen hatte es immer wieder geschneit, und auch jetzt sah der graue Himmel aus, als ob weiterer Schneefall nicht mehr lange auf sich warten lassen würde. Dazu pfiff ein eisiger Wind. Eva stellte den Mantelkragen hoch.

»Gehen wir hier entlang«, sagte Philipp und schlug die Richtung zum Tor ein. »Ich möchte was kontrollieren.«

Sie warf ihm über Antonie hinweg einen wissenden Blick zu. Schweigend stapften sie durch den Schnee. Als sie am Tor angekommen waren, hatte sich an der Tatsache nichts geändert, dass sie das Grundstück nicht verlassen konnten.

»Eigentlich habe ich nichts anderes erwartet«, murmelte Eva leise vor sich hin.

Sie achteten beide darauf, dass Antonie nicht zu nah an

das Tor herankam. Sicher würde es das Kind mehr als irritieren, wenn es feststellte, dass es nicht hinausgehen konnte.

»Antonie, sollen wir wieder einen Schneemann bauen?«, fragte Philipp, um sie abzulenken. Antonie nickte.

Sie spazierten wieder zurück zu der Stelle, an der die Überreste der Schneemänner standen, die sie vor wenigen Tagen gebaut hatten.

»Fang schon mal an, Antonie. Ich muss nur kurz mit Eva sprechen, dann helfe ich dir.«

Antonie machte sich gleich an die Arbeit. Sie formte eine kleine Schneekugel, die sie dann durch den Schnee rollte.

Philipp und Eva entfernten sich ein Stück, damit sie ungestört reden konnten, behielten das Kind aber im Blick.

»Deine Gesellschaft tut der Kleinen gut«, stellte Eva fest.

Philipp zuckte ein wenig verlegen mit den Schultern.

»Ich bin gerne mit Antonie zusammen. Und ich versuche, sie von den anderen fernzuhalten, solange es Anna nicht besser geht.«

»Ihr Zustand wird immer kritischer.« Evas Blick war sorgenvoll.

»Und dieser Arzt kann wirklich nichts mehr für sie tun?«

»Er gibt ihr irgendwelche Mittelchen, aber ich hab keine Ahnung, was das ist. Helfen tun sie aber offensichtlich nicht. Es ist zum Verrücktwerden. Wenn wir in unserer Zeit wären, dann wäre sie nach dem Sturz ins Wasser ins Krankenhaus gekommen, sie hätte die richtigen Medikamente bekommen, und ihr ginge es bestimmt schon längst besser.«

»Aber irgendwas muss man doch auch hier tun können«, sagte Philipp eindringlich.

»Sie bräuchte ein Antibiotikum. Aber ich glaube, das ist in dieser Zeit noch nicht als Medikament im Einsatz.«

»Gibt es nicht auch Lebensmittel mit antibiotischer Wirkung?«, überlegte Philipp.

»Bestimmt, aber ich habe keine Ahnung, welche … Verdammt«, schimpfte sie in dem bedrückenden Gefühl der Hilflosigkeit. »Wenn wir nur Internet hätten, könnten wir nachschauen.« Das erinnerte sie daran, dass sie auch ihr Handy immer noch nicht gefunden hatten. Aber darüber konnte sie sich jetzt keine Gedanken machen.

»Knoblauch und Zwiebel können helfen, glaube ich. Und Salbei«, überlegte Philipp laut.

»Denkst du, wir sind hierhergekommen, um meiner Großmutter mit irgendwelchen Hausmittelchen das Leben zu retten?«, fuhr Eva ihn in einem schärferen Ton an, als sie eigentlich beabsichtigt hatte.

Doch Philipp nahm ihr das nicht übel. Er trat einen Schritt näher an sie heran und legte beruhigend seine Hände um ihre Oberarme. Sie versuchte, sich wegzudrehen, aber er hielt sie fest.

»Schau mich an, Eva. Bitte. Wir werden es herausfinden. Ich werde es nicht zulassen, dass du …«

»Dass ich was?«, unterbrach sie ihn.

»Ich will dich nicht verlieren.« Dann setzte er leiser hinzu: »Nicht noch einmal …«

»Philipp …«

In diesem Moment verließen sie die Nerven. All die Anspannung der letzten Tage, die Angst um das Leben ihrer Großmutter und die Erinnerungen an früher forderten ihren Tribut. Sie begann zu schluchzen.

Er zog sie an sich und streichelte beruhigend durch ihr

Haar. Sie hatte jeden Grund, verzweifelt zu sein und Angst zu haben, dachte er.

»Schon gut«, flüsterte er leise. »Alles wird gut.«

Plötzlich bemerkte er, dass Antonie sie beobachtete. Er sah sie an und lächelte ihr zu. Dann deutete er mit dem Finger auf die Schneekugel, die sie inzwischen gewälzt hatte, und machte mit dem behandschuhten Daumen ein Zeichen für »okay«. Die Kleine wandte sich ab und nahm Schnee für eine weitere Kugel.

Inzwischen war Evas Schluchzen weniger geworden. Sie löste sich von ihm und wischte sich mit dem Handschuh die Tränen aus dem Gesicht.

»Es tut mir leid«, sagte sie leise und trat einen Schritt zurück.

»Es muss dir nicht leidtun«, antwortete er. »Jeder Mensch in deiner Situation hätte Angst.«

Doch sie schüttelte den Kopf.

»Ich …«, sie zögerte kurz, dann fuhr sie leiser fort. »Ich meine wegen damals.«

»Wegen damals?«

Sie sah ihm fest in die Augen.

»Ja. Ich musste einfach weg aus diesem Haus. Weg aus der Stadt. Ich liebte meine Großmutter, aber sie hat es mir nicht leicht gemacht. Ich weiß, alle dachten, dass ich in München studieren würde. Aber ich brauchte unbedingt eine Veränderung. Du warst mitten in deiner Ausbildung und wärst niemals mit nach Frankfurt gegangen. Es … es war besser so.«

»Besser? Du bist einfach bei Nacht und Nebel abgehauen und hast mir nur einen Zettel hinterlassen, dass es zwischen uns aus ist!«

»Es tut mir leid«, wiederholte sie müde.

Plötzlich hatte er ein schlechtes Gewissen, weil er sie in der schwierigen Situation auch noch mit seinen Vorwürfen konfrontierte. Dabei brauchte sie ihre ganze Kraft, um das hier zu überstehen. Jetzt war nicht der richtige Zeitpunkt, alte Konflikte zu klären. Sie hatten viel größere Probleme, für die sie eine Lösung finden mussten, und er würde ihr dabei zur Seite stehen.

»Schon gut ...«, begann er, da fegte ihnen ein plötzlicher Windstoß pudrig feinen Schnee ins Gesicht. Eva schnappte nach Luft und wischte sich den Schnee weg.

»Langsam wird mir kalt hier draußen«, sagte sie.

»Mir auch«, antwortete Philipp und nutzte die Gelegenheit, um das Thema zu wechseln. »Lass uns den Schneemann mit Antonie fertig bauen, dann gehen wir wieder zurück. Okay?«

»Okay.«

Obwohl es inzwischen auch noch zu schneien begonnen hatte, tat es Eva gut, mit Philipp und Antonie im Schnee herumzutollen und sich damit ein wenig von den Sorgen abzulenken.

Als sie mit Philipp die letzte Schneekugel als Kopf hochhob, lächelten sie sich zu. Antonie hatte inzwischen zwei Äste gefunden, die als Arme dienten.

»Wie nennen wir den Schneemann?«, fragte Philipp.

Das Mädchen schrieb mit dem Finger den Namen »Christel« in den Schnee.

»Gute Idee. Christel, die Schneefrau«, sagte er.

»Sollen wir noch einen kleinen bauen?«, fragte Eva, an Philipp gewandt.

»Wenn Antonie möchte«, sagte er und sah fragend zu dem Kind.

Antonie nickte begeistert. Ihr war es offensichtlich längst noch nicht zu kalt.

»Dann mal los!«

Eva bückte sich und hob Schnee auf, den sie in der Hand zu einer größeren Kugel formte.

»Warum redest du nie direkt mit Antonie?«, fragte Philipp sie plötzlich.

Eva hielt inne.

»Was?«

»Du redest immer nur über mich mit ihr. Genauso ist es auch bei den anderen Kindern.«

Ohne zu antworten, ging sie zu einer Stelle, wo der Schnee noch unberührt war. Sie bückte sich, setzte die Kugel in den Schnee und begann, sie nach vorne zu rollen.

Doch Philipp ließ nicht locker. Er folgte ihr und stellte sich vor sie hin. Sie sah zu ihm hoch.

»Was willst du denn?« Ihre Stimme klang genervt.

»Dich verstehen«, antwortete er.

»Du weißt genau, dass ich mit Kindern nichts anfangen kann. Na und?«

»Eva …«

»Lass mich einfach in Ruhe«, brummte sie und drehte sich wieder weg.

Wie konnte er überhaupt so blöd fragen? Er wusste genau, warum sie nicht mit Kindern sprach, wenn es sich vermeiden ließ. In einem plötzlichen Impuls nahm sie eine Handvoll Schnee, formte sie zu einer Kugel und warf nach Philipp. Der Schnee traf ihn an der Schulter.

»Hey! Was machst du denn?«, rief er halb empört, halb belustigt. Dann griff er in den Schnee und warf ebenfalls nach ihr. Eva konnte gerade noch ausweichen.

»Das musst du aber noch üben«, sagte sie grinsend, doch da kam bereits ein weiterer Schneeball geflogen. Diesmal verfehlte er sein Ziel nicht und landete genau auf ihrer Stirn.

»Aua!« Sie wischte sich den Schnee aus dem Gesicht.

»Du hast recht. Übung macht den Meister!«, rief er vergnügt.

Antonie kicherte.

»Was!? Du freche kleine Maus wagst es zu kichern!?«, neckte er das Kind. »Na warte, jetzt bist du dran.«

Quietschend vor Vergnügen versuchte Antonie davonzulaufen. Doch auch sie bekam einen Schneeball ab.

»Ich glaube, ich muss mich mit Antonie verbünden«, beschloss Eva.

»So so, eine Allianz der Mädchen, oder was?«

»Klar!«

Und schon ballerten die beiden gnadenlos auf Philipp, der versuchte, den Geschossen auszuweichen. Bis er schließlich seinen Arm hob.

»Halt! Frieden! Ich ergebe mich!«, rief er und kam auf die beiden zu. Antonie klatschte vergnügt in die Hände. Philipp streichelte kurz über ihre von Schnee bedeckte rote Mütze.

»Gratuliere.«

»So was nennt man Frauenpower!«, sagte Eva gut gelaunt und nickte Antonie lächelnd zu.

Inzwischen schneite es stärker. Flocken schwebten wie kleine Federchen zu Boden. Antonie öffnete den Mund und fing sie mit der Zunge ein.

»Jetzt sollten wir aber wirklich zurück ins Warme«,

schlug Philipp vor, und weder Eva noch Antonie hatten etwas dagegen.

Eva zog die nassen Strickhandschuhe aus, die Katharina ihr geliehen hatte, und stopfte sie in ihre rechte Manteltasche. Dabei stieß sie auf eine kleine Tüte. Was war das denn? Als ihr klar wurde, was sich in ihrer Tasche befand, blieb sie so abrupt stehen, dass Philipp fast in sie hineingelaufen wäre.

»Philipp!«, rief sie und drehte sich zu ihm um.

»Ja?«, fragte er, ganz dicht hinter ihr.

»Schau, was ich hier habe.«

Mit vor Kälte klammen Fingern holte sie die kleine Tüte aus der Manteltasche und nahm zwei Schächtelchen heraus. Kautabletten gegen Sodbrennen und Kopfschmerztabletten. Sie hatte die Mittel, die Sandra ihr aus der Apotheke mitgebracht und während der Aufregung um die Suche nach Antonie in die Hand gedrückt hatte, völlig vergessen.

Gut, dass sie heute wieder ihren eigenen Mantel angezogen hatte. »Diese Tabletten sind auch fiebersenkend«, sagte sie aufgeregt.

»Aber wir wissen nicht, ob Anna das vertragen wird«, warf er ein.

»Aber es könnte ihr helfen.«

Inzwischen war das Schneetreiben so heftig geworden, dass man nur noch wenige Schritte weit sehen konnte.

»Lass uns ins Haus gehen und dort weiterreden«, schlug er vor.

»Okay.«

Einerseits war Eva aufgeregt über den Fund der Tabletten. Doch ihr war auch bewusst, dass sie sich keine zu großen Hoffnungen machen durfte. Schließlich handelte es sich nicht um ein Antibiotikum. Trotzdem fühlte sie sich mit einem Mal ein wenig zuversichtlicher.

Als sie zur Treppe kamen, die zur Eingangstür führte, sahen sie, dass Maximilian und Fritz einen Topf mit einer Tanne schleppten, die zur winterlichen Dekoration vor dem Haus gestanden hatte. Neben der Haustür schüttelten sie den restlichen Schnee aus den Ästen, dann trugen sie den Topf hinein.

»Was machen die denn da?«, fragte Philipp leise.

Eva starrte den beiden Kofflers hinterher.

»Das, was du auch jedes Jahr an Weihnachten machst. Sie bringen eine Tanne im Topf ins Wohnzimmer«, sagte Eva, und die Gänsehaut in ihrem Nacken kam nicht nur von der Kälte.

Philipp nahm jeweils zwei Stufen auf einmal und eilte ihnen hinterher.

»Kann ich euch helfen?«, fragte er höflich.

Maximilian drehte sich zu ihm um. Dann bemerkte er Eva und Antonie, die hinter Philipp die Treppe hochgingen. Sein Blick verfinsterte sich.

»Nein.«

Im Haus zogen Eva, Philipp und Antonie ihre nassen Sachen aus und hängten sie an die Kleiderhaken.

Karl, Maxi und Heinrich trugen Kartons die Treppe herunter ins Wohnzimmer. Doch sie sahen dabei nicht fröhlich aus, sondern machten ernste Gesichter.

Philipp beugte sich zu Antonie und sagte leise:

»Antonie, geh doch schon ins Zimmer nach oben. Ich komme dann bald zu dir, okay?«

Das Mädchen kam seiner Aufforderung sofort nach, froh, damit außer Reichweite von Maximilian und seinen

Söhnen zu sein, deren vorwurfsvolle Blicke sie zu durchbohren schienen.

Als sie oben den Flur entlang zu ihrem Zimmer ging, kam Heinrich vom Speicher, ebenfalls mit einem Karton in der Hand. Als er Antonie bemerkte, rief er ihr zu.

»Antonie?«

Erschrocken blieb sie stehen und drehte sich zu ihm um.

»Wenn meine Schwester stirbt, dann wirst du das büßen«, drohte er. Er ging auf sie zu und rempelte sie mit seiner Schulter so heftig an, dass sie fast stürzte. Dann eilte er ohne ein weiteres Wort nach unten.

Wie erstarrt ging Antonie ins Schlafzimmer und ließ sich auf die Matratze sinken. Anna würde doch nicht wirklich sterben?

Kapitel 21

Inzwischen befand sich der Weihnachtsbaum im Wohnzimmer, genau an der Stelle, an der er auch zukünftig immer stehen würde. Maximilian stand schweigend davor. Auf dem Sofa stapelten sich die Kartons mit bunten Kugeln, Lametta, Strohsternen, Kerzen und den kleinen Engeln.

Die Kinder waren inzwischen alle auf ihre Zimmer geschickt worden.

Eva und Philipp kamen herein.

»Du schmückst heute schon den Baum?«, fragte Philipp.

»Ja«, kam die knappe Antwort.

Maximilian holte eine rote Kugel aus dem Karton und wollte sie an einem Zweig ganz oben befestigen. Doch die Kugel rutschte ihm aus der Hand und zerbrach klirrend am Boden. Er schloss für einen Moment die Augen, dann drehte er sich langsam zu ihnen um.

»Weihnachten hat für Anna schon immer eine ganz besondere Bedeutung. Mehr noch als für ihre Geschwister«, sagte er, und seine Stimme klang brüchig. »Ich habe ihr versprochen, dass sie den Heiligen Abend erleben wird. Und da wir nicht wissen, ob sie …« Er räusperte sich und rang um Fassung. »Wir werden heute alle zusammen Weihnachten feiern.«

Eva spürte, wie ihre Kehle bei seinen Worten eng wurde.

Dieser Mann, der ansonsten ein solch strenges Kommando führte und manchmal fast schon unnahbar wirkte, verlegte das Weihnachtsfest um einige Tage vor, um seiner todkranken Tochter eine letzte Freude zu bereiten. Panik stieg in ihr hoch. Was würde mit ihr passieren? Würde dieser Abend heute auch ihr letztes Weihnachtsfest sein? Nein!, sagte sie sich fest. Sie würde nicht zulassen, dass Anna starb. Sie dachte an die Schachtel mit den Tabletten, die sie wieder in ihre Manteltasche gesteckt hatte. Ob das Medikament helfen würde, wusste Eva nicht. Aber es war einen Versuch wert. Und es gab bestimmt auch noch andere Dinge, die sie tun konnte. Sie würde jedenfalls nicht aufgeben.

»Ich geh nach oben zu Katharina und Anna«, sagte sie und verließ das Zimmer.

Eva machte einen Umweg über die Küche. Während sie darauf wartete, dass das Wasser für Kaffee und Tee kochte, schoss Berta planlos zwischen Herd und Speisekammer herum. Sie wusste nicht mehr, wo ihr der Kopf stand, seit sie erfahren hatte, dass die Familie heute schon den Heiligen Abend feiern würde und sie schnell mal aus dem Handgelenk ein festliches Essen zaubern musste. Auch der traditionelle Weihnachtskuchen durfte nicht fehlen. Eva hatte fast ein wenig Mitleid mit der Köchin, deren Arbeitspensum sich in den letzten Tagen durch die Gäste und Annas Krankheit vervielfacht hatte.

»Ich habe noch Rindfleisch und Gemüse. Damit werde ich zuerst mal eine Kraftbrühe ansetzen«, murmelte Berta vor sich hin. Sie holte einen großen Topf aus einem Schrank und stellte ihn auf den Herd. »Und auf jeden Fall Kartoffeln sieden.«

Inzwischen kochte das Wasser, und Eva brühte frischen Kaffee für sich, Früchtetee für Katharina und eine Kanne Lindenblütentee für Anna auf, in den sie eine großzügige Portion Honig gab. Dann stellte sie alles auf ein Tablett. Bevor sie aus der Küche ging, bat sie Berta darum, ein wenig Brühe mit Kartoffeln für Katharina und Anna nach oben zu schicken, sobald sie fertig war.

Wenig später half sie Katharina dabei, Anna frische Wadenwickel umzulegen, um das Fieber zu senken. Als Anna wieder warm zugedeckt war, stand Eva auf und ging zum Fenster. Draußen schneite es noch immer.

»Ich glaube, es würde Anna guttun, wenn wir hier ein wenig frische Luft hereinlassen«, sagte sie, da sie es in der abgestandenen stickigen Luft selbst kaum mehr aushielt.

»Aber nicht, dass die Kälte Anna noch mehr schadet«, warf Katharina besorgt ein.

Eva schüttelte den Kopf.

»Glaub mir, es wird ihr guttun. Außerdem ist sie fest zugedeckt.«

Nachdem Katharina keine weiteren Einwände vorbrachte, öffnete Eva das Fenster. Sofort stoben dicke Schneeflocken herein und schmolzen innerhalb weniger Sekunden auf dem Boden. Nach wenigen Minuten war die Luft im Raum angenehm abgekühlt. Eva schloss das Fenster und setzte sich wieder neben das Bett. Sie griff nach ihrer Tasse und nippte daran. Ihr Kaffee war inzwischen nur noch lauwarm. Aber das machte ihr nichts aus.

»Ich glaube, das mit der frischen Luft war eine gute Idee, Sophie«, sagte Katharina. »Anna scheint ein wenig leichter zu atmen.«

Eva nickte und legte eine Hand auf die Stirn des Mädchens.

»Und es sieht ganz so aus, als würden die Wadenwickel und der Tee auch ein wenig helfen. Sie ist nicht mehr ganz so heiß.«

Plötzlich griff Katharina nach Evas Arm und sah sie mit angstvollem Blick an.

»Maximilian hat die Hoffnung aufgegeben. Deswegen will er heute schon Weihnachten feiern, weil er nicht mehr daran glaubt, dass sie den richtigen Heiligen Abend erleben wird.«

»Ich weiß«, sagte Eva vorsichtig.

»Denkst du auch, dass sich Doktor Mosers Prognose bewahrheitet und Anna ...«

Sie sprach nicht weiter. Stille Tränen rannen über ihre Wangen.

Eva nahm ihre Hand und drückte sie.

»Ich glaube, es ist wichtig für Maximilian und auch für Anna, dass er ihr dieses besondere Geschenk macht. Aber Anna ist stark. Und ich glaube, dass sie sich wieder erholen wird.«

Sie bemühte sich, so viel Zuversicht in ihre Worte zu legen, wie sie angesichts der Umstände bewerkstelligen konnte. Gleichzeitig versuchte sie damit, auch ihre eigenen Ängste und Zweifel zu besänftigen.

»Denkst du wirklich?«, fragte Katharina.

»Ja.«

»Danke.«

Daraufhin schwiegen sie eine Weile, und Katharinas Tränen versiegten. Unbemerkt schob Eva ihre Hand in die Rocktasche. Dort war die kleine Schachtel mit den Tabletten, die sie eingesteckt hatte, bevor sie nach oben gegangen war. Sie hatte noch keine Gelegenheit gehabt, die Packungsbeilage zu lesen, und wusste daher nicht, welche Dosierung für ein Kind vorgegeben war. Außerdem konnte sie nicht vorhersehen, ob Anna die Tabletten auch vertragen würde. Was sollte sie machen? Es riskieren in der Hoffnung, dass das Mittel dem Kind helfen würde? Oder konnte sie damit womöglich einen größeren Schaden anrichten? Da sie nicht wusste, wie Katharina darauf reagieren würde, wenn sie ihrer Tochter Tabletten gab, die nicht von Doktor Moser verschrieben waren, überlegte sie, ob es besser wäre abzuwarten, bis sie mit Anna allein war.

Inzwischen war es Zeit, die Wadenwickel wieder abzunehmen. Dabei wachte Anna auf und verlangte nach etwas zu trinken. Mit einem Löffel flößten sie ihr ein wenig lauwarmen Tee mit Honig ein.

»Berta macht Suppe. Vielleicht kann Anna später ein wenig davon essen. Und du auch, Katharina. Du musst bei Kräften bleiben.«

Katharina sah sie an und nickte. Dann rückte sie näher zu ihrer Tochter und streichelte ihr sanft über den Kopf, bis das Mädchen die Augen wieder schloss. Ohne Eva anzuschauen, sagte sie plötzlich mit leiser Stimme: »Du bist nicht meine Cousine Sophie.«

Eva hatte für einen Moment das Gefühl, ihr Herz würde aussetzen. Gleich darauf begann ihr Puls zu rasen. Hatte sie wirklich richtig verstanden, was Katharina soeben gesagt hatte?

»Wer bist du?«

Katharina drehte den Kopf zu Eva und schaute sie an.

»Was … was meinst du damit?«, fragte Eva so leise, dass

sie nicht sicher war, ob Katharina sie überhaupt verstanden hatte. Doch das hatte sie sehr wohl.

Katharina vermutete schon seit einigen Tagen, dass irgendetwas mit Sophie nicht stimmte. Der erste Verdacht war ihr an dem Tag gekommen, als sie gemeinsam in der Küche Plätzchen gebacken hatten. Sophie hatte gewisse Dinge nicht gewusst, die sie aber hätte wissen müssen. Das hatte sie stutzig gemacht. Die deutliche Ähnlichkeit zu ihrer Cousine bestand zwar, vor allem diese ungewöhnlichen Augen, aber das Verhalten stimmte einfach nicht mit der Erinnerung zusammen, die sie an die Sophie ihrer Kindheit hatte. Natürlich veränderten sich Menschen im Lauf ihres Lebens, aber trotzdem besaß jeder eine gewisse unverwechselbare Ausstrahlung. Das war ihr allerdings erst aufgefallen, als sie mehr Zeit miteinander verbracht hatten. Eigenartigerweise fühlte sie sich der Frau, die neben ihr saß und sie jetzt mit einem erschrockenen Gesichtsausdruck anschaute, trotzdem sehr nahe. Und sie war froh, dass sie ihr und der Familie in diesen schwierigen Zeiten zur Seite stand. Deshalb hatte sie lange überlegt, ob sie überhaupt etwas sagen sollte. Sie wollte auf keinen Fall, dass Sophie – oder wie immer auch diese Frau heißen mochte – aus ihrem Leben verschwand.

»Du brauchst nicht zu antworten, dein Blick verrät es mir. Ich liege mit meiner Vermutung richtig«, sagte sie.

Eva schluckte.

»Katharina, ich …«

Eva wusste nicht, was sie sagen sollte. Sie brachte es nicht übers Herz, diese Frau weiter zu belügen. Doch die Wahrheit konnte sie ihr ebenfalls nicht sagen. Glücklicherweise war sie als Anwältin geübt darin, die Wahrheit mitunter zu verbiegen, dass sie zwar Wahrheit blieb, allerdings ein großes Potenzial zur Auslegung in mehrere Richtungen hatte. »Wenn ich dir jetzt sage, dass ich nie vorgehabt habe, dich anzulügen, und ich nichts tun würde, das dir oder deiner Familie schaden könnte, würdest du mir das glauben?«

Katharina zögerte nur eine Sekunde lang. Dann nickte sie.

»Das glaube ich dir. Aber bitte beantworte mir eine Frage.«

»Ja?«

»Du bist zwar nicht meine Cousine Sophie, aber eine Verwandte, die ich noch nicht kennengelernt habe, nicht wahr?«

Eva lächelte spontan.

»Ja«, sagte sie aus vollem Herzen. »Das bin ich. Darauf kannst du dich verlassen.«

Eva hoffte, dass Katharina nun vielleicht in eine Richtung dachte, die mit irgendwelchen außerehelichen Verhältnissen zu tun hatte, aus denen sie entstammt sein könnte. Und über die sie nicht reden wollte.

»Du bist mir und Anna sehr nahe. Das spüre ich«, sagte Katharina leise.

»Ja, und ich würde alles dafür tun, damit es Anna wieder gut geht«, bekräftigte Eva.

Bei diesen Worten traten Tränen in Katharinas Augen, die sie jedoch wegblinzelte.

»Ich glaube dir, dass du nichts Böses im Sinn hast.«

»Das habe ich wirklich nicht, Katharina.«

»Trotzdem kann ich nicht verstehen, warum du mir deinen echten Namen nicht verraten willst.«

»Ich könnte dir jetzt irgendeine Geschichte erzählen«, sagte Eva. »Doch ich möchte dich nicht mehr anlügen.«

»Dann sag mir doch die Wahrheit.«

»Das kann ich leider nicht.« Wie gerne würde sie dieser liebenswürdigen Frau einfach das Herz ausschütten. Wie einer besten Freundin. Doch sie durfte Katharina nicht mit so einem Geheimnis belasten. Denn dann würden zwangsweise Fragen nach der Zukunft ihrer Familie und vor allem der ihrer Kinder kommen, die Eva nicht beantworten konnte.

»Ich weiß, es ist schwer, und ich verlange viel von dir, aber bitte vertrau mir, Katharina«, bat Eva eindringlich.

Katharina schwieg, und mit jeder Sekunde wuchs Evas Angst, dass sie ihre Urgroßmutter nicht hatte überzeugen können. Als sie die Stille kaum mehr aushalten konnte, sagte Katharina plötzlich: »Es ist besser, wenn ich dich weiterhin Sophie nenne. Maximilian darf auf keinen Fall erfahren, dass du nicht meine Cousine bist. Er hätte kein Verständnis für eine solche Lüge.«

Eva spürte, wie ihr vor Erleichterung die Knie zitterten, und merkte erst jetzt, wie angespannt sie war.

»Du wirst es ihm nicht sagen?«, fragte sie.

»Nein. Zumindest so lange nicht, wie ich dabei ein gutes Gefühl habe. Es soll unser Geheimnis bleiben.«

»Es überrascht mich, dass du uns nicht hochkant rauswirfst«, sagte Eva.

»Mich auch«, sagte Katharina und lächelte plötzlich. »Aber ich habe so ein Gefühl, dass du hier sein musst, bei uns. Ich weiß nicht, wie ich das erklären soll.«

Eva sah den warmherzigen Blick in Katharinas Augen und war dankbar, dass sie die wunderbare Chance bekommen hatte, ihre Urgroßmutter als gleichaltrige Frau kennenzulernen und nicht als uraltes Mütterchen.

»Danke für dein Vertrauen«, sagte sie leise.

»Was ist mit Philipp? Er ist doch dein Ehemann?«

In diesem Fall wollte Eva nicht lügen, da keine Notwendigkeit bestand. Auch wenn sie nicht wusste, wie ihre Urgroßmutter auf die Tatsache reagieren würde, dass sie nicht verheiratet waren.

»Nein«, antwortete sie deshalb. »Wir sind kein Paar.«

Dieses Geständnis überraschte Katharina.

»Nein? Aber warum nicht? Ihr liebt euch doch«, sagte sie.

Nun war Eva irritiert. Offenbar hatten sie beide ihre Rolle als Ehepaar so gut gespielt, dass man es ihnen abgekauft hatte.

»Philipp ist – nur ein alter Freund«, erklärte sie schließlich.

Katharina schüttelte den Kopf.

»Ihr mögt nicht verheiratet sein, aber ihr gehört zusammen«, sagte sie überzeugt, »und die kleine Antonie gehört zu euch dazu.«

Bevor Eva etwas dazu sagen konnte, begann Anna zu husten. Sie schien gar nicht mehr aufhören zu können. Das rasselnde Keuchen klang beängstigend. Katharina half ihr, sich aufzurichten, damit sie leichter Luft bekam. Nach ein paar Minuten, die sich wie eine Ewigkeit angefühlt hatten, ließ der Husten nach, und Anna konnte wieder richtig atmen. Als das Kind erschöpft in die Kissen sank, war Katharinas Gesicht bleich vor Sorge.

»Es wird wieder schlimmer«, sagte sie verzweifelt.

Eva zögerte noch ein paar Sekunden, dann holte sie die

Tablettenschachtel heraus. Das Vertrauen, das ihre Urgroßmutter ihr schenkte, wollte sie nicht dadurch missbrauchen, ihrer Tochter hinter ihrem Rücken Medikamente zu geben.

»Ich habe hier ein Mittel, das ihr helfen könnte.«

»Hat Doktor Moser dir das gegeben?«, fragte Katharina.

»Nein.«

Sie holte aus der Schachtel die Packungsbeilage und begann den Teil mit der Medikation zu lesen, während Katharina sie anstarrte. Die Tabletten waren für Kinder geeignet. Eva hoffte nur, dass das auch für Kinder mit einem Immunsystem galt, das noch nicht von den Einflüssen, die es in der Zukunft geben würde, auf vielfältige Weise beeinträchtigt war. Und vor allem hoffte sie, dass Anna nicht auf irgendeinen Stoff im Medikament allergisch reagierte.

»Was sind das für Tabletten?«, fragte Katharina.

»Sie helfen gegen Schmerzen und Fieber«, erklärte Eva wahrheitsgemäß.

»Wo hast du sie her?«

»Aus einer Apotheke … Bitte Katharina. Lass es uns versuchen. Ich glaube, dass ihr das Erleichterung verschaffen kann.«

Katharina sah sie an, dann nickte sie.

»Gut. Wenn du dir sicher bist.«

Eva schüttelte leicht den Kopf.

»Ich … ich kann nicht versprechen, dass es auf jeden Fall gut gehen wird.«

»Wenn … wenn es dein Kind wäre, würdest du ihm das Mittel geben?«, fragte Katharina.

Eva zögerte keine Sekunde.

»Ja. Das würde ich.«

»Dann vertraue ich dir«, sagte Katharina. »Wir versuchen es.«

Eva drückte eine Tablette aus der Verpackung und steckte die Schachtel danach gleich wieder in die Tasche, damit sie niemand in die Finger bekam und die Aufschrift mit dem Ablaufdatum 29. Juli 2019 entdeckte.

Eva überlegte, wie sie Anna das Mittel am besten verabreichen konnten. Sie zweifelte daran, dass das Mädchen die Tablette als Ganzes hinunterschlucken konnte. Deswegen brach sie die Tablette an der Perforationslinie auseinander. Und dann teilte sie die Hälften noch einmal in winzig kleine Viertel.

Eva hob Annas Oberkörper hoch. Anna blinzelte und drehte orientierungslos den Kopf hin und her. Die Wirkung der Wadenwickel hatte bereits wieder nachgelassen, und sie glühte vor Fieber. Sie mussten rasch handeln.

»Ich stütze sie, und du versuchst, ihr die Tablette zu geben«, wies Eva Katharina an.

Sie brauchten mehrere Ansätze, bis Anna es schaffte, die Tablettenteilchen mit etwas Tee hinunterzuschlucken. Doch schließlich hatten sie es geschafft.

In diesem Moment ging die Tür auf, und Maximilian kam herein.

»Wie geht es ihr?«, fragte er knapp.

Eva warf Katharina einen warnenden Blick zu. Es war besser, wenn Maximilian nichts von den Tabletten wusste. Katharina verstand den Hinweis.

»Sie hat wieder hohes Fieber. Aber wir versuchen, es mit Wadenwickeln zu senken«, sagte sie.

»Ich habe Doktor Moser angerufen, dass er heute noch mal kommt.«

Katharina nickte und wirkte in diesem Moment unendlich müde.

»Wie weit bist du mit den Vorbereitungen?«

»Alles ist fertig geschmückt. Ich brauche noch die Geschenke für die Kinder, damit ich sie unter den Baum legen kann.«

In Katharinas Augen schimmerten Tränen.

»Willst du das wirklich tun, Maximilian?«, fragte sie leise.

Er warf einen Blick auf seine Tochter.

»Ja.«

»Aber das bedeutet nicht, dass ich meine Tochter aufgeben werde«, stellte sie deutlich klar.

Er sagte nichts darauf.

Schwerfällig stand Katharina auf und blickte zu Eva.

»Kann ich dich kurz alleine lassen, Sophie?«

»Aber natürlich. Ich passe auf Anna auf.«

Nachdem Katharina und Maximilian das Zimmer verlassen hatten, saß Eva am Bett ihrer Großmutter und beobachtete sie wachsam. Sie hoffte, dass die Wirkung der Tablette bald einsetzen und sie ihr helfen würde. Nach einer Weile begann Anna, sich unruhig hin und her zu wälzen. Eva wusste nicht, wie sie das Mädchen beruhigen sollte. In einer plötzlichen Eingebung begann sie, leise zu summen. Und das erstbeste Lied, das ihr einfiel, war das Lieblingslied ihrer Großmutter: *Love me tender* von Elvis Presley. Die sanften Töne schienen Anna zu beruhigen. Eva machte sich kurz Gedanken darüber, ob sie mit dem Lied aus der Zukunft etwas durcheinanderbringen würde. Aber was sollte schon Schlimmes passieren? Anna würde sich wahrscheinlich sowieso nicht daran erinnern können. Und so summte sie leise weiter.

Als es plötzlich klopfte, war sie sofort still. Gleich darauf öffnete sich die Tür, und Philipp betrat das Zimmer. Hinter ihm kam Antonie herein. Ihre Hände waren auf dem Rücken, als ob sie dort etwas versteckte.

»Wir wollten nachsehen, wie es Anna geht«, erklärte Philipp und trat näher ans Bett. Die Kleine folgte ihm dicht auf dem Fuß.

»Anna schläft«, sagte Eva und warf einen fragenden Blick zu Philipp. Ob es eine gute Idee war, dass Antonie Anna so krank hier liegen sah?

»Du kannst es Anna auf den Nachttisch legen«, sagte Philipp zu Antonie. Zögerlich holte sie ein Blatt Papier hinter ihrem Rücken hervor.

Philipp hatte Evas Blick richtig interpretiert. Und er hatte ebenfalls Bedenken gehabt, mit Antonie hierherzukommen. Bis er das Bild entdeckt hatte, das sie in den letzten Stunden für Anna gemalt hatte. Es zeigte zwei Mädchen auf einer Sommerwiese. Dass es sich dabei um Anna und Antonie handelte, war unschwer an den unterschiedlichen Haarfarben und Größen zu erkennen. Beide Figuren zeigten ein lachendes Gesicht. Am blau ausgemalten Himmel schickte eine große gelbe Sonne ihre Strahlen bis auf das Gras und die bunten Blumen herab. Antonie hatte sich sehr viel Mühe gegeben. Auch für Details. Farbige Schmetterlinge flogen über den Köpfen der Mädchen, und eine kleine Schnecke saß auf einer Blume.

»Das hat sie für Anna gemalt«, erklärte Philipp unnötigerweise.

Eva nahm das Bild und schaute es an. Ihre Kehle wurde

eng. War diese Zeichnung eine Art positiver Visualisierung? Der Wunsch der kleinen Antonie, dass Anna gesund wurde und im nächsten Sommer fröhlich lachend auf einer Sommerwiese spielte? Eva hoffte es so sehr.

»Es ist wunderschön«, sagte sie, ohne den Blick vom Bild zu wenden.

Sie bemerkte, dass auf der Rückseite etwas geschrieben stand, und drehte das Bild um. Sorgfältig in moderner Schreibschrift war zu lesen: *Bitte werde bald gesunt.*

Eva räusperte sich.

»Vielleicht ist es besser, wenn Antonie ihr das Bild selbst gibt, wenn sie wieder aufgewacht ist?«, überlegte Philipp.

Eva nickte.

»Ja. Sie wird sich bestimmt darüber freuen, wenn sie es ihr persönlich gibt.«

Sie gab Antonie das Bild zurück. Die Kleine rollte es zusammen und steckte es in den Rucksack, ohne den sie inzwischen nirgends mehr hinging.

»Na gut. Dann gehen wir jetzt wohl besser wieder«, sagte Philipp.

»Kannst du noch einen Augenblick hierbleiben?«, bat Eva.

»Klar. Was gibt es denn?«

Eva blickte zu Antonie.

»Geh schon mal voran, Antonie«, sagte Philipp. »Ich komme bald nach.«

Antonie drehte sich um und verließ das Zimmer.

»Was ist denn?«

»Katharina weiß, dass ich nicht Sophie bin«, flüsterte Eva und warf einen kurzen Blick zu Anna, die jedoch tief schlief.

»Was?« Er riss seine Augen ungläubig auf. »Woher weiß sie das?«

»Sst. Bitte sei leise … Sie hat gemerkt, dass ich nicht Sophie sein kann.«

Philipp fuhr sich durch die Haare.

»Und was noch? Weiß sie, wer wir sind?«

»Nein. Natürlich nicht. Ich habe ihr gesagt, dass ich es ihr nicht sagen kann. Aber dass ich eine Verwandte bin.«

»Und sie hat sich darauf eingelassen, nicht zu wissen, wer du bist?«

»Ja.«

»Dann können wir uns jetzt schon mal drauf gefasst machen, dass Maximilian uns rauswerfen wird. Was jedoch nicht geht, weil wir das Grundstück nicht …«

»Sie wird es ihm nicht sagen«, unterbrach Eva ihn.

»Nicht?«

»Nein. Sie weiß selbst, dass Max uns nicht mehr hierhaben wollen würde, wenn er es wüsste. Und sie möchte nicht, dass wir gehen.«

»Puh!« Philipp blies erleichtert durch seine Lippen. »Trotzdem müssen wir jetzt noch vorsichtiger sein, damit es nicht noch jemand mitbekommt.«

Eva nickte.

Philipp blickte zum Bett.

»Aber noch wichtiger ist, dass es Anna wieder besser geht.«

»Wir haben ihr vorhin eine Tablette gegeben. Ich weiß nicht, ob sie hilft. Ich – Philipp, ich hab so Angst!«

»Ach Eva …« Er legte seine Arme um sie und zog sie an sich.

Eva schloss die Augen und schmiegte sich an seine Brust.

Sie spürte, wie er beruhigend sanft über ihren Rücken streichelte. Und plötzlich erinnerte sie sich an einen ähnlichen Moment vor vielen Jahren. Es war ebenfalls ein Sonntag gewesen. Der Tag, bevor Eva zum Studium nach Frankfurt aufgebrochen war. Sie hatte niemandem davon erzählt, alle notwendigen Formalitäten für die Anmeldung an der Universität allein erledigt und sich auch um ein WG-Zimmer gekümmert, ohne dass ihre Oma etwas davon mitbekommen hatte.

Dann war dieser Tag des Abschiednehmens von Philipp gekommen, der jedoch gar nicht ahnte, dass es ein Abschied war. Sie hatten den Abend zuerst im Kino und dann in einer Kneipe verbracht. Danach hatte er sie nach Hause gefahren. Als er sich mit einem Kuss von ihr verabschiedete, war sie es gewesen, die die Arme um ihn geschlungen und sich fest an ihn gedrückt hatte. Es war ihr schwergefallen, ihm nicht zu sagen, dass sie weggehen würde. Aber noch schwerer wäre es gewesen, es ihm zu sagen. Denn er hätte es nicht verstanden.

»Wir sehen uns morgen Abend«, hatte er ihr zum Abschied zugerufen und war dann in seinen schwarzen VW-Golf gestiegen und davongefahren.

Sie bereute es nicht, weggegangen zu sein. Doch es tat ihr immer noch leid, dass sie zu feige gewesen war, es ihm zu sagen, und stattdessen nur einen Brief geschrieben hatte.

Eva öffnete die Augen und löste sich aus seiner Umarmung. Offenbar gingen ihm ähnliche Gedanken durch den Kopf, denn er schaute sie mit einer Intensität an, die ihre Kehle eng werden ließ. Langsam bewegten sich ihre Lippen aufeinander zu. Doch im letzten Moment drehte sie sich von ihm weg.

»Anna liegt hier und ist schwer krank – es ist wirklich nicht der richtige Augenblick für … so etwas.«

Philipp setzte ein trauriges Lächeln auf.

»Vielleicht ist genau dieser Moment der richtige, Eva. Wir wissen beide nicht, was uns hier in der Vergangenheit noch alles erwartet. Vielleicht wird ja alles gut, vielleicht aber auch nicht. Der Gedanke, du könntest womöglich einfach verschwinden, macht mich fast wahnsinnig. Ich habe keine Ahnung, was ich tun kann, und fühle mich hilflos.«

»Aber man weiß doch nie, was passieren wird, Philipp. In jedem Moment des Lebens kann sich alles ganz schlagartig ändern. Dazu braucht man nicht erst in die Vergangenheit zu reisen.«

Er strich eine Haarsträhne aus ihrem Gesicht und streichelte dabei sanft mit dem Daumen über ihre Wange.

»Und gerade deswegen möchte ich dir genau in diesem Moment etwas sagen.«

Sie schüttelte den Kopf.

»Bitte tu das nicht.«

Doch er griff nach ihrer Hand und stellte sich so vor sie hin, dass sie ihn anschauen musste.

»Du kannst eine unglaubliche Schreckschraube sein«, begann er, und sie sah ihn verblüfft über die unerwarteten Worte an. »Und es mit dir eine längere Zeit in einem Raum auszuhalten kostet meist einiges an Nerven. Du bist egoistisch, gibst dich unnahbar, und ein Familiensinn fehlt dir völlig«, fuhr er fort. »So in etwa habe ich in den letzten Jahren über dich gedacht. Das hatte auch was damit zu tun, weil ich immer noch sauer auf dich war, dass du mich damals einfach so abserviert hast.«

»Philipp – bitte …«

Doch er ließ sie nicht ausreden.

»Aber in den letzten Tagen hatte ich Gelegenheit, dich zu beobachten, und ich habe dich dabei neu kennengelernt. Du kannst zwar immer noch launisch und anstrengend sein, aber das ist nur ein kleiner Teil von dir. Der andere ist humorvoll, hilfsbereit und vor allem so mutig, dass ich den Hut vor dir ziehe, Eva. Und an deiner Intelligenz hatte ich schon vorher nicht gezweifelt.«

»Na, vielen Dank aber auch«, sagte sie trocken, um zu verbergen, wie aufgewühlt sie war.

»Hör zu, wir wissen nicht, was passieren wird, aber du sollst wissen, dass ich dich liebe. Damals schon und jetzt wieder – oder vielleicht immer noch. Ich weiß es nicht. Und genau jetzt ist der richtige Zeitpunkt, dir das zu sagen.«

Sie starrte ihn sprachlos an.

»Warum sagst du nichts?«, fragte er nach einer Weile.

»Ich … ich«, begann sie zögerlich, »ich denke, wenn du mir das sagen möchtest, dann …«

»Eva …«, wollte er sie unterbrechen, doch sie hob die Hand und sprach weiter.

»Das alles hier ist gerade sehr emotional für uns alle, Philipp. Und da sagt man manchmal Dinge, die vielleicht im Moment stimmen mögen, von denen man aber nicht die Tragweite erfasst hat. Verstehst du, ich möchte dir noch mal einen Ausweg anbieten.«

»Glaub mir, ich brauche keinen Ausweg. Ich weiß genau, was ich sage.«

Eva befand sich in einem Wechselbad der Gefühle. Sie hatte in den vergangenen zwanzig Jahren einigermaßen erfolgreich versucht, keine tieferen Emotionen zu einem anderen Menschen aufzubauen. Doch in den letzten Tagen war etwas in ihr aufgebrochen, und sie wusste nicht, wie sie damit umgehen sollte. Ohne es zu wollen, hatte sie Gefühle entwickelt für Katharina, für Anna – überhaupt für die ganze Koffler-Familie. Der Gedanke daran, diese Menschen zu verlieren, sobald sie wieder in der Gegenwart zurück waren, tat ihr weh. Und genau das war ihr Problem. Sie hatte Angst, Menschen zu verlieren, die sie liebte. So wie sie damals ihre Eltern verloren hatte.

Philipp hatte ihr immer viel bedeutet, und genau davor hatte sie sich gefürchtet, je näher sie sich gekommen waren. Schließlich war sie mit einer billigen Ausrede davongelaufen, bevor ihre Gefühle noch tiefer hatten werden können. Zumindest hatte sie sich das eingeredet. In Wahrheit hatte sie ihn nie wirklich vergessen können. Und jetzt hatte er ihr seine Liebe gestanden. Sie konnte ihn zwar belügen, aber sich selbst belügen konnte sie nicht. Auch sie liebte Philipp immer noch. War sie deswegen hier? Um herauszufinden, ob sie es zulassen sollte, jemanden zu lieben?, fragte sie sich plötzlich. Sie konnte sich jedoch nicht vorstellen, für das Universum wichtig genug zu sein, dass wegen ihr sämtliche bekannten Naturgesetze außer Kraft gesetzt wurden. Allerdings war es nicht zu bestreiten, dass sie sich hier verändert hatte.

»Können wir dieses Thema erst einmal zurückstellen, bis wir wieder in der Gegenwart sind, Philipp?«, fragte sie leise.

Als er den bittenden Ausdruck in ihren hellbraunen Augen sah, schluckte er. Eigentlich hatte er mit heftigem Widerspruch gerechnet. Ihr umständlich formuliertes Zugeständnis konnte er deswegen fast schon als eine Art Liebeserklärung interpretieren. Zumindest hoffte er, dass er damit nicht danebenlag.

»Okay. Reden wir darüber, wenn wir zurück sind«, sagte er leise.

Kapitel 22

Als Antonie am Zimmer der jüngeren Brüder vorbeiging, bekam sie einen Streit mit, den man bis auf den Flur hören konnte. Obwohl ihr dabei mulmig zumute war, trat sie nahe an die Tür, um zu lauschen. Auch wenn sie selbst in diesem Haus nicht sprach, so achtete sie umso mehr auf das, was andere Leute redeten. Und deswegen erkannte sie die Stimmen aller Familienangehörigen und konnte genau unterscheiden, wer von den Jungs was sagte.

»Anna hätte wissen müssen, dass sie nicht aufs Eis darf. Vor allem nach dem Ärger mit unserem Vater«, sagte Willi.

»Soll das heißen, sie ist selbst schuld, wenn sie stirbt?« Maxis Stimme überschlug sich fast.

»Das hab ich doch gar nicht gesagt«, verteidigte sich Willi.

»Ich habe gehört, wie Vater gesagt hat, dass sie nur wegen Antonie ins Eis eingebrochen ist«, empörte sich Heinrich.

»Hört auf, euch zu streiten«, versuchte Fritz als Ältester zu schlichten. »Die Kleinen bekommen schon Angst.«

Und tatsächlich hörte Antonie gleich darauf die kleine Theresia brabbeln. Offenbar waren sämtliche Geschwister im Zimmer versammelt.

»Außerdem wird Anna nicht sterben!«, kam es sehr energisch von Willi. »Sie wird wieder gesund!«

»Und warum glaubst du, möchte Vater heute schon Weihnachten feiern? Sie wird es wahrscheinlich nicht bis zum echten Heiligabend schaffen, hat Doktor Moser gesagt. Und Schuld hat nur Antonie!«, rief Maxi.

»Wenn ich sie in die Finger kriege, dann wird sie was erleben«, drohte Karl.

»Du kannst doch kein kleines Mädchen verprügeln«, protestierte Fritz.

»Aber sie hat eine Abreibung verdient. Vater hat gesagt, dass es ihre Schuld ist«, wiederholte Karl die Aussage seines Bruders.

»Das wissen wir doch gar nicht«, warf Willi ein. »Ihr kennt doch Anna. Sie war doch auch mit uns manchmal auf dem Eis, wenn Vater nicht da war.«

»Aber nur, wenn wir auch dabei waren! Ohne uns hätte sie das nie gemacht«, sagte Karl. »Deswegen muss das was mit dieser Antonie zu tun haben.«

»Anna hat uns die ganze Zeit vor ihr gewarnt, aber wir wollten ihr nicht glauben«, sagte Maxi bitter.

»Kommt heute wirklich das Christkind?«, unterbrach Maria die Streitereien ihrer Brüder.

»Ja. Heut kommt für uns das Christkind«, antwortete Karl.

Vor der Tür begann Antonie zu zittern. Sie konnte nicht verstehen, warum sie die Schuld auf sie schoben. Was hatte Anna ihnen nur über sie erzählt? Sie musste sich unbedingt verstecken, damit die Brüder sie nicht in die Finger bekamen.

Eilig schlich sie die Stufen nach unten und huschte in den

kleinen Verschlag unter der Treppe, den sie kurz nach ihrer Ankunft entdeckt hatte. Es war eine Art Besenkammer, in der das Putzzeug und allerlei Krimskrams aufbewahrt wurden. Ein Teppichklopfer hing an einem Nagel an der Wand, und in der niedrigen Schräge der Ecke stand eine alte Holzkiste. Als sie die Tür schloss, herrschte völlige Dunkelheit.

Antonie lehnte sich mit dem Rücken gegen die Holzwand. Ihr Herz raste, und sie atmete schwer.

Sie erschrak, als plötzlich die Türglocke schellte. Gleich darauf hörte sie Schritte.

»Doktor Moser, kommen Sie bitte herein!«, begrüßte Maximilian den Hausarzt.

»Grüß Gott, Herr Koffler. Wie geht es Anna?«

»Schwer zu sagen. Sie schläft fast die ganze Zeit. Gehen Sie bitte schon mal vor. Ich hole nur rasch meine Frau.«

»Herr Koffler – noch auf ein Wort.«

»Ja?«

»Ihre Frau ist durch die fortgeschrittene Schwangerschaft und die Sorge um Anna sehr angeschlagen. Und falls ... also falls tatsächlich der schlimmste Fall eintritt, kann es zu einem Zusammenbruch kommen, der sehr gefährlich sein könnte. Sowohl für die Mutter als auch das Kind. Sie müssen gut auf sie achten.«

»Das werde ich.« Maximilians Stimme klang sehr ernst.

»Und ich werde mein Bestes tun, damit es erst gar nicht so weit kommt.«

Antonie bekam mit, dass Doktor Moser nach oben ging, während Maximilian seine Frau holte.

Nachdem sie jetzt auch noch von diesem Arzt gehört hatte, dass Anna sterben könnte und es auch Katharina schlecht ging, fühlte Antonie sich schrecklich. Außerdem machte ihr die Dunkelheit große Angst. Hier konnte sie nicht bleiben. Sie brauchte ein anderes Versteck. Schnell, bevor wieder jemand kam, huschte sie hinaus, packte ihre Jacke von der Garderobe und flitzte die Treppe nach oben bis zum Speicher. Dort würde hoffentlich niemand nach ihr suchen.

Auf dem Dachboden pfiff der Wind durch kleine Lücken in den Dachziegeln, aber wenigstens war es noch hell. Fröstelnd schlüpfte Antonie in ihre Jacke und setzte sich auf eine der Kisten. Was sollte sie nur tun? Fast alle in diesem Haus hassten sie. Und was passieren würde, wenn die Brüder sie erwischten, das wusste sie nicht. Dabei wollte sie doch einfach nur zurück zu Christel. Bei dem Gedanken an die Erzieherin fühlte sie sich gleich etwas besser. Um sich die Zeit zu vertreiben, dachte sie an einige der vielen Geschichten, die Christel ihr erzählt hatte. Doch ihre Gedanken schweiften immer wieder ab. Vor allem zu Philipp. Wenn sie wieder im Waisenhaus war, würde sie ihn nicht mehr sehen. Und diese Vorstellung machte sie sehr traurig. In den letzten Tagen hatten sie beide sehr viel Zeit miteinander verbracht, und Antonie hatte diese Stunden genossen. Auch wenn Philipp und Eva sich manchmal über Dinge unterhielten, die sie nicht ganz verstand, so spürte sie doch, dass er sich um sie sorgte und es gut meinte mit ihr. Und Eva? Inzwischen fand Antonie sie nicht mehr schlimm. Und sie mochte es, dass Eva offensichtlich gar nicht erwartete, dass Antonie etwas zu ihr sagte. Trotzdem war sie lieber mit Philipp allein, dann hatte sie seine ganze Aufmerksamkeit für sich.

Vielleicht könnte er sie ja im Waisenhaus besuchen kommen, wenn sie zurück war?, überlegte sie. Wenigstens ab und zu. Oder würde er sie schnell wieder vergessen haben? Sie mochte gar nicht daran denken.

Um sich abzulenken, stand sie auf und ging zu dem Schrank in der Ecke. Darin fand sie nichts Interessantes außer einem alten Vorhang, der zwar ziemlich zerschlissen war, mit dem sie sich aber zudecken konnte.

Nachdem sie sich darin eingewickelt hatte, suchte sie in ihrem Rucksack nach irgendetwas Essbarem. Und tatsächlich fand sie ganz unten noch eine Mandelmakrone, die sie gierig verputzte. Als sie weitersuchte, kam ihr das kleine Geschenkpäckchen in die Hand, das Christel ihr für die alte Dame mitgegeben hatte. Plötzlich überkam sie Neugierde. Was wohl darin war? Sie schaute sich um, dann nahm sie die Schleife ab und zog den Klebestreifen vorsichtig an einer Seite weg. Unter dem Geschenkpapier entdeckte sie einen kleinen grauen Karton. Obwohl sie ein schlechtes Gewissen hatte, öffnete sie den nächsten Klebestreifen und konnte den Karton nun vorsichtig herausziehen. Sie überlegte kurz, dann öffnete sie ihn und holte eine winzige Schneekugel heraus, kleiner als ihre geballte Hand, die auf einem braunen Sockel befestigt war. Sie schüttelte die Kugel und sah verzückt dabei zu, wie die Schneeflocken um einen bunt geschmückten Weihnachtsbaum wirbelten. Ein wunderschönes Geschenk, das sie am liebsten selbst behalten hätte. Doch das durfte sie nicht. Nachdem sie die Kugel noch ein paarmal geschüttelt hatte, packte sie diese wieder sorgsam in die Schachtel. Sie schaffte es sogar, sie wieder einigermaßen schön zu verpacken, allerdings hielten die Klebestreifen nicht mehr richtig. Doch das konnte sie jetzt leider nicht mehr ändern. Sie steckte das Geschenk in den Rucksack und zog den Vorhang noch ein wenig fester um sich.

Maximilian stand mit ernstem Gesicht hinter dem Sessel, in dem Katharina saß. Doktor Moser saß neben Anna auf dem Bett und zog das Fieberthermometer unter Annas Arm hervor.

»Achtunddreißig neun«, las er ab, und in seiner Stimme schwang eine erleichterte Überraschung mit. »Nicht mehr ganz so hoch wie gestern.«

Er schüttelte das Thermometer, legte es zur Seite und hielt dann die Membrane des Stethoskops an ihre Brust. Sorgfältig hörte er ihre Lunge ab. Das Gesicht des Arztes war hoch konzentriert. Nach einer Weile nahm er das Stethoskop weg und klopfte den Brustkorb ab. Anna zuckte leicht zusammen und blinzelte plötzlich.

»Anna?«, sprach er sie an. »Anna. Schaust du mich bitte mal an?«

Es dauerte eine Weile, bis ihre Augen offen blieben und sie ihn ansah.

»Anna?«, flüsterte ihre Mutter.

»Kannst du mich verstehen?«, fragte Doktor Moser.

»Ja«, kam es leise.

»Sie ist wach!«, sagte Maximilian.

Doktor Moser drehte sich zu Katharina.

»Sie muss etwas trinken«, sagte er.

Katharina stand auf und schenkte aus der Teekanne auf dem Ofen in eine Tasse ein.

Doktor Moser stütze Anna ab, während sie kleine Schlucke nahm.

»Ja. So ist es gut«, lobte er sie. »Das machst du sehr gut, Anna.«

Zehn Minuten später stand er mit Maximilian und Katharina vor dem Zimmer.

»Ihr Zustand hat sich tatsächlich gebessert«, sagte er.

»Wird sie wieder gesund werden?«, fragte Katharina und blickte den Arzt hoffnungsvoll an.

»Ich kann leider gar nichts versprechen, Frau Koffler, aber zumindest bin ich heute ein wenig optimistischer. Sie braucht aber noch viel Ruhe. Und sie muss bald ein wenig Nahrung zu sich nehmen, damit sie wieder zu Kräften kommt. Versuchen Sie es mit einer Brühe. Aber erst mal nur ein wenig. Außerdem sollte sie viel trinken.«

»Ich verstehe«, sagte Katharina.

»Und bitte bedenken Sie, es kann auch nur eine vorübergehende Besserung sein«, warnte er sie vor. »Man kann es nicht sagen.«

»Danke, Herr Doktor Moser.« Maximilian streckte ihm die Hand entgegen, und der Arzt schüttelte sie.

»Ich denke, die gute Pflege Ihrer Frau hat sehr viel zur Verbesserung ihres Zustandes beigetragen. Hoffen wir, dass es jetzt weiter aufwärts geht.«

Er lächelte zu Katharina.

»Trotzdem bestehe ich als Ihr Arzt darauf, dass auch Sie sich schonen. Sie haben nicht mehr allzu lange bis zur Niederkunft. Und dann werden Sie Kraft brauchen. Bitte denken Sie daran.«

»Ich gebe mir Mühe«, sagte Katharina und ging wieder zurück ins Zimmer, während Maximilian den Arzt nach unten begleitete.

Er hatte gerade die Haustür hinter ihm geschlossen, da kamen Philipp und Eva aus der Küche.

»Was sagt der Arzt?«, fragte Eva.

»Er kann nichts versprechen, aber es besteht wieder Hoffnung.«

Bei diesen Worten hatte Eva das Gefühl, als ob ihre Beine vor Erleichterung nachgeben würden.

»Das … das sind wunderbare Nachrichten«, sagte sie.

»Sobald es dunkel draußen ist, beginnt unser Weihnachtsfest«, informierte er sie.

»Du willst den Heiligen Abend trotzdem vorlegen?«, fragte Philipp.

»Ja«, kam die knappe Antwort.

Philipp konnte ihn verstehen. In einer Zeit, in der Kinder nicht selten an Krankheiten starben, die nur wenige Jahrzehnte später relativ leicht zu behandeln waren, war Maximilian immer noch besorgt, ob Anna es schaffen würde, und wollte sicher sein, dass seine Tochter dieses besondere Ereignis miterleben würde.

»Ihr habt uns die letzten Tage sehr unterstützt, vor allem meine Frau. Natürlich sollt ihr heute Abend dabei sein«, sagte Maximilian.

»Das gilt natürlich auch für Antonie, nicht wahr?«, fragte Philipp.

»Ohne sie werden Philipp und ich auf dem Zimmer bleiben.« Eva schaute Maximilian herausfordernd an.

Maximilian zögerte kurz. Dann sagte er: »Nun gut. Dann soll sie auch dabei sein.«

Während Philipp im Wohnzimmer bei den letzten Vorbereitungen half, trug Eva eine Schale mit Kartoffelsuppe nach oben.

Anna war immer noch wach, und es gelang ihnen, sie dazu zu überreden, zumindest ein paar Löffel zu essen.

»Ich kann nicht mehr«, winkte Anna jedoch bald ab.

»Nur noch einen Löffel«, versuchte Katharina es. »Damit du Kraft hast, wenn das Christkind heute kommt.«

»Das Christkind kommt heute?«, fragte Anna.

»Ja. Und es wird dir bestimmt etwas Schönes bringen.«

Anna aß noch einen Löffel, doch dann drehte sie sich endgültig weg. Katharina stellte die Schale zur Seite.

»Jetzt ruh dich noch ein wenig aus, bis es so weit ist.«

Anna schloss die Augen, und Katharina streichelte sanft über den Kopf ihrer Tochter.

»Dieses Medikament hat ihr wirklich geholfen und das Fieber gesenkt«, sagte Katharina zu Eva.

»Vielleicht waren es aber auch die Wadenwickel und der Lindenblütentee«, sagte Eva. Dass die Tabletten allein so schnell Wirkung gezeigt hatten, überraschte sie. Doch egal was es war, Hauptsache, das Fieber war gesunken.

»Und es kann immer noch Rückschläge geben«, gab sie trotzdem vorsichtig zu bedenken.

»Ja. Ich weiß. Aber erst einmal bin ich glücklich, dass es ihr ein wenig besser geht.«

»Ich auch, Katharina.«

Die beiden Frauen lächelten sich an.

»Danke dir, Sophie.«

Eva griff in ihre Tasche und holte ein zusammengefaltetes Stück Pergamentpapier heraus. Darin hatte sie fünf der Tabletten eingewickelt, die sie vorsorglich aus der Verpackung gedrückt hatte. Sie reichte ihrer Urgroßmutter das kleine Päckchen.

»Darin sind Tabletten. Falls Annas Fieber wieder steigt und ich nicht in der Nähe bin, kannst du ihr davon noch jeweils eine geben.«

Katharina schaute sie fragend an.

»Denkst du denn, dass du schon bald nicht mehr hier sein wirst?«, fragte sie leise.

Eva zögerte mit einer Antwort. Einerseits hoffte sie, dass sie so schnell wie möglich wieder in die Zukunft zurückkämen. Und doch gab es noch eine andere Stimme in ihr, die ihr zuflüsterte, dass sie einfach für immer hierbleiben könnten. Zusammen mit den Menschen, die ihr innerhalb weniger Tage so ans Herz gewachsen waren. Doch sie hatte das nicht in der Hand.

»Ich weiß es nicht, Katharina«, setzte sie wahrheitsgemäß an, da öffnete sich die Tür, und Maximilian kam herein.

Unauffällig ließ Katharina die Tabletten in einer Falte ihres Rockes verschwinden.

»Es ist dann bald so weit«, sagte Maximilian.

»Sie ist vorhin erst wieder eingeschlafen.«

»Ich werde sie vorsichtig nach unten tragen.«

»Denkst du nicht, dass ihr das zu viel wird, Maximilian«, gab Katharina zu bedenken.

»Sie hat es sich so sehr gewünscht. Wenn es wirklich zu anstrengend wird, bringe ich sie wieder ins Bett.«

Anna wurde wach, als Maximilian sie in eine Decke gewickelt vorsichtig hochhob.

»Kommt es jetzt? Das Christkind?«, fragte sie immer noch ein wenig benommen.

»Ja. Es ist so weit, Anna.«

»Ich sage den Kindern Bescheid«, sagte Katharina.

Maximilian trug Anna nach unten, und Eva folgte ihm mit einem Kopfkissen und einer Decke.

Katharina ging zuerst in ihr Schlafzimmer, um die Tabletten in ihrer Kommode zu verstauen. Dann machte sie sich auf den Weg ins Kinderzimmer ihrer Söhne, in dem alle Geschwister auf die Bescherung warteten. Normalerweise konnten sie es kaum erwarten, bis es so weit war, und die Eltern hatten manchmal mehr als ein strenges Wort sprechen müssen, damit sie nicht zu übermütig wurden. Doch heute waren sie fast schon gespenstisch ruhig. Die Angst um Anna war allen anzusehen.

»Kinder. Ich habe eine gute Nachricht«, sagte Katharina. »Eurer Schwester geht es ein wenig besser.«

»Sie muss nicht sterben?«, fragte Heinrich.

»Wir hoffen, dass sie sich wieder erholen wird. Aber sie ist immer noch sehr krank. Deswegen nehmt bitte Rücksicht auf sie.«

In den Gesichtern der Kinder spiegelte sich große Erleichterung.

»Wir werden ganz vorsichtig mit ihr sein, stimmt's, Heinrich?« Maxi rempelte seinem Bruder in die Seite.

»Natürlich«, antwortete dieser.

»Ich hab's doch gesagt. Sie wird wieder gesund«, sagte Willi. »Aber ihr wolltet mir ja nicht glauben.«

Katharina lächelte.

»Ich weiß ja, dass ich mich auf euch verlassen kann. Und jetzt geht bitte nach unten. Sobald ihr das Klingeln hört, dürft ihr nachsehen, ob das Christkind Geschenke für euch gebracht hat.«

Die älteren Brüder ahnten natürlich schon längst, dass das mit dem Christkind nur erfunden war. Trotzdem war es immer noch ein ganz besonderer Abend für sie.

Und die jüngeren Geschwister machten sich keine Gedanken darüber, dass das Christkind in diesem Jahr schon früher zu den Kofflers kommen würde. Weihnachten hatte eben seine ganz eigenen Regeln, die sie gar nicht hinterfragten.

Fritz nahm die kleine Theresia auf den Arm, und dann machten sie sich alle auf den Weg nach unten.

»Bitte wartet vor dem Wohnzimmer und vergesst nicht, Rücksicht auf Anna zu nehmen«, ermahnte Katharina sie noch einmal. Als alle aus dem Zimmer gegangen waren, lehnte sie sich für einen Moment mit geschlossenen Augen an die Wand und legte eine Hand auf ihren Bauch. Das Kind strampelte wieder ganz besonders heftig. Wie auch bei den letzten beiden Schwangerschaften spürte sie schon deutlich eher leichte Vorwehen, auch wenn es noch nicht so weit war. Sie fühlte sich erschöpft und kraftlos und müsste sich eigentlich schonen. Doch wie sollte sie das mit all den Sorgen und Ängsten der letzten Tage?

Sie gestattete sich ein paar Sekunden, um sich zu fassen, dann öffnete sie die Augen wieder. Sie würde jetzt nach unten gehen und mit der Familie Weihnachten feiern.

Sie stand schon vor den Stufen, da fiel ihr ein, dass sie Antonie vergessen hatte. Doch als sie ins Zimmer kam, war es leer. Vermutlich hatte Philipp das Mädchen schon geholt.

Langsam ging sie die Treppe nach unten. Vor der Wohnzimmertür standen die Kinder schon bereit, und die Aufregung war ihnen anzusehen.

»Vergesst nicht, erst wenn ihr die Glocke hört, dürft ihr kommen«, sagte sie und betrat das Wohnzimmer, ohne dass die Kinder einen Blick hineinwerfen konnten.

Das Zimmer war erfüllt von würzigem Tannenduft und warmem Kerzenschein. Am Weihnachtsbaum spiegelten sich die Lichter in den bunten Kugeln und im Lametta, das wie ein feiner silberner Regen herabhing. Noch nie hatte der Baum so viel Schmuck getragen, noch nie hatte er so sehr gefunkelt wie in diesem Jahr. Darunter warteten ein kleiner Puppenwagen und hübsch verpackte Geschenke darauf, von den Kindern geöffnet zu werden.

Anna lag gut zugedeckt auf dem Sofa, und das Glänzen in ihren Augen kam nicht nur vom Fieber.

»Antonie ist nicht hier«, stellte Katharina fest.

»Ich dachte, du bringst sie mit nach unten«, sagte Eva.

»Sie war nicht im Zimmer«, erklärte Katharina.

»Vielleicht ist sie bei Berta in der Küche?«, überlegte Philipp.

»Wenn sie nicht rechtzeitig hier ist, dann ist sie selbst schuld«, brummte Maximilian. »Wir machen jetzt unsere Bescherung.«

Und bevor noch jemand etwas sagen konnte, griff er nach einem Glöckchen und klingelte.

Die Kinder hatten offenbar nur darauf gewartet, denn keine zwei Sekunden später öffnete sich die Tür, und sie kamen mit strahlenden Augen ins Wohnzimmer.

Philipp und Eva hofften, dass Antonie unter ihnen sein würde. Doch nur die Geschwister versammelten sich um den Weihnachtsbaum.

»Hat von euch jemand Antonie gesehen?«, fragte Philipp.

»Nein«, sagten sie fast einstimmig und schüttelten die Köpfe.

»Ich bin froh, dass sie nicht da ist, weil sie Schuld ist, dass Anna ins Eis eingebrochen ist«, sagte Maxi.

»Maxi!«, ermahnte ihn seine Mutter empört. »Sag so etwas nicht!«

»Aber das stimmt doch. Anna wäre wegen ihr fast gestorben«, kam Heinrich seinem Bruder zu Hilfe. »Es ist mir lieber, wenn sie nicht da ist.«

»Jetzt hört doch mal auf«, mischte sich Willi ein, doch seine Brüder gaben nicht nach.

Obwohl Maximilian so ein Benehmen in der Gegenwart von Gästen normalerweise niemals gestattet hätte, tadelte er sie nicht.

Philipp überlegte kurz, wie er diese Situation in den Griff bekommen konnte, ohne dass es zu einer handfesten Auseinandersetzung unter dem Weihnachtsbaum kam. Doch da mischte sich Eva ein, zwar leise, aber mit dem schärfsten Anwaltston, der ihr zur Verfügung stand.

»Könnt ihr bitte mal still sein? Anna möchte etwas sagen.«

Mit einem Schlag herrschte Ruhe, und alle wandten sich dem Mädchen auf dem Sofa zu.

»Antonie wollte nicht aufs Eis«, flüsterte Anna, und es war zu sehen, wie schwer es ihr fiel. Nicht nur, weil sie körperlich noch so schwach war. Tränen liefen über ihre blassen Wangen. »Sie wollte mir helfen … Es tut mir so leid.« Der letzte Satz kam mit einem ängstlichen Blick zu ihrem Vater.

Für ein paar Sekunden sagte niemand was, alle starrten sie nur an. Maximilians Gesicht wirkte wie versteinert. Katharina ging zu ihrer Tochter und streichelte ihr beruhigend die Tränen aus dem Gesicht.

»Ich bin froh, dass du die Wahrheit gesagt hast«, sagte sie sanft. »Und jetzt musst du einfach nur wieder gesund werden, mein Liebes. Ssstt, es wird alles wieder gut.«

»Es tut mir leid, dass ich Antonie offenbar grundlos beschuldigt habe«, sagte Maximilian und konnte Philipp und Eva dabei kaum in die Augen sehen.

»Wenn man Angst um das Leben eines geliebten Menschen hat, sieht man manchmal nicht klar. Ich verstehe das, Maximilian. Und Anna hatte bestimmt auch nicht gedacht, dass so etwas passiert. Kinder tun oft Dinge, die sie eigentlich nicht tun sollten. Wir Erwachsenen können nicht immer zur Stelle sein, um sie vor jedem Unsinn zu bewahren«, sagte Philipp verständnisvoll.

»Wir feiern heute Weihnachten. Das Fest der Liebe«, sagte Katharina. »Liebe bedeutet auch, Nachsicht zu haben und verzeihen zu können.«

Sie warf ihrem Mann einen bittenden Blick zu.

Maximilian räusperte sich, dann ging er zum Sofa und setzte sich neben seine Tochter. Er griff nach ihrer Hand.

»Es tut mir so leid, Papa«, sagte Anna leise.

»Ich weiß. Aber deine Krankheit ist Strafe genug. Und deine Mutter hat recht. Ich verzeihe dir. Hauptsache, es wird jetzt alles wieder gut.«

Katharina wusste, was für ein großes Eingeständnis es für ihren Mann bedeutete, sich bei Eva und Philipp zu entschuldigen und auch Anna zu verzeihen, obwohl sie sein Verbot missachtet hatte. Man sah ihm an, dass die Angst um das Leben seiner Tochter ihn sehr mitgenommen hatte.

»Jetzt müssen wir aber unbedingt Antonie finden«, sagte Eva.

Maximilian drehte sich zu seinen Kindern.

»Kinder! Ihr helft Sophie bei der Suche«, wies er seinen Nachwuchs an. »Und dann werden wir gemeinsam Weihnachten feiern.«

Kapitel 23

Auf dem Speicher war es inzwischen dunkel geworden, doch Antonies Augen hatten sich daran gewöhnt. Allerdings war es ihr trotz Jacke und Vorhang so kalt geworden, dass sie nicht mehr länger hierbleiben konnte. Sie würde sich nach unten schleichen und hoffen, dass ihr keiner der Brüder unterwegs begegnete, bis sie in ihrem Zimmer war. Mit vorsichtigen Schritten ging sie in der Dunkelheit auf die Speichertür zu. Sie griff nach der Klinke und drückte sie nach unten. Langsam ging sie die ersten Stufen der Treppen hinab, da hörte sie plötzlich Stimmen.

»Antonie!« Das war Maxi. Erschrocken blieb sie stehen und überlegte, was sie jetzt tun sollte.

»Wo bist du?«, rief nun auch einer der anderen Brüder. In ihrer Angst konnte sie gar nicht sagen, welcher es war. Auf jeden Fall waren sie hinter ihr her. Würde sie es schaffen, noch schnell nach unten zu kommen? Oder sollte sie zurück, um sich in einer dunklen Ecke des Speichers zu verstecken?

Die Rufe nach ihr wurden immer lauter. Waren sie bereits auf dem Weg nach oben? Ihr blieb keine andere Wahl mehr, als umzudrehen. Sie ließ die Tür offen, damit ein wenig Licht hereinfiel. Und vielleicht würde sie dann auch hier niemand vermuten. Sie eilte zu der Kiste, auf der sie vorher gesessen hatte, und kauerte sich dahinter. Ihr Herz pochte hart gegen ihre Brust. Hoffentlich fanden die Brüder sie nicht, sonst würde ihr was blühen.

Plötzlich hörte sie Schritte, die immer näher kamen. Jemand war die Treppe hochgekommen und betrat nun den Speicher. An den Umrissen erkannte sie, dass es keiner der Brüder war. Die Gestalt trug ein Kleid. Und nur eine der Frauen im Haus war so schlank und groß: Eva, die alle bis auf Philipp Sophie nannten.

Wenn Eva in der Nähe war, würden die Buben sich bestimmt nicht trauen, ihr etwas zu tun. Langsam kam sie hinter der Truhe hervor.

Eva hörte ein leises Rascheln und drehte sich in die Richtung um, aus der es gekommen war. Und da sah sie den Schatten eines Kindes. Antonie! Sie hatte sich tatsächlich hier auf dem Dachboden versteckt, genau wie sie vermutet hatte. Mit einem Schlag fühlte Eva sich wieder in ihre eigene Kindheit zurückversetzt, als sie hier ebenfalls oft Zuflucht gesucht hatte.

Nach dem Unfalltod ihrer Eltern hatte sie so unter Schock gestanden, dass sie wochenlang keinen einzigen Ton herausbekam. Erst nach und nach war sie in der Lage gewesen, wieder zu sprechen oder, besser gesagt, zu stottern. Genau wie Antonie. Die Kinder in der Schule hatten sie deswegen ausgelacht. Und auch einige der Waisenkinder, die ihre Großmutter jedes Jahr an Weihnachten einlud, hatten Eva gehänselt, wenn keine Erwachsenen in der Nähe waren. Manche waren richtig gemein zu ihr gewesen, hatten ihre Sachen geklaut und sie sogar einmal im Kleiderschrank eingesperrt und damit ihr Stottern nur noch schlimmer gemacht. Womöglich aus Hilflosigkeit und Eifersucht, weil Eva eine Großmutter hatte, mit der sie in diesem schönen Haus leben durfte, während die Kinder nach dem Weihnachtsfest wieder zurück ins Waisenhaus und in eine ungewisse Zukunft mussten. Das wusste sie heute, aber damals hatte sie nur das Gefühl gehabt, dass die Kinder sie quälen wollten. Einzig in Philipps Gegenwart hatte sie frei sprechen können. Eva hatte ihre Großmutter angefleht, keine Waisen mehr ins Haus zu holen, doch Anna tat ihr diesen Gefallen nicht. Zur Weihnachtszeit saßen jedes Jahr aufs Neue kleine Gäste aus dem Kinderheim mit am Tisch. So war es nicht verwunderlich, dass sie anfing, Weihnachten zu hassen, bis es schließlich am Heiligen Abend kurz nach ihrem 18. Geburtstag zu einem Eklat gekommen war. Sie hatte ihrer Oma ein Ultimatum gestellt: Wenn sie Weihnachten mit Eva verbringen wollte, durfte sie zukünftig keine Kinder mehr einladen. Anna war es schwergefallen, doch sie hatte es ihrer Enkelin zuliebe versprochen. Und so war Eva jedes Weihnachten nach Hause gekommen, als sie nach dem Abitur fürs Studium nach Frankfurt gezogen war. Doch es hatte einige Jahre lang gedauert und unendlich viele Therapiesitzungen gebraucht, bis Eva ihr Problem mit dem Stottern in Gegenwart von Kindern schließlich in den Griff bekommen hatte. Und noch heute wurde sie unsicher, wenn Kinder in der Nähe waren, und sie musste sich dann sehr konzentrieren, um normal sprechen zu können. Das war auch der Grund, warum sie es vermied, Kinder direkt anzusprechen.

Antonie kam auf sie zu, als von draußen ein Poltern auf der Treppe zu hören war und die Rufe nach Antonie lauter wurden. Die Jungs hatten unten bereits alles abgesucht und waren jetzt auf dem Weg zum Speicher.

Erschrocken trat das Mädchen wieder einen Schritt zurück und schaute ängstlich zur Tür.

Als die Buben hereinkamen, drehte Eva sich zu ihnen um. Sie atmete einmal tief ein, dann sagte sie, so konzentriert sie konnte: »Geht bitte nach unten, ich habe Antonie gefunden. Wir kommen gleich nach.«

»Aber Vater hat gesagt …«, begann Karl, doch Eva ließ ihn gar nicht ausreden.

»Wir kommen gleich nach«, wiederholte sie, diesmal ein wenig strenger. Und nun trollten sich die Brüder nach unten. Puh. Sie hatte es geschafft. Sie hatte mit Kindern gesprochen, ohne ins Stottern zu geraten.

Eva wandte sich zu Antonie, die sie mit großen Augen anschaute. Sie ging in die Hocke, damit sie in etwa auf gleicher Höhe mit ihr war.

»Du hast Angst vor ihnen, nicht wahr?«, fragte sie.

Antonie nickte.

»Das kann ich verstehen. Aber sie wollten dir nichts tun«, sagte Eva. »Anna ist vorhin aufgewacht. Stell dir vor, es geht ihr ein wenig besser. Und es war ihr ganz wichtig zu sagen, dass du nichts für den Unfall kannst.«

Eva konnte sehen, wie sich der ängstliche Ausdruck des Kindes langsam veränderte.

»Das wissen jetzt alle, und wir wollten dich nur nach unten holen, damit wir gemeinsam Weihnachten feiern können.«

Mit jedem Satz, den Eva mit dem Kind sprach, wurde ihre Erleichterung größer. Es war, als ob die dunkle Wolke, die all die Jahre über ihr geschwebt hatte, sich langsam verzog.

»Vorher möchte ich mich aber bei dir entschuldigen, Antonie, dass ich so unhöflich war, als du zu uns kamst.«

Antonie zeigte keine Reaktion.

Eva hatte das Gefühl, dass sie jetzt ganz offen sein musste, um dem Kind zu helfen. Antonie hatte in der letzten Zeit schon viel zu viel mitmachen müssen.

»Weißt du, als ich dein Stottern gehört hatte, dachte ich zuerst, dass du dich über mich lustig machen möchtest.«

Antonie schaute sie verblüfft an. Warum hätte sie sich über diese Frau lustig machen sollen?

»Ich habe als Kind auch gestottert. Ziemlich stark sogar. Deswegen weiß ich ganz genau, wie du dich fühlst. Man hat Angst, dass einen die anderen auslachen. Manchmal habe ich heute noch davor Angst, obwohl ich erwachsen bin. Deswegen habe ich mich dir gegenüber leider so dumm verhalten. Es tut mir leid, Antonie. Wirklich.«

Antonie konnte nicht ganz glauben, was Eva ihr da gerade erzählte. Diese Frau hatte als Kind auch gestottert? Oder sagte sie das jetzt nur so?

»Am schlimmsten war es in der Schule«, fuhr Eva leise fort. »Wenn ich aufgerufen wurde. Da verdrehten die anderen Kinder oft schon die Augen, weil sie wussten, dass ich mit einer Antwort viel länger brauchte als sie.«

Genau so erlebte es Antonie auch im Unterricht, da konnten die Lehrer noch so oft ermahnen und schimpfen, das interessierte die anderen überhaupt nicht. Und je mehr die Kinder sie hänselten, desto schlimmer wurde ihr Stottern. Dabei ging sie eigentlich gern zur Schule.

»Aber man kann etwas dagegen tun. Wirklich. Auch wenn es manchmal sehr lange dauern kann. So wie bei mir.«

Plötzlich spürte Antonie, wie Tränen in ihren Augen brannten, obwohl sie das gar nicht wollte.

»Du brauchst keine Angst mehr zu haben Antonie«, sagte Eva sanft. »Niemand wird dir hier etwas tun. Das lasse ich nicht zu.«

Ohne dass sie es verhindern konnte, kullerten nun dicke Tränen über die Wangen des Mädchens.

»Komm her.«

Eva streckte die Arme nach ihr aus.

Und wenige Sekunden später lag das Kind in Evas Armen und drückte sich fest an sie. Sie spürte, wie Eva ihr über den Kopf streichelte, ihr beruhigende Worte ins Ohr flüsterte und wie ihre Nähe sie wärmte. Antonie verstand nicht, was gerade passierte, aber zum ersten Mal in ihrem Leben hatte sie das Gefühl, dort zu sein, wo sie hingehörte, auch wenn ausgerechnet die Frau ihr das Gefühl gab, wegen der sie aus dem Haus weggelaufen war.

Philipp stand schon eine Weile in der Tür, ohne dass die beiden ihn bemerkt hatten. Wenn er Eva nicht schon lieben würde, wäre es spätestens jetzt um ihn geschehen. Niemals hatte er geahnt, wie sehr Eva unter ihrem Stottern gelitten hatte. Für ihn war das, als sie klein waren, kein Problem gewesen, und später war das Stottern in seiner Gegenwart kaum noch bemerkbar gewesen. Und als sie zu ihren Besuchen aus Frankfurt gekommen war, war aus dem etwas unsicheren Teenager ohnehin eine Frau geworden, die genau zu wissen schien, was sie wollte, und keinerlei Probleme damit hatte, sich auszudrücken. Nie hätte er auch nur vermutet, dass sie deswegen nicht mit Kindern umgehen wollte, weil sie immer noch Schwierigkeiten hatte, mit ihnen zu sprechen. Doch nun war ihm klar, warum sie sich geweigert hatte, sich mehr um Antonie zu kümmern, und auch die Koffler-Sprösslinge mehr oder weniger ignoriert hatte. Umso bemerkenswerter war es, wie einfühlsam sie jetzt mit Antonie redete und sie liebevoll tröstete.

Er räusperte sich.

»Es ist ziemlich kalt hier oben. Ihr solltet besser mit nach unten kommen«, sagte er.

Eva drehte sich zu ihm um und nickte ihm zu.

Als die drei ins Wohnzimmer kamen, warteten schon alle auf sie. Auch Berta hatte inzwischen ihre Schürze ausgezogen und sich zur Familie gesellt.

Obwohl es Antonie schwerfiel, den Blick von dem wunderschön funkelnden Christbaum abzuwenden, war es Anna, der ihre Aufmerksamkeit galt. Ohne die anderen zu beachten, ging sie auf das Sofa zu.

Anna sah ihr mit banger Miene entgegen.

»Es tut mir leid«, sagte sie.

Antonie nickte, dann nahm sie ihren Rucksack ab und öffnete ihn. Sie griff hinein, um das Bild herauszuholen, das sie gezeichnet hatte. Dabei fiel ihr Blick auf die eingepackte Schneekugel. Bestimmt würde Anna sich darüber viel mehr freuen als die alte Dame. Und vielleicht würde sie dann schneller wieder gesund werden. Sie ließ die Zeichnung im Rucksack, nahm dafür das Päckchen und gab es Anna.

»Das ist für mich?«

Antonie nickte. Da Anna zu geschwächt war, um es alleine auszupacken, half sie ihr.

Es war, als ob alle im Zimmer den Atem anhalten würden, während sie den beiden Mädchen zuschauten. Sogar die kleine Theresia war ganz ruhig auf dem Arm ihres Bruders. Schließlich hielt Antonie die kleine Schneekugel vor Anna und schüttelte sie.

»Sie ist so schön«, sagte Anna leise, während sie dem Schneegestöber zusah. »Danke.«

Antonie lächelte.

»Und du bist mir nicht mehr böse?«

Antonie schüttelte den Kopf.

»Antonie«, meldete sich Maximilian zu Wort, und das Mädchen drehte sich ängstlich zu ihm um. »Wir möchten uns bei dir entschuldigen. Du kannst nichts dafür, dass Anna ins Eis eingebrochen ist. Das wissen wir jetzt.«

Er nickte seinen Söhnen zu, die sich nacheinander ebenfalls bei Antonie entschuldigten. Maxi ging als Letzter zu ihr und streckte ihr seine Hand hin.

»Entschuldige, Antonie«, sagte er fest. »Wenn du magst, können wir morgen was zusammen spielen.«

Antonie wusste gar nicht so recht, wie ihr geschah. Noch nie zuvor hatte sie erlebt, dass sich jemand bei ihr entschuldigte. Sie griff nach Maxis Hand und schüttelte sie. Dabei blickte sie zu Eva, die ihr zulächelte.

»Und jetzt möchte ich gerne ein Foto von uns allen machen.« Maximilian nahm einen Fotoapparat von der Kommode und drückte ihn Berta in die Hand. Offenbar hatte die Haushälterin schon öfter Familienfotos gemacht, da sie sehr geschickt damit hantierte.

»Bitte stellt euch um den Baum und um Anna herum auf«, wies Maximilian sie an.

Es dauerte eine Weile, bis alle so positioniert waren, dass sie aufs Foto passten. Antonie stand zwischen Philipp und Eva. Philipp hatte eine Hand auf die Schulter des Kindes gelegt, mit der anderen griff er nach Evas Hand und drückte sie sanft.

Nachdem Berta das Foto gemacht hatte, wurde es feierlich. Maximilian las die Weihnachtsgeschichte aus der Bibel vor, und alle hörten ihm andächtig dabei zu. Danach setzte Fritz sich ans Klavier und stimmte das Lied »Stille Nacht« an. Bis auf Antonie und Anna sangen alle mit. Und dann endlich war es so weit, und die Geschenke wurden an die Kinder verteilt. Auch für Antonie gab es ein Päckchen, welches Katharina ihr lächelnd überreichte. Darin fand sie ein Märchenbuch der Gebrüder Grimm mit den schönsten deutschen Sagen.

»Ich weiß doch, wie gerne du Geschichten magst«, sagte sie, und Antonie drückte das Buch wie einen Schatz an sich. Sie erlebte gerade ein Weihnachtsfest, das sie sich niemals so glücklich hätte vorstellen können. Und auch alle anderen im Raum waren sich einig darüber, dass dies der schönste Heiligabend war, den sie je erlebt hatten, obwohl es gar nicht der echte Heiligabend war.

Während alle ihre Geschenke auspackten, trug Berta im Speisezimmer das Essen auf dem festlich gedeckten Tisch auf.

Es gab Rinderbrühe mit Gemüseeinlage. Als Hauptgericht gepökelten Schweinebraten mit Kartoffelknödel, die mit angebratenem Speck und Zwiebeln gefüllt waren, und dazu Steckrübenkraut. Und als Nachtisch genossen sie Bertas traditionellen Weihnachtskuchen mit warmer Vanillesoße.

Während sie sich das Festessen schmecken ließen, war Anna auf dem Sofa im Wohnzimmer erschöpft eingeschlafen.

Die vor Angst um Anna bedrückte Stimmung der letzten Tage war wie weggeblasen. Nachdem Philipp einen Witz erzählt hatte, ließ sich Maximilian dazu hinreißen, ebenfalls eine lustige Geschichte zum Besten zu geben, die er als kleiner Junge erlebt hatte. Er schien wie befreit zu sein, und das führte dazu, dass die Kinder sich öffneten. Katharina konnte sich nicht daran erinnern, dass es in diesem Haus bei Tisch auch nur einmal so fröhlich und unbeschwert zugegangen war. Genau so ein Familienleben hatte sie sich immer vorgestellt und gewünscht. Als ihr Blick auf den von Eva traf, lächelten die beiden Frauen sich zu.

Später trug Maximilian das schlafende Kind nach oben ins Zimmer. Als er Anna sorgsam ins Bett legte, wachte sie kurz auf.

»Du darfst gleich wieder weiterschlafen«, sagte er sanft.

»Danke Vater«, murmelte sie, während ihre Augen schon wieder zufielen.

Kaum hatte er sie zugedeckt, da war sie auch schon wieder eingeschlafen.

»Ich habe dir ja versprochen, dass du das Weihnachtsfest erleben wirst«, sagte er leise und gab ihr einen Kuss auf die heiße Stirn. Sie hatte immer noch Fieber, aber er hoffte, dass sie bald wieder ganz gesund werden würde.

Maximilian saß noch eine Weile am Bett seiner Tochter und betrachtete sie. Er wusste nicht, wie er es hätte ertragen können, sie zu verlieren, und dankte Gott dafür, dass er sie ihm nicht genommen hatte.

Auch nachdem er jetzt wusste, dass sie nur in diese schlimme Situation geraten war, weil sie sein Verbot ignoriert hatte, konnte er ihr nicht böse sein. Er selbst hatte sich ebenfalls nicht richtig verhalten, als er die Schuld an dem Unfall den Gästen und vor allem dem kleinen Mädchen in die Schuhe geschoben hatte, ohne zu wissen, was wirklich geschehen war. Es hatte ihn beschämt, wie verständnisvoll und herzlich sie die Entschuldigung angenommen hatten. Und in dem Moment, als Antonie seiner Tochter die Schneekugel geschenkt hatte, war ihm bewusst geworden, wie kostbar es war, wenn Menschen nachsichtig und liebevoll miteinander umgingen und großmütig Fehler verzeihen konnten.

Er blickte wieder auf sein schlafendes Kind und schwor sich, dass er sich in Zukunft mehr Zeit für seine Familie nehmen würde. All die Jahre hatte er die Fürsorge weitgehend seiner Frau überlassen und gedacht, dass sein Anteil an der Erziehung in der konsequenten Strenge lag, damit die Kinder sich später im Leben behaupten konnten. Die Strenge hielt er weiterhin für notwendig, aber an diesem besonderen Abend heute war ihm bewusst geworden, wie schön und wichtig es war, sich mit der Familie auch auf so frohe Weise auszutauschen. Und er musste nicht befürchten, deswegen womöglich seine Autorität zu verlieren.

Leise öffnete sich die Tür, und Katharina kam herein. Sie wirkte erschöpft und müde.

»Du kannst wieder nach unten gehen«, sagte sie.

»Und was ist mit dir?«, fragte er.

Sie sah ihn überrascht an.

»Ich werde bei Anna bleiben.«

Er stand auf, trat zu ihr und nahm ihre Hände.

»Dann bleibe ich auch hier oben. Bitte leg dich jetzt ein

wenig hin. Du brauchst unbedingt Ruhe und Schlaf. Berta kann sich um die Kleinen kümmern. Und ich werde heute Nacht auf Anna und auf dich aufpassen, Kathi.«

So liebevoll hatte er schon lange nicht mehr mit ihr geredet. Und daran, wann er sie zuletzt mit ihrem Kosenamen Kathi angesprochen hatte, konnte sie sich gar nicht mehr erinnern.

»Und auf unser Kleines«, fügte er hinzu und legte eine Hand an ihren Bauch.

»Ich liebe dich«, flüsterte sie in sein Ohr.

»Ich liebe dich auch.«

Kapitel 24

Philipp lag bereits im Bett und sah zu Eva, die in dem langärmeligen Männerunterhemd, das sie zum Schlafen trug, neben der Matratze stand, auf der Antonie gerade eingeschlafen war.

»Ich glaube, es war ein schöner Abend für sie«, sagte Eva leise.

»Du warst heute wundervoll zu ihr«, flüsterte er.

»Ach was«, winkte Eva ab.

»Doch.«

»Nein, Philipp. Heute war ich zum ersten Mal so zu ihr, wie sie es verdient hat.«

Darauf wusste er nichts zu sagen. Sie hatte recht, doch er konnte inzwischen nachvollziehen, warum sie sich so verhalten hatte.

»Komm ins Bett, Eva. Du hattest die letzten Tage kaum Schlaf.«

Eva warf noch einen letzten Blick auf Antonie, dann drehte sie den Lichtschalter aus und schlüpfte unter die Bettdecke. Die Kerze auf dem Nachttisch erfüllte das kleine Zimmer mit sanftem Licht.

In der ganzen Aufregung um die Suche nach Antonie und den Heiligen Abend hatte sie sein Liebesgeständnis bis jetzt verdrängt. Doch nun spürte sie, wie befangen sie war, neben ihm im Bett zu liegen. Sie drehte ihm den Rücken zu.

»Anna wird doch wieder gesund werden, oder?«, fragte sie.

»Davon gehe ich aus. Auch wenn es noch einige Zeit dauern könnte, bis sie sich ganz erholt.«

»Maximilian war heute Abend kaum mehr zu erkennen, findest du nicht auch?«, fuhr sie fort.

»Ja. Ich glaube, er war unendlich erleichtert, dass es Anna besser geht.«

»Diese Schneekugel, die Antonie Anna geschenkt hat, so eine ähnliche hatte ich als Kind auch.«

»Eva!«

»Ja?«

»Schau mich bitte mal an.«

Langsam drehte sie sich zu ihm um. Er hatte sein Gesicht auf seiner Hand abgestützt und sah sie amüsiert an.

»Du bist ganz schön nervös.«

»Quatsch! Warum sollte ich nervös sein?«

»Vielleicht deswegen«, begann er, dann beugte er sich über sie und küsste sie.

Eva hatte das Gefühl, als ob die Welt plötzlich stehen bleiben würde. Zuerst noch zögerlich, doch schon bald legte sie alle ihre Gefühle in diesen Kuss, und es war ihr Geständnis, dass sie ihn liebte.

Nach einer Weile lösten sie sich voneinander und sahen sich in die Augen. Worte waren in diesem Moment überflüssig. Schließlich zog Philipp sie an sich, und sie schmiegte sich an seine Brust.

»Hoffentlich haben wir bald mal ein Zimmer für uns alleine«, flüsterte er, und Eva lachte.

»Das hoffe ich auch.«

Sanft streichelte er durch ihre Haare und gab ihr einen Kuss auf die Schläfe.

»Philipp?«

»Hm?«

»Denkst du, es ist verrückt, wenn ich mir vorstellen könnte hierzubleiben?«

»Ja.«

Sie lächelte, dann wurde ihr Blick wieder ernst.

»Ich kann es ja selbst fast nicht glauben, dass ich das überhaupt sage. Aber ich fühle mich hier wohl.«

»Ich mich auch. Und ich finde, dass wir gar kein so übles Ehepaar abgeben.«

Er grinste ihr schelmisch zu.

»Tja, wer hätte das nur gedacht?«, fragte sie und schüttelte amüsiert den Kopf. »Aber vielleicht funktioniert das auch nur, weil wir in Wirklichkeit kein Ehepaar sind«, fügte sie dann hinzu.

»Trotzdem verbindet uns etwas, das vielleicht eine größere Bedeutung hat, als verheiratet zu sein.«

Sie wusste nicht, was sie darauf antworten sollte. Eine Weile lang sagten sie beide nichts.

»Wenn wir hierbleiben, dann könnten wir Antonie behalten«, sagte sie leise und streichelte versonnen über seinen Brustkorb.

»Bestimmt gibt es auch in unserer Zeit eine Möglichkeit, dass sie bei uns bleiben kann.«

»Aber das ist nicht sicher, Philipp«, warf sie ein.

»Wir haben ohnehin keinen Einfluss darauf, was mit uns passiert. Aber jetzt, nachdem Anna hoffentlich außer Lebensgefahr ist, könnte unsere Aufgabe hier erledigt sein.«

»Denkst du, das war der Grund, warum wir hierhergekommen sind? Um zu helfen, meine Großmutter zu retten?«

»Meinst du etwa nicht?«

Eva zuckte etwas ratlos mit den Schultern.

»Für mich macht es keinen Sinn. Wir wissen zwar immer noch nicht, warum Anna aufs Eis gegangen ist, aber ich habe so meine Vermutung. Und wenn sich die bestätigt, dann ist unser Erscheinen hier mit dafür verantwortlich.«

»Vielleicht wäre sie auch so aufs Eis gegangen«, gab Philipp zu bedenken.

»Ich glaube das nicht.«

»Hm. Wer weiß schon, warum das passiert ist. Aber trotzdem denke ich, dass wir unsere Aufgabe erfüllt haben.«

»Du meinst also, wir könnten jederzeit wieder in die Zukunft zurückkommen?«

Er nickte.

»Vielleicht wachen wir morgen auf, und der ganze Spuk ist vorbei, Eva.«

»Und wir können uns nicht einmal von ihnen verabschieden«, sagte Eva traurig. »Irgendwann verschwinden wir einfach so, und sie werden nicht wissen, was aus uns geworden ist.«

»Ja. Das ist wirklich schade, doch wir können es nicht ändern.«

Plötzlich kam ihr ein Gedanke.

»Was ist, wenn wir zurück sind und all das hier vergessen haben?«, fragte sie erschrocken.

»Überleg doch mal, das würde doch gar keinen Sinn ergeben«, versuchte er, sie zu beruhigen. »Wir wussten doch auch, dass wir aus der Zukunft kamen.«

»Meinst du wirklich?«

»Ja. Das meine ich wirklich. Jetzt komm. Lass uns schlafen. Morgen sehen wir ja, was passiert ist.«

Er zog sie noch ein wenig näher an sich. Dann schloss er die Augen.

»Ich weiß nicht, ob ich jetzt einschlafen möchte«, murmelte sie nach einer Weile.

»Dann bleiben wir einfach wach und warten auf den Morgen, okay?«

»Okay.«

Doch es dauerte nur wenige Minuten, bis beide erschöpft von diesem aufregenden Tag einschliefen.

Eva wachte auf, weil irgendjemand sie auf die Schulter tippte. Als sie die Augen aufschlug, war es bereits hell im Zimmer. Neben ihr war ein leises Schnarchen zu hören. Sie spürte ein Gefühl der Erleichterung, als sie realisierte, dass sie noch nicht wieder in der Zukunft gelandet waren. Wieder stupste jemand sie an. Sie drehte sich auf die andere Seite. Dort stand Antonie, bereits fertig angezogen, und lächelte ihr schüchtern zu.

Verschlafen setzte Eva sich auf.

»Antonie, du bist ja schon wach. Guten Morgen.« Es erstaunte sie selbst, wie locker das über ihre Lippen kam.

Antonie war schon vor einer ganzen Weile wach geworden. Zuerst hatte sie gedacht, sie hätte den wunderschönen Abend gestern nur geträumt. Doch dann hatte sie das Buch gesehen, das Katharina ihr geschenkt hatte und das neben dem Rucksack auf dem Boden lag. Also war auch alles andere genau so passiert, wie sie es in Erinnerung hatte. Leise war sie aufgestanden und hatte sich angezogen. Und dann stand sie fast eine halbe Stunde lang neben dem Bett, bevor sie sich traute, das zu tun, was sie gleich machen würde.

Ihr Herz klopfte wie wild, als sie den Mund öffnete.

»Ggg-ggu-uten Mmmm-mmorgen Eee-ee-evva«, stotterte sie, und ihre Wagen glühten vor Aufregung.

Eva sah sie überrascht an und musste vor Rührung Tränen hinunterschlucken. Sie wusste ganz genau, was für eine Überwindung es Antonie gekostet hatte, das zu sagen. Überhaupt etwas zu sagen. Es war ein besonderer Moment zwischen den beiden, doch Eva ahnte instinktiv, dass sie ihn nicht rührselig machen durfte.

»Dir kleinem Frechdachs war also langweilig, und deswegen wolltest du uns aufwecken?«, fragte sie in einem spielerisch tadelnden Ton, und gleich darauf packte sie das Mädchen und zog es ins Bett.

»Na warte!«

Völlig überrascht schrie Antonie auf, lachte dann jedoch, als Eva anfing, sie zu kitzeln.

Philipp war inzwischen ebenfalls aufgewacht.

»Hey! Was macht ihr zwei denn da?«, fragte er.

»Unsinn!«, rief Eva.

»Da bin ich dabei.«

Und dann hörte man eine Weile lang nichts anderes als vergnügtes Lachen aus dem Zimmer.

Als sie beim Frühstück saßen, erfuhren sie von Berta, dass Maximilian heute zu Hause geblieben war, um sich um seine Frau und Anna zu kümmern. Jetzt war er mit Maria in der Scheune, um ein Rad an dem neuen Puppenwagen zu reparieren, das beim Spielen heute früh kaputtgegangen war.

Obwohl Antonie inzwischen ihre Scheu verloren hatte, hatte sie seit dem Morgen kein weiteres Wort mehr gesprochen. Doch Eva machte sich deswegen keine Sorgen, sie wusste, dass es ein langer Prozess würde, zu dem man am besten einen Therapeuten hinzuzog. Sie nahm sich vor, später eine Weile mit Antonie zu spielen, und vielleicht konnte sie nebenbei einen Versuch starten, das Mädchen ohne Druck zum Sprechen zu ermuntern. Wichtig war, ihr das Gefühl zu geben, dass sie keine Angst mehr haben musste, man würde sie auslachen oder wäre genervt.

Doch jetzt würde sie erst einmal nach oben gehen und Katharina für eine Weile an Annas Krankenbett ablösen.

Philipp las währenddessen im Esszimmer die Zeitung, und Antonie hatte ihr neues Buch von oben geholt, in das sie bald versunken war.

Als Eva mit einer Kanne frisch aufgebrühtem Pfefferminztee ins Zimmer kam, saß Katharina im Sessel neben dem Bett und strickte an kleinen Söckchen. Anna lag auf der Seite und schlief. Beruhigt stellte Eva fest, dass kein Rasseln mehr beim Atmen zu hören war.

»Wie geht es ihr?«, fragte sie und stellte die Kanne auf dem Ofen ab.

»Gegen Mitternacht hatte sie wieder hohes Fieber«, sagte Katharina.

»Warum hast du mich denn nicht geweckt?«

»Maximilian war hier. Wir haben Wadenwickel gemacht, und ich habe ihr noch mal eine deiner Tabletten gegeben. Dann wurde es bald ein wenig besser, und sie hat die restliche Nacht ruhig geschlafen. Heute Morgen war das Fieber fast ganz verschwunden, und vorhin hat sie sogar ein wenig gegessen.«

»Gott sei Dank! Möchtest du eine Tasse Tee?«

»Sehr gern.« Katharina legte ihr Strickzeug beiseite.

Eva schenkte Tee ein und fügte zwei Löffel Zucker dazu. Dann reichte sie Katharina die Tasse und setzte sich neben sie.

»Danke«.

»Wenn du dich hinlegen möchtest, dann kann ich gerne hierbleiben«, bot Eva an.

»Im Moment bin ich gar nicht müde«, sagte Katharina, und tatsächlich wirkte sie frischer als seit Tagen.

Vorsichtig nahm sie einen Schluck, dann stellte sie die Tasse auf dem Nachttisch neben der kleinen Schneekugel ab.

»Ich weiß nicht, wo ihr herkommt und wer ihr seid, aber mit euch ist etwas in dieses Haus gezogen, das uns allen guttut, Sophie. Seit ihr angekommen seid, hat sich vieles verändert. Sogar Maximilian …« Sie sprach nicht weiter, aber ihr Lächeln sprach Bände.

Eva stand kurz davor, Katharina die Wahrheit zu sagen. War es denn wirklich so schlimm, wenn sie es tat? Sie öffnete schon den Mund, doch dann zögerte sie. Sobald sie es einmal ausgesprochen hatte, konnte sie es nicht mehr rückgängig machen. Und außerdem waren die Gründe, weshalb sie bisher nichts gesagt hatte, immer noch relevant. Vor allem würde Katharina sie nach der Zukunft ausfragen. Und ihr dazu etwas zu sagen war ausgeschlossen.

»Auch für mich ist es ein unglaubliches Geschenk, dass wir hier sein dürfen, liebe Katharina«, sagte sie stattdessen. »Größer, als du es dir wahrscheinlich vorstellen kannst.«

Insgeheim fragten sich beide, wie lange Eva, Philipp und Antonie noch hier sein würden, doch keine wollte es ansprechen.

Plötzlich verzog sich Katharinas Gesicht, und sie fasste sich an ihren Bauch.

»Katharina?«

»Schon gut. Es ist nur das Kind. Es ist ständig in Bewegung und kann ziemlich gut treten. Keine Ahnung, was aus ihm später einmal wird. Vielleicht ein Fußballspieler.« Sie lächelte.

»Pass nur immer ganz besonders gut auf ihn auf«, sagte Eva und fühlte sich hilflos, weil sie nicht wusste, was sie tun konnte, um den kleinen Jungen zu retten.

»Denkst du, es wird ein Junge?«

Eva musste wirklich vorsichtiger sein mit dem, was sie sagte.

»Ich weiß nicht. Was wünschst du dir denn?«, fragte sie deswegen.

Katharina streichelte sanft über ihren Bauch.

»Da die letzten beiden Mädchen waren, wäre es schön, wieder einen Jungen zu bekommen. Aber dann muss ich daran denken, dass es irgendwann wieder Krieg geben könnte und er dann als Soldat seinen Dienst leisten muss. Noch einer mehr, um den ich dann Angst haben müsste. Vielleicht wäre es doch besser, wieder ein Mädchen zu bekommen. Aber das kann man sich nicht aussuchen. Ich wünsche mir nur, dass es gesund ist und glücklich wird.«

Bei ihren Worten kroch eine Gänsehaut über Evas Rücken hoch. Alle Koffler-Kinder würden den Krieg überleben. Nur ausgerechnet dieser Junge nicht, der jetzt noch sicher im Bauch seiner Mutter geborgen war.

Sie überlegte, was sie sagen sollte, da ging die Tür auf, und Philipp kam herein. Eva war erleichtert über die Unterbrechung.

»Ich wollte fragen, wie es Anna geht«, sagte er leise und trat näher ans Bett heran.

»Seit heute früh geht es ihr deutlich besser. Ich glaube, sie schläft sich jetzt gesund«, erklärte Katharina und warf einen liebevollen Blick auf ihre Tochter.

»Das ist wirklich eine gute Nachricht«, sagte er und griff nach Evas Hand.

Katharina bemerkte das.

»Darf ich euch beiden einen Ratschlag geben?«, fragte sie und setzte dabei ein schelmisches Lächeln auf.

»Natürlich«, antworteten beide gleichzeitig.

»Sophie hat mir verraten, dass ihr gar nicht verheiratet seid. Aber ich kenne kaum ein Paar, das mehr zusammengehört als ihr. Philipp, ich finde, du solltest ihr einen Antrag machen.«

Beide sahen sie gleichermaßen überrumpelt an. Philipp fing sich als Erster wieder und grinste.

»Danke für deinen Rat, ich werde ihn zumindest in Erwägung ziehen.«

Eva rempelte ihn in die Seite.

»Tu dir bloß keinen Zwang an«, feixte sie, und plötzlich lachten sie.

»Pst!«, sagte Philipp und legte einen Finger an seinen Mund. »Wir sollten leiser sein, sonst wecken wir Anna auf.«

Doch das Kind hatte die Augen bereits geöffnet.

»Ich bin schon wach«, sagte sie.

Eva fragte sich, ob sie jetzt erst aufgewacht war oder ihnen schon länger unbemerkt zugehört hatte.

»Möchtest du etwas trinken?«, fragte Katharina, doch Anna schüttelte den Kopf.

»Ich hab keinen Durst.«

»Aber es wird dir guttun«, redete Eva ihr zu.

»Na gut.«

Nachdem sie ein paar Schlucke des lauwarmen Tees ihrer Mutter getrunken hatte, sagte sie: »Darf Antonie mich heute besuchen kommen?«

Die Erwachsenen lächelten.

»Aber natürlich«, sagte ihre Mutter.

»Wir gehen jetzt noch ein wenig in den Garten, um frische Luft zu schnappen. Dann schicken wir Antonie zu dir«, erklärte Philipp und wandte sich dann Eva zu. »Möchtest du mitkommen?«

»Ich wollte eigentlich Katharina ablösen, damit sie sich ausruhen kann.«

Doch die winkte ab.

»Geh ruhig mit. Mir geht es gut.«

»Wirklich?«

»Wirklich«, sagte Katharina, obwohl sie ein immer stärkeres Ziehen im Bauch verspürte. Sie wusste, was das bedeutete. Die Wehen kündigten sich an, und es würde nicht mehr lange dauern, bis es losging, auch wenn es noch ein wenig zu früh war. Der Gedanke, dass Sophie oder wie immer sie auch heißen mochte, ihr bei dieser Geburt beistehen würde, beruhigte Katharina sehr. Sophie sollte sich vorher ruhig noch ein wenig an der frischen Luft die Beine vertreten. Denn bei einer Entbindung konnte man nie wissen, wie lange es dauern würde.

Als sie zehn Minuten später am Fenster stand und Sophie, Philipp und Antonie aus dem Haus kommen sah, packte sie die erste heftige Wehe. Sie schloss die Augen und atmete ein paarmal tief durch.

»Mama? Geht es dir nicht gut?«, fragte Anna besorgt.

»Doch, doch. Ich glaube nur, dass dein neues Geschwisterchen bald kommen wird«, sagte sie mit gepresster Stimme.

»Wirklich?«, fragte Anna und sah ihre Mutter überrascht an.

»Ja.«

Katharina wartete ab, bis die Wehe vorbei war, dann ging sie zur Tür.

»Kannst du kurz alleine bleiben, Anna?«

Anna nickte.

Katharina verließ das Zimmer. Es war Zeit, Berta loszuschicken, um die Hebamme zu holen.

Währenddessen spazierten Eva und Philipp mit Antonie durch den winterlichen Garten. Um den zugefrorenen Weiher machten sie jedoch einen großen Bogen. Antonie hüpfte wie ein kleiner Kobold voran und drehte sich immer wieder mal um, als ob sie Angst hätte, die beiden könnten sich in Luft auflösen.

»Es ist schön, sie so ausgelassen zu sehen«, sagte Philipp. »Sie ist wirklich ein ganz besonderes Mädchen.«

»Ja, das ist sie«, stimmte Eva ihm zu.

Plötzlich blieb Philipp stehen und hielt sie am Arm fest.

»Was wirst du tun, wenn wir wieder zurück sind in unserer Zeit?«, fragte er sie plötzlich.

»Was? Wie meinst du das?«

»Nun ja, wie wird es weitergehen? Mit uns, mit Antonie? Mit dem Haus hier?«

Eva hatte sich darüber natürlich selbst schon Gedanken

gemacht. Ihr bisheriges Leben war so völlig anders als das gewesen, was sie hier gerade erlebte. Und das hatte nur wenig damit zu tun, dass sie sich in einer anderen Zeit befanden. Gefühle und Träume waren während ihrer Arbeit als taffe Anwältin völlig in den Hintergrund geraten. Besser gesagt, sie hatte sie einfach verdrängt und dann vergessen. Jetzt kam sie sich so vor, als ob man sie emotional völlig auf den Kopf gestellt hätte.

»Willst du es immer noch an die Bank verscherbeln?«, fragte er weiter, da sie ihm noch nicht geantwortet hatte.

Er sah sie eindringlich an.

Eva nahm all ihren Mut zusammen und sagte: »Was genau passieren wird, kann ich dir noch nicht sagen, Philipp. Aber wenn du wissen möchtest, was ich mir wünsche, dann ist es, mit dir und Antonie zusammen zu sein. Ich kann mir inzwischen ein Leben ohne euch nicht mehr vorstellen. Egal ob hier oder in der Zukunft. Und was dieses Haus betrifft: Die letzten Tage haben mir gezeigt, dass es nicht nur ein Haus ist, sondern eine Heimat, und ich möchte alles versuchen, damit dieses Haus weiter im Besitz der Familie bleibt. Wie und ob das alles funktionieren kann, weiß ich allerdings nicht.«

Er war zunächst sprachlos. Niemals hätte er damit gerechnet, sie so offen sagen zu hören, dass sie mit ihm und dem Kind zusammen sein und das Haus retten wollte.

»Ist das dein Ernst?«, fragte er leise.

»Ich … ich glaube schon«, sagte sie und nickte. »Und was ist mit dir?«

Er zögerte keine Sekunde mit der Antwort.

»Ich möchte dir dabei helfen herauszufinden, wie das alles funktionieren kann. Wäre das für dich okay?«

»Das wäre es«, sagte sie und lächelte ein wenig nervös. Hatten sie eben tatsächlich beschlossen, es zukünftig als Paar zu versuchen? »Aber ich sag's dir gleich, es wird kein Schönwetterspaziergang mit mir werden«, fügte sie hinzu und meinte es nur halb scherzhaft.

Er lachte leise.

»Das ist mir schon klar, Frau Anwältin. Aber weißt du, Spaziergänge im Sonnenschein sind zwar schön, aber auf Dauer auch eintönig. Ich habe durchaus nichts dagegen, wenn es ein wenig stürmisch ist, solange sich die Wolken hinterher wieder verziehen.«

»Na gut. Ich habe dich gewarnt. Nicht dass du dich später beschwerst.«

Noch während sie sprach, blies eisiger Wind ihr eine Haarsträhne ins Gesicht, und erste dicke Schneeflocken stoben aus tiefhängenden dunklen Wolken herab. Zärtlich strich er ihr die Strähne aus dem Gesicht und gab ihr einen kurzen Kuss.

»Es ist ganz schön frisch geworden«, sagte Eva, plötzlich etwas verlegen, und klappte den Kragen ihres Mantels hoch.

»Ja. Besser wir gehen zurück ins Haus«, schlug Philipp vor und sah sich nach Antonie um, die mit einem Stock etwas in den Schnee zeichnete. »Antonie! Kommst du?«

Sie schüttelte den Kopf und deutete in den Schnee.

»Doch, jetzt komm. Wir gehen ins Haus!«

Aber sie machte keinerlei Anstalten.

»Ich hole sie«, sagte Eva.

Während Philipp auf die beiden wartete, kamen Maximilian und Maria aus dem Schuppen. Er trug den kleinen Puppenwagen. Als er Philipp sah, schickte er seine Tochter zum Haus und ging zu ihm.

»Ich hatte gestern Abend keine Gelegenheit mehr, mit euch alleine zu sprechen«, sagte er.

»Ach, das ist doch kein Problem«, winkte Philipp ab.

»Doch. Ich möchte mich noch einmal für mein Verhalten entschuldigen.«

»Bitte Maximilian, das ist schon längst vergessen.«

»Ihr habt viel für meine Familie getan.«

»Sieh das einfach als Dankeschön für die Gastfreundschaft, die wir hier bekommen haben.«

»Komm mal mit. Ich möchte dir was zeigen«, sagte Maximilian und ging in die Richtung, in der Eva und Antonie vor zwei großen und einem kleinen Herzen standen, die Antonie in den Schnee gemalt hatte.

Eva ging in die Hocke, um auf gleicher Höhe mit Antonie zu sein.

»Das hast du wunderschön gemacht«, sagte sie. Dann hob sie einen Ast auf und umrahmte die drei Herzen mit einem großen Herzen.

Antonie lächelte glücklich.

Inzwischen waren Maximilian und Philipp bei ihnen. Maximilian bemerkte überrascht die Herzen am Boden.

»Genau diese Stelle wollte ich euch zeigen«, sagte er. »Denn hier möchte ich den Weihnachtsbaum einpflanzen, wenn die Feiertage vorbei sind. Als Erinnerung daran, dass dieses Fest gestern Abend eine ganz besondere Bedeutung für uns hatte.«

Sowohl Eva als auch Philipp bekamen bei seinen Worten eine Gänsehaut, und erst in diesem Moment wurde ihnen bewusst, dass sie sich genau an der Stelle befanden, an der später einmal der Weihnachtswald sein würde. Keiner der beiden bekam ein Wort heraus.

»Und vielleicht wäre es sogar ein schöner neuer Brauch, wenn alle Weihnachtsbäume nach dem Fest hier ihren Platz finden würden. Bis ein Wald aus lauter Weihnachtsbäumen entsteht. Und so die Kinder und ihre Kindeskinder noch ihre Freude daran haben werden«, fügte Maximilian hinzu. »Was meint ihr?«

Philipp räusperte sich.

»Das ist eine wunderschöne Idee«, sagte er. »Und genau hier ist die beste Stelle dafür.«

»Herr Koffler!«, hörten sie plötzlich Berta rufen.

Sie kam schwer atmend durch den Schnee auf sie zugelaufen. Gleichzeitig wurde der Wind immer stärker, und der Himmel verdunkelt sich mit einem Schlag.

»Bitte kommen Sie schnell. Ihre Frau! Das Kind kommt! Und ich kann sie nicht alleine lassen, um die Hebamme zu holen.«

»Was? Jetzt schon? Ich komme!«, rief Maximilian und eilte zum Haus.

»Wie konnte das nur so schnell gehen?«, fragte Eva. Genau in diesem Moment erleuchtete ein greller Blitz den Himmel. Alle zuckten erschrocken zusammen. Gleich darauf war ein gewaltiges Donnergrollen zu hören, und ein heftiges Schneetreiben setzte ein. Antonie schrie vor Schreck laut auf und hielt sich die Ohren zu.

»Schnell, wir müssen ins Haus!«, rief Philipp.

»Komm Antonie!« Er streckte dem Mädchen die Hand entgegen.

Antonie griff danach. Als sie losliefen, erhellte ein neuer Blitz den Himmel.

»Philipp!«, rief Eva. »Ich glaube, es passiert jetzt!«

Ihr Rufen ging im Donnergrollen unter. Philipp drehte

sich zu Eva um und sah, dass sie immer noch an derselben Stelle stand. Er blieb ebenfalls stehen. Winzige eisige Schneekörnchen peitschten ihnen ins Gesicht und stäubten sie ein wie Zucker.

»Wir müssen uns in Sicherheit bringen! Bitte komm jetzt!«

In diesem Moment sah Antonie, wie hinter Eva ein Ast durch die Luft flog.

»Eva! Pass auf!«, rief das Kind, ohne auch nur einmal zu stottern.

Doch es war schon zu spät. Der Ast hatte sie getroffen und zu Boden gerissen.

»Eva!«, schrie Philipp und rannte mit Antonie an der Hand auf sie zu.

Er riss den Ast zur Seite und kniete sich neben ihr auf den Boden. Antonie drückte sich fest an ihn.

»Eva! Eva?«

Eva öffnete die Augen und versuchte aufzustehen.

»Gott sei Dank!«, rief er erleichtert.

»Es passiert jetzt Philipp. Aber wir können doch Katharina nicht im Stich lassen, wenn sie ihr Baby bekommt.«

Es zerriss Eva fast das Herz, dass sie die Familie ausgerechnet jetzt verlassen mussten, wo sie doch an Katharinas Seite sein sollte. Vielleicht konnten sie es ja verhindern, wenn sie schnell von dieser Stelle hier verschwanden. Sie versuchte aufzustehen, doch da wurde ihr schwarz vor Augen.

Philipp hatte ihre Worte kaum verstanden. Trotzdem wusste er, was sie meinte.

»Eva, es wird alles gut!«, flüsterte er ihr ins Ohr, aber sie war bereits bewusstlos.

Ein weiterer Blitz zuckte über den Himmel, dann folgte ohrenbetäubender Donnerlärm. Der Wind war inzwischen zu einem ausgewachsenen Sturm geworden, der den Schnee über sie hinwegfegte. Abgebrochene Äste flogen durch die Luft. Antonie schrie vor Angst.

Philipp drückte ihren Kopf an Evas Schulter, dann öffnete er seine Jacke und hielt sie schützend wie ein Zelt über die beiden für ihn inzwischen wichtigsten Menschen.

Genau wie Eva war ihm klar, was dieses Unwetter an genau dieser Stelle zu bedeuten hatte. Bald würden sie zurück sein in der Zukunft. Und dort würde ein neues Leben für sie beginnen.

Kapitel 25

Eva!«

Jemand rüttelte an ihr. Wieder und immer wieder. Dabei wollte sie doch nur schlafen.

»Eva. Wach bitte auf!«, hörte sie Philipps Stimme, als sie langsam wieder zu sich kam. Blinzelnd öffnete sie die Augen und schaute in den Himmel. Der Sturm hatte nachgelassen, und es tanzten nur noch vereinzelte Schneeflocken um sie herum.

Philipp kniete neben ihr und machte ein ziemlich besorgtes Gesicht. Antonie stand hinter ihm. Sie hatte es also doch nicht geträumt, dass sie das Mädchen gefunden hatten. Gott sei Dank! Aber was war danach passiert? Warum lag sie hier am Boden?

»Da bist du ja wieder!«, rief Philipp, und in seiner Stimme war Erleichterung zu hören. »Weißt du, wer ich bin?«, fragte er und schaute sie prüfend an.

»Als ob ich das je vergessen könnte«, sagte sie genervt.

Er lächelte. Offenbar ging es ihr besser, als er befürchtet hatte.

In diesem Moment riss der Himmel auf, und die Sonne kam hinter einer dicken Wolke hervor. So einen extremen Wetterumschwung hatte Philipp bisher noch nie erlebt.

Er musste Eva und Antonie zum Haus bringen, damit sie

aus den nassen Sachen kamen und sich aufwärmen konnten. Und sicherheitshalber würde er einen Arzt rufen, der einen Blick auf Eva werfen sollte.

»Sag mal, war ich ohnmächtig?«, fragte sie verwundert.

»Ja. Aber nur ganz kurz …«

»Es kommt mir vor, als ob ich tagelang weg gewesen wäre«, murmelte sie.

»Kannst du aufstehen?«

Er streckte ihr die Hand entgegen, um ihr aufzuhelfen.

»Ich denke schon.«

Sie nahm seine Hand und erhob sich mühsam. Ihre Glieder taten weh, vor allem ihr Kopf. Sie ertastete eine kleine Beule und sog vor Schmerz die Luft ein.

»Ist es schlimm?«

»Es geht schon«, winkte sie ab.

Philipp trat hinter sie und schob ihre nassen Haare auseinander. Vorsichtig untersuchte er ihren Kopf. »Es blutet nicht. Du hast echt Glück gehabt«, sagte er und hoffte, dass das wirklich der Fall war und sie keine Gehirnerschütterung hatte.

»Was ist eigentlich passiert?«, fragte sie, da sie nicht wusste, was sie so plötzlich umgeworfen hatte.

»Ein Ast ist vom Baum gebrochen und hat dich von hinten erwischt.«

Sie sah sich um. Überall lagen abgerissene Zweige herum, zerfledderte nasse Prospektblätter, die der Wind in den Garten getragen hatte. Ein kaputter Plastikeimer saß schief auf einem Strauch, und an einer der Tannen hing eine pinkfarbene Flittergirlande. Es sah aus, als wäre gerade ein Wirbelsturm durchgezogen. Und so ähnlich war es ja auch.

»Aber dem Kind ist nichts passiert?« Sie warf einen prüfenden Blick zu Antonie.

»Nein. Sie scheint nur ein wenig erschrocken, aber in Ordnung zu sein«, sagte Philipp.

»Gut. Ich brauch jetzt ein heißes Bad«, sagte Eva und machte sich auf den Weg zum Haus. Philipp streckte Antonie die Hand entgegen.

»Komm. Wir gehen auch rein und wärmen uns schnell auf. Und dann schmücken wir den Weihnachtsbaum fertig.«

Das Kind hob den Rucksack auf, der am Boden lag, und trottete los, ohne auf seine Hand zu achten.

Sandra hatte Anna nach oben in ihr Zimmer begleitet und wartete nun an der Tür auf sie. Die alte Dame zog die Schublade an der Kommode heraus. Sie nahm das eingewickelte flache Päckchen heraus. Dann schob sie den lockeren Holzboden der Schublade einige Zentimeter nach hinten, sodass eine kleine Lücke entstand. Sie griff mit den Fingern hinein und hob das Holzbrett an. Darunter war eine Art Geheimfach. Und darin lag ein iPhone. Evas iPhone, das Anna als zehnjähriges Mädchen darin versteckt hatte. Wie es möglich war, dass Eva es noch vor wenigen Minuten in die Jacke ihres Mantels gesteckt hatte, konnte sich Anna beim besten Willen nicht erklären. Aber offenbar spielten Zeit und Raum in diesem Haus keine Rolle.

Sie nahm es heraus und legte das Geschenkpäckchen so darüber, dass Sandra es nicht sehen konnte. Als Letztes holte sie eine kleine Schneekugel aus einer weiteren Schublade heraus. Dann drehte sie sich lächelnd zu der sympathischen Sekretärin um.

»Könnten Sie bitte die Schneekugel nehmen? Ich möchte sie gern ins Wohnzimmer stellen.«

»Klar.«

Sandra griff nach der Schneekugel und schüttelte sie kurz.

»Wie hübsch.«

»Ja. Nicht wahr? So. Und jetzt habe ich alles, was ich brauche.«

Während sie von Sandra langsam die Treppe nach unten geführt wurde, klingelte es an der Haustür.

»Sie sind zurück«, sagte Anna und spürte ein Gefühl der Aufregung, wie sie es schon viele Jahre lang nicht mehr erlebt hatte. Wenn alles so passiert war, wie sie es sich vorgestellt hatte, dann kamen die drei jetzt aus der Vergangenheit zurück.

»Ich mache auf!«, rief Margret, und es war ihr anzuhören, wie erleichtert sie war.

Unten angekommen, half Sandra Anna in den Rollstuhl.

Erwartungsvoll schaute Anna zu ihrer Enkeltochter, als sie in die Diele kam und dort ihre schneenassen Stiefel auszog. Gleich darauf folgten Philipp und Antonie. Margret umarmte zuerst ihren Sohn, dann ging sie in die Hocke und gab Antonie einen Kuss auf die Wange, den das Mädchen irritiert mit dem Armrücken wegwischte. Aber das schien Margret nicht zu stören.

»Gott sei Dank! Ihr seid zurück!«, rief sie glücklich. »Geht es euch gut?«

»Ja! Antonie und mir fehlt nichts«, antwortete Philipp, während er aus seiner Jacke schlüpfte. »Nur Eva hat einen Schlag auf den Kopf bekommen.«

»Ist es schlimm?«, fragte Anna und sah ihre Enkeltochter besorgt an.

Eva fasst sich an den Kopf.

»Nein. Ich habe nur ein wenig Kopfschmerzen.«

»Das sollte sich ein Arzt anschauen«, sagte Philipp.

»Quatsch. Zwei Tabletten, und es ist bald wieder in Ordnung«, winkte Eva ab und wandte sich an Sandra, die neben Anna stand.

»Wo sind denn die Medikamente, die Sie für mich besorgt haben?«

»Sie haben das Tütchen in die Manteltasche gesteckt.«

Eva griff hinein, doch die beiden Manteltaschen waren leer.

»Da sind sie nicht.«

»Aber ich habe sie Ihnen ganz sicher vorhin gegeben.«

Eva konnte sich nicht daran erinnern. In der ganzen Aufregung um Antonies Verschwinden hatte sie andere Sorgen gehabt. Wahrscheinlich hatte sie die Tabletten automatisch eingesteckt und draußen bei ihrem Sturz verloren.

»Schon gut«, sagte sie.

Das Pochen in ihrem Kopf wurde stärker.

»Margret, wir haben doch auch Schmerztabletten hier, oder?«, fragte Anna.

»Aber natürlich. Ich hole sie gleich.«

»Zuerst muss das Kind aus den nassen Sachen«, sagte Eva. »Nicht dass es sich noch erkältet.«

Antonie hatte bereits die Schuhe ausgezogen.

Als Margret ihr helfen wollte, trat sie einen Schritt zurück und zog ihre pitschnasse Mütze vom Kopf. Dann schlüpfte sie aus der Jacke.

»Ich geh mich schon mal duschen und umziehen«, sagte Philipp und verschwand in dem kleinen Gästebadezimmer im Parterre.

»Und ich nehme Antonie mit nach oben, dann kann sie ein warmes Bad nehmen«, sagte Margret.

Eva hätte nichts lieber gemacht, als sich ebenfalls in eine heiße Wanne zu legen, um ihre schmerzenden Glieder zu entspannen. Doch es gab noch etwas, um das sie sich vorher kümmern musste. Wieder wandte sie sich an ihre Sekretärin. »Hat jemand Unterlagen geschickt oder angerufen?«, wollte sie wissen. Doch noch während sie fragte, fiel ihr ein, dass sie das Handy ja mitgenommen hatte.

»Ich weiß nicht«, antwortete Sandra. »Ich müsste erst die Mails auf dem Laptop überprüfen. Und ob jemand angerufen …«

»Hat sich schon erledigt«, winkte Eva ab.

Sie suchte noch mal in den Taschen des Mantels, den sie immer noch nicht ausgezogen hatte.

»Verdammt! Wo ist denn mein Handy?«, fragte sie ärgerlich.

»Hier ist es.«

Überrascht sah Eva auf das Handy in der Hand ihrer Großmutter. Dabei bemerkte sie nicht den seltsamen Blick, mit dem Anna sie musterte.

»Aber ich dachte, ich hätte es eingesteckt?«

»Das wolltest du, aber dann hast du es doch im Flur liegen lassen.«

Eva fasste sich wieder an die Beule am Kopf. Ob es daran lag, dass sie sich nicht mehr daran erinnern konnte?

»Danke.«

Sie wollte den Pin eingeben, stellte jedoch fest, dass der Akku leer war. Dabei hätte sie alles darauf verwetten mögen, dass das iPhone vorhin am Ladekabel gehangen hatte.

Irritiert schüttelte sie den Kopf, was diesem jedoch nicht

sonderlich guttat. Vielleicht sollte sie sich doch untersuchen lassen.

»Du wirst doch nicht wirklich heute zurück nach Frankfurt fahren?«, fragte Anna mit einem besorgten Blick. Ihre Enkeltochter verhielt sich nach ihrer Rückkehr ganz und gar nicht so, wie sie es erwartet hatte, genauso wenig wie Philipp und Antonie. Anna wusste nicht, was sie davon halten sollte.

Eva zögerte kurz mit einer Antwort, dann sagte sie: »Nein. Ich werde heute hierbleiben. Ich glaube, das Fahren wäre mir jetzt doch zu anstrengend.«

Anna spürte, wie ihre Hände vor Erleichterung zu zittern begannen.

»Und was ist mit Antonie?«, hakte sie nach.

Eva seufzte. Offenbar schien es ihrer Großmutter wirklich sehr wichtig zu sein, dass das Mädchen hier war. Nun ja, sie würde es verschmerzen können. Und da sie wohl verantwortlich dafür war, dass das Kind hatte weglaufen wollen, wäre das ein geeigneter Weg, es wiedergutzumachen.

»Meinetwegen kann sie auch hierbleiben«, sagte sie deswegen und fügte hinzu: »Sie redet ja nicht viel und wird mir nicht mit lästigem Geplapper auf die Nerven gehen.«

Anna schaute ihre Enkelin verblüfft an. Auch wenn Eva sich anders verhielt, als sie erwartet hatte, war sie doch verändert.

In diesem Moment klingelte es wieder an der Tür.

Als Eva öffnete, stand ihr Simon Urbaneck gegenüber.

»Auf Sie habe ich schon gewartet«, sagte sie, ohne ihn zu Wort kommen zu lassen. Sie schlüpfte aus ihrem Mantel und hängte ihn an die Garderobe. Dass sie immer noch nasse Haare und feuchte Strümpfe hatte, ignorierte sie. Sie wollte das jetzt hinter sich bringen, und dann konnte sie sich endlich mit einem guten Gefühl in der Badewanne entspannen. »Bitte kommen Sie mit ins Büro.«

»Mit Vergnügen«, säuselte Urbaneck und warf kurz einen abschätzigen Blick auf ihr knalliges Kleid und ihr etwas ramponiertes Aussehen. Sie bemerkte es, wollte es jedoch nicht kommentieren. Sollte er sich doch denken, was er wollte.

»Ich sehe, da ist ja auch Ihre werte Frau Großmutter. Guten Tag, Frau Koffler, bestimmt möchten Sie auch dabei …«

»Nein. Das möchte meine Großmutter jetzt nicht. Wir beide werden das klären. Sandra, bitte bringen Sie Kaffee ins Büro, und Oma, du solltest dich jetzt ein wenig ausruhen. Damit du zur Bescherung fit bist. Und mach dir keine Gedanken, es geht nur um ein paar Formalitäten.«

Auf dem Weg zum Büro hatte sie noch schnell das Ladekabel aus dem Wohnzimmer geholt, um das Handy anzustecken. Sie tat das mit dem Rücken zu Urbaneck, damit er nicht sah, wie sie die Aufnahmetaste drückte.

Dann drehte sie sich am Schreibtisch zu ihm um.

»Nun. Dann lassen Sie mich bitte die Unterlagen sehen, damit ich unterschreiben kann«, kam sie gleich zur Sache.

Urbaneck legte seine Hände links und rechts an die Lehne des Stuhls, auf dem er saß, und machte keinerlei Anstalten, irgendwelche Papiere aus seiner Aktentasche zu holen. Dafür setzte er ein schmieriges Lächeln auf.

»Es war vielleicht ein wenig voreilig von Ihnen, Ihrer Großmutter zu sagen, dass sie sich keine Gedanken machen müsste, Frau Lankers«, sagte er schließlich.

»Wie meinen Sie das?«, fragte sie alarmiert. »Ich dachte, wir hätten eine Vereinbarung getroffen, Herr Urbaneck?«

In diesem Moment kam Sandra herein und stellte ein Tablett mit zwei Tassen Kaffee, Milch und einem Schälchen mit Würfelzucker auf den Schreibtisch. Während sie servierte, unterbrachen sie ihr Gespräch.

»Danke, Sandra«, sagte Eva schließlich und wartete, bis ihre Sekretärin das Zimmer wieder verlassen hatte.

Weder Eva noch Urbaneck fiel auf, dass sie die Tür hinter sich nicht ganz zumachte.

»Was ist jetzt mit unserer Vereinbarung?«

Urbaneck rutschte nach vorne und warf drei Stück Würfelzucker in die Tasse.

»Ich fürchte, meine Vorgesetzten werden sich nicht darauf einlassen.«

Eva versuchte, diese Information einzuordnen. War an ihrem Plan etwas schiefgelaufen? Oder wollte Urbaneck einfach nur pokern, um seinen Judaslohn nach oben zu treiben? Sie musste rasch herausfinden, was er unter seiner Kakadu-Frisur ausgeheckt hatte.

»Nun. In diesem Fall brauchen wir wohl nicht mehr länger zu reden, Herr Urbaneck«, sagte sie kühl. »Dann werde ich mich jetzt mit den Kanadiern in Verbindung setzen.«

Urbaneck rührte gelassen in der Kaffeetasse, was sie ein wenig aus dem Konzept brachte.

»Ich bin auch eigentlich nur noch mal hergekommen, um Sie persönlich darüber zu informieren, dass das Haus am ersten Januar geräumt sein muss.«

Er nahm einen Schluck Kaffee und lächelte dann. Was führte der Kerl im Schilde?

»Sie scheinen wohl vergessen zu haben, dass ich das

Haus selbst an die Kanadier verkaufen werde, wenn sich Ihre Bank nicht auf eine Verlängerung einlässt«, sagte sie, obwohl sie das tatsächlich nur im äußersten Notfall tun würde und immer noch hoffte, dass der Deal mit Urbaneck zustande kam. »Außerdem habe ich bereits die ausstehenden Raten und Zinsen für das nächste halbe Jahr überwiesen«, erinnerte sie ihn.

»Keine Sorge, Frau Lankers, das Geld für die Vorauszahlungen wird man Ihnen zurückerstatten. Und was die Kanadier betrifft. Nun. Zufälligerweise sind sie noch an einem weiteren Grundstück interessiert, das sich inzwischen ebenfalls im Besitz unserer Bank befindet. Letztlich wird es ein gutes Geschäft für beide Seiten sein. Es wird Ihnen also nichts nützen, sich mit ihnen in Verbindung zu setzen.«

Als Eva realisierte, was das bedeutete, wurde das Pochen in ihrem Kopf fast unerträglich. Dieser schmierige kleine Wicht hatte es also geschafft, sie in die Enge zu treiben.

»Ich dachte, Sie wären an dem Bonus interessiert, den ich Ihnen versprochen habe«, versuchte sie es dennoch.

Er stellte die Tasse weg und rutschte ganz nach vorn an den Rand des Schreibtischs.

»Glauben Sie mir, ich werde nicht zu kurz kommen«, sagte er und sah sie mit einem so freundlichen Lächeln an, als ob er ihr gerade zum Geburtstag gratuliert hätte.

Eva war in einer Sackgasse gelandet. Doch sie hatte einen Trumpf in der Hinterhand. Sie nahm das iPhone und sah auf das Display, auf dem die Aufnahmefunktion zu sehen war, die gerade aktiv war.

»Mich würde es nur interessieren, was Ihre Vorgesetzten dazu sagen, wenn Sie von unserem gestrigen Gespräch wüssten, das ich, natürlich als reine Vorsichtsmaßnahme, mitgeschnitten habe.«

Damit brachte sie ihn für einen Moment ins Wanken. Doch er fing sich schneller wieder, als ihr lieb war.

»Ach wissen Sie, Frau Lankers, ich habe keinerlei Probleme hinter dem zu stehen, was ich gestern gesagt habe. Meine Vorgesetzten werden mir nämlich ganz bestimmt glauben, dass das nur eine Finte von mir war, damit Sie weniger Zeit haben, womöglich doch noch eine alternative Geldquelle aufzutun. Ich kann Ihnen sagen, was passieren wird, wenn Sie das Gespräch weitergeben: Nachdem das Geschäft mit den Kanadiern so gut wie unter Dach und Fach ist, bekomme ich neben einer saftigen Prämie noch ein anerkennendes Schulterklopfen.«

Damit stand er auf, nahm provozierend langsam seine Aktentasche und schob den Knoten seiner Krawatte zurecht, die noch geschmackloser war als die bei seinem letzten Besuch.

Das zu erwartende Gefühl der Niederlage stellte sich bei Eva nicht ein. Im Gegenteil. Während seiner Worte war sie völlig ruhig geworden. Dieses billige Krawattenbürschchen würde gleich sein blaues Wunder erleben, denn sie wusste jetzt genau, was sie zu tun hatte.

»Ich bin sehr froh, dass Sie mich über die Pläne Ihrer Bank und der Kanadier so umfassend informiert haben, Herr Urbaneck. Womöglich sollten Sie aber damit warten, die Sektkorken knallen zu lassen. Dieses Haus hier ist schon seit Generationen das Heim meiner Familie, und ich werde nicht zulassen, dass man es abreißt, um darauf einen Einkaufstempel zu bauen, von denen es ohnehin schon viel zu viele gibt.«

Die siegessichere Fassade Urbanecks zeigte kleine Risse, trotzdem sagte er: »Das werden Sie nicht verhindern können.«

»Ach, meinen Sie?«

Nun war es an ihr zu lächeln.

»Gerade eben habe ich mich dazu entschlossen, in München eine Dependance zu eröffnen und die Leitung der Frankfurter Kanzlei einem meiner Anwälte zu übertragen. Da es viel zu umständlich wäre, jeden Tag von Frankfurt aus hierher und wieder zurück zu fahren, werde ich zukünftig in diesem Haus wohnen. Einige meiner überwiegend sehr vermögenden Klienten zögern sicher keine Sekunde, mir ein Angebot zu machen, sobald sie erfahren, dass meine Penthouse-Wohnung zum Verkauf steht. Wissen Sie, beste Lage im Herzen von Frankfurt – da stehen die Interessenten Schlange. Es kostet mich vermutlich nur ein paar Telefonate, dann wird die Sache geklärt sein, noch bevor die Feiertage rum sind. Da mir nichts daran liegt, möglichst viel Gewinn herauszuschlagen, kann ich zu einem Preis verkaufen, der zweimal reichen wird, um die Kreditschulden für dieses Haus hier zu bezahlen, und der Käufer wird trotzdem noch ein Schnäppchen machen. Ich habe keinen Zweifel daran, dass sich das Geschäft rasch über die Bühne bringen lässt. Und damit werde ich das Geld für die Rückzahlung rechtzeitig vor Ablauf der Frist an Ihre Bank erstatten.«

Urbaneck war bei ihren Worten die Kinnlade heruntergefallen.

»Und jetzt möchte ich, dass Sie schleunigst dieses Haus verlassen, Herr Urbaneck.«

Draußen vor der Tür sahen sich Sandra, Anna und Philipp, mit vom Duschen noch feuchten Haaren, völlig verblüfft an.

»Hat sie das jetzt wirklich gesagt?«, fragte Philipp leise.

Anna nickte und lächelte glücklich.

»Ja. Das hat sie.«

In diesem Moment wurde die Tür aufgerissen, und ein völlig konsternierter Simon Urbaneck rauschte an ihnen vorbei, ohne sie auch nur eines Blickes zu würdigen.

Ein paar Sekunden später folgte Eva. Als sie die drei entdeckte, blieb sie stehen.

»Habt ihr hier gelauscht, oder wie?«, fragte sie barsch. Es war ihr ein wenig peinlich, dass sie offenbar mitbekommen hatten, was gerade im Büro vor sich gegangen war. Sie musste selbst erst noch verdauen, was für eine spontane und weitreichende Entscheidung sie soeben getroffen hatte, um das Koffler-Anwesen zu retten. Doch sie hätte es nicht übers Herz gebracht, das Haus aufzugeben. Und so hatte sie sich für die einzige Möglichkeit entschieden, die sie noch gesehen hatte, um es zu retten. Und es fühlte sich verdammt richtig an.

Statt einer Antwort fingen alle drei an zu applaudieren.

Anna hatte Tränen in den Augen. Dem Verhalten nach konnten sich zwar offenbar weder Eva noch Philipp oder Antonie daran erinnern, dass sie eine Zeitreise in die Vergangenheit gemacht hatten. Und doch war irgendetwas mit Eva geschehen, das sie verändert hatte.

In diesem Moment kam Margret mit Antonie um die Ecke. Die Kleine trug einen ausgemusterten Pulli von Eva. Er war um die Hüfte mit einer Kordel zusammengehalten und reichte ihr fast bis zu den Knöcheln.

»Was ist denn hier los?«, fragte Margret verwundert.

»Eva hat gerade das Haus gerettet«, sagte Anna stolz.

»Wirklich?«, Margret fasste sich vor Freude ans Herz.

»Leute, noch ist das nicht sicher. Es gibt jetzt erst mal eine Menge zu tun, damit das auch wirklich klappen kann«, warf Eva ein, die sich durchaus bewusst war, dass ihr Plan auch noch schiefgehen konnte.

»Trotzdem. Das hast du großartig gemacht. Und wenn wir dir irgendwie helfen können, dann werden wir dich unterstützen«, sagte Philipp. In einer spontanen Regung zog er sie in die Arme und drückte sie fest an sich. Er war überrascht, wie vertraut es sich anfühlte, sie so nah an sich zu spüren. Dabei war ihre letzte Umarmung doch so viele Jahre her. Am liebsten hätte er sie jetzt geküsst, was ihn noch mehr verwirrte.

Als er Eva in die Augen sah, bemerkte er an ihrem Blick, dass es ihr offenbar ähnlich ging wie ihm.

»Na ja. Wenn dieser Trottel meint, mich hinters Licht führen zu können, dann muss er schon früher aufstehen«, brummte Eva ein wenig verlegen und wandte sich dann ihrer Sekretärin zu. In geschäftsmäßigem Ton sagte sie: »Sandra, sobald draußen die Straßen geräumt sind, nehmen Sie den Wagen und fahren nach Frankfurt. In meinem Büro finden Sie die Pläne und den Kaufvertrag zu meiner Wohnung. Scannen Sie gleich morgen früh alles ein. Ich werde jetzt erst mal duschen und danach ein paar Telefonate führen. Später schicke ich Ihnen eine Mail, an wen Sie die Unterlagen weitergeben sollen. Nach den Feiertagen bin ich selbst wieder in Frankfurt. Wir werden die nächsten Tage einiges zu tun haben.«

»Ich soll jetzt nach Frankfurt fahren?«, fragte Sandra ungläubig.

»Ja. Vielleicht möchten Sie ja den Abend heute mit Ihrer Familie verbringen? Wichtig ist nur, dass Sie morgen Vormittag alles bereithaben.«

»Natürlich. Sie können sich völlig auf mich verlassen, Frau Lankers«, versicherte Sandra und konnte immer noch nicht ganz glauben, was Eva eben gesagt hatte. Wenn sie bald losfuhr, konnte sie den Heiligen Abend doch noch mit ihrer Mutter und den Geschwistern feiern. Am liebsten wäre auch Sandra ihrer Chefin um den Hals gefallen, aber sie hielt sich im letzten Moment zurück.

»Gut, dann packen Sie mal zusammen. Und ich gehe jetzt endlich duschen«, sagte Eva.

Doch da griff Anna nach ihrer Hand und hielt sie zurück.

»Du weißt gar nicht, wie viel mir das bedeutet, mein Liebes«, sagte sie leise. »Ich danke dir!«

In diesem Moment erfasste Anna ein leichter Schwindel. Reflexartig hielt sie sich an Eva fest.

»Oma? Was ist?«, fragte sie erschrocken.

»Mir ist nur ein wenig schwindlig«, sagte Anna schwach.

»Sie muss sich hinlegen«, sagte Philipp und kam Eva zu Hilfe.

Sie schoben den Rollstuhl ins Wohnzimmer. Margret räumte rasch die Kartons mit den Kugeln beiseite, damit Anna sich auf dem Sofa hinlegen konnte.

»Bitte ruh dich aus«, sagte Eva und deckte sie zu. »Das alles heute ist viel zu viel Aufregung für dich.«

»Mach dir keine Sorgen, Eva. Es geht mir gut. Wirklich«, sagte Anna und lächelte.

»Trotzdem, du willst doch fit sein für heute Abend.«

»Aber der Weihnachtsbaum ist noch nicht mal geschmückt«, warf Anna ein.

Eva seufzte. Dieser Tag heute hatte es wirklich in sich.

»Ich mach das noch schnell«, sagte sie.

»Nein. Geh du jetzt endlich duschen. Und kümmere dich in Ruhe um deine Telefonate«, mischte Philipp sich ein. »Antonie und ich bleiben hier bei Anna und schmücken inzwischen den Baum fertig. Einverstanden, Antonie?«

Er warf einen Blick zu dem Mädchen, das in dem viel zu großen Pullover einfach nur putzig aussah. Antonie nickte.

»Na gut«, sagte Eva, und mit einem letzten besorgten Blick auf ihre Oma ging sie nach oben.

»Und ich trockne jetzt schnell die Sachen von Antonie, damit sie sich bald wieder umziehen kann«, sagte Margret. »Wenn ihr was braucht, dann sagt Bescheid.«

Auch sie verschwand aus dem Zimmer.

»Und bei dir ist wirklich wieder alles in Ordnung?«, wandte Philipp sich an Anna.

»Ja. Wirklich. Ich schaue euch jetzt einfach ein wenig beim Baumschmücken zu«, sagte Anna.

»Gut, dann legen wir mal los.« Er nickte Antonie zu und griff nach einer der Schachteln mit den Kugeln.

»Antonie mag vielleicht die restlichen kleinen Engel aufhängen«, schlug Anna vor und deutete auf einen kleinen Karton auf dem Tisch.

In diesem Moment fiel Antonie wieder ein, dass sie vorhin einen der Engel in ihren Rucksack gesteckt hatte, der jetzt im Flur an der Garderobe hing. Sie würde ihn später holen und an den Baum hängen, wenn es niemandem auffiel. Nachdem sie aus dem Sturm zurückgekommen waren, konnte sie sich gar nicht mehr erklären, warum sie überhaupt weggelaufen war. So schlimm war es hier doch gar nicht. Sogar die Frau mit dem schrecklichen blauen Kleid war inzwischen netter geworden. Vielleicht würde der Tag ja doch schöner werden, als sie befürchtet hatte. Und die Sache mit dem Schneesturm war immerhin ein Abenteuer gewesen.

Antonie ging zu dem Karton am Tisch und holte einen der Engel heraus. Überrascht stellte sie fest, dass er ganz genauso aussah wie der Engel, den sie mitgenommen hatte. Vorsichtig befestigte sie ihn an einem Zweig.

Als Anna den kleinen Engel in Antonies Hand sah, den sie ihr damals so eifersüchtig weggenommen hatte, überfluteten sie die Erinnerungen an vergangene Zeiten. Sie wurden so klar, als ob es erst gestern gewesen wäre, dass sie wie jetzt auf dem Sofa gelegen und genau diesen Engel betrachtet hatte. Stunden zuvor waren Eva, von der sie damals dachten, dass sie die Cousine der Mutter sei, Philipp und die kleine Antonie während eines Unwetters spurlos verschwunden. Anna war noch immer nicht gesund gewesen, als ihre Mutter zwei Tage lang in den Wehen gelegen hatte, bis sie schließlich einen kleinen Jungen zur Welt gebracht hatte: Johann, ihren jüngsten Bruder. Der leider als junger Bursche bei einem Bombenangriff auf München so schwer verletzt wurde, dass er kurz darauf starb.

Das plötzliche Verschwinden ihrer Gäste hatte die Familie noch eine ganze Weile beschäftigt. Später hatten sie erfahren, dass Sophie nach Kanada verschwunden war. Es war offenbar eine Lüge gewesen, dass sie und Philipp verheiratet gewesen waren, und niemand wusste etwas von einem Mädchen namens Antonie. Alles war sehr rätselhaft gewesen, doch keiner im Hause Koffler verlor je ein böses Wort über die verschwundenen Gäste. Vor allem nicht ihre Mutter.

»Anna? Möchtest du Tee?«, riss Margret sie aus ihren Gedanken. Die Haushälterin stand mit einer dampfenden Tasse vor dem Sofa.

»Gerne«, sagte Anna.

Sie setzte sich auf und war überrascht, dass Philipp und Antonie den Baum inzwischen fertig geschmückt hatten.

In diesem Moment kam Eva herein, in einem hellgrauen Wollkleid mit hochgebundenen Haaren.

»Es gibt gute Neuigkeiten«, platzte sie sofort heraus. »Zwei meiner Mandanten interessieren sich ernsthaft für die Wohnung. Einer von ihnen würde sie mir sogar abkaufen, ohne sie überhaupt besichtigt zu haben. Ich muss jetzt noch mal nach oben und ein paar Dinge telefonisch klären, aber ich denke, es sieht gut aus.«

Philipp sah sie kopfschüttelnd an.

»Du bist unglaublich«, sagte er und grinste.

Kapitel 26

Inzwischen war es Abend geworden. Anna saß auf dem Sofa, und die anderen standen um den im Licht der elektrischen Kerzen strahlenden Weihnachtsbaum. Bis auf Antonie sangen alle gemeinsam das Lied »Stille Nacht«.

Das Mädchen konnte sich kaum sattsehen an dem Glitzern der Kugeln und genoss das warme Gefühl, hier willkommen zu sein. Und in diesem Moment vermisste sie Christel nur ein ganz klein wenig.

Nach dem Lied las Philipp die Weihnachtsgeschichte vor. Und dann war es so weit. Die Geschenke wurden verteilt. Zuerst war Margret dran, die sich über die gläserne Dose mit den Pralinen freute, die Eva ihr schenkte. Von ihrem Sohn bekam sie einen hübschen Kaschmirschal.

Als Anna die Elvis-Schallplatte von Eva auspackte, sah sie ihre Enkeltochter berührt an.

»Das ist ein ganz besonderes Geschenk für mich«, sagte sie leise. Einen Moment lang spürte Eva ein seltsames Kribbeln im Nacken.

»Aber jetzt ist endlich Antonie dran.« Anna winkte das Mädchen zu sich. »Philipp, gibst du mir bitte das grün eingewickelte Päckchen unter dem Baum?«, bat sie.

In diesem Moment fiel es Antonie ein, dass sie auch ein Geschenk für die alte Dame hatte.

Rasch lief sie aus dem Zimmer.

»Antonie!«, rief Philipp ihr hinterher. »Wo willst du denn hin?«

»Sie wird doch nicht wieder weglaufen wollen?«, rief Margret besorgt.«

Philipp eilte ihr hinterher. Doch da kam die Kleine auch schon wieder zurück und hatte ihren Rucksack in der Hand.

Vorsichtig, damit niemand den kleinen Engel entdecken konnte, zog sie den Reißverschluss auf. Doch als sie das Päckchen herausholen wollte, suchte sie es vergeblich. Auch der Engel und die Plätzchen waren verschwunden. Dafür steckte ein zusammengerolltes Blatt Papier im Rucksack, von dem sie nicht wusste, wie es da hineingekommen war.

»Was hast du denn da?«, fragte Anna neugierig.

Antonie zuckte mit den Schultern und holte das Blatt heraus.

»Zeigst du mir das?«

Antonie gab es ihr.

»Und du kannst das hier inzwischen aufmachen«, sagte sie und reichte dem Kind das hübsch eingewickelte Päckchen.

»Ich muss nur schnell in der Küche den Ofen zurückdrehen und die Knödel ins Wasser legen. Macht ruhig inzwischen ohne mich weiter«, sagte Margret und verließ das Wohnzimmer.

Eva und Philipp sahen neugierig zu, wie die Kleine das Geschenk auspackte. Inzwischen rollte Anna das Papier auseinander und sah auf das Bild zweier Mädchen, die nebeneinander in einer fröhlichen Sommerwiese standen. Als sie es umdrehte, stand auf der Rückseite: *Bitte werde bald gesunt.*

»Das ist aber schön. Hast du das gezeichnet, Antonie?«, fragte sie.

Antonie starrte auf das Bild und spürte ein seltsames Kribbeln in ihrem Bauch. Obwohl ihr die Zeichnung bekannt vorkam, konnte sie sich nicht erinnern, dass sie das gemalt hatte.

Sie konzentrierte sich wieder auf das Päckchen. Als das Papier entfernt war, hielt sie ein Buch in der Hand: ein altes Märchenbuch der Gebrüder Grimm mit den schönsten deutschen Sagen.

»Ich weiß doch, wie gerne du Geschichten magst«, sagte Anna leise und zwinkerte ihr zu.

In diesem Moment flimmerten Erinnerungsfetzen wie in einem Schnelldurchlauf vor ihrem Auge. Bild für Bild setzte sich eine unglaubliche Geschichte zusammen. Antonie starrte Anna an. Dann drehte sie sich zu Eva und Philipp um. Sie wusste nicht, was sie mit all den Gefühlen anfangen sollte, die sie plötzlich überrollten.

»Das ist aber ein schönes Geschenk«, sagte Philipp und nickte Antonie zu.

Eva kam das Buch bekannt vor.

Antonie drehte sich wieder zu Anna um.

Die alte Dame nahm ihre Hand und sah sie an. Das Kind hatte sich wieder erinnert. Sie schloss für einen kurzen Moment die Augen. Dann lächelte sie.

»Hab keine Angst, Antonie«, flüsterte sie ihr so leise ins Ohr, dass Philipp und Eva sie nicht hören konnten. »Es wird alles gut werden.«

»Wir haben ganz vergessen, Fotos zu machen«, bemerkte Philipp.

»Stimmt«, sagte Eva. »Ich hole schnell mein Handy.«

»Lass nur, Eva. Ich geh schon«, bot Philipp an.

»Es liegt auf meinem Nachttisch.«

Philipp nickte, dann ging er hinaus.

Antonie schaute zwischen Eva und Anna hin und her und versuchte zu verstehen, was ihre Erinnerungen zu bedeuten hatten.

»Das rote flache Päckchen unter dem Baum ist für dich, Eva«, sagte Anna.

Eva holte es heraus.

»Setz dich zu uns aufs Sofa, während du es aufmachst«, schlug Anna vor.

Eva nahm zwischen ihr und Antonie Platz. Sie riss das Geschenkpapier auf und holte einen silbernen Bilderrahmen heraus. Sie starrte auf das Foto, auf dem die komplette Familie Koffler bei dem vorgezogenen Weihnachtsfest zu sehen war. Und mittendrin Eva, Philipp und Antonie.

Und in diesem Moment war jede einzelne Sekunde ihrer Erinnerungen wieder zurückgekehrt. Fassungslos schüttelte sie den Kopf.

»Es ist wirklich passiert«, murmelte sie.

Sie sah zu Anna, die ergriffen lächelte, und dann zu Antonie.

»Du kannst dich auch erinnern?«

Antonie nickte, auch wenn sie sich nicht wirklich erklären konnte, was hier gerade passierte.

Eva stand auf und kniete sich vor ihre Großmutter und Antonie. Zuerst umarmte sie das Mädchen, das sich fest an sie drückte. Dann ihre Großmutter.

»Es ist alles so unglaublich«, sagte sie überglücklich.

Tränen rannen über das faltige Gesicht der alten Dame.

»Ja. Das ist es, Sosi.«

Eva musste gleichzeitig lachen und weinen, als sie den Spitznahmen der Cousine ihrer Urgroßmutter hörte.

»Ich wollte euch damals nicht verlassen«, betonte sie.

»Das ahnten wir. Auch wenn niemand sich erklären konnte, warum ihr so plötzlich verschwunden wart.«

»Ist was passiert? Warum heult ihr denn alle?«, fragte Philipp, der mit dem Handy zurückgekommen war.

Eva erhob sich und ging auf ihn zu. Und bevor er noch etwas hätte sagen können, hatte sie die Arme um seinen Hals geschlungen und küsste ihn.

Philipp wusste nicht, wie ihm geschah. Was war nur in Eva gefahren? Schon seit ihrer Rückkehr aus dem Garten verhielt sie sich anders als sonst. Konnte es sein, dass das etwas mit ihrer Ohnmacht zu tun hatte? Er hätte doch einen Arzt rufen sollen. Aber wenn er es so recht überlegte, dann genoss er den Kuss viel zu sehr, als dass er ihn beenden wollte.

Eva löste sich von ihm und schaute ihn aus ihren hellbraunen Augen eindringlich an. Und plötzlich spürte er ein eigenartiges Ziehen im Magen. Irgendetwas passierte hier gerade.

»Ich wollte dir etwas sagen, wenn wir wieder zurück sind«, sagte sie.

»Von wo zurück?«, fragte er verwirrt, doch sie lächelte nur.

»Ich liebe dich auch, Philipp«, sagte Eva leise, und das war der Moment, in dem auch er sich wieder erinnerte.

Als Margret eine Viertelstunde später aus der Küche ins Wohnzimmer kam, um Bescheid zu geben, dass das Essen fast fertig war, konnte sie sich nicht erklären, was in der

Zwischenzeit hier passiert war. Ungläubig starrte sie auf die Szene, die sich vor ihr abspielte: Antonie saß auf Evas Schoß und ließ sich von ihr eine Geschichte vorlesen. Philipp stand hinter Eva und massierte ihr zärtlich den Nacken. Und Anna lag auf dem Sofa und lauschte ebenfalls gespannt der Geschichte.

»Komm setz dich zu uns, Mutter«, sagte Philipp und nickte ihr lächelnd zu.

»Ich kann nicht, das Essen ist bald so weit«, sagte sie und konnte ihre Verwunderung über die Harmonie kaum verbergen.

»Was ist denn hier passiert?«, fragte sie.

»Ein kleines Wunder«, sagte Anna und lächelte ihrer alten Freundin zu.

In diesem Moment klingelte es an der Tür. Margret ging hinaus und kam bald darauf mit der Erzieherin Christel wieder zurück.

»Guten Abend zusammen und frohe Weihnachten«, sagte Christel und war überrascht, das Kind auf dem Schoß einer Frau sitzen zu sehen.

Antonie stand auf und lief auf sie zu. Sie drückte sich fest an die Erzieherin.

»Ich bin hier, um Antonie abzuholen. Und ich möchte mich noch mal ganz herzlich bei Ihnen bedanken, dass das Kind heute hier sein durfte«, sagte sie.

Eva stand auf und ging zu Christel.

»Guten Tag, ich bin Eva Lankers. Die Enkeltochter von Frau Koffler«, stellte sie sich vor und schüttelte der sympathischen Frau die Hand.

»Freut mich Frau Lankers. Antonie scheint sich ja hier sehr wohlgefühlt zu haben.«

Das Kind nickte.

»Hast du Frau Koffler schon das Geschenk gegeben?«, fragte Christel.

Antonie sah sie verlegen an. Sie hatte es einem kleinen Mädchen gegeben, das Anna hieß. Dass dieses Mädchen die alte Dame war, war ihr jedoch noch nicht klar.

»Ja«, sagte Anna und deutete zu einer Vitrine, in der die kleine Schneekugel stand, die Antonie ihr vor vielen Jahren gegeben hatte. Sandra hatte sie vor ihrer Abreise auf Annas Bitte hineingestellt. »Und das Geschenk ist wunderschön. Sie hat mir damit eine sehr große Freude gemacht.«

Antonie hatte inzwischen so viele seltsame Dinge erlebt, dass sie auch das nicht mehr wirklich verwundern konnte.

»Fein«, sagte Christel. »Dann verabschiede dich jetzt bitte, Antonie.«

Das Mädchen warf einen fragenden Blick zu Eva und Philipp.

»Wäre es vielleicht möglich, dass Antonie die Feiertage hier verbringt?«, fragte Eva die Erzieherin.

Christel sah ein wenig verwundert zwischen Eva und Antonie hin und her. Doch dann lächelte sie.

»Sie haben herausgefunden, was für ein wundervolles Mädchen Antonie ist, nicht wahr?«, stellte sie fest.

Eva nickte.

»Ja. Das ist sie.«

Christel sah zu Antonie.

»Möchtest du das denn?«, fragte sie.

»Jjj-jjaaa«, stotterte sie, und zum ersten Mal in ihrem jungen Leben war ihr das völlig egal.

Christel drückte das Mädchen kurz an sich.

»Gut. Dann darfst du hierbleiben«, sagte sie und freute

sich sehr für Antonie, dass sie zu Menschen gekommen war, die sie offenbar mochten. »Ich schicke morgen noch ein paar Sachen zum Anziehen vorbei.«

Als Christel weg war, sagte Margret: »So. Aber jetzt wird endlich gegessen. Kommt!«

Der Tisch im Esszimmer war festlich mit dem schönen alten Geschirr gedeckt, von dem sie auch bei dem vorgezogenen Weihnachtsfest gegessen hatten. Alle genossen das großartige Menü. Sogar Antonie langte kräftig zu.

Nach dem Dessert, das eindeutig den Höhepunkt bildete, bestand Margret darauf, dass alle ins Wohnzimmer gingen, während sie aufräumte.

»Sollen wir dir nicht helfen?«, fragte Eva und erntete dafür einen verblüfften Blick der Haushälterin. Sie konnte sich immer noch nicht erklären, was in den letzten Stunden in diesem Haus passiert war. Alle schienen verändert zu sein. Vor allem Eva. Aber sie würde es schon noch herausfinden.

»Danke, nein«, lehnte sie Evas Angebot ab. »Alleine schaffe ich es viel schneller. Jetzt geht schon. Ich komme dann nach.«

Im Wohnzimmer griff Philipp nach Evas Handy.

»Stellt euch mal zusammen, ich mache Fotos«, sagte er.

Da kam Antonie zu ihm und nahm ihm das Gerät aus der Hand.

»Möchtest du fotografieren, Antonie?«, fragte er amüsiert.

Sie schüttelte den Kopf und ging mit dem Handy zu Anna.

»Willst du mir was zeigen?«, fragte die alte Dame.

Antonie nickte und tippte und wischte so lange am Handy herum, bis sie zu den aufgenommenen Videos kam. Sie drückte auf den Abspielknopf.

Als Anna erkannte, was Antonie ihr da zeigte, schlug sie überrascht die Hand vor den Mund. Tränen brannten in ihren Augen. Ihre Mutter Katharina saß auf dem Bett und sang der kleinen Theresia ein tröstendes Lied vor. Und da war auch ihre kleine Schwester Maria. Und die jüngeren Brüder, die nicht wussten, dass sie gefilmt wurden. Sogar ihr Vater war einmal für einen kurzen Augenblick im Treppenhaus zu sehen.

Inzwischen standen Eva und Philipp neben Anna und sahen Fotos und kleine Filme dieser geliebten Menschen, die Antonie gemacht hatte.

»Es ist das schönste Weihnachtsgeschenk, das ich je bekommen habe«, sagte Anna und wischte sich die Tränen aus dem Gesicht.

Wieder und immer wieder spielten sie die Aufnahmen ab.

»Das hast du super gemacht«, sagte Philipp leise und streichelte Antonie über den Kopf.

Inzwischen war es schon fast Mitternacht. Antonie schlief tief und fest. Und auch Philipp und Margret hatten sich schon schlafen gelegt.

Anna hatte darauf bestanden, diese Nacht auf dem Sofa zu verbringen, und Eva wollte sie nicht allein lassen.

Nur die Lichter am Baum brannten, während Eva neben ihrer Großmutter saß. Im Hintergrund lief leise die Elvis-Presley-Schallplatte.

»Wann hast du gewusst, dass wir es waren?«, stellte Eva

schließlich die Frage, die ihr schon den ganzen Abend auf der Seele brannte.

Anna sah sie an und lächelte wehmütig.

»Zum ersten Mal vermutete ich es an dem Tag, an dem du erfahren hast, dass deine Eltern einen Unfall hatten«, begann sie mit brüchiger Stimme. »Wir wussten noch nicht, dass sie gestorben waren. Die Angst, die ich in deinen Augen sah – es waren die gleiche Angst und der gleiche Blick wie damals, als ich ins Eis eingebrochen war und wir uns in die Augen geschaut hatten. In diesem Moment erkannte ich dich wieder, obwohl du damals noch so klein warst. Zuerst dachte ich, das wären Hirngespinste. Aber als du älter wurdest, war die Ähnlichkeit nicht mehr zu übersehen.«

Eva griff nach Annas Hand und streichelte sie.

»Ich danke dir so sehr, dass du mich bei dir aufgenommen hast und für mich da warst, Oma.«

»Aber das war doch selbstverständlich, mein Kind«, sagte sie. »Du bist wie eine Tochter für mich.«

»War Antonie der Grund, warum du an Weihnachten immer Waisenkinder zu uns eingeladen hattest?«, stellte Eva eine weitere für sie sehr wichtige Frage.

Anna nickte.

»Ich habe nie jemandem erzählt, was damals wirklich geschehen ist, weil ich mich so geschämt habe. Weißt du, ich habe Antonie aufs Eis gelockt. Nicht damit sie einbricht, das wollte ich natürlich nicht, aber sie sollte Ärger mit meinem Vater bekommen. Ich war damals unmöglich zu Antonie und konnte es nicht mehr gutmachen, weil ihr plötzlich weg wart. Wenn ich anderen Waisenkindern etwas Gutes tun konnte, dann wollte ich damit eigentlich mein schlechtes Gewissen beruhigen.«

»Wahrscheinlich hast du damals instinktiv gespürt, dass etwas mit uns nicht stimmte, und warst deswegen so gegen uns eingestellt. Und weil Antonie sich nicht wehren konnte, hat sie alles abbekommen.« Das war eine Vermutung, die Eva schon in der Vergangenheit aufgestellt hatte.

»Trotzdem war ich auch ein wenig eifersüchtig auf Antonie«, gestand Anna verlegen.

»Sei nicht zu streng mit dir, schließlich warst du noch ein Kind. Und immerhin haben wir euren Alltag damals ziemlich durcheinandergebracht. Ich bin mir sicher, dass du es niemals wirklich böse gemeint hast.«

»Danke für dein Verständnis.«

Daraufhin schwiegen sie eine Weile lang, in ihre Erinnerungen versunken.

Plötzlich sagte Eva leise. »Es ist alles so verrückt. Ich verstehe so vieles nicht. Wie konnte Antonie diese Zeichnung aus der Vergangenheit in ihrem Rucksack mitbringen, während wir bei der Rückkehr wieder unsere alten Sachen trugen, ohne dass wir uns umgezogen hätten? Und wie kann es sein, dass mein Handy und die Schneekugel in der Vergangenheit geblieben sind.«

Anna schüttelte den Kopf. »Über diese Fragen habe ich mir auch den Kopf zerbrochen, aber wir werden wohl nie herausfinden, was das alles für einen Grund hat.«

»Es ist nicht zu fassen, dass das wirklich alles passiert ist«, sagte Eva. »Eigentlich kann ich es immer noch nicht glauben.«

»Aber es ist passiert«, bestätigte Anna. »Und durch eure Hilfe wurde mir ein zweites Leben geschenkt, und ich durfte noch so viele Jahre hier sein. Das gab mir die Möglichkeit, mein schlimmes Verhalten an anderen Waisenkindern wiedergutzumachen, auch wenn ich leider lange Zeit nicht sehen wollte, dass ich dir damit keinen Gefallen getan habe.«

»Wenn du die Waisenkinder nicht ins Haus geholt hättest, dann wäre Antonie niemals zu uns gekommen.«

»Ja … Ich habe immer auf sie gewartet. Es hat alles so kommen müssen.«

Anna schaute versonnen auf den Weihnachtsbaum.

»Bitte kümmere dich um Antonie, wenn ich nicht mehr da bin«, sagte sie leise, »versprichst du mir das?«

»Natürlich werde ich das tun. Und du wirst noch lange da sein und es selbst miterleben.«

»Ich glaube, die Zeit, die mir geschenkt wurde, ist abgelaufen, Eva. Und das ist auch nicht schlimm.«

Eva legte einen Arm um ihre Oma und drückte sie an sich.

»Bitte sag so was nicht. Ich will nicht, dass du gehst«, sagte sie leise.

»Das können wir uns nicht aussuchen, mein Liebes … Und jetzt bin ich müde. Sehr müde.«

»Ich bleibe bei dir, bis du eingeschlafen bist.«

Kapitel 27

Vier Monate später

Es war ein herrlicher Frühlingstag, und nur wenige Wolken zogen über den strahlend blauen Himmel. Antonie saß auf einer Schaukel, die Philipp zwei Tage vorher für sie aufgestellt hatte. Fröhlich schwang sie hin und her und lachte vergnügt, je höher sie kam.

Eva und Philipp saßen zusammen mit Christel und einer Mitarbeiterin vom Jugendamt auf der Terrasse. Vor ihnen lagen eine Menge Formulare und Anträge ausgebreitet, die unterschrieben werden mussten.

»Es tut mir leid, dass es ein wenig länger gedauert hat, bis die ganzen Unterlagen fertig waren«, sagte Frau Kern vom Jugendamt. Sie hatte eine ungewöhnlich tiefe Stimme, die so gar nicht zur zierlichen kleinen Person mit dem roten Pagenschnitt passte. »Aber jetzt dürfte es keine Probleme mehr geben.«

Philipp griff unter dem Tisch nach Evas Hand.

»Es wäre toll, wenn es bald klappen würde mit der Adoption«, meldete sich nun Christel, »aber mit Ihren Unterschriften sind Sie zumindest schon mal die offiziellen Pflegeeltern. Und ich kann mir nicht vorstellen, dass irgendjemand Ihnen Antonie noch mal wegnehmen wird.«

»Glauben Sie, dass sich das Adoptionsverfahren noch länger hinzieht?«, fragte Eva.

»Ah, das kann man nie sagen«, gab Frau Kern offen zu. »Ich habe all die Jahre schon so viele Dinge erlebt, dass ich hier keine Prognose wagen möchte.«

»Kann man das Ganze nicht irgendwie beschleunigen?«

»Hauptsache ist doch, dass Antonie jetzt fest bei uns bleiben darf«, sagte Philipp zu Eva. »Alles andere sind doch nur Formalitäten, die uns gar nicht weiter interessieren müssen.«

Doch Eva sah das anders. Gerade sie als Anwältin wollte es schriftlich haben, dass Antonie auch gesetzlich ihre Tochter war. Deswegen ging ihr das alles gar nicht schnell genug.

»Ich weiß, dass es nicht zwingend vorgeschrieben ist, dass Adoptiveltern ein Ehepaar sind. Aber könnten wir vielleicht mit einem früheren Bescheid rechnen, wenn wir verheiratet wären?«, fragte sie und vermied es, Philipp anzusehen.

Frau Kern zögerte kurz, bevor sie antwortete.

»Sagen wir es mal so. Sicherlich wäre es nicht von Nachteil.«

»Na dann heiraten wir doch«, sagte Eva, als ob sie gerade einen Kinobesuch vorschlagen würde. Philipp schaute sie völlig verdattert an. Obwohl sie inzwischen fest zusammen waren, hatten sie das Thema Ehe noch nie angesprochen.

»Eva. Ich finde nicht, dass das eine Entscheidung ist, die wir jetzt …«

Eva ließ ihn nicht ausreden.

»Kannst du es dir vorstellen, mit mir verheiratet zu sein?«, fragte sie direkt.

»Äh. Ja. Das kann ich mir sogar sehr gut vorstellen. Aber …«

»Dann sollten wir es tun.«

Christel und Frau Kern verfolgten die Unterhaltung äußerst interessiert.

»Eva? Willst du das wirklich …«, er suchte nach den passenden Worten, »… so einfach jetzt und hier entscheiden, nur damit es vielleicht mit der Adoption schneller klappt? Es geht schließlich um eine Ehe.«

»Ganz genau. Um eine Ehe. Ich weiß, das mag jetzt völlig überraschend und unromantisch sein und …« – sie warf einen Blick zu den beiden Frauen – »normalerweise ist man bei einem solchen Gespräch alleine, aber gibt es neben unserer Liebe noch einen schöneren Grund für eine Hochzeit als Antonie? Wir haben schon so viel Zeit verloren. Lass uns heiraten, Philipp. So schnell wie möglich. Ohne Schnickschnack und Klimbim. Ich brauche das alles nicht.«

»Ist das jetzt ein Heiratsantrag?«, fragte Philipp und konnte sich ein Grinsen nicht mehr verkneifen.

Die beiden Frauen schauten gespannt zwischen Eva und Philipp hin und her.

»Ja«, sagte Eva schlicht.

Er zögerte nicht länger.

»Gut. Dann lass uns heiraten.«

Eva spürte erst jetzt, wie angespannt sie gewesen war und wie erleichtert, dass er zugestimmt hatte.

»Das mit dem Verlobungskuss heben Sie sich bitte für später auf«, bemerkte Frau Kern trocken.

»Keine Sorge, dafür brauchen wir keine Zuschauer«, sagte Philipp und zwinkerte Eva zu.

Frau Kern räusperte sich und machte eine Notiz auf eines der Formulare.

»Gut. Schicken Sie mir eine Kopie der Heiratsurkunde, sobald es amtlich ist«, sagte sie dann.

»Werden wir«, versprach Eva.

»Trotzdem kann ich natürlich nicht versprechen, dass es deswegen schneller gehen wird.«

»Ich verstehe«, sagte Eva, die jedoch jetzt das Gefühl hatte, alles getan zu haben, was in ihrer Macht stand, damit bestimmt nichts mehr schiefging. Und doch war das Kind nicht allein der Grund für ihren zugegebenermaßen etwas unkonventionellen Antrag gewesen. Sie liebte Philipp, und die Aussicht, mit ihm verheiratet zu sein, bereitete ihr ein Gefühl, endlich angekommen zu sein.

»Na dann, herzlichen Glückwunsch«, kam es strahlend von Christel. »Ich freue mich für Sie. Aber vor allem für Antonie, dass sie bei Ihnen so ein tolles Zuhause gefunden hat.«

»Wir werden alles tun, damit sie sich bei uns wohlfühlt. Und ich möchte mich bei Ihnen bedanken, dass Sie so gut auf Antonie aufgepasst haben«, sagte Eva, die inzwischen wusste, dass sich Christel weit mehr um das Mädchen gekümmert hatte, als es ihr Job verlangt hätte.

»Sagen Sie es bitte nicht weiter, aber dieses Mädchen lag mir vom ersten Tag an ganz besonders am Herzen. Deswegen habe ich sie immer aufgemuntert, wenn sie traurig war, weil sie keine Familie hatte. Und ich habe versucht, sie in dem Glauben zu bestärken, dass ihre Eltern sich vom Himmel aus um neue Eltern für sie kümmern würden, bei denen sie glücklich ist.«

»Das haben Sie ihr gesagt?«, fragte Philipp.

»Ja. Und wie man sieht, hat es geklappt.«

»Dann sollten wir jetzt endlich die Papiere unterschreiben«, drängte Eva. Sie wollte nicht, dass in letzter Minute doch noch etwas schiefging.

Frau Kern schob Eva den ersten Stapel hin.

»Bitte sehr. Sie haben ja schon alles geprüft. Nun müssen Sie nur noch unterschreiben.«

Sie deutete auf eine Line.

Eva nahm den Füllfederhalter in die Hand und setzte schwungvoll ihre Unterschrift auf das Blatt. Dann schob sie die Unterlagen zu Philipp.

»Und hier auch noch«, sagte Frau Kern.

Die beiden unterschrieben noch einmal auf dem nächsten Formular.

Dann zog die Frau vom Jugendamt ein weiteres Blatt aus ihrer Mappe.

»Und das hier ist der Stammbaum von Antonies Eltern. Es hat leider ein wenig gedauert, weil wir die Unterlagen vom Vater erst aus Kanada anfordern mussten.«

»Aus Kanada?«, fragten Eva und Philipp gleichzeitig.

»Ja. Antonies Eltern waren nicht verheiratet, deswegen hat die Suche ein wenig länger gedauert. Aber jetzt haben wir alles zusammen.«

Eva nahm das Blatt und schaute auf den Namen des Vaters, der ihr sofort ins Auge sprang: Jakob Haselberg.

»Haselberg?«, fragte sie, und plötzlich überzog eine Gänsehaut ihren Rücken.

»Ja. Der Vater hatte deutsche Wurzeln. Moment ... Ja genau. Eine Sophie Haselberg. Und die kam ursprünglich aus ...«, sie warf einen Blick in die Unterlagen, »... aus Passau. Sie war ledig und schwanger, als sie damals allein nach

Kanada auswanderte. Dort hat sie später als Bibliothekarin gearbeitet.«

Eva und Philipp starrten sich an.

»Sophie Haselberg«, wiederholte Eva leise.

»Aus Passau«, bemerkte Philipp.

Christels Blick wurde plötzlich besorgt.

»Ist das ein Problem?«

Plötzlich lächelten Eva und Philipp.

»Nein. Überhaupt nicht. Es ist alles ganz wunderbar«, sagte Eva.

»Schön. Dann haben wir jetzt alles«, sagte Frau Kern. Sie packte die Papiere ein und stand auf. Und mit ihr Christel.

Sie verabschiedeten sich, und Philipp brachte die beiden zur Tür.

Versonnen beobachtete Eva Antonie, die noch immer auf der Schaukel saß. Sie konnte kaum fassen, was sie gerade gehört hatte, und trotzdem ergab nun alles plötzlich einen Sinn. Antonie war Sophies Urenkelin. Irgendjemand hatte sämtliche Gesetze des Universums außer Kraft gesetzt, um dafür zu sorgen, dass das Mädchen bei ihnen ein gutes Zuhause bekam. War das der Grund für ihre Reise in die Vergangenheit gewesen? Wenn ja, war es gar nicht um Eva oder Anna gegangen. Zumindest nicht in erster Linie.

Philipp kam zurück und nahm Eva in die Arme.

»Sie ist Sophies Urenkelin«, sagte er und schüttelte lächelnd den Kopf.

»Und unsere Tochter«, flüsterte Eva glücklich.

In diesem Moment sprang Antonie von der Schaukel und lief zur Terrasse.

»Hast du Lust auf ein Eis, Antonie?«, fragte Eva.

»Ja. Ein gg-ggroßes.« In den letzten Monaten war das Stottern schon etwas weniger geworden. Eva hatte dafür gesorgt, dass Antonie regelmäßig einen Therapeuten aufsuchte und zur Logopädie ging. Doch hauptsächlich hatte wohl das Verständnis der Familie, allen voran Evas, damit zu tun, dass Antonie solche Fortschritte machte.

»Schön. Dann geh ins Wohnzimmer und frag deine beiden Omas, ob sie auch eines mögen.«

»Nicht nötig«, rief Margret und schob den Rollstuhl auf die Terrasse, in dem Anna saß. »Wir sind schon da«, sagte die alte Dame und lächelte.

Epilog

Natürlich ist die Geschichte um den Weihnachtswald ein frei erfundenes Märchen. Inspiriert dazu wurde ich jedoch durch ein Ereignis in meiner Familie mütterlicherseits, das sich in den Zwanzigerjahren abgespielt haben soll. Eine der Schwestern meines Großvaters erkrankte in der Vorweihnachtszeit schwer. Schließlich gaben die Ärzte die Hoffnung auf, dass das Kind überleben würde. Mein Urgroßvater soll daraufhin den Heiligen Abend vorgezogen haben, um seiner geliebten Tochter ein letztes gemeinsames Weihnachtsfest zu schenken. Anders als in meinem Roman erlebte das Mädchen das echte Weihnachtsfest tatsächlich nicht mehr. Ob die überlieferte Geschichte sich wirklich so zugetragen hat, weiß ich nicht, doch sie hat mich seit jeher so sehr berührt, dass sie mir nicht aus dem Kopf ging. Und irgendwann entstand daraus die Idee zum Roman *Der Weihnachtswald,* in den ich ein vorgezogenes Weihnachtsfest eingebaut habe. Die Handlungen und Hintergründe der Figuren sind frei erfunden, nur einige Namen habe ich mir von lieben Familienangehörigen und Freunden »geborgt«.

Privatfoto aus dem Familienalbum

Plätzchenrezepte

Vielen Dank an die Lokalredaktion der Osterhofener Zeitung, die ihre Leserinnen und Leser in einer Aktion dazu aufgefordert hatte, Plätzchenrezepte für meinen Weihnachtsroman zur Verfügung zu stellen. Ich möchte die Gelegenheit nutzen, allen, die mir ihre teils alten Familienrezepte zukommen ließen, ganz herzlich zu danken. Leider konnte ich nicht alle Vorschläge für meinen Roman verwenden, sonst wäre ein Backbuch daraus geworden. Ausgewählt wurden folgende Rezepte:

Claudias Glühwein-/Rotweinplätzchen

Rezept zur Verfügung gestellt von Claudia Saller

Zutaten:

500 g Mehl
220 g Zucker
290 g Butter
2 – 3 TL Zimt (nach Geschmack)
2 – 3 TL Kakao
5 – 6 EL guten Glühwein (oder Rotwein)
1 Päckchen Vanillezucker
1 Ei
1 Päckchen Backpulver
Für die Füllung pikante Marmelade (z. B. Johannisbeere) mit etwas Rum verrühren
200 g Zartbitterkuvertüre zum Bestreichen

Zubereitung:

Mehl, Zucker, Vanillezucker, Butter, Zimt, Kakao, Glühwein, Ei und Backpulver zu einem geschmeidigen Teig verarbeiten. Gut eine Stunde, am besten aber über Nacht im Kühlschrank ruhen lassen.

Teig dünn ausrollen und kleine runde Plätzchen bzw.

kleine Sterne oder andere Formen ausstechen. Plätzchen auf einem mit Backpapier ausgelegten Blech bei 175 Grad ca. 10 Minuten backen.

Je zwei abgekühlte Plätzchen mit Marmelade zusammensetzen. Plätzchen mit Kuvertüre verzieren (Pinsel in die Kuvertüre tauchen und hauchfeine Fäden über die Plätzchen ziehen – kreuz und quer – sieht toll aus) oder ein Guss aus Puderzucker mit Glühwein.

Tipp: Nicht zu viel Mehl beim Ausrollen verwenden.

Hirschknöpf

Rezept zur Verfügung gestellt von Jana Wiese

Zutaten (Teig):

200 g Zucker
300 g weiche Butter
1 Ei
500 g Mehl
1 Prise Backpulver

Zutaten (Verzierung):

2 – 3 EL Puderzucker
2 TL Zimt
Rote Konfitüre zum Füllen, z. B. Zwetschge

Zubereitung:

Butter und Zucker cremig rühren, dann das Ei unterrühren. Mehl und Backpulver unterkneten und den Teig zu mehreren Rollen mit etwa 4 cm Durchmesser formen.

Zimt und Puderzucker vermischen und die Teigrollen darin wälzen. In Frischhaltefolie wickeln und 45 – 60 Minuten kühl stellen.

Den Ofen auf 160 Grad Umluft vorheizen und drei Backbleche mit Backpapier auslegen.

Die Teigrollen in etwa 0,5 cm dicke Scheiben schneiden und diese auf den Backblechen verteilen. Mit dem Stiel eines Kochlöffels in jede Teigscheibe eine Vertiefung drücken und diese mit etwas Konfitüre füllen.

Die Hirschknöpf etwa 10 Minuten backen.

Gabis Vanillekipferl

Rezept zur Verfügung gestellt von Gabi Hundsrucker

Zutaten:

250 g Mehl
90 – 100 g Puderzucker gesiebt
2 große Eigelb
1 Prise Salz
Mark von einer Vanilleschote
160 g gemahlene Mandeln
150g Butter (kleine Flocken)
Vanillezucker und Puderzucker zum Bestreuen
und Wälzen der Plätzchen

Zubereitung:

Mehl in eine große Schüssel sieben und eine Mulde in die Mitte drücken. Zutaten in die Mulde geben und alles zu einem Knetteig verarbeiten. Den Teig mindestens eine Stunde kalt stellen. Anschließend zu kleinen gleichmäßigen Kipferln formen.

Im Ofen bei 200 Grad ca. 10 Minuten backen.

Die noch warmen Kipferl mit einer Mischung aus Vanillezucker und Puderzucker auf beiden Seiten bestreuen.

Spitzbuam

Rezept zur Verfügung gestellt von Sieglinde Weber

Zutaten:

420 g Mehl
210 g Zucker
250 g Butter
125 g gemahlene Haselnüsse
2 Eier
Johannisbeergelee zum Füllen
Puderzucker

Zubereitung:

Zutaten in eine Rührschüssel geben und mit Rührgerät (Knethaken) erst auf niedriger, dann auf höchster Stufe – oder von Hand – rasch zu einem Teig verarbeiten. Mürbteig mindestens eine Stunde kalt stellen. Anschließend den Teig auf bemehlter Arbeitsfläche ca. 2 mm dick ausrollen und kleine runde Plätzchen ausstechen.

Die Plätzchen im vorgeheizten Ofen ca. 8 – 10 Minuten bei ca. 180 Grad backen. Je zwei Plätzchen mit Johannisbeergelee zusammensetzen und anschließend eine dicke Schicht Puderzucker darübersieben.

Mamas Spritzgebäck

Rezept zur Verfügung gestellt von Elfriede Abstreiter

Zutaten:

250 g Butter
220 g Zucker
1 großes Ei
1 Päckchen Vanillezucker
½ Fläschchen Buttervanille
150 g gemahlene Haselnüsse
400 g Mehl
Etwas Zitronenabrieb (ca. halbe ungespritzte Zitrone)

Für den Guss:

1 EL Zitronensaft
ca. 50 g Puderzucker
und/oder Schokokuvertüre, Streusel

Zubereitung:

Weiche Butter und Zucker gut verrühren, dann kommen nach und nach das Ei, Vanillezucker, Buttervanille, Zitronenabrieb und Nüsse dazu. Zum Schluss den Rührteig auf den Tisch geben und das gesiebte Mehl mit den Händen unterkneten. Den Teig für mindestens zwei Stunden in den Kühlschrank stellen.

Teig durch den Plätzcheneinsatz am Fleischwolf drehen – oder mit Spritztülle – und auf ein mit Backpapier ausgelegtes Backblech setzen. Backzeit ca. 12 Minuten bei ca. 175 Grad. Plätzchen abkühlen lassen. Zitronensaft mit Puderzucker verrühren. Plätzchen bestreichen und nach Wunsch mit Streusel verzieren oder mit geschmolzener Schokoladenkuvertüre bestreichen.

Die oben aufgeführten Plätzchenrezepte wurden von meiner Mama und mir Probe gebacken. Alle waren sehr lecker! Viel Spaß beim Nachbacken und Naschen.

Danksagung

Die Geschichte um den Weihnachtswald und das vorgezogene Weihnachtsfest lag mir von Anfang an sehr am Herzen. Ich danke meinem Verlag und all seinen großartigen Mitarbeitern, dass ich diesen Roman verwirklichen durfte. Insbesondere möchte ich an dieser Stelle meine neue Lektorin Anna-Lisa Hollerbach erwähnen.

Wenn Alexandra Baisch meine Romane redaktionell bearbeitet, weiß ich immer, dass meine Geschichten in den allerbesten Händen sind und die Zusammenarbeit viel Freude macht. Lieben Dank dafür.

Danke meinen beiden Agentinnen Franka Zastrow und Christina Gattys, die mir in jeder Hinsicht stets den Rücken stärken. Ihr seid wunderbar!

Auch bei diesem Roman stand Christian Lex mir für Recherchefragen zur Seite. Merci, Herr Kollege!

Vielen Dank, liebe Mama, für die alten Familienfotos und langen Gespräche, die mir sehr weitergeholfen haben. Und für die Unterstützung beim Plätzchenbacken. Es hat viel Spaß gemacht.

Danke Felix und Elias, dass ihr es klaglos hingenommen habt, auch mal im Sommer bei über 30 Grad Weihnachtslieder zu hören, damit ich in winterliche Stimmung kam.

Carolin, Dir wieder ein Dankeschön fürs Testlesen!

Und nun möchte ich noch zwei ganz besondere Menschen erwähnen, die eine wichtige Rolle in meinem Leben gespielt haben: Meine wundervollen Großeltern Anna und Maximilian. Danke, liebe Oma, für die besondere Fürsorge und für Deine Kraft und Lebensfreude auch in schweren Zeiten, die mir ein Vorbild waren. Für uns Kinder war es ein großes Geschenk, dass Du, lieber Opa, so viel Zeit hattest, mit uns zu spielen, uns Geschichten zu erzählen oder gemeinsam Lieder zu singen (u.a. auch das Lied mit der Wurstfabrik). Wenn wir Dich in Deinem Rollstuhl spazieren fuhren, lernten wir Kinder früh, was es heißt, Verantwortung zu übernehmen. Liebe Oma und lieber Opa, ihr habt dazu beigetragen, meine Kindheit im besten Sinne unvergesslich zu machen.

Und ganz zum Schluss möchte ich den Menschen danken, ohne die es meine Bücher gar nicht gäbe: meinen Lesern.

Sagt man in Bayern eigentlich auch »Ich liebe dich«?

352 Seiten. ISBN 978-3-442-37955-2

Michi ist ihr Traummann – bis er »Ich liebe dich« zu ihr sagt. Genauer gesagt: »I hob mi sakrisch in di valiabt«. Lene rennt kopflos davon und kommt zu dem Schluss: Auf Bayerisch gibt es Liebe nicht! Diese Theorie schlägt nicht nur im niederbayerischen Passau hohe Wellen und beschert Lene mehrere Männer, die ihr das Gegenteil beweisen wollen. Da ist Karl Huber, der Sprachwissenschaftler, der die bayerische Kultur durch diesen »Schmarrn« gefährdet sieht. Ernesto, der Spanier, der so schön Te amo sagen kann. Und immer noch oder schon wieder Michi, der zu ihr zurückwill. Doch was will Lene?

Frau sucht Bauer zum Erben.

416 Seiten. ISBN 978-3-442-38074-9

Aufs Land ziehen und heiraten! Der letzte Wille von Oma Berta hört sich für Hanna wie ein schlechter Witz an. Zunächst will sie das Erbe erbost ausschlagen, doch ihrem Cousin Max will sie es auch nicht so einfach überlassen. Hanna beschließt: Ein Ehemann muss her, und zwar schnell. Doch die Suche nach dem geeigneten Kandidaten gestaltet sich turbulenter als sie es sich je hätte träumen lassen – und dann gibt es da noch jemanden, der Hannas Pläne unbedingt vereiteln will …

Lesen Sie mehr unter: **www.blanvalet.de**